LA DOUBI

Née à Greenwich (Connec... ...
études de journalisme. Ell...
magazines, à Boston puis...
premier livre, en 1981. Elle vit à Cape May, dans le New Jersey,
avec son mari et sa fille.
Auteur de six romans dont *Un étranger dans la maison,
La Double Mort de Linda*, et *Une femme sous surveillance*, elle
est aujourd'hui reconnue comme une des reines du thriller
psychologique.

Paru dans Le Livre de Poche :

PATRICIA MACDONALD

La Double Mort
de Linda

ROMAN TRADUIT DE L'AMÉRICAIN
PAR WILLIAM OLIVIER DESMOND

ALBIN MICHEL

Titre original :

MOTHER'S DAY

A Sara Clair, ma petite porcelaine,
de tout mon cœur

PROLOGUE

Octobre

Pour ne pas réveiller ses grands-parents, Crystal Showack utilisa l'ouvre-boîtes manuel plutôt que l'appareil électrique qui geignait trop bruyamment. L'odeur de poisson de la nourriture pour chat envahit la minuscule cuisine du bungalow. La fillette enfila sa veste, glissa quelques gâteaux secs dans sa poche, mit ses livres de classe dans son sac à dos et jeta un coup d'œil à l'horloge de céramique, en forme de tarte aux pommes, accrochée au-dessus de la cuisinière. Elle avait encore quarante minutes avant le passage du bus. Tenant avec précaution la boîte d'aliment pour chat et une fourchette en plastique d'une main, elle ouvrit la porte de derrière et se glissa dehors.

Le ciel commençait à peine à s'éclaircir et une gelée blanche précoce avait déposé pendant la nuit sa poudre d'argent sur les arbres et les buissons rabougris. Tout en pressant le pas vers la route, Crystal se retourna pour regarder le bungalow : c'était une villa de bord de mer typique de la Nouvelle-Angleterre, avec ses bardeaux de cèdre sombres et sa décoration en bois découpé dont la peinture blanche commençait à s'écailler sous l'effet d'une exposition permanente à l'air salé. Son grand-père avait toujours pris grand soin d'entretenir la maison, mais cette année, même s'il n'arrêtait pas de dire qu'il fallait refaire les peintures, il paraissait avoir perdu l'envie de grimper sur son échelle.

Depuis toujours, Crystal adorait venir passer l'été chez ses grands-parents, en particulier depuis que ceux-ci, pour leur retraite, étaient venus s'installer définitivement dans leur petite maison d'été de la station estivale de Wayland, au Massachusetts. Elle vivait le reste du temps avec sa mère, Faith, dans un minuscule appartement minable de New York : un séjour à Wayland, c'était comme une tranche de paradis dans leur existence morne. La fillette aimait beaucoup son petit lit étroit avec son vieil édredon, dans la véranda qui lui servait de chambre et d'où l'on entendait les rouleaux de l'océan s'écraser, de l'autre côté des dunes, à une ou deux rues de là. Puis l'été dernier, alors qu'approchait le neuvième anniversaire de la fillette, Faith était morte et Crystal était venue vivre définitivement avec ses grands-parents. On avait essayé de la convaincre que sa mère avait succombé à une pneumonie, mais elle avait grandi dans un milieu de drogués et n'ignorait pas ce qu'était une overdose. Elle avait fait semblant de croire les grandes personnes. Inutile de discuter.

A cette heure matinale, la route de la plage était déserte. Crystal traversa la chaussée envahie par le sable et arriva à l'entrée du site protégé qui séparait la rue des dunes. Il comportait trois pistes, matérialisées par des flèches de couleurs différentes et un caillebotis de planches de cèdre fermé de chaque côté par une balustrade. L'une des pistes de bois conduisait à la plage. Les deux autres serpentaient dans la réserve naturelle et reliaient entre eux des espaces plus dégagés. On pouvait s'y asseoir sur des bancs pour observer des oiseaux et des plantes dont les noms figuraient sur de petits panneaux. Crystal savait très bien où se trouveraient les chats. Elle suivit les flèches de la piste bleue.

« Ces fichus estivants », avait grommelé son grand-père lorsqu'elle lui avait parlé des chats qu'elle avait repérés dans le sanctuaire aux oiseaux, quelques semaines auparavant. Elle avait bien espéré qu'il lui proposerait d'essayer de les amadouer et de les amener à la maison, mais elle s'était tout de suite rendu compte qu'il ne serait pas d'accord. « Ces gens ont envie d'une bestiole pendant l'été, tout ça pour l'abandonner quand ils repartent. Et c'est nous qui les avons ensuite sur le dos », avait-il ajouté d'un ton bourru qui avait fait à Crystal une impression bizarre et désagréable au creux de l'estomac. Elle avait pensé un instant tourner la chose en plaisanterie en faisant remarquer qu'il avait lui-même été un estivant avant de prendre sa retraite, mais il n'était pas d'humeur à rire, elle s'en était bien aperçue. Et, la veille, elle l'avait entendu déclarer à sa grand-mère : « Ce n'est pas comme ça que j'avais prévu de passer mes vieux jours — en élevant un autre enfant. » Grand-mère lui avait répondu de parler plus bas.

« Minou, minou, minou », lança-t-elle d'une voix câline. Ses chaussures de sport couinaient sur les planches de cèdre. De chaque côté des deux balustrades, les roseaux bruns qui poussaient dans le marécage — ils faisaient deux fois sa taille — bruissaient sans interruption. Les arbres dénudés, ployés par les vents, tordus et noueux, aux branches emmêlées, dressaient une barricade tout autour d'elle. Le sanctuaire aux oiseaux lui rappelait toujours l'histoire de la Belle au Bois Dormant, l'épisode où les ronces l'entourent pendant son sommeil. « Allez, sortez de votre cachette, les minous ! » dit-elle avec un léger chevrotement dans la voix.

Trois des chats, semblait-il, vivaient ensemble du côté de la piste bleue. Lorsque Crystal les avait aperçus pour la première fois, ils lui avaient fait peur avec leurs yeux qui l'observaient du fond de leur repaire dans le marécage. Puis ils avaient filé. Elle était venue le lendemain avec de la nourriture qu'elle avait déposée à un endroit sec, en se penchant sur le bord de la passerelle en bois. De nouveau, les chats l'avaient observée, toujours tapis au fond de la végétation inextricable, bien loin de la piste. Mais à chaque fois qu'elle était revenue, la nourriture avait disparu. Crystal ne leur en voulait pas de leur prudence. On les avait jetés, abandonnés. Comment ne pas perdre confiance dans les êtres humains ? Mais, depuis peu, l'un des chats commençait à faire preuve d'audace. C'était le plus petit des trois, celui qui avait une robe tachetée. Dès qu'elle avait déposé la nourriture, il se précipitait pour l'engloutir en jetant des coups d'œil fréquents dans la direction de la fillette, tandis que les autres restaient craintivement à l'écart. Elle ne pouvait tout de même pas laisser le petit chat s'empiffrer alors que les autres mouraient de faim — sans compter qu'elle avait en horreur l'idée qu'ils tuent les oiseaux du sanctuaire pour se nourrir. Elle savait qu'il était interdit de quitter le chemin de planches, non seulement parce que la zone était une réserve d'oiseaux, mais également parce qu'elle était très marécageuse. Impossible de discerner à l'œil nu, sous le réseau trompeur des branches et des tiges cassées qui s'entrecroisaient à sa surface, les endroits où le sol était solide de ceux où il s'affaissait sous votre poids et se transformait en fondrières d'eau salée couleur lie-de-vin. Il s'agissait cependant d'un cas urgent. L'hiver arrivait. Les chats mourraient de faim sans son aide. Elle avait étudié les endroits où ils rôdaient habituellement, et elle pensait être capable de trouver son chemin sur les parties solides. Elle s'en sortirait certainement. Du moins tant que l'un des gardiens du parc ne la surprendrait pas. C'est pour cela qu'elle était venue de bonne heure : elle avait toute la réserve pour elle.

Posant son sac de livres sur le caillebotis, elle se mit à scruter les roseaux. En quelques instants, les trois chats se retrouvèrent à leur place habituelle, l'observant aussi. Le plus petit commença à se diriger lentement vers elle.

« Ah non, pas toi, dit Crystal, pas aujourd'hui. »

Elle jeta un coup d'œil derrière elle pour s'assurer qu'elle était bien seule, enjamba la balustrade de bois et se laissa tomber sur le sol, en contrebas du chemin de planches. Au moment où elle atterrit, elle produisit un son mat qui eut le don de disperser les petits félins comme si on venait de tirer un coup de feu sur eux. « N'ayez pas peur, murmura-t-elle, je suis votre amie. »

Ce fut bien entendu le tacheté qui revint le premier, comme elle l'avait prévu. A l'aide de la fourchette, elle déposa une portion de pâtée sur l'emplacement dénudé, à proximité du chemin. Puis, avançant à pas prudents pour éviter les zones spongieuses et détrempées, elle commença à s'enfoncer dans la végétation dense du sanctuaire, repoussant les hautes herbes froufroutantes. A un moment donné, elle se retourna : bien entendu, le tacheté s'était déjà faufilé jusqu'au tas de nourriture qu'il reniflait. Crystal sourit. Bien, songea-t-elle. Voilà qui le tiendra occupé. Elle arriva alors à l'endroit où ils faisaient toujours leur apparition, s'émerveillant à l'idée qu'ils soient capables de se déplacer si rapidement sans jamais se retrouver dans l'une ou l'autre des parties mouvantes. Ces animaux étaient d'une prudence étonnante.

Elle s'accroupit et versa le reste du contenu de la boîte sur le sol, la vidant jusqu'à la dernière miette à l'aide de sa fourchette de plastique. Elle ne les voyait pas, mais sentait leur présence ; ils étaient assez près d'elle pour que, lorsqu'elle serait retournée au sentier, ils aient le temps de se jeter sur la nourriture et d'avaler enfin leur part.

Voilà, pensa-t-elle en se redressant, fière de son initiative. Si ce stratagème marchait, elle allait peut-être devoir recommencer pendant un certain temps. Jusqu'à ce qu'ils finissent par avoir confiance en elle. Jusqu'à ce qu'ils comprennent qu'elle ne cherchait qu'à les aider.

Le chat noir apparut le premier, à moins de deux mètres d'elle, la regardant avec une expression lugubre. Sans lâcher la boîte vide et la fourchette, elle recula en espérant qu'il allait s'approcher. Toute son attention tournée vers le chat, elle ne fit pas attention à la direction qu'elle prenait et ne remarqua le sol spongieux que lorsque son pied se fut enfoncé dedans ; l'eau brune emplit sa chaussure. « Oh, non ! » s'exclama-t-elle d'un ton qu'elle étouffa à la dernière seconde. Elle sauta en arrière et examina ses pieds d'un air dépité. L'un des lacets était mouillé et elle sentait l'humidité qui imbibait ses deux chaussettes. Elle soupira.

Le sanctuaire se réveillait au gazouillis des oiseaux, tandis que le ciel se parait de nuances allant du jaune au gris. Crystal, les yeux perdus sur le marécage, se demandait ce qu'il valait mieux faire ; car si elle retournait à la maison pour changer de chaussettes et de chaussures, elle allait manquer le bus scolaire. Mais si elle portait des chaussettes humides toute la journée, elle risquait fort de prendre froid, donc de devoir rester à la maison : qui, dans ces conditions, viendrait nourrir les chats ?

Elle était tellement plongée dans ses réflexions, cherchant à résoudre ce dilemme, qu'elle ne se rendit pas compte tout de suite que la forme sombre, sous le treillis formé par les roseaux détrempés, n'était pas un rocher couvert d'algues. Les filaments qui ondulaient à la surface, pâles, étaient des cheveux. Et le rocher couleur bistre avait des orbites vides. Ce long bâton n'était pas les restes d'une branche, mais un os. Ecartant les bras, elle fit un nouveau bond en arrière, le cœur battant la chamade. Elle était trop terrifiée pour crier. Un instant, elle imagina que la chose allait surgir de l'eau et avancer vers elle. Mais le squelette resta où il était, pris dans les branches mortes et les herbes rêches. La fillette se mit à pleurer. « Maman, sanglota-t-elle à l'intention du vent et des roseaux. Maman... » Elle fut prise de tremblements incontrôlables.

Dale Matthews, chef des services de police de Wayland, décrivit une large courbe dans le parking en terre battue le plus proche de la réserve naturelle, et gara sa Lincoln bleue entre deux véhicules de police noir et blanc dont les radios crépitaient. Il avait passé le plus clair de sa matinée sur place, mais avait dû s'absenter pour donner une conférence pendant le déjeuner au Rotary Club de la ville. En son absence, les recherches avaient été poursuivies sous la direction de son premier détective, Walter Ference. Matthews savait déjà, par une communication radio qu'il avait eue en sortant du déjeuner, qu'en dépit d'une fouille poussée du secteur, à laquelle avaient participé les forces de police de plusieurs villes avoisinantes, on n'avait pas trouvé d'autre corps que celui découvert par la fillette venue nourrir les chats.

Tandis que le chef Matthews descendait de voiture, une femme aux cheveux frisottés, portant un macaron écolo (RECYCLER, SINON...), à la tête d'un groupe de quatre autres femmes affublées d'un macaron identique, vint l'accoster. Dale lui tendit la main, d'un geste qui se voulait apaisant. La femme l'ignora.

« Pendant combien de temps, lança-t-elle d'une voix stridente, vos gens vont-ils continuer le massacre ? C'est un écosystème très fragile, et ils piétinent tout avec leurs grosses bottes, ils écrasent les herbes, ils bouleversent l'environnement. Des espèces d'oiseaux très rares nichent dans ces marécages. Vous devez faire arrêter immédiatement les recherches. »

Le visage dépourvu de rides du policier avait conservé son expression patiente. « C'est ce que je vais faire, madame, dès que cela sera possible, répondit-il poliment.

— Vous êtes en train de ravager ce sanctuaire ! » s'écria la femme, tandis que la petite troupe qui la suivait manifestait son approbation par des hochements de tête et des murmures indignés. « Nous exigeons que vous rappeliez ces meutes de pillards sur-le-champ !

— Madame, dit Dale sans se départir de son ton apaisant, ces pillards, comme vous dites, sont simplement des policiers assermentés dans l'exercice de leurs fonctions. Nous cherchons d'éventuels restes humains. Et les êtres humains passent avant les oiseaux, dans ce cas précis.

— C'est bien ce qui ne va pas en ce monde, rétorqua la femme avec un hennissement. Si on faisait passer les oiseaux en premier, tout irait beaucoup mieux.

— Vous avez peut-être raison, admit Dale avec un sourire gracieux. Si vous voulez bien m'excuser... »

Il venait d'apercevoir avec soulagement son adjoint, le lieutenant Ference, et George Jensen, un médecin à la retraite qui tenait le rôle d'expert ; les deux hommes sortaient de la réserve et se dirigeaient vers lui. Matthews s'avança à leur rencontre, agitant son gant de cuir pour les héler. Il marchait à pas précautionneux, pour ne pas trop projeter de sable sur ses Oxford noires si bien cirées — sa meilleure paire de chaussures.

Dale avait parfaitement conscience qu'aux yeux de bon nombre de citoyens de Wayland, il était trop jeune pour être le chef de la police, et que le poste aurait dû revenir à un flic local expérimenté plutôt qu'à un étranger à la ville. Mais, se disait-il, outre qu'il possédait la formation et les titres requis, il maîtrisait quelque chose qui manquait à la plupart de ces types pleins d'expérience : le tact, le sens de la diplomatie, l'art de trouver les bons mots. Comme pour le petit discours au Rotary. Ou comme pour la façon dont il venait de se débarrasser de ces fondues d'écolos, à l'instant. Il fallait être à l'aise dans tous les milieux.

« Doc » Jansen et Walter Ference avaient la tête rentrée dans les épaules pour lutter contre la fraîcheur de cette journée d'octobre. Walter était habillé d'une veste de laine assez épaisse, mais il avait ce teint anémique et grisâtre d'un homme qui a toujours froid, en dépit de ce qu'il porte sur le dos. Jusqu'à ses lunettes cerclées d'acier qui donnaient l'impression d'être couvertes d'une buée glacée. Le seul endroit de son visage qui ne présentât pas la même nuance grisâtre exsangue était la balafre en forme de coin qui lui trouait le front au-dessus du sourcil gauche, et avait pris un aspect plus ou moins violacé. Le médecin, en revanche, outre qu'il pesait quinze bons kilos de trop, avait la mine florissante et le teint rosé d'un homme qui lutte contre le froid en consommant avec abondance nourriture et boisson.

« Rien de neuf ? » demanda Matthews lorsqu'ils se rejoignirent.

Walter secoua la tête. « On dirait bien qu'il n'y a que celui-là.

— Combien d'hommes avons-nous encore là-dedans ? »

Plissant les yeux, Walter se retourna vers le marécage. « Une douzaine, je dirais. »

14

Dale retira ses gants et fourra les mains dans les poches de son manteau de flanelle gris. « On continue jusqu'au coucher du soleil, dit-il. A-t-on déjà emporté le cadavre ? »

Le lieutenant et le médecin acquiescèrent.

« Homicide, je suppose ? »

Le docteur Jansen haussa les épaules. « Il faut attendre les résultats de l'autopsie. Si nous trouvons une balle, la question sera réglée, mais, dans l'état où il est, nous aurons de la chance si nous pouvons ne serait-ce que l'identifier. Il ne reste rien sur le cadavre de cette malheureuse. »

Matthews secoua la tête, sans cependant pouvoir s'empêcher de penser que s'il y a une chose dont un chef de la police n'a pas besoin, quand il vient tout juste d'être nommé, c'est bien d'une affaire insoluble. « Autrement dit, nous n'en savons pas plus que ce que vous m'avez déclaré ce matin ? »

Le médecin acquiesça. « Sexe féminin, race blanche, adolescente. C'est tout. Pour ce qui est de ses vêtements, il faudra un expert en fibres pour en dire quelque chose. Evidemment, il reste toujours la dentition.

— Avez-vous la moindre idée du temps qu'elle est restée là-dedans ?

— C'est aussi le labo qui devra se prononcer là-dessus. Au moins quelques années, je dirais. »

Le chef Matthews fit la grimace.

« Qu'est-ce que c'est que ces bonnes femmes ? » demanda Walter avec un geste en direction du petit groupe de protestataires qui avait assailli son patron et qui parlaient maintenant avec animation à une journaliste du quotidien local, accompagnée d'un photographe ; la journaliste avait passé l'essentiel de sa journée sur les lieux.

Le chef poussa un soupir. « Des maniaques des oiseaux. Elles exigent que l'on arrête les recherches sous prétexte que nous dérangeons la niche écologique de leurs protégés.

— Bon Dieu ! s'exclama le docteur Jansen, furieux. Mais qu'est-ce qu'ils ont tous dans le crâne ? Il y a des parents d'enfants disparus qui sont là à se demander si ce n'est pas leur gamine que l'on a retrouvée dans le marais. Est-ce qu'elles ont seulement pensé à ce qu'ils devaient ressentir ? Le chagrin de perdre un enfant... Et toutes ces cinglées qui ne voient qu'une chose, une bande de piafs qu'on dérange ! »

Mal à l'aise, Matthews acquiesça néanmoins à cette sortie, et jeta un bref coup d'œil à Walter qui ne bronchait pas et conservait une expression indéchiffrable. Les deux enfants du lieutenant avaient péri plusieurs années auparavant dans un effroyable accident d'auto. C'était sa femme qui se trouvait au volant. Elle avait perdu le contrôle de sa voiture sur une chaussée glissante, un jour de pluie, en bordure de la baie. Le véhicule avait plongé dans la mer. Les deux enfants s'étaient noyés, mais leur mère avait survécu. Walter n'en parlait jamais ; cette histoire était cependant l'une des premières que l'on avait murmurées au creux de l'oreille du chef Matthews, lorsqu'il était arrivé à Wayland. Il n'en avait jamais parlé à son subordonné, parce que... eh bien, parce que ce n'est pas le genre de chose que l'on a envie de demander aux gens. Mais Dale y pensait souvent en voyant Walter faire son boulot avec efficacité et calme.

Dale devait admettre que, d'une certaine manière, cet accident arrivé il y avait si longtemps expliquait en partie pourquoi c'était lui, et non Walter Ference, qui occupait le poste de chef de l'antenne de police locale. Walter était le plus ancien et venait d'une famille connue et respectée de Wayland. C'était un bon policier, jouissant d'une excellente réputation, et il aurait pu facilement parvenir au poste de chef. Mais on en revenait toujours à des questions de diplomatie. L'épouse d'un chef de la police doit être capable de faire face convenablement à ses obligations sociales ; Emily Ference ne l'était absolument pas. Personne n'ignorait qu'elle s'était mise à boire en cachette après l'accident, et qui aurait pu le lui reprocher ? Moi aussi, je me serais mis à boire, pensa Dale avec un frisson à l'idée des souffrances morales qu'elle avait dû endurer. Il eut une pensée pleine de gratitude pour sa propre femme, Denise, et leur fille, Sue. La famille parfaite. Denise maîtrisait à merveille l'art de recevoir.

« Au fait, demanda-t-il, comment se porte la petite fille qui l'a trouvée ? »

Walter, qui paraissait perdu dans ses pensées, retrouva une expression attentive. « J'ai appelé l'hôpital il n'y a pas très longtemps. Elle va mieux. Ils préféraient simplement la garder quelque temps en observation, pour être sûrs qu'elle surmontait bien le choc. Ses grands-parents doivent la reprendre ce soir.

— Pauvre petite, murmura le chef.

— Les groupements d'intérêts particuliers... (le docteur Jansen continuait à râler) voilà ce qui ruine notre ville. Bon sang, c'est ce qui ruine le pays ! Tout le monde se fiche de ce qui arrive aux autres ! Chacun fait des pieds et des mains pour faire avancer ses petites affaires. Ça me fiche en rogne. »

Une Ford verte vint se ranger dans le parking, et un couple d'un certain âge en descendit. « C'est quoi, ça, encore ? » grommela Matthews.

Walter se tourna pour examiner les nouveaux arrivants. « Ils font partie de ceux dont vous parliez à l'instant, Doc.

— Et eux, qu'est-ce qu'ils réclament ? demanda le médecin.

— Ce n'est pas ce que j'ai voulu dire, répondit le lieutenant. Ces gens ont un enfant qui a disparu.

— Oh ! mon Dieu, fit le médecin d'un ton désolé.

— Il s'agit de M. et Mme Emery. Ils avaient une fille adolescente qui a fugué il y a quelques années. On ne l'a jamais retrouvée.

— Ah ! dit Dale d'un ton grave. Ils ont déjà dû entendre parler de la découverte du cadavre. »

Le couple se dirigea vers le petit groupe d'officiels. La femme portait des lunettes, un imperméable mauve pâle et des chaussures de jogging. Elle avançait d'un pas déterminé, l'air sombre. L'homme, habillé d'un blouson de joueur de base-ball et affublé d'un chapeau à bord cassé, la suivait à quelques pas, jouant avec son trousseau de clefs qui tintaient comme des clochettes dans l'air humide. Son épouse avait manifestement pris la direction des opérations, et lui n'était là qu'à contrecœur.

« Il y a combien de temps de cela ? » murmura Dale, avec un temps de retard, à l'intention de Walter.

Ce dernier réfléchit quelques instants. « Ça doit bien faire treize ou quatorze ans, aujourd'hui. Ils passent régulièrement au poste pour demander des nouvelles... je les connais. Ils fréquentent la même église que moi. Ou plutôt que ma femme.

— Celle-là n'est pas restée dans l'eau depuis aussi longtemps, déclara abruptement le médecin.

— Veuillez m'excuser, dit Alice Emery. Bonjour, lieutenant Ference.

— Bonjour, madame Emery... Monsieur Emery. »

Jack Emery répondit par un marmonnement indistinct mais ne leva pas les yeux. Avec son visage blême et ses yeux chassieux, il donnait une impression de fragilité. Il continuait à tripoter les clefs de son porte-clefs comme si elles étaient les grains d'un rosaire.

« Nous avons entendu dire que vous avez trouvé le corps d'une jeune fille », dit Alice. Sa voix chevrotait un peu, mais le ton était resté neutre.

« Le lieutenant Ference vient de m'apprendre que votre fille avait disparu, répondit Dale avec sollicitude.

— Oui, notre petite Linda. Evidemment, cela fait un certain temps », admit-elle.

Le médecin intervint, sans ménagement. « Il ne s'agit pas de Linda.

— Comment pouvez-vous en être aussi sûr ? protesta timidement Alice Emery. Que portait-elle ? »

Walter fit la grimace. « C'est bien difficile à dire. Mais, d'après Doc, le corps n'a pas séjourné dans l'eau aussi longtemps.

— Ce n'est pas elle, Alice, intervint Jack Emery d'un ton bourru. Allons-nous-en.

— Disposons-nous de toutes les informations

concernant votre fille au poste ? intervint Dale Matthews.

— Oui, il y a un dossier, répondit Walter automatiquement.

— Allons-nous-en, Alice, répéta Jack.

— Nous procéderons à des vérifications et nous vous avertirons s'il y a le moindre soupçon qu'il puisse s'agir de votre fille. » Le chef Matthews avait toujours son ton de voix apaisant.

Alice dut faire un effort pour se reprendre. « C'est que... tout cela a été très dur pour nous. Toutes ces années... pour mon mari, en particulier. »

Dale posa une main consolatrice sur l'épaule de la femme. « Nous le comprenons.

— Merci », murmura Alice en faisant demi-tour. A présent, c'était elle qui suivait son mari à contrecœur tandis qu'ils se dirigeaient vers leur voiture. La journaliste et son photographe se précipitèrent sur le couple au moment où il rejoignait la Ford.

Dale Matthews secoua la tête, écœuré. « Cette petite Hodges est une vraie peste, non ? »

Walter sourit et acquiesça. « Figurez-vous que son père faisait autrefois partie de notre unité. Je l'ai connue toute gamine. Elle était de ces enfants avec lesquels les autres ne veulent jamais jouer. Elle finira bien par décrocher le prix Pulitzer, un jour ou l'autre. »

Dale hocha la tête. Il n'aimait pas les femmes ambitieuses. Il ne trouvait pas ça naturel. Cela dit, il faisait tout pour dissimuler ce sentiment. Ça valait mieux, ces temps-ci.

Le docteur Jansen observa comment les Emery réussirent à s'arracher aux griffes de Phyllis Hodges et de son acolyte en s'enfermant dans leur voiture. Il frissonna. « Rien de plus terrible que de ne pas savoir si son enfant est mort ou vivant. Il est plus facile de le savoir mort, à mon avis, que de vivre dans l'incertitude, comme ces gens. »

Dale se sentit brusquement irrité par l'attitude du vieux médecin. Certes, il s'agissait d'un événement ancien, mais il devait bien savoir ce qui était arrivé aux enfants de Walter. La boisson devait affecter sa mémoire. Il jeta un bref coup d'œil à son adjoint. Comme d'habitude, Walter affichait une expression impassible, mais Dale soupçonna qu'une telle perte ne devenait pas plus facile à supporter avec le temps. Il était inutile d'en rajouter.

Un policier rouquin équipé de cuissardes émergea de l'une des pistes en caillebotis, et le chef Matthews accueillit avec soulagement cette occasion de changer de sujet de conversation.

« Larry ! » lança-t-il à l'intention du jeune policier qui se dirigeait vers la baraque dans laquelle on avait improvisé une cafétéria pour ceux qui participaient aux recherches. « Quelque chose de nouveau ?

— Non, chef. Rien ! »

Matthews consulta sa montre. Il devait assister à une réunion du conseil municipal dans vingt minutes, à la mairie. « Il vaudrait mieux que j'y aille. Walter, gardez la direction des opérations jusqu'à la tombée de la nuit, d'accord ?

— D'accord.

— On ne pourra pas faire grand-chose pour trouver l'assassin tant que nous n'aurons pas identifié la victime », reprit Dale.

Un homicide était, sans conteste, un événement exceptionnel dans une ville comme Wayland. A la vérité, il ne possédait guère d'expérience en matière d'investigation criminelle, et il y avait de quoi être intimidé à l'idée de commencer par une affaire aussi dépourvue d'indices. Les gens du coin, cependant, allaient être pris de panique en apprenant que quelqu'un avait commis un meurtre au sein de leur communauté ; que quelqu'un avait tué une jeune fille et jeté son cadavre dans cet endroit désolé. Dale espérait vivement que le meurtrier était un proche de la victime ; même le plus inexpérimenté des flics n'ignore pas que c'est la plupart du temps le cas. Tout ce qu'ils avaient à faire était de mettre un nom sur le cadavre, et la moitié du boulot serait fait. « On l'aura, dit-il, tout autant pour se convaincre lui-même qu'à l'intention des autres. Débrouillez-vous pour découvrir qui était cette fille, doc, c'est tout.

— Plus facile à dire qu'à faire », répondit le médecin avec un soupir.

Walter, pensif, regarda en direction des dunes, et au-delà, vers le flux et le reflux infatigables. « La mer ne vous a pas laissé grand-chose », dit-il.

1

Mai

« D'après toi, laquelle des deux ? »

Karen Newhall, assise sur le bord de la baignoire, emmitouflée dans son peignoir de bain, tourna les yeux vers Greg, son mari, qui venait d'ouvrir la porte et tenait à la main deux cravates : l'une d'elles était rouge, aux armes d'un club, et l'autre verte à rayures. Il portait un blazer bleu, un pantalon de tweed et une chemise d'une blancheur éclatante. « Tu es superbe, dit-elle.

— Dis donc, tu ferais mieux de prendre ta douche, tu sais. J'ai réservé pour une heure. »

Karen acquiesça, l'air absent, lissant le pan de son peignoir de bain.

« Tu te sens bien, ma chérie ? Pourquoi restes-tu assise là ?

— Je vais très bien, dit-elle précipitamment. Je me reposais seulement une minute (l'air grave qu'arborait son mari la fit se sentir coupable). Très bien, je t'assure. J'aime bien la verte.

— Tu en es sûre ?

— La rouge n'est pas mal non plus, évidemment...

— Tu sais ce que je veux dire.

— Va la mettre. Je suis prête dans une minute.

— D'accord. »

Greg sortit et regagna leur chambre tandis que Karen fermait la porte derrière lui. Elle défit lente-

ment la ceinture du peignoir, enleva celui-ci et l'accrocha à côté de la douche.

Depuis six ans, pour le jour de la Fête des Mères,
Greg invitait son épouse et leur fille, Jenny, à déjeuner
au Wayland Inn. Dans cette famille, avaient-ils coutume de plaisanter, tout ce que l'on faisait plus de deux
fois devenait une tradition ; et à ce titre le déjeuner au
Wayland Inn, le jour de la Fête des Mères, en était
indiscutablement une.

Karen, la mine lugubre, se regarda dans le grand
miroir de la porte. A trente-huit ans, elle avait encore
un corps mince et ferme, grâce à des années passées à
enseigner la danse à des enfants. Bien entendu, à
l'époque où elle venait d'avoir vingt ans et où elle ten-
tait désespérément de concevoir un bébé, les méde-
cins avaient accusé ce corps mince et discipliné de
danseuse d'être à l'origine de sa difficulté à ovuler et à
tomber enceinte. Elle avait donc renoncé à la danse
pendant deux ans, pris huit kilos, essayé tous les trai-
tements qu'on lui conseillait, mais rien n'avait marché. Finalement, Greg et elle avaient entamé la pro-
cédure qui avait conduit à l'adoption de leur seul
enfant, Jenny.

Puis, moins d'un an auparavant, Karen, qui se plai-
gnait de maux de tête persistants, avait passé un scan-
ner qui avait révélé la présence d'une minuscule
tumeur bénigne, localisée sur l'hypophyse. Le médicament qu'elle avait pris pour la faire disparaître avait
eu un effet secondaire inattendu : au bout de quelques
mois, elle s'était retrouvée enceinte. Le médecin avait
expliqué au couple étonné que Karen avait sans doute
cette tumeur depuis très longtemps et que celle-ci
devait être à l'origine de son absence d'ovulation ; à
l'époque où ils avaient cherché à avoir un enfant, on ne
disposait pas de la technologie qui aurait permis de la
détecter. Karen et Greg avaient quitté le cabinet du
médecin sur un petit nuage, éberlués mais aux anges
à l'idée de ce cadeau du ciel. Ils s'étaient précipités à la
maison pour apprendre à Jenny, avec tous les ména-

gements possibles, qu'elle allait avoir un petit frère ou une petite sœur.

Karen entra dans la douche et laissa l'eau brûlante ruisseler sur son corps jusqu'à irriter sa peau. Sous ce jaillissement continu, les larmes qui se formaient dans ses yeux se mélangeaient à l'eau qui lui dégoulinait sur le visage. Elle avait aussitôt arrêté de travailler, s'était reposée chaque jour, avait pris les hormones prescrites et mangé tous les légumes de la création. Puis un matin, il y avait à peine deux semaines, au moment où elle commençait à s'inquiéter de la layette et d'un prénom, elle s'était réveillée déchirée de crampes horribles, un sentiment de terreur lui écrasant la poitrine comme si elle était prise sous un rocher. Le soir même, tout était terminé. L'émerveillement, les rêves, les espoirs contre tout espoir. La vie était retournée à la normale.

Elle sortit de la douche, s'essuya et nettoya la buée, sur une partie du miroir, pour regarder la tête qu'elle avait ; elle ne voulait pas que Greg voie qu'elle avait encore pleuré. Elle savait que le sentiment d'impuissance qu'il éprouvait à ne rien pouvoir faire pour elle le torturait, un douloureux rappel des premières années de leur mariage, quand ils avaient appris la stérilité de Karen. Ensuite, une fois qu'elle avait accepté cette réalité, avaient commencé trois années d'angoisse et de frustration comme en connaissent tous les couples candidats à l'adoption. Des années qui restaient comme un brouillard cauchemardesque dans son souvenir, avec leurs procédures administratives tatillonnes, leurs successions d'émotions contradictoires : un bébé en vue, puis un autre, l'espoir qui renaît pour être bientôt ruiné. Chaque déception l'avait laissée un peu plus déprimée et à chaque fois, inlassable, Greg l'avait soutenue, l'avait encouragée à continuer sans jamais mentionner ses propres souffrances. Karen gardait un souvenir aussi vif que s'il datait de la veille du jour où on leur avait finalement confié le bébé et où ils l'avaient amené à la maison. Elle avait tenu dans ses bras sa petite Jenny endormie, et une main minuscule était venue s'accrocher solidement autour de l'un de ses doigts. Mais si Greg et Karen avaient toujours rêvé d'avoir deux enfants, ils s'étaient juré, ce jour-là, de ne pas tenter une deuxième adoption. Jamais elle ne pourrait oublier les yeux anxieux et le regard hanté de tous les couples qu'ils avaient croisés dans les salles d'attente des avocats et des agences d'adoption, au cours de leur odyssée. Ce serait faire preuve d'égoïsme que de vouloir un deuxième enfant alors que tant de gens en attendaient un.

Eh bien, voilà où tu en es maintenant, se morigénat-elle sévèrement. C'est de l'égoïsme. Tu pleurniches sur ton sort. Arrête de regretter ce que tu as perdu et rends grâce pour ce que tu as, ordonna-t-elle à la femme éplorée qu'elle voyait dans le miroir. Avec l'adoption de Jenny, ils avaient presque tout oublié des moments de chagrin et de tension des années qui avaient précédé. Ils avaient renoué avec le bonheur. Il était injuste d'entraîner de nouveau Greg là-dedans. Tu es une femme bénie des dieux, se dit-elle. Pense à la chance que tu as.

Elle se rendit à son tour dans la chambre. Greg avait fini de nouer sa cravate et, du regard, chercha comme toujours l'approbation de sa femme.

« Tu es superbe », lui dit-elle avec un sourire. Elle ne le voyait que rarement aussi bien habillé. Entrepreneur en bâtiment, ses vêtements de travail étaient plutôt du genre chemises épaisses à carreaux et grosses bottes.

« Je dois être impeccable pour plaire à mes deux femmes », répondit-il joyeusement.

Pour la millionnième fois, sans y être invitée, une pensée traversa l'esprit de Karen. Qu'auraient-ils eu ? Un garçon ou une fille ?

« Tu sais, ma chérie, si le cœur ne t'en dit pas, on n'est pas obligés d'y aller. »

Karen fronça les sourcils. « Tu veux me faire passer cette sortie sous le nez ? Cela fait une semaine que je m'y prépare ! (Elle prit la robe que Greg préférait,

24

dans le placard, et l'enfila.) Tu veux bien remonter la fermeture Eclair, chéri ? »

Greg s'exécuta et en profita pour lui déposer un baiser dans le cou.

« Je suis désolée d'avoir été aussi casse-pieds, dit-elle.

— Mais non. »

Elle se donna un coup de brosse dans les cheveux, et jeta un coup d'œil à la photo coincée dans le cadre argenté du miroir de la coiffeuse ; on voyait une fillette au grand sourire édenté. « En plus, Jenny serait déçue.

— On ferait mieux d'y aller, observa Greg qui venait de consulter une nouvelle fois sa montre. Je lui ai demandé de venir nous rejoindre là-bas à 13 heures précises.

— Est-ce qu'ils vont devoir la raccompagner ? » Jenny, âgée de treize ans, avait passé la nuit chez Peggy Gilbert, sa nouvelle amie de l'école ; Greg l'y avait emmenée en auto la veille.

« Non. Peggy habite à deux coins de rue de l'auberge », répondit-il.

Karen mit un peu de rouge pour rehausser son teint. Elle trouvait sa peau terne, maintenant qu'avait disparu l'éclat que lui avait conféré, un temps, sa grossesse.

« Tu es ravissante », déclara Greg, sincère.

Elle lui sourit. Elle n'avait que quinze ans lorsqu'ils s'étaient rencontrés. Elle se disait parfois qu'ils avaient réussi à échapper au temps ; on aurait dit que les années défilaient sans qu'ils s'en rendent compte. Lorsqu'elle regardait son mari, elle voyait toujours le jeune homme à la carrure impressionnante, aux cheveux blonds et aux yeux d'un brun liquide, si semblables aux siens, qui l'avait éblouie et laissée le cœur battant, la première fois qu'elle l'avait vu, au lycée. Un jour, pensa-t-elle, lorsque mes cheveux seront tout gris, que je serai ridée comme une pomme et que le miroir me criera : « Tu es une vieille dame ! », je n'aurai qu'à plonger mon regard dans le sien pour me revoir jeune fille.

« Je suis prête », dit-elle.

« Ça fait drôle de conduire ta voiture », observa Greg tandis qu'il se rangeait sur le parking, derrière le vieil édifice en brique. La plupart du temps, il se déplaçait dans sa camionnette.

« Je me suis dit que ce serait pas mal, pour une fois, d'arriver pour déjeuner sans être couverte de sciure, le taquina-t-elle.

— Eh bien, veuillez m'excuser, madame Rockefeller », rétorqua-t-il en lui tendant la main après avoir fait le tour du véhicule pour venir lui ouvrir la portière.

Karen eut un petit rire en descendant de voiture et regarda en direction de l'auberge. Au cours de la Guerre d'Indépendance, le Wayland Inn avait été réellement une auberge, accueillant les voyageurs qui avaient parcouru les quatre-vingts kilomètres de pistes difficiles que l'on comptait jusqu'à Boston. Aujourd'hui, le Wayland Inn n'était qu'un simple restaurant et les autoroutes mettaient Wayland aux limites de la banlieue résidentielle de la capitale de la Nouvelle-Angleterre. La petite ville avait néanmoins conservé en grande partie son charme historique ; elle ne connaissait la foule et les encombrements que pendant l'été, et le Wayland Inn était à peu près le seul restaurant chic où il était de bon ton de se rendre en tenue habillée.

Greg prit sa femme par le bras en entrant et s'adressa à la personne chargée de l'accueil. « Nous avons donné rendez-vous ici à notre fille, dit-il. Elle s'appelle Jenny, elle a des cheveux brun foncé, des yeux bleus et est à peu près de cette taille.

— Elle n'est pas encore arrivée, répondit l'hôtesse, tout sourire. Je m'en occuperai, ne vous inquiétez pas. » Elle les conduisit à leur table, placée près d'une fenêtre qui donnait sur une petite chute d'eau et une rivière. Une fois assise, Karen contempla les arbres poudrés des premiers bourgeons du printemps, le ciel d'un bleu pastel et les jonquilles et les tulipes qui poussaient dans une profusion anarchique, sur la berge du cours d'eau.

« Quelle belle journée ! remarqua-t-elle.

— On fait ce qu'on peut ! »

Elle lui adressa une grimace, prit le menu sur lequel elle jeta un coup d'œil, et le reposa. Du regard, elle fit alors le tour de la salle. Aucun doute, c'était le jour des familles ; chaque table comptait une maman sur son trente et un, certaines avec de petits bouquets agrafés à leur robe, un papa et des enfants autour d'elle.

Une serveuse, solide gaillarde aux cheveux passés au henné, s'approcha d'eux. Mais Greg lui montra la place vide. « Je reviendrai plus tard », dit-elle.

Greg avait suivi le regard de Karen. « J'aurais dû penser à t'offrir des fleurs, s'excusa-t-il.

— Ne sois pas idiot, répondit-elle en reprenant le menu.

— J'ai tout de même apporté quelque chose. » De sa poche, il sortit un petit paquet plat dans un papier d'emballage aux couleurs gaies.

« Oh, Greg !

— Ouvre donc...

— Est-ce qu'on ne devrait pas attendre que Jenny soit là ?

— Mais non. On lui montrera lorsqu'elle arrivera. Vas y, regarde. »

Karen ne put s'empêcher de sourire. Il était toujours impatient quand il lui offrait un cadeau. Comme un enfant démangé par l'envie d'ouvrir un paquet, il devait se retenir de ne pas le déballer lui-même. « J'ai vu ça, et quelque chose m'a dit que c'était exactement ce dont tu avais besoin », ajouta-t-il.

Karen défit le ruban et le papier, et souleva le couvercle de la boîte. Posé sur du velours noir, elle contenait un médaillon ancien, en argent, gravé d'un motif de feuilles et de pampres. « Oh ! chéri, il est superbe.

— Ouvre-le », dit-il.

Karen pressa sur le bouton minuscule et le

médaillon s'ouvrit. Il contenait deux portraits de chaque côté, soigneusement découpés dans des photos de famille. Celui de Greg et Karen à gauche et celui de Jenny à droite.

« Tu vois, dit-il, il n'y a pas assez de place pour quelqu'un d'autre. On affiche complet dans ce cœur. »

Karen sentit les larmes lui monter aux yeux et elle acquiesça. Elle avait bien compris ce qu'il avait voulu lui dire — qu'ils étaient heureux ainsi, tous les trois. Il le lui rappelait souvent. « C'est vrai, chéri, murmurat-elle, nous avons beaucoup de chance. J'y pensais justement tout à l'heure... Toute la chance que j'ai. Merci. » Elle lui sourit, sachant qu'elle avait l'œil humide, mais il ne paraissait pas s'en formaliser lorsqu'il lui prit la main et la serra. Elle ne lui dit pas ce qu'elle ressentait, tout au fond d'elle-même : que, dans le cœur d'une mère, il y avait toujours de la place pour quelqu'un de plus.

« Eh bien, reprit-il en s'éclaircissant la gorge, satisfait de la manière dont elle avait reçu son cadeau, as-tu choisi ce que tu vas prendre ?

— Non, pas encore, répondit-elle avec un coup d'œil vers l'entrée du restaurant. Et toi ?

— Je suis tenté par les côtelettes d'agneau. » Il consulta sa montre. Quand il reprit la parole, ce fut pour énoncer à voix haute ce que pensait Karen. « Mais qu'est-ce qu'elle fabrique ? Il est déjà une heure et quart.

— Oh, tu sais comment sont les adolescents, observa Karen en s'efforçant de ne pas loucher elle aussi vers l'entrée. Ils n'ont pas la notion du temps.

— Je lui avais dit à 13 heures précises », dit Greg d'un ton irrité.

La serveuse revint à leur table. « Est-ce que tu veux prendre un apéritif ? » demanda Greg à sa femme. Celle-ci secoua la tête.

« Attendez encore quelques minutes, dit-il à la serveuse.

— Tu es bien sûr que ce n'est qu'à deux pâtés de maisons ? demanda Karen.

28

— Voyons, chérie... c'est moi qui l'ai déposée, hier au soir. »

Elle acquiesça. Elle avait échangé quelques mots avec Mme Gilbert au téléphone, pour s'assurer qu'il n'y avait pas d'inconvénient à ce que Jenny passe la nuit chez elle. Cet appel avait eu le don de mettre Jenny en colère ; depuis quelque temps, elle se hérissait dès que son indépendance était remise en question. « Je déteste que tu me surveilles comme ça, s'était-elle plainte.

— Je suis sûre que la maman de Peggy aurait fait la même chose », avait répondu Karen d'un ton calme. Elle n'allait tout de même pas lui dire qu'en réalité Mme Gilbert lui avait semblé impatiente, comme si elle non plus n'avait pas vu la nécessité de passer ce coup de fil.

« Tu me traites comme si j'étais encore en maternelle », avait insisté Jenny.

Karen poussa un soupir à l'évocation de cet échange. On aurait dit que leurs conversations, depuis quelque temps, tournaient systématiquement à l'aigre. Toutes les décisions que prenait Karen se heurtaient à la résistance de Jenny ; chacune de ses suggestions était rejetée, comme étant soit importune, soit barbante.

« Qu'est-ce qui se passe ? demanda Greg.

— Oh ! tu sais comment c'est entre Jenny et moi, depuis un moment.

— Ce sera passager.

— C'est toujours ce que tu réponds.

— Peut-être, mais c'est scientifiquement prouvé ! Les impatiences de l'adolescence, connues aussi sous le nom d'âge ingrat. »

Karen éclata de rire, mais son expression redevint rapidement soucieuse. « Qui sait, dit-elle en s'efforçant de prendre un ton dégagé, si elle n'a pas décidé de nous faire faux bond ? Elle est peut-être en colère contre moi.

— En colère contre quoi ? Et pour quelle raison ? s'exclama Greg, rejetant cette éventualité d'un geste de la main. De toute façon, elle ne se comporterait pas comme ça. » Il n'en consulta pas moins sa montre, le sourcil froncé. Il était presque une heure trente. « Veux-tu que nous commandions ? »

Karen secoua la tête. « Tu ne crois pas qu'il aurait pu lui arriver quelque chose ?

— Mais non », répondit-il trop vite, d'un ton trop sûr.

Non, en effet, pensa Karen. On est au milieu de la journée. Le soleil brille. Elle n'est qu'à deux rues de là. C'est impensable. Mais elle avait beau accumuler les raisons de ne pas s'inquiéter, elle ne pouvait chasser le souvenir d'Ambre. Cela faisait maintenant huit mois qu'on avait retrouvé son squelette dans la réserve naturelle de Wayland. Et en huit mois, en dépit de la reconstitution du visage par un dessinateur de la police, d'une description des fibres de ce qui restait de ses vêtements et d'un épluchage systématique des dossiers des personnes disparues, la police de Wayland n'avait toujours pas identifié les restes. Dans une grande métropole, il n'aurait pas fallu plus de quinze jours pour que ces restes pitoyables deviennent une unité anonyme de plus dans les statistiques criminelles ; mais Wayland était une petite ville. Une journaliste locale, Phyllis Hodges, avait surnommé l'adolescente morte « Ambre » dans un de ses articles ; ce nom lui avait paru convenir à la saison, l'automne, où on l'avait trouvée. Il lui était resté. Et lorsqu'il devint évident que personne n'allait venir réclamer sa dépouille mortelle, la municipalité avait organisé une collecte pour qu'elle soit convenablement enterrée dans le cimetière local. Depuis, en dépit de l'absence de toute nouvelle information sur Ambre, les habitants de Wayland ne l'avaient pas oubliée. C'était une communauté où chacun connaissait les enfants des autres et personne ne prenait à la légère le fait que quelqu'un eût tué une adolescente et jeté son cadavre dans les marais. Ni que ce quelqu'un se trouvait peut-être encore dans la ville, représentant un danger pour tous ceux qui avaient une fille.

Greg fit les gros yeux à sa femme. « Je sais à quoi tu penses, dit-il. Tu deviens parano. Je te l'ai déjà dit, la maison des Gilbert est à deux rues d'ici. Tu pourrais l'apercevoir en te tordant un peu le cou !

— Je suis désolée.

— Inutile de s'inventer des histoires.

— Je ne peux pas m'en empêcher. Tu devrais peut-être appeler chez Peggy », suggéra Karen.

Greg repoussa sa chaise. « Je commence à être fatigué de l'attendre et tu es sur le point de transformer ta serviette en plissé soleil tellement tu la tords. Je vais appeler, en effet. »

Karen afficha un sourire hésitant. « Elle va être furieuse contre toi. Pour une fois, au moins, je ne serai pas en cause. »

Greg se leva en faisant tinter les pièces au fond de sa poche. « Je reviens dans une minute. »

Elle regarda par la fenêtre, agrippant la serviette de toutes ses forces en attendant son retour. La serveuse passa à côté de la table et Karen grimaça un sourire d'excuse à son intention. Elle s'était presque attendue à ce que la jeune femme la foudroie du regard — pour lui faire perdre un temps précieux et occuper inutilement une table un dimanche particulièrement chargé —, mais celle-ci lui répondit par une mimique d'inquiétude sincère qui ne fit que rendre les choses encore pires pour Karen. De nouveau, elle se tourna vers la fenêtre. Soudain, tout l'éclat de cette journée de printemps lui parut clinquant. Leurs relations avaient beau être difficiles en ce moment, un tel manquement ne ressemblait pas à Jenny. Elle avait toujours fait preuve de beaucoup de cœur, enfant, et si ce trait de caractère était moins évident depuis qu'elle était adolescente, Karen savait bien qu'il n'avait pas disparu. Même si le petit visage qui s'illuminait naguère à chaque fois qu'il se tournait vers elle était maintenant, le plus souvent, un masque tempétueux. Le psychologue-conseil, à l'école où allait Jenny, leur avait expliqué qu'il s'agissait d'une crise d'identité comme en traversent tous les adolescents, crise particulièrement difficile pour les enfants adoptés taraudés par des doutes et des questions sur leur origine auxquelles ils ne reçoivent pas de réponses. Après l'entretien, Karen avait essayé d'en parler avec Jenny, en lui demandant si elle se posait ce genre de questions. « Tu veux dire, est-ce que ça m'ennuie, l'idée que ma vraie mère m'ait donnée à de parfaits étrangers ? » avait répliqué la fillette de ce ton caustique familier qui broyait à chaque fois le cœur de Karen. « Eh bien, non. Je trouve ça au contraire sensationnel. »

Lorsque Karen avait tenté de la convaincre que Greg comme elle-même l'aimaient plus que tout au monde, plus même qu'ils auraient aimé un enfant de leur propre chair, Jenny avait réagi en traitant cette remarque de « ... réplique toute faite. J'ai déjà entendu la chanson ».

Karen secoua la tête, au souvenir du regard de défi sur le petit visage pâle taché de son, de la blessure mal déguisée qu'on lisait dans les yeux bleus, tandis que l'adolescente repoussait de son front sa chevelure sombre, dans un geste inconscient et familier. Il n'y avait pas moyen de l'atteindre, en ce moment. C'est un âge difficile, se dit-elle pour se consoler. Et il est plus dur pour elle que pour moi. Mais, secrètement, Karen regrettait l'ancienne Jenny, la Jenny séduisante et affectueuse.

Greg revint dans le restaurant, affichant une expression sinistre. Karen sentit son cœur bondir dans sa poitrine. Elle le suivit des yeux, effrayée, tandis qu'il traversait la salle.

Il reprit sa place et elle se rendit aussitôt compte qu'il n'était pas inquiet, mais en colère. « Qu'est-ce qui se passe ? demanda-t-elle. Elle n'était pas là ? »

Greg déplia sa serviette et prit le menu, sans lever les yeux. Quand enfin il parla, ce fut d'un ton rude. « J'ai eu le père de Peggy. Il semblerait que Jenny et elle soient allées au cinéma. »

Elle ne put s'empêcher de ressentir, sur le coup, un certain soulagement. Puis ses joues se mirent à la brûler. Jenny avait traité sa fête, la Fête des Mères, par le mépris. Impossible d'atténuer le coup.

Greg reposa son menu. « Attends un peu que je l'attrape », dit-il, le visage fermé de colère ; Karen, cependant, y détecta aussi de la souffrance et de la confusion.

« Elle avait peut-être ses raisons, dit-elle sans conviction.

— Ne prends pas sa défense. Elle est sans excuse.

— Au moins, il ne lui est rien arrivé.

— Bon Dieu ! Je n'arrive pas à croire que mademoiselle soit allée tranquillement au cinéma !

— Arrête, murmura Karen, voyant qu'à la table voisine les gens s'étaient tournés vers eux et les observaient. C'est assez pénible comme ça.

— Je suis désolé, répondit Greg en se rejetant contre son siège. Je suis désolé.

— Ce n'est pas ta faute.

— Elle a peut-être oublié, avança-t-il avec encore moins de conviction que Karen, un instant auparavant.

— Tu sais aussi bien que moi que non. »

Greg regarda pendant un moment par la fenêtre. Puis il se tourna de nouveau vers sa femme. « Bon, et si nous commandions ? proposa-t-il d'un ton sec.

— Je n'ai pas envie... je n'ai plus faim. »

Il se pencha sur la table. « Mon chou, ne la laisse pas tout gâcher, simplement parce qu'elle n'est pas là. Ce sera comme un rendez-vous d'amoureux. Juste nous deux... »

Karen le regarda avec une expression impuissante. « C'est la Fête des Mères, aujourd'hui.

— Je sais bien.

— Rentrons à la maison.

— D'accord. »

Elle prit son sac à main à tâtons et se leva tandis que Greg parcourait la salle des yeux, à la recherche de la serveuse à la chevelure flamboyante ; il lui fit signe d'un haussement de sourcil. Karen eut l'impression que tous les clients les regardaient, pendant que Greg donnait à la jeune femme un pourboire qu'il accompagna d'excuses précipitées. En sortant du restaurant, elle ne quitta pas le sol des yeux.

Aucun des deux ne dit mot jusqu'au moment où ils se retrouvèrent assis dans la voiture.

« Mets ta ceinture », dit doucement Greg pendant que le moteur tournait au ralenti. Karen obéit.

Au moment où il faisait marche arrière, la serveuse apparut à l'entrée de l'auberge, agitant la main dans leur direction. Un instant, Karen sentit son cœur battre plus librement, pendant que la jeune femme courait jusqu'à leur voiture. Jenny avait appelé. C'était un malentendu. Elle arrivait. Karen baissa la vitre au moment où la serveuse, sa crinière cuivrée brillant au soleil, se penchait vers elle.

« Vous avez oublié quelque chose sur la table », dit-elle en reprenant son souffle.

Karen regarda l'objet qu'elle lui tendait et reconnut la boîte qui contenait le médaillon.

Elle la prit et la posa sur ses genoux. « Merci beaucoup, marmonna-t-elle, les yeux fixés sur son cadeau.

— J'espère que vous vous sentez mieux », dit gentiment la serveuse, qui les salua de la main quand Greg démarra.

Greg s'engagea dans leur rue, puis remonta l'allée privée qui conduisait à leur domicile. Le couple avait acheté cette maison de style colonial au tout début de leur mariage ; à l'époque, elle était en fort mauvais état mais occupait l'un des plus beaux terrains de la ville. Au cours des années, les propriétés avoisinantes avaient été subdivisées en lots plus petits et le nombre des maisons s'était multiplié d'autant, mais la leur, relativement à l'écart, était entourée de nombreux arbres et sans voisin direct. Il leur était arrivé de parler de déménager, mais ils doutaient fort de pouvoir trouver un terrain aussi bien disposé ou une maison avec autant de caractère que la leur.

Greg aida Karen à descendre de voiture comme si elle était souffrante, ne lâchant pas un instant son coude tout le long du chemin, et lui ouvrant finalement la porte.

« Je crois que je vais aller m'étendre », dit-elle. Elle se sentait glacée, en dépit de la température agréable de ce début d'après-midi.

« Très bien, répondit Greg, d'un ton attristé. C'est une idée. Est-ce que tu veux que je te prépare un sandwich ou autre chose ?

— Je mangerai un morceau plus tard.

— Je suis désolé, dit-il une fois de plus.

— Ne t'en veux pas. Tu n'as voulu que me faire plaisir. »

Elle monta l'escalier lentement, gagna leur chambre et se changea, mettant les vêtements confortables d'un dimanche ordinaire : un jean et un vieux chandail. Elle glissa le médaillon dans un tiroir de sa commode. La photo de Jenny lui lançait son sourire éclatant et plein de vie. Elle grimaça, comme si elle avait reçu un coup de poignard. Arrête de prendre ça trop à cœur, ne cessait-elle de se répéter. Il lui fallut, semblat-il, toute son énergie pour s'allonger sur le lit. A peine enfouie sous la courtepointe, elle sombra dans un sommeil sans rêves.

Elle se réveilla au bruit de la porte de devant qui claquait puis d'éclats de voix bruyants en provenance du rez-de-chaussée. Une minute, elle resta cachée sous la couverture, de nouveau envahie par le douloureux sentiment d'avoir été rejetée. Finalement, elle s'obligea à se lever et descendit ; en pantoufles, ses pas ne faisaient aucun bruit dans l'escalier.

« Je t'avais dit à quel point ce déjeuner était important pour nous ! tonnait Greg, la voix hachée par la fureur. Il me semblait avoir été très clair. Ta mère vient de subir une épreuve très pénible, récemment. Tout ce que je te demandais, c'était que nous puissions passer une journée agréable et joyeuse, tous les trois, pour qu'elle se sente mieux, mais non. Mademoiselle n'a pas pu. »

Le petit visage de Jenny était blême et ses taches de rousseur livides sur sa peau ; la colère brillait dans ses yeux bleus. « C'est impossible, tout de même ! répliqua-t-elle. Je n'ai même pas fermé la porte que tu commences à crier, comme si j'avais commis un crime !

— A quoi t'attendais-tu ? Tu t'es comportée en petite égoïste, comme une... je ne sais pas quoi. Tu ne penses qu'à une chose, ta petite personne.

— On ne me laisse jamais l'occasion de m'expliquer, ici !

— Arrêtez de crier ! » lança Karen de l'embrasure de la porte donnant dans le séjour.

Jenny se tourna et regarda sa mère. Pendant quelques secondes, une expression de culpabilité se dessina sur ses traits. Puis elle tendit un menton belliqueux. « C'est lui qui a commencé ! »

Greg secouait la tête, n'en croyant pas ses oreilles. « Rien n'est jamais de ta faute, c'est ça, hein ? Tu es une pauvre petite malheureuse, une incomprise. Est-ce que tu as seulement cherché à savoir ce qu'avait pu ressentir ta mère ?

— Evidemment, que j'y ai pensé, répondit Jenny, sur la défensive. Mais Peggy voulait aller au cinéma avec moi.

— Oh, je vois, rétorqua Greg, sarcastique. C'était ce que voulait Peggy et, bien entendu, tu n'avais pas le choix.

— Laisse tomber, dit la fillette.

— Tu n'as pas non plus pensé que nous pouvions nous inquiéter ! s'écria à son tour Karen. Tu aurais pu au moins nous téléphoner pour nous dire ce que tu avais l'intention de faire.

— Je savais que vous ne voudriez pas.

— C'est le bouquet ! s'exclama son père.

— Quoi, le bouquet ?

— Dis-moi si je me trompe, demanda Greg, incrédule. Tu veux faire quelque chose, mais tu supposes que nous dirons non ; alors tu le fais et ne nous en parles pas, c'est bien ça ?

— Non, répondit Jenny avec un soupir, ce n'est pas ce que j'ai voulu dire.

— Je l'espère bien, nom d'un chien !

— Je savais que vous alliez le prendre comme ça, avoua l'adolescente d'un ton fatigué.

— Mais enfin, Jenny, comment croyais-tu que nous allions réagir ? répliqua Karen d'une voix exaspérée. Qu'est-ce qu'on doit penser, quand on ne sait ni où tu es ni ce qui t'arrive ?

— Ne te fatigue pas à le dire ! (Elle imita le ton de voix querelleur et aigu de sa mère.) On ne peut pas oublier ce qui est arrivé à Ambre. Bon sang, j'en ai marre, d'Ambre ! Il ne m'est rien arrivé. Ce n'est pas la peine d'en faire tout un plat.

— Justement, si, répondit Karen d'une voix qui chevrotait. C'est moi qui me retrouve ici à me faire un sang d'encre pour toi. Si on ne peut pas te faire confiance quand tu sors, eh bien, tu ne seras plus autorisée à passer la nuit chez tes amies. Un point c'est tout.

— Ça n'est pas juste ! protesta Jenny. C'est la seule fois...

— Tu as entendu ce que t'a dit ta mère, intervint Greg.

— Vous ne m'écoutez même pas ! Vous ne m'avez fait que des reproches !

— Pour ma part, je t'ai suffisamment écoutée, dit son père. Va dans ta chambre et n'en descends que lorsque tu seras décidée à présenter tes excuses à ta mère et à te comporter comme un être humain normal. »

Marmonnant quelque chose d'incompréhensible, Jenny sortit de la pièce d'un pas de grenadier et s'engagea dans l'escalier en faisant vibrer toutes les marches.

Soudain, on sonna à la porte. « Qui c'est, encore ? gronda Greg en fronçant les sourcils. Il tombe bien, celui-là !

— J'y vais », dit Karen, passant dans le couloir pour aller ouvrir.

Une inconnue se tenait sur le pas de la porte. Elle avait une trentaine d'années ; elle était mince, très bien habillée, et avait des cheveux sombres qui lui retombaient sur les épaules. Elle tenait à la main un bouquet de fleurs et une boîte en bois brillante et décorée. Elle avait un visage pâle, en forme de cœur, et une pincée de taches de rousseur éparpillées sur le nez. Elle regardait la mère de Jenny, de l'anxiété dans ses yeux bleus, et rejeta sa chevelure sur le côté d'un geste nerveux qui donna un étrange petit pincement au cœur de Karen.

« Madame Newhall ? » demanda-t-elle.

Karen acquiesça.

« Je sais bien que j'aurais dû commencer par vous téléphoner, mais j'ai eu peur de perdre courage. »

Karen sentait son cœur battre la chamade dans sa poitrine. « Ça ne fait rien », dit-elle automatiquement, mais dans sa tête, une autre voix clamait : *Non, non ! Ça fait quelque chose, au contraire !* Elle n'avait jamais vu ce visage, elle n'avait jamais entendu cette voix. Mais sur-le-champ, instinctivement, elle sut de qui il s'agissait.

« Puis-je entrer ? »

Karen recula et la jeune femme entra dans le vestibule. Jenny, qui s'était arrêtée en haut des marches lorsqu'on avait sonné à la porte, revint sur ses pas et se pencha sur la rampe, curieuse.

La jeune femme leva les yeux et l'aperçut. Ses yeux s'agrandirent. « Tu... tu es Jenny ? » demanda-t-elle.

L'adolescente acquiesça et descendit une autre marche.

L'inconnue eut un regard d'excuse pour Karen. « J'espère que vous n'allez pas me trouver trop impolie ou bizarre, mais il fallait que je vienne.

— Qui est-ce ? » fit la voix de Greg, qui arriva à son tour dans le vestibule.

Karen donnait l'impression d'être pétrifiée, clouée sur place, incapable de détacher son regard du visage de la jeune femme, incapable d'émettre un son.

« J'ai essayé de t'imaginer au moins un million de fois », reprit l'inconnue, presque comme si elle parlait pour elle-même.

Jenny, intriguée, regardait tour à tour la visiteuse et sa mère. « Je devrais vous connaître ? Qu'est-ce que vous voulez ? »

Karen comprit que sa fille n'avait rien vu. A treize ans, l'aspect que présente une adolescente est pour elle-même un mystère composite de problèmes insolubles : une bouche trop grande, des cheveux trop gras, un bouton qu'aucun maquillage ne peut dissimuler. On ne peut s'attendre qu'une gamine de cet âge voie sa propre image réfléchie dans un visage adulte. Karen, elle, le voyait. Mieux, elle le sentait, comme une menace qui aurait plané dans l'air. « Attendez un peu », réussit-elle à dire.

Mais il était trop tard pour arrêter la jeune femme, qui souriait craintivement.

« Je m'appelle Linda Emery, et je suis ta mère, dit l'inconnue à l'intention de l'adolescente suffoquée. Ta vraie mère. »

2

Une sorte d'engourdissement paralysant envahit le corps de Karen lorsqu'elle entendit ces mots et vit l'effet qu'ils provoquaient sur le visage de Jenny. Celle-ci était restée pétrifiée sur place, au milieu de l'escalier, les phalanges blanches tant elle serrait la rampe de ses mains, son regard à l'expression stupéfaite rivé sur l'étrangère. « Vous êtes ma mère ? »

Des larmes grossirent dans les yeux de Linda Emery et roulèrent bientôt sur ses joues tachées de son. Elle acquiesça, puis eut un coup d'œil embarrassé pour Karen. « Je suis désolée... je n'aurais pas dû faire irruption comme ça (elle reporta son regard, chargé de tendresse, vers Jenny). Mais à te voir ici, après toutes ces années... »

L'adolescente se tourna tout d'abord vers sa mère, puis vers son père, qui se tenait, rigide, dans l'embrasure de la porte donnant dans le séjour, le visage vidé de toute couleur. Karen mesura, dans les yeux de Jenny, l'étendue de sa stupéfaction. Elle cherchait une explication auprès de ses parents, une réponse, comme le font toujours les enfants. Dis quelque chose, s'encouragea mentalement Karen. Fais quelque chose. Mais elle n'était capable que de contempler l'intruse d'un œil rond, impuissante.

« J'ai la preuve. Ton certificat de naissance. Dans mon sac », reprit Linda sur un ton d'excuse. Elle voulut le prendre, mais le bouquet de fleurs et la boîte aux couleurs brillantes la gênaient. Elle tendit les objets vers Jenny. « C'est pour toi. » L'adolescente ne bougea pas de son perchoir, au milieu de l'escalier.

Maladroitement, Linda déposa fleurs et boîte sur le sol, à côté d'elle, se redressa, et commença à fouiller dans son sac. « Je l'ai mis dans une enveloppe... c'est au fond d'une de ces poches... je ne sais plus... ah, voilà ! » Elle brandit l'enveloppe dans la direction de Jenny, qui secoua lentement la tête. Linda se tourna, retira le document de l'enveloppe et le proposa alors à Karen, qui tendit machinalement la main et se mit à le regarder sans savoir qu'en faire. Greg s'avança et détacha délicatement le certificat des doigts glacés de sa femme. « Laisse-moi voir ça », dit-il. Il fronça les sourcils tout en étudiant le document tandis que Linda regardait de nouveau vers Jenny, incapable, semblait-il, de la quitter des yeux. « Tu ne peux pas savoir, dit-elle. Tu ne peux pas savoir combien j'ai rêvé de te voir. »

La voix de Greg intervint, brutale. « Que voulez-vous ? Pourquoi êtes-vous ici ? »

Linda s'arracha à la contemplation du visage de Jenny pour regarder Karen et Greg. « Je suis désolée... monsieur Newhall... madame Newhall. Je sais que je n'aurais pas dû débarquer comme ça, à brûle-pourpoint. Il fallait que je la voie... S'il vous plaît, si nous pouvions juste parler un peu... »

Avec lenteur, comme si elle sortait d'une transe, Jenny descendit l'escalier, se dirigea vers Linda et alla ramasser ses cadeaux.

« C'est une boîte à musique, dit précipitamment Linda. Elle joue *Beautiful Dreamer*.

— Merci », répondit Jenny, restant debout à côté de Linda, mais sans la regarder.

Karen finit par se reprendre suffisamment pour être capable de parler. « Entrez donc », dit-elle d'une voix qui s'étranglait avec un geste en direction de la salle de séjour, et un regard d'avertissement à Greg.

Elle précéda la visiteuse, qui s'exclama : « Oh, c'est absolument charmant ! Ça paraît si confortable... vous avez une maison magnifique. »

Karen était sur le point de répondre quelque chose, lorsque Linda ajouta : « Je suis si contente ! » Le sous-entendu lui fit l'effet d'une claque. Linda n'avait pas terminé sa phrase en disant « pour ma fille », mais elle aurait aussi bien pu.

Karen se retourna et vit Jenny qui se tenait sur le pas de la porte, tenant ses cadeaux, l'air d'un enfant qui ne retrouve plus le chemin de sa maison. Il lui fallait le temps de réfléchir, de se ressaisir et sa mère adoptive revint donc vers elle ; elle lui prit doucement la boîte à musique des mains. « Ces fleurs ont besoin d'eau, dit-elle. Va donc les mettre dans un vase. »

Jenny acquiesça. « D'accord. » Puis elle s'enfuit de la pièce, agrippant le bouquet.

Linda se percha sur le bord du canapé ; Karen alla s'installer dans le fauteuil à bascule — celui dans lequel elle avait bercé des milliers de fois Jenny, bébé, pour qu'elle s'endorme — et posa la boîte à musique sur la table basse, entre elles. Greg ne fit pas mine de s'asseoir.

« Je suis sûre que vous vous posez bien des questions, commença Linda.

— Comment avez-vous pu... ? avait dit Karen en même temps.

— Je vous écoute, fit Linda, nerveusement.

— Ce que je voudrais savoir, c'est comment vous nous avez trouvés. C'était une adoption à l'aveugle. Les archives sont sous scellés.

— J'ai engagé un détective privé (elle avait repris

son ton d'excuse). J'ai pu avoir l'information par le bureau de l'avocat. »

Karen jeta un coup d'œil à Greg, qui s'appuyait au manteau de la cheminée. Elle se rendait compte qu'il était tout aussi en colère qu'elle. Arnold Richardson était d'une négligence et d'une insouciance inexcusables, s'il laissait des informations de cette nature sortir de son bureau. Il était précisément de sa responsabilité de les protéger de ce genre de problèmes.

« Je sais que... que c'était mal de ma part. Je vous en prie, essayez de me comprendre. Je suis originaire de Wayland, même si cela fait plusieurs années que j'habite à Chicago. J'ai appris récemment que mon père était mort et j'ai décidé de revenir pour quelques jours. Je savais que c'était un couple d'ici qui avait adopté mon bébé et à l'idée que j'allais me retrouver dans la même ville, il a fallu que je le voie.

— Nous savions que la mère était de la région », fit Karen d'une voix sourde. En esprit, elle revint à ce jour lointain où Arnold Richardson les avait fait venir à son bureau et leur avait parlé de leur bébé. Elle se souvenait toujours des battements irrépressibles de son cœur, de sa main moite dans celle de Greg, lorsqu'ils avaient appris la nouvelle. « La mère est de la région », leur avait simplement dit Richardson ; et Karen avait dit en elle-même : soyez bénie, qui que vous soyez ! Merci pour ce merveilleux cadeau. Je vous souhaite une vie riche et heureuse. Elle regarda la jeune femme assise sur le canapé et essaya de retrouver cet élan spontané de joie et de gratitude ; mais elle ne ressentait plus que quelque chose de froid dans sa poitrine.

Linda reprit la parole, rendue nerveuse par le silence qui se prolongeait. « Je n'avais que dix-sept ans lorsqu'elle est née. Et pendant tout ce temps je me suis demandé comment elle était... Je suis sûre que vous pouvez comprendre que...

— Sans doute, répondit Karen d'un ton raide. Vous auriez pu toutefois nous téléphoner.

— J'avais peur, objecta la jeune femme avec quelque chose de suppliant dans la voix. Peur que vous refusiez. » Elle prit un mouchoir en papier et s'essuya les yeux.

« C'est un tel choc, pour Jenny ! Vous voyez vous-même à quel point elle est bouleversée.

— Je savais que ce serait un choc pour elle, mais je pensais aussi qu'elle serait heureuse. C'est à dire... heureuse de savoir, finalement, qui était sa mère naturelle. »

Karen éprouvait presque de la honte à se sentir aussi amère. Bien sûr que Jenny aurait voulu la rencontrer ! Combien de fois l'avait-elle entendue se demander à haute voix comment pouvait bien être sa vraie mère. Mais quelque chose, au fond d'elle-même, ne pouvait faire à cette intruse le plaisir de le reconnaître. « Ce n'est pas le genre de chose que l'on jette comme ça à la tête d'un enfant. Il faut les préparer à de telles rencontres. En outre, vous avez pris des engagements légaux, il y a treize ans. Il est irresponsable de croire qu'on peut les répudier ainsi à sa convenance. »

Linda secoua la tête avec une expression qui frisait la veulerie. « Vous avez raison, vous avez raison. Tout ce que vous dites est vrai. Je fais simplement appel à vous en tant que mère. Je vous en supplie, pardonnez-moi mon impulsivité. Je vous en prie, essayez de comprendre... »

Dans son esprit, et même dans une partie de son cœur, Karen comprenait, en effet. Avoir eu un enfant, et ne jamais savoir... c'était quelque chose d'inimaginable, une douleur qui devait vous accompagner toute la vie. Elle se rendait bien compte que la jeune femme était sincère. Mais elle n'avait aucune envie de lui manifester de sympathie. Elle se sentait menacée. L'intruse paraissait avoir des prétentions sur son enfant. Elle ressentait un instinct primitif, comme une lionne qui défend ses petits. Elle avait beau s'efforcer de comprendre, il y avait en elle une part irrationnelle qui ne voulait qu'une chose, protéger ce qui lui appartenait.

« Ecoutez, ça n'a pas réellement d'importance, que je comprenne ou non, répondit Karen d'un ton plus

rude qu'elle ne l'aurait voulu. Le mal est fait, maintenant, quoi que je pense. »

Karen ne se rendit compte que Jenny était revenue
dans la pièce que lorsqu'elle entendit une petite voix
dire, d'un ton de réprobation : « Voyons, Maman... »

L'adolescente alla poser le vase de fleurs sur le manteau de la cheminée avant d'aller s'asseoir sur le
canapé, dans le coin opposé à celui occupé par Linda,
repliant ses jambes grêles sous elle.

« Non, dit Linda, ta maman a raison. D'un point de
vue technique, je n'aurais pas dû faire cela. »

Finalement, Greg rompit le silence qu'il avait
observé jusqu'ici. « Le mot exact est *juridique*,
précisa-t-il d'un ton sombre à la visiteuse.

— Oui, admit Linda sans le regarder. Vous avez raison.

— Eh bien, moi, je suis contente que vous soyez
venue », dit Jenny.

Karen se sentit agressée. C'était vrai, évidemment ;
Jenny faisait simplement preuve d'honnêteté en le
reconnaissant. Mais elle aurait aimé se sentir moins
blessée par sa remarque.

« Il y a beaucoup de choses que je voudrais savoir,
dit Jenny.

— Moi aussi, je veux tout savoir de toi ! répondit
vivement Linda en se tournant vers l'adolescente.

— Le plus important, poursuivit Jenny d'une voix
qui chevrotait légèrement, c'est... comment se fait-il
que vous n'ayez pas voulu de moi ? »

Cette douloureuse question donna envie à Karen de
prendre sa fille dans ses bras, mais Jenny ne regardait
que Linda, attendant sa réponse avec une expression
qui était presque du défi.

« Oh, Jenny... », dit tristement Linda. Elle serra les
lèvres et secoua la tête. « Je sais bien que c'est comme
ça que tu vois les choses...

— C'est comme ça qu'elles sont. Vous m'avez donnée.

— Oui. Mais les circonstances étaient telles... si
seulement je pouvais t'expliquer...

— Je veux savoir pourquoi », s'entêta Jenny.

Linda ne répondit pas tout de suite, une expression de souffrance dans les yeux, mais aussi l'air lointain. « J'avais commencé à le dire à tes parents, quand tu es allée t'occuper des fleurs. Je suis de Wayland. J'y ai grandi. Je n'avais que dix-sept ans quand je me suis retrouvée enceinte — autrement dit, quelques années seulement de plus que toi maintenant. Et le mariage... le mariage était exclu.

— Mon père ne voulait pas non plus de moi, alors, dit froidement Jenny. C'était une erreur.

— Oh, ne crois pas ça ! l'interrompit Linda. Regarde-toi ! Tu t'en es tellement bien sortie ! Parfois, je me demande pourquoi je suis née. Mais depuis que je suis ici et que je te vois, je comprends que j'ai fait au moins une bonne chose dans ma vie. Deux bonnes choses, en vérité. Je t'ai donné naissance et je t'ai confiée à ces excellentes personnes... »

Karen ne put s'empêcher de se sentir touchée par la réponse de la jeune femme. Un instant, elle éprouva une étrange fraternité avec la mère naturelle de Jenny, cette étrangère assise à côté d'elle.

« Mais vous auriez tout de même pu me garder, insista l'adolescente. Il y a beaucoup de mères célibataires... »

Linda secoua la tête. « Il en allait bien autrement, il y a quatorze ans, Jenny. Les gens étaient bien loin de l'accepter comme à l'heure actuelle. Sans compter que j'étais lycéenne, et que mes parents... mes parents ne l'auraient jamais supporté. Ils étaient catholiques pratiquants. La seule idée de devoir les affronter me terrorisait.

— Qu'est-ce que vous avez fait, alors ? voulut savoir Jenny, curieuse.

— Eh bien, répondit sans hésiter la jeune femme, j'ai pris des dispositions avec un avocat pour que tu sois adoptée, puis je me suis rendue dans un foyer pour filles-mères de Chicago. L'avocat est venu te chercher lorsque tu es née. Finalement je suis restée à

Chicago, et je n'ai pas quitté cette ville depuis. J'ai pris des cours du soir et j'ai trouvé du travail.

— Qu'est-ce que vous avez dit à vos parents ?

— Rien. Je suis partie, c'est tout », dit Linda.

Jenny resta quelques instants songeuse. « Est-ce que vous avez fini par vous marier ou vivre avec quelqu'un ?

— Non, répondit la jeune femme avec une légère pointe d'irritation dans la voix. Il n'y a que moi et le chat.

— J'aime beaucoup les chats, observa prudemment Jenny.

— Tu en as un ? (Linda regarda autour d'elle.)

— Non, Maman y est allergique. »

Le reproche que cela impliquait hérissa Karen, mais elle retint sa langue.

« En voilà assez pour moi, dit Linda. Parle-moi de toi, maintenant.

— J'ai encore beaucoup de questions à poser, objecta Jenny. Vous ne pouvez pas rester pour dîner ? »

La jeune femme put lire une expression d'étonnement inquiet sur les visages de Karen et Greg. « Je ne suis pas sûre que ce soit une bonne idée. »

Jenny se tourna vers sa mère et comprit aussitôt la raison qui faisait hésiter Linda. « Elle est bien invitée, n'est-ce pas, Maman ? dit-elle, la mettant au défi.

— Je n'avais pas prévu... c'est juste un repas froid, répondit Karen, toute troublée. Mais je crois que...

— Jenny, intervint Greg, tu mets ta mère dans une situation impossible.

— De toute façon, dit Linda, mon intrusion n'a déjà que trop duré.

— Je veux que vous restiez ! s'écria Jenny.

— En fait, je vais voir ma propre maman. C'est la Fête des Mères, aujourd'hui. »

Cette réplique calma un peu l'adolescente. « Cela fait combien de temps que vous ne l'avez pas vue ? »

Linda la regarda, l'air grave. « Depuis que j'ai quitté la maison.

— Hou là !

— Alors, tu vois, je n'aurais de toute façon pas pu rester. »

Jenny regarda sa mère, et lut du soulagement sur ses traits. Son expression se durcit. « Je regrette que vous ne puissiez pas, s'entêta-t-elle.

— Moi aussi, mais je te propose quelque chose. On pourrait... si tes parents sont d'accord, évidemment. On pourrait se voir demain, toutes les deux. Peut-être même aller déjeuner quelque part ensemble. Pour faire connaissance.

— Il y a l'école, objecta Karen avant de pouvoir se retenir.

— Mais c'est plus important ! » s'exclama Jenny.

Linda se leva d'un mouvement vif. « Alors, après l'école, peut-être. Si tu veux, je te passe un coup de fil et on convient d'une heure. (Elle se tourna vers Karen.) Vous seriez d'accord ?

— Euh, oui, je crois, répondit Karen, mal à l'aise.

— Nous en reparlerons d'abord, dit Greg.

— Et pourquoi pas ? Est-ce que je suis prisonnière, ici ? protesta Jenny.

— Tu as la mémoire courte, lui rappela son père. Normalement, tu devrais être dans ta chambre, cet après-midi. »

Linda referma son sac à main et se dirigea vers le vestibule. Le couple la suivit. « Bon. Je vous appelle demain matin. Merci de m'avoir laissé voir Jenny. Vous ne pouvez pas savoir ce que cela signifie pour moi.

— Attendez ! s'écria Jenny. Ne partez pas encore. Je reviens tout de suite. » Elle se précipita dans l'escalier, laissant les trois grandes personnes plantées là, dans un silence gêné.

« C'est une maison ancienne tout à fait charmante, remarqua Linda pour dire quelque chose.

— Mon mari y a fait beaucoup de travaux, répondit Karen.

— Etes-vous bricoleur, monsieur Newhall ?

— Je suis un professionnel du bâtiment. »

Linda acquiesça et se mit à tripoter son sac.

« J'espère que ça se passera bien avec votre mère, dit Karen, aussi gentiment qu'elle le put.

— Ça va lui faire un choc, à elle aussi, avoua Linda avec un petit rire nerveux. Elle ne sait pas que je viens.

— Vous... vous ne l'avez pas avertie ? » demanda Karen, incrédule.

Linda haussa les épaules. « Je crois que j'aime bien faire des surprises. » Son ton, en disant cela, n'avait cependant rien de joyeux. « Il me semble qu'il y a certaines choses... il faut être face à face pour cela. »

A cet instant, Jenny dévala les escaliers, tenant un paquet dans son emballage cadeau à la main. Avec le plus grand sérieux, elle le tendit à Linda. « Bonne Fête des Mères », dit-elle.

Linda prit le paquet, affichant une expression confuse. « Mais voyons, Jenny...

— Ouvrez-le », insista Jenny.

Linda attaqua maladroitement l'emballage tandis que Karen ne le quittait pas des yeux, ayant immédiatement compris que Jenny, bien entendu, n'avait pu anticiper l'arrivée de sa mère biologique. Il n'y avait qu'une seule explication à l'existence de ce cadeau tout prêt.

Linda souleva le couvercle de la boîte et regarda à l'intérieur. Elle contenait un portefeuille de cuir gris perle que Karen avait admiré un jour qu'elle faisait des courses avec Jenny, au centre commercial. Elle dut retenir un gémissement.

« J'espère qu'il vous servira.

— Oh, certainement. Le mien tombe en morceaux », répondit Linda.

Jenny eut un sourire éclatant.

« Je... je suis bouleversée. Merci. » Soudain, la jeune femme parut comprendre qu'elle n'était pas la destinataire initiale de ce cadeau. « Je veux dire... c'est très gentil de ta part, mais... euh... tu comprends... je me sens un peu coupable de l'accepter.

— Mais non, insista Jenny. C'est la Fête des Mères, et après tout, vous êtes bien ma mère. »

Karen fit demi-tour et retourna dans la salle de séjour.

« J'appelle demain », dit précipitamment Linda, agrippant le paquet-cadeau. Jenny l'accompagna jusque sur le pas de la porte et la salua timidement de la main, lorsqu'elle monta dans sa voiture. Quand elle se retourna, son père et sa mère n'étaient plus là. Elle se rendit jusqu'à la porte du séjour. Karen s'était assise de nouveau dans le siège a bascule. Greg faisait les cent pas derrière sa femme.

« Le portefeuille était pour toi, Maman, j'allais te le donner.

— Je sais, fit Karen d'une voix mourante.

— Je te ferai un autre cadeau. Encore mieux. Elle m'avait apporté les siens, et je ne pouvais pas la laisser repartir comme ça, tout de même. »

Karen ne répondit pas et cligna les yeux pour retenir ses larmes.

« Je ne voulais pas te blesser, protesta l'adolescente.

— Pour ce qui est de blesser ta mère, aujourd'hui, c'est réussi ! s'exclama Greg, furieux. Je ne vois pas comment tu aurais pu faire pire.

— Mais je ne savais pas qu'elle allait venir. Je voulais simplement me montrer gentille, protesta Jenny.

— Et nous, on pouvait bien aller au diable ! cria Greg.

— Il fallait bien que quelqu'un soit gentil avec elle, tout de même, rétorqua sa fille. Vous avez été horribles, tous les deux.

— Cette femme n'aurait jamais dû venir ici !

— Elle est ma vraie mère. Et je m'en fiche, de ce que vous dites. Moi, je suis contente qu'elle soit venue. Toute ma vie, j'ai prié pour qu'elle vienne un jour. »

La voix de Jenny se brisa sur ces derniers mots et elle quitta la pièce en courant.

« Nom de Dieu ! » gronda Greg en donnant un coup de poing au chambranle de la porte. Puis il se tourna et regarda sa femme, immobile dans son fauteuil, avec un sentiment d'impuissance. Il alla s'agenouiller auprès d'elle et se mit à lui caresser la main, qui repo-

sait, froide et molle, sur le bras rembourré du siège.
« Ça va, ma chérie ? » demanda-t-il.

Karen tourna la tête pour le regarder en face, une
expression intriguée dans les yeux. « Je suis sa mère »,
murmura-t-elle. Mais l'affirmation avait tout d'une
question.

« Evidemment », répliqua-t-il d'un ton farouche.

Karen se pencha et souleva le couvercle de la boîte
à musique. La mélodie de *Beautiful Dreamer* égrena
son tintinnabulement. Elle l'écouta quelques instants
et referma le couvercle. Puis elle se mit à se balancer
avec détermination, comme si elle essayait, par le
mouvement du fauteuil, d'apaiser un enfant effrayé.

3

Dans l'encoignure réservée au service de porcelaine, Alice Emery choisit ses deux chandeliers
d'argent les plus beaux et les disposa sur la table de la
salle à manger, après avoir placé un cierge rose pâle
dans chacun. Puis elle prit du recul pour admirer
l'ensemble. Mise pour cinq personnes, la table lui faisait un effet étrange. C'était son premier repas de
famille depuis le décès de Jack, son mari. Après avoir
beaucoup hésité, elle avait finalement décidé d'installer Bill à la place de son père, au bout de la table. Ce
n'était pas par manque de respect pour la mémoire de
son époux défunt, mais la simple reconnaissance d'un
fait : Bill était maintenant le chef de famille.

Elle alla ajuster la serviette posée à côté de l'assiette
de Glenda, sa belle-fille, s'assura que la chaise haute
de son petit-fils, âgé de trois ans, était solidement atta-
chée et que les deux enfants avaient bien chacun la
timbale en argent offerte à leur naissance par Mamie
et Papi.

A l'évocation de Jack, ses petits-enfants sur les
genoux, l'éternel pli qui lui barrait le front un instant
évanoui tandis qu'il les serrait contre lui, les yeux

d'Alice se remplirent de larmes. Personne mieux que les bambins n'arrivait à lui faire oublier ses chagrins. Il avait toujours été d'un caractère tranquille et mélancolique, même à l'époque où il lui faisait la cour, mais les enfants possédaient l'art de le tirer de son humeur morose. Il n'était guère bavard et Alice savait qu'aux yeux de beaucoup il passait, à tort, pour une personne bourrue ; mais les gens l'auraient jugé d'un œil différent s'ils avaient pu le voir avec les enfants. Il paraissait parfaitement à l'aise au milieu des bavardages sans logique des petits. Il riait de ce qu'ils faisaient et perdait la notion du temps. Il en avait été ainsi avec leurs propres enfants, mais encore plus avec leurs petits-enfants.

Elle retourna dans la salle de séjour, s'assit sur le bord d'une chaise et, en les attendant, reprit son ouvrage de point de croix. La broderie était destinée à la cuisine de Glenda. Elle l'avait commencée en janvier, en espérant l'avoir achevée pour la Fête des Mères ; mais elle n'avait pas prévu qu'elle perdrait Jack en mars. Bientôt l'ouvrage se retrouva posé sur ses genoux tandis que son esprit revenait au samedi fatal où un vieil ami était venu proposer une partie de pêche en bateau à Jack. Elle l'avait encouragé à accepter, se disant que sortir lui ferait du bien.

Alice poussa un soupir à cette évocation. A quoi servait de regretter d'avoir agi ainsi ? Un grain s'était brusquement levé pendant qu'ils étaient en mer, et on n'avait retrouvé que l'épave du bateau. Les gens lui répétaient qu'il avait peut-être réussi à regagner la côte, qu'on allait le retrouver, qu'elle devait conserver l'espoir, avoir foi. La foi, Alice l'avait. Elle avait foi en une chose : que son mari, homme bon et honnête, était maintenant au ciel et qu'elle le retrouverait un jour. Elle savait trop bien qu'il ne fallait pas se faire d'illusion ; un sexagénaire jeté à la mer pendant une tempête n'a aucune chance de s'en sortir. Quand votre jour est arrivé, on ne peut rien y faire. Il ne servait à rien de ne pas le reconnaître. Vivre de faux espoirs était trop épuisant. Elle le savait pour avoir déjà essayé.

Elle était donc veuve, maintenant. Elle faisait partie de ces femmes qui réchauffent des repas congelés au four à micro-ondes et ne sont plus jamais invitées aux réunions mixtes. Au moins n'avait-elle pas besoin d'aller quémander auprès du mari d'une autre femme qu'on lui pose les volets de tempête, l'hiver, ou qu'on répare une fuite dans la maison. Bill se débrouillait très bien pour ce genre de choses. Chaque semaine, ponctuellement, il l'appelait pour savoir si elle n'avait besoin de rien. Jamais mère n'avait eu un fils sur lequel on puisse autant compter, se dit-elle.

On sonna à la porte et Alice, un peu étonnée, regarda l'horloge posée sur le manteau de la cheminée. Bill et sa petite famille ne devaient arriver que dans un moment. Par ailleurs, ils ne sonnaient jamais : ils débarquaient en force, lançant son nom, les enfants s'époumonant à qui mieux mieux pour attirer son attention.

D'un mouvement un peu raide, à cause de son arthrite, elle quitta sa chaise pour aller à la porte. Bill la poussait à faire poser une chaîne de sécurité, pour vérifier qui était là avant d'ouvrir, mais ce n'était pas à son âge, estimait-elle, qu'elle allait commencer à vivre ainsi, veuve ou pas. Wayland avait toujours été une petite ville tranquille — c'est pour cette raison, d'ailleurs, qu'ils avaient choisi d'y élever leur famille. Wayland était restée une petite ville tranquille.

Alice ouvrit la porte et regarda la jeune femme qui se tenait devant elle, les larmes aux yeux. Il lui fallut une bonne minute pour prendre conscience de l'identité de sa visiteuse.

« Bonjour, M'man », dit Linda.

Alice continua de la regarder sans répondre.

« Tu ne me reconnais pas ? »

Le cœur de la vieille dame bondissait dans sa poitrine comme un poisson au bout d'un hameçon. Une sorte d'engourdissement lui pétrifiait le visage. C'était Linda... Sa Linda, qu'elle n'avait plus revue et dont elle n'avait plus eu la moindre nouvelle depuis... elle essaya de compter les années, sans y parvenir. « Dieu du ciel ! dit-elle enfin. C'est toi ? » Le cri de joie était assorti d'un reproche.

D'un geste hésitant, la jeune femme ouvrit les bras et avança d'un pas chancelant ; Alice l'attira dans les siens, la tenant serrée, se disant qu'elle aurait dû lui claquer la porte au nez, mais incapable de la lâcher.

« Oh ! Maman, sanglota Linda, je suis désolée... Oh ! Maman... »

Comme si elle reprenait brusquement son sang-froid, Alice se dégagea de l'étreinte de sa fille — une femme maintenant — et la regarda. « Où étais-tu ? » exigea-t-elle de savoir, comme si Linda était une adolescente sortie faire un tour une heure auparavant en promettant de revenir tout de suite.

Linda essuya ses larmes et se mit à rire à ce que la question de sa mère avait d'incongru. « Oh ! maman, c'est une longue histoire. Je peux entrer ? »

Alice acquiesça, incapable de faire autre chose, les larmes aux yeux. Linda ramassa sa valise et franchit le seuil. « Je vais tout te raconter. » Elle regarda autour d'elle, poussa un soupir et se tourna vers sa mère. « Tu as mis de nouveaux rideaux. Ils sont très jolis. Et il y a un tapis neuf. »

De nouveau, la mère et la fille s'étreignirent avec force ; puis Alice s'écarta. « Linda Jane Emery, dit-elle, je devrais te gifler. Pas un seul mot pendant toutes ces années ! Comment as-tu pu ?

— J'avais mes raisons, Maman, crois-moi. »

Alice secoua la tête. « Je ne veux pas les connaître. Tu es inexcusable. Si tu savais ce que nous avons enduré !

— Je suis désolée, Maman. Pardonne-moi. »

Alice secoua encore la tête et se mit à verser des larmes amères. Linda passa un bras autour de ses épaules et la conduisit jusqu'à une chaise.

« Je comprends, dit la jeune femme, hochant tristement la tête. C'est bon de te voir. Tu n'as pas changé.

— Je suis affreuse, oui, protesta Alice. C'est la pire année de ma vie... avec celle où tu as disparu.

— Je suis au courant pour Papa. Je suis tellement désolée...

— Tu peux l'être. Mais comment ça, tu es au courant ?

— J'étais abonnée à la *Gazette*. Sous un autre nom, bien entendu. »

Alice la scruta intensément. « Mais pourquoi... pourquoi ne pas nous avoir au moins téléphoné ?

— Je pensais que ça serait mieux ainsi.

— Mieux ? s'écria Alice. Comment as-tu pu imaginer une chose pareille ? Nous laisser sans savoir, comme ça ! C'était une véritable torture. Ton pauvre père ne s'en est jamais remis. »

Linda se détourna et regarda par la fenêtre, comme si elle était perdue dans les souvenirs du passé. « Je comprends que tu sois furieuse.

— Merci bien ! Je le suis même tellement que je n'arrive pas à réfléchir. »

Comme si elle n'avait pas entendu, Linda s'éloigna de sa mère et entreprit de faire le tour des pièces familières, touchant les objets et les meubles. Elle s'arrêta sur le seuil de la salle à manger. « Qui doit venir ? demanda-t-elle en voyant la table si bien dressée.

— Bill, sa femme et leurs deux enfants, Tiffany et Mark. »

Linda secoua la tête avec stupéfaction. « Bill a deux enfants ? Qui a-t-il épousé ?

— Glenda Perkins.

— Sa petite amie du lycée ? Ça m'étonne. Je n'avais pas l'impression que c'était très sérieux.

— Ils se sont retrouvés quand Bill est revenu à la maison. Il a été obligé d'arrêter ses études après ton départ. Ton père était trop déprimé pour travailler. Bill a trouvé un emploi chez Shane, le marchand d'articles de sport, pour pouvoir nous aider. Il y est resté. C'est maintenant lui le gérant. » Ce qu'il pouvait y avoir d'accusateur dans le ton d'Alice était parfaitement intentionnel, mais Linda ne parut pas le remarquer.

« Il a toujours aimé le sport, répondit-elle vaguement.

— S'il l'aimait ! Il voulait devenir footballeur professionnel, après ses études. Mais comme il n'a pas pu les terminer... » Alice se rendit compte que ses paroles n'atteignaient pas sa fille. On aurait dit que son esprit vagabondait. « Bref, reprit-elle, Glenda est une merveilleuse épouse pour lui, et elle a été comme une fille pour moi.

— J'en suis contente, dit Linda.

— Ne me réponds pas comme ça ! explosa la vieille dame. Comment oses-tu débarquer ainsi, sans crier gare ? Pourquoi donc, au nom du ciel, être partie de cette façon, sans un mot, sans même laisser une lettre ? Nous n'étions pas de bons parents, peut-être ? Personne ne pouvait t'aimer davantage que nous ! »

Linda se laissa tomber dans un vieux fauteuil recouvert d'un motif écossais défraîchi et leva la tête vers sa mère, qui gardait une contenance indignée. « J'avais honte et j'étais complètement perdue, Maman. Je ne voulais pas que vous le sachiez.

— Honte de quoi ? demanda Alice, d'un ton inquiet.

— Maman, quand je suis partie — quand j'ai décidé de partir —, j'étais enceinte. »

Alice ne put réprimer une grimace. « Oh, Seigneur !

— Tu vois ce que je veux dire ? Toi et Papa, vous étiez tellement stricts. Vous n'arrêtiez pas de vous vanter devant tout le monde de mes bonnes notes, et ainsi de suite. Vous auriez été tellement humiliés... »

Alice se reprit. « Mais bon sang, tout de même, Linda ! Evidemment, ça ne nous aurait pas fait plaisir, mais...

— C'était pire que cela, marmonna Linda. J'étais incapable de vous en parler.

— On aurait pu t'aider, protesta Alice. Et le garçon ? Le père ? Il t'aimait, certainement !

— Il n'était pas question qu'il m'épouse.

— Mais s'enfuir ainsi, tout de même... c'était la pire des solutions !

— J'étais encore une enfant, Maman, n'oublie pas. Les solutions, je n'en voyais aucune. J'ai fait la première chose qui m'est venue à l'esprit. J'ai dû me dire que, de toute façon, vous me désavoueriez. »

Alice soupira. Elle se sentit soudain épuisée. Toutes ces années perdues... Il aurait tellement été facile de l'éviter... Mais ça ne servait à rien de se disputer là-dessus, maintenant. On ne refait pas le passé. Elle jeta un coup d'œil furtif sur sa fille devenue femme. En dépit de tout, sa vue était comme un baume sur une blessure toujours à vif. Elle était toujours aussi ravissante. Alice s'efforça de revenir sur ce qu'elle venait de lui apprendre. Enceinte à dix-sept ans. Sans doute quelque garçon qui avait su profiter de sa naïveté. En dépit de tous ses avertissements et de ses exhortations à suivre le bon chemin. Puis, soudain, une autre idée lui vint à l'esprit. Elle eut presque peur de poser la question.

« Et le bébé ? demanda-t-elle. Qu'est-ce qui est arrivé au bébé ? Tu n'as pas...

— Non, je n'ai pas avorté. Je l'ai gardé. C'était une fille. Je l'ai donnée pour qu'elle soit adoptée.

— Oh ! mon Dieu, se lamenta Alice.

— Que voulais-tu que je fasse ? Je ne vois pas comment j'aurais pu l'élever toute seule. Je n'avais même pas fini mes études secondaires, à ce moment-là.

— Si seulement tu nous en avais parlé », ne put s'empêcher de geindre de nouveau Alice.

Linda étudia sa mère pendant quelques instants, le visage grave, comme si elle pesait ce qu'elle allait dire. « Il y avait des circonstances particulières, Maman... Ecoute. Je suis revenue pour... disons, pour redresser un certain nombre de choses du passé... Un tort qui a été fait, si tu préfères. Et il va y avoir des dégâts avant que tout soit terminé. Cependant, je te le promets : tu comprendras tout, le moment venu...

— Ne me parle pas par énigmes, ma fille. Quelles circonstances ? Des filles tombent enceintes tous les jours. Est-ce qu'il y a un rapport avec le père ? Il était marié, c'est ça ? Je ne suis pas née de la dernière pluie. Je regarde la télé et je lis les journaux. Je sais comment se passent les choses. Je n'aurais pourtant pas cru ça de toi. (Une autre idée lui traversa l'esprit.) Ce n'était pas une histoire avec un homme d'une autre race, par hasard ?

— Je t'en prie, Maman, arrête de me questionner ainsi. Pour l'instant tu dois me faire confiance... me croire sur parole. »

Alice renversa la tête et ferma les yeux. « Quel gâchis !

— Non, je n'ai pas gâché ma vie, répondit fermement Linda. J'ai obtenu un diplôme et j'ai une très bonne situation chez Marshall Fields. J'ai fait mon chemin. Et j'ai un ravissant petit appartement à Chicago.

— A Chicago ? répéta machinalement Alice. Tu as sans doute un mari, maintenant ?

— Non, et ce n'est pas non plus dans mes projets de me marier. »

Un silence s'installa entre les deux femmes. Puis Alice se leva laborieusement de sa chaise, en poussant sur les bras, et dit : « Veux-tu du thé, ou autre chose ?

— Non merci, pas tout de suite. Il y a autre chose que je voudrais te dire, Maman. »

Alice eut une expression qui était presque de la frayeur... comme s'il y avait encore quelque chose de pire à venir. « Quoi ?

— J'ai revu ma fille. »

La vieille dame se laissa retomber sur sa chaise. « Le bébé ?

— Elle a treize ans maintenant, dit fièrement Linda. Elle a été adoptée par un couple de Wayland. Je l'ai vue aujourd'hui même.

— Ils te l'avaient demandé ?

— Pas vraiment. Mais j'ai pu trouver de qui il s'agissait.

— Oh, Linda, Linda !

— Elle est magnifique, Maman. Elle s'appelle Jenny. Jenny Newhall. Ils habitent sur Potter's Way.

— Tu sais bien que tu n'avais pas le droit.

— Le droit de quoi ? demanda Linda, sur la défensive.

— D'aller te montrer comme ça à l'enfant. De mon temps, en tout cas, on ne le faisait pas.

— Les choses ont changé, Maman.

— Les choses ne changent pas à ce point, Linda. Et pour une bonne raison. Personne ne tient à se faire rappeler comment cette enfant est venue au monde.

— Bon sang, tu parles comme si on était encore au Moyen Age ! Elle est venue au monde comme tous les autres bébés. Tu n'as donc pas envie d'en savoir davantage sur elle ? C'est ta petite-fille...

— Pour l'amour du ciel, Linda ! Je ne savais pas qu'elle existait il y a une minute. J'essaie en plus de me faire à l'idée que c'est bien toi qui es là, après toutes ces années — même si je me dis que c'est peut-être seulement après coup que...

— Que quoi ?

— Eh bien, tu es surtout revenue pour voir l'enfant que tu as abandonné. Et tu t'es dit que tu pourrais passer pendant que tu étais en ville.

— Tu n'y es pas du tout », se défendit Linda d'un ton amer.

Alice détourna le visage. « C'est bien possible », admit-elle.

Linda poussa un soupir et le silence régna pendant quelques instants dans la pièce. « J'aimerais bien me laver un peu, dit enfin la jeune femme.

— La salle de bains est toujours au même endroit », répliqua Alice, acerbe.

Linda monta donc au premier se rafraîchir. En sortant de la salle de bains, elle alla au bout du couloir, jusqu'à son ancienne chambre. Elle poussa la porte et, du seuil, la parcourut des yeux. Tout était exactement dans l'état où elle l'avait laissée, quatorze ans auparavant. Quatorze ans pendant lesquels, en dehors du ménage pour enlever la poussière, on n'avait touché à rien. C'était le même couvre-lit rose sur son lit ; les livres étaient toujours sur leurs étagères, les posters sur les murs, les souvenirs de son enfance accumulés sur le haut de sa commode.

Elle entendit le pas lourd de sa mère dans l'escalier. « Maman, murmura Linda quand elle la sentit juste derrière elle, tout est exactement pareil. »

Alice acquiesça et soupira. « Ton père m'interdisait de changer quoi que ce soit. Il était sûr que tu reviendrais un jour, et il voulait que tu saches que nous n'avions touché à aucune de tes affaires.

— Papa, souffla-t-elle d'un ton désolé.

— Il est tombé malade après ton départ. Moralement, je veux dire. On lui a donné beaucoup de médicaments, mais il ne s'en est jamais complètement remis. Tu faisais sa fierté et sa joie. Plus que son fils, même, ajouta Alice d'un ton qui trahissait sa stupéfaction — toujours vive — à cette préférence. Il a perdu goût à la vie, petit à petit. »

Un instant, le visage de Linda s'assombrit et elle se tendit comme si elle s'apprêtait à répliquer aux accusations, guère voilées, de sa mère. Puis ses épaules s'affaissèrent. « Lui aussi me manquait, murmurat-elle. Plus que tu ne pourras jamais l'imaginer.

— Eh bien... on dirait que tu t'en es tout de même bien sortie », observa Alice d'un ton bourru.

Linda haussa les épaules, contemplant toujours le sanctuaire qu'était devenue sa chambre. « Ce n'était pas comme ça que je me figurais ma vie, quand j'étais petite. Il me semble que je ne m'en suis pas si mal sortie, en effet. » Il y avait une note dure dans sa voix.

Juste à ce moment-là, il y eut un grand tapage au rez-de-chaussée ; la porte d'entrée s'ouvrit à la volée et des voix d'enfants excités emplirent la maison.

« Mamie, Mamie ! criaient-ils.

— C'est la petite tribu de Bill, dit fièrement Alice.

— Maman ? fit la voix de Bill dans la cage d'escalier. Où es-tu ? »

Alice se ressaisit et repartit vers l'escalier. Elle ne voulait rien dire à Linda, mais elle s'inquiétait de ce qu'allait être la réaction de son fils. « Je suis au premier ! » lança-t-elle en mettant un pied précautionneux sur la première marche.

Une fois qu'elle fut en bas, Bill s'avança vers elle et l'embrassa sur les deux joues. « Bonne Fête des Mères, Maman. »

Elle le serra très fort contre elle. « Merci, mon fils.

— Bonne Fête des Mères, Maman, dit à son tour Glenda, les bras chargés d'une pile de cadeaux. Où dois-je les mettre ?

— Tu n'as qu'à les poser sur la desserte, répondit Alice d'un ton distrait, tandis que Tiffany et Mark se précipitaient pour s'accrocher à sa jupe.

— J'ai un cadeau pour toi, Mamie ! s'écria Tiffany.

— Moi aussi ! pépia Mark.

— C'est pas vrai ! protesta Tiffany.

— Je prendrais bien une bière, dit Bill.

— Dans le frigo. »

Bill commença à traverser la pièce et remarqua alors la valise, à côté du canapé. « Hé, tu as de la visite ? Elle est à qui, cette valise ? »

Linda avait suivi sa mère dans l'escalier.

« C'est qui, la dame ? » demanda Tiffany.

Glenda eut un sourire d'excuse pour l'inconnue. « Ne sois pas malpolie, Tiff.

— J'ai une surprise pour toi, Bill », dit Alice en s'efforçant d'adopter un ton léger et joyeux.

Bill vit alors Linda, qui se sentit devenir nerveuse sous son regard. Et brusquement, elle lut dans ses yeux qu'il l'avait reconnue. Son teint habituellement florissant devint d'un gris de cendre.

« Bonjour, Bill, dit timidement Linda.

— Ta sœur est venue nous voir, enchaîna Alice, sans parvenir à conserver son ton de gaieté.

— Linda », fit Bill d'un ton sans aménité.

Alice connaissait bien son fils. Il avait toujours été son préféré, son grand garçon adoré, et elle ne se trompa pas à l'expression de son regard. Elle se passa nerveusement la langue sur les lèvres et poursuivit son bavardage. « Imagine le choc, lorsque j'ai ouvert la porte. Tu comprends, je n'aurais jamais imaginé avoir une Fête des Mères comme ça. Elle était là, devant moi, une grande fille... notre Linda. » Elle avait délibérément choisi le pronom « notre » pour insister sur les liens du sang qui les unissaient. C'était le plus important, non ?

Linda ne quittait pas son frère des yeux. « Ça me fait plaisir de te voir, Bill. Après toutes ces années. »

Les enfants se serraient contre leur mère tout en jetant des regards inquiets à leur père. Ils le connaissaient assez bien pour savoir qu'il valait mieux se tenir tranquille.

Les yeux gris-vert de Bill avaient la froideur de l'acier. C'était un homme d'une stature imposante, ancien *linebacker* de l'équipe de football de son collège ; et si quelques fils gris se mêlaient à ses cheveux, il avait néanmoins conservé un aspect de juvénile robustesse. Ses mains puissantes s'étaient resserrées. « Qu'est-ce que tu fabriques ici ? exigea-t-il de savoir d'une voix qui était presque un grognement.

— Je suis revenue voir Maman. Et toi aussi, répondit Linda.

— Elle habite à Chicago, intervint Alice d'un ton anxieux. Elle m'a dit qu'elle avait un appartement et un bon travail. Nous avons parlé longuement du passé et de ce qui était arrivé. Elle m'a tout expliqué. »

Linda intervint. « Je sais bien qu'aucune explication ne pourra vraiment faire l'affaire, après tout ce temps. »

Alice se tourna vers Glenda, dont les mains se croisaient, dans un geste protecteur, devant la poitrine étroite de ses enfants. « Tu as entendu parler de notre Linda... tu te souviens même peut-être d'elle. »

Glenda secoua vivement la tête comme pour dire : Ne m'entraînez pas dans vos histoires.

Alice se tourna vers son fils. « Est-ce qu'il ne vous est pas arrivé d'emmener Linda à la plage avec vous, quand vous étiez gosses, Glenda et toi ? » demandat-elle, essayant d'évoquer des souvenirs agréables. Il régnait dans la pièce une atmosphère tendue. La vieille dame se frotta furieusement les bras. « Je suis sûre que si. Tu as toujours eu la gentillesse de prendre ta petite sœur avec toi le plus souvent possible... »

Bill ne paraissait même pas entendre sa mère. « Sors d'ici, dit-il à Linda.

— Ecoute, Bill, protesta Alice.

— Non, Maman ! aboya-t-il. Non !

— Mais ne veux-tu pas au moins savoir...

— Pourquoi elle est partie ? Ce qu'elle a fait depuis ? Je n'en ai vraiment rien à foutre, vraiment rien ! Je veux seulement qu'elle foute le camp d'ici.

— Bill ! » s'exclama Glenda, d'un ton désapprobateur.

Linda devint blanche comme un linge mais ne détourna pas les yeux.

« Ne parle pas comme ça, dit Alice. Pas devant les enfants.

— Ah oui ? Je tiens à ce qu'il n'y ait aucun doute dans leur esprit quant à ce que je ressens pour... pour cette personne. Leur tante, devrais-je dire. Tu es bien leur tante, n'est-ce pas ? » Bill avait craché le mot comme si c'était une insulte de plus.

Les larmes montèrent aux yeux de Linda, mais elle garda le menton levé. « Oui, je suis leur tante.

— Tu ne manques pas d'un putain de culot, pour avoir osé débarquer ici.

— Bill ! s'écria Alice, furieuse. Je ne veux pas t'entendre prononcer un mot pareil dans cette maison ! »

Il se tourna vers sa mère. « C'est ça qui te chagrine ? Mes gros mots ? Réveille-toi un peu, Maman. Aurais-tu par hasard oublié ce que cette... ce qu'elle nous a fait ? L'aurais-tu oublié ?

— Beaucoup d'eau a passé sous les ponts, depuis, répondit-elle d'un ton apaisant. Nous devons pardonner et oublier.

— Epargne-moi ces platitudes, veux-tu. Moi, je n'oublierai jamais. » Il alla à grands pas prendre la valise de Linda, se dirigea ensuite vers la porte d'entrée qu'il ouvrit brutalement, et jeta le bagage sur les marches du perron. « Et maintenant, sors d'ici, Linda !

— Arrête, Bill ! cria Alice. Elle est venue pour rester quelque temps.

— Pas dans cette maison, en tout cas.

— Une minute, Bill. Cette maison est la mienne. Il me semble que c'est à moi de décider qui doit ou non y rester. »

Il la fusilla du regard. « Si cette maison est encore la tienne, c'est parce que j'ai arrêté mes études pour travailler et vous aider à finir de la payer, lorsque Papa est devenu trop déprimé pour gagner sa vie.

— Je ne t'aurais pas cru capable de réagir ainsi ! protesta Alice, blessée.

— Je suis désolé, Maman. Je n'ai rien contre toi. Mais elle ne peut pas rester. Sinon, c'est moi qui m'en vais. C'est aussi simple que ça. Je ne resterai pas sous le même toit que cette égoïste de... » Il se mordit les lèvres pour retenir un autre qualificatif peu amène.

La vieille dame se tourna vers sa fille, arborant une expression impuissante. Elle se rendit aussitôt compte que Linda s'attendait qu'elle tienne tête à son frère. Mais c'était maintenant lui le chef de famille. Et ce qu'il avait déclaré à propos de la maison était vrai. « Au fait, tu ne m'as pas vraiment parlé de rester ici », dit Alice.

Les traits de Linda s'affaissèrent et elle regarda fixement sa mère, tandis que ses yeux se remplissaient de larmes. « Maman... vas-tu me mettre à la porte ? »

Les yeux d'Alice, suppliants, allèrent de sa fille à son fils.

« Tu commences à comprendre, fit Bill avec une satisfaction féroce.

— Mais je suis venue ici pour te voir, pour passer un moment avec vous tous », protesta Linda.

Alice avait l'impression que l'on déchirait son cœur en deux. Elle était incapable de regarder sa fille dans les yeux.

Bill demeurait impitoyable. « Il fallait y penser il y a

dix ans. A moins que tu n'aies été dans le coma, pendant toutes ces années ? »

La jeune femme secoua la tête, fatiguée. « Ecoute, Bill... j'espérais que ce serait l'occasion de guérir les vieilles blessures. Il me semblait qu'on pouvait au moins essayer.

— Tu t'es trompée. »

Linda se tourna vers sa mère, mais celle-ci contemplait le plancher. « Tu n'es pas juste avec moi », dit Linda.

Bill eut un petit ricanement de dérision. Alice ne répondit pas.

D'un pas lent, Linda gagna la porte et regarda sa valise qui gisait sur les marches. Bill recula quand elle passa devant lui, comme s'il avait peur qu'elle ne l'effleure. « Je vais prendre une chambre, dit-elle d'un ton sec.

— Je suis désolée, gémit Alice.

— Tu n'as pas à l'être, la morigéna son fils. C'est uniquement de sa faute.

— Je te téléphonerai, Maman », dit Linda.

Alice aurait aimé répondre quelque chose. Je t'aime, par exemple. Mais elle n'osa pas. Pas devant Bill. Elle essaya de le dire avec les yeux, mais Linda ne la regarda pas. Elle aurait voulu l'embrasser encore, mais cela aussi devrait attendre.

« Ne te presse pas trop de revenir ! » lança Bill. Linda lui jeta un coup d'œil plein de tristesse en sortant, mais il continua de regarder droit devant lui comme si elle était invisible, un fantôme qui aurait franchi la porte.

4

Assise dans la salle de séjour, un livre ouvert sur les genoux, Karen regardait sans le voir le ciel nocturne. De l'étage, lui parvenaient les sons étouffés de la musique rock. Greg entra dans la pièce et observa sa femme attentivement pendant une minute avant de parvenir à s'arracher un sourire laborieux.

« Alors, il te plaît, ce livre ? » demanda-t-il.

Karen tourna vers lui un regard vide. « Quoi ? dit-elle.

— Ce livre, qui t'absorbe tellement », insista-t-il en s'asseyant en face d'elle.

Karen abaissa les yeux sur le volume, qu'elle referma avec un soupir avant de le poser sur la table d'angle. « Je ne sais même pas pourquoi j'ai pris la peine de l'ouvrir. »

Greg croisa les bras. « A quoi penses-tu ?

— Comme si tu ne le savais pas.

— Et elle, qu'en penses-tu ? Il serait peut-être temps d'en parler. »

Karen regarda de nouveau au loin, par la fenêtre. On apercevait des étoiles qui scintillaient entre les arbres du jardin. Elle essaya de mettre de l'ordre dans ses idées. Finalement, d'une petite voix triste, elle murmura : « Tu vas encore dire que j'exagère.

— J'en doute fort. »

Karen fut surprise par la dureté de son ton. D'habitude, il faisait de son mieux pour tempérer ses inquiétudes, pour les atténuer à coups d'explications. Mais ce soir, il paraissait sur la même longueur d'onde qu'elle. « Et si... commença-t-elle, et si cette femme voulait reprendre Jenny ? »

Greg secoua la tête. « Elle ne peut pas.

— Mais tu n'en es pas sûr.

— Bien entendu que si ! répliqua-t-il. Nous avons fait une adoption légale, pleine et entière. Elle a abandonné tous ses droits parentaux sur le bébé lorsqu'elle a signé les documents. Je pars évidemment du principe que cet imbécile de Richardson les lui a fait signer.

— Ne parle pas comme ça, Greg.

— Je suis désolé. Non, je suis sûr qu'il l'a fait.

— On dirait que, de nos jours, les anciennes règles ne s'appliquent plus, remarqua Karen d'un ton rêveur. On n'arrête pas de voir des femmes, dans ces émissions de télé, qui débarquent des années après et qui récupèrent leur enfant grâce aux tribunaux.

— Un cas sur un million, ces affaires, objecta Greg. C'est bien pour ça qu'elles passent à la télé. La situation serait tout à fait différente si nous étions pour Jenny un simple foyer d'accueil, ou si nous l'avions achetée au marché noir ou récupérée dans des conditions douteuses. Mais ce n'est pas le cas.

— On dirait simplement qu'il n'y a pas de limites dans le temps... que ces femmes peuvent changer d'avis quand elles veulent et décider qu'elles vont reprendre leur enfant, protesta Karen.

— Faux. Il y a une limite, je m'en souviens très bien. C'était écrit noir sur blanc. Un mois, je crois.

— Trois semaines, reconnut Karen.

— Tu vois, tu as répondu à ta propre question. »

Elle acquiesça. Jamais elle n'oublierait la tension dans laquelle elle avait vécu, pendant ces trois semaines, se demandant à tout moment si elle n'allait pas recevoir un coup de téléphone de Richardson, lui assenant que la mère avait changé d'avis. Elle n'avait pas osé donner tout son amour au bébé qu'elle tenait si tendrement, redoutant le pire. Et lorsque le délai fut écoulé et l'accord définitif, elle s'était réjouie de nouveau pleinement dans son cœur.

« Si tu veux, proposa Greg, je peux appeler Arnold Richardson demain matin et lui expliquer la situation. Il te dira lui-même ce qu'il en est. Il n'y a rien de légal sur quoi elle puisse s'appuyer.

— Je le tiens pour responsable de ce gâchis. Il a laissé quelqu'un fouiner dans des dossiers privés.

— Je suis convaincu qu'il n'y est pour rien.

— Ce n'est pas une excuse, rétorqua Karen avec colère. Il devrait être plus strict sur ces questions. »

Greg poussa un profond soupir et prit un magazine qu'il se mit à feuilleter nerveusement.

« Maintenant, tu es en colère contre moi, observat-elle.

— Mais non. Je voudrais simplement que tu ne te mettes pas dans tous tes états pour cette histoire. Le

66

ciel ne nous est pas tombé sur la tête. Il suffit de rester calme.

— Comme toi. »

Il ne répondit pas. Il roula la revue et se frappa la paume de la main avec, sans prêter attention à ce qu'il faisait.

« La question n'est pas seulement purement légale, Greg.

— Qu'est-ce que tu veux dire ?

— Et si Jenny veut aller avec elle ? Et si elle choisit Linda à la place de nous... de moi ?

— Enfin, voyons ! Ça n'a aucun sens ! s'écria-t-il. Pourquoi choisir une étrangère au lieu de la famille qu'elle connaît et qu'elle aime ?

— Tu as bien vu sa réaction, non ? Elle était tout excitée. On aurait dit qu'elle avait attendu toute sa vie l'apparition de sa "mère naturelle".

— Tu exagères.

— C'est possible. Toujours est-il que j'ai peur. En ce moment, elle et moi ne pouvons échanger deux phrases de suite sans que ça tourne à la bagarre. On se saute constamment à la gorge. Quoi que je dise, quoi que je fasse, c'est toujours mal à ses yeux. Et bada-boum ! voilà que cette séduisante et mystérieuse étrangère surgit du néant et lui susurre : *Je suis ta véritable mère et je n'arrêtais pas de me dire que tu étais merveilleuse, et quand je te vois, tu l'es encore plus que dans mes rêves.* (Karen se leva et se mit à marcher de long en large.) Autrement dit, on a d'un côté la mère adoptive, Karen, une vieille sorcière qui vous oblige à ranger votre chambre et à faire vos devoirs, et de l'autre Linda, la mère naturelle au cœur gros comme ça, qui traite Jenny comme un miracle ambulant. Je te le demande un peu : laquelle est la plus séduisante ? Laquelle choisirais-tu ?

— Il n'y a pas que ça qui entre en ligne de compte, objecta Greg, évitant les yeux hagards de sa femme.

— Elle n'a besoin que d'un prétexte pour me rejeter une bonne fois pour toutes. Et le prétexte en question a franchi la porte sur ses deux jambes, cet après-midi même. C'est ça que je ne supporte pas, Greg. Elle est tout ce que j'ai. Elle est mon seul enfant. »

Greg jeta violemment la revue sur la table basse et bondit sur ses pieds. « Arrête ce cirque, Karen, tu veux bien ? Arrête de donner à cette histoire des proportions qu'elle n'a pas. Essaie un peu de te montrer rationnelle, pour l'amour du ciel ! »

Karen commença par le foudroyer du regard, puis les larmes lui montèrent aux yeux. « Je suis désolée. Si je ne peux même pas exprimer mes craintes devant toi... »

Une expression angoissée se peignit sur le visage de Greg, qui se détourna. « Ecoute. Tu raisonnes comme si toute cette affaire ne dépendait que de Jenny. Pour autant que je sache, il suffit de lui dire qu'il n'est pas question qu'elle revoie cette femme. Nous le lui interdirons. Elle est mineure. Nous sommes ses parents. Et en plus, que savons-nous d'elle ? Elle pourrait être plus ou moins cinglée. Ou déséquilibrée. A tout le moins, elle manque sérieusement de jugement, pour avoir fait irruption de cette manière, sans crier gare.

— C'est parfaitement vrai, admit Karen qui alla s'asseoir sur le canapé, où il la rejoignit bientôt.

— A dire la vérité, reprit-il au bout d'un moment, je me demande pourquoi tu as accepté le principe de cette rencontre, demain. »

Karen ne répondit rien.

« Au fond, c'est très simple. On lui interdit de revoir Linda et on n'en parle plus. Je serai ravi de présenter moi-même le verdict à Miss Emery. Tu n'auras même pas besoin de la revoir.

— Non, dit Karen. Nous ne pouvons faire cela.

— Mais si. Je me charge aussi d'avertir Jenny. Ça m'est égal d'endosser le rôle du méchant.

— Non. Ce n'est pas ça. C'est simplement que... que nous ne pouvons lui refuser cette occasion de faire connaissance avec sa mère naturelle. Pas maintenant qu'elles ont eu un contact. Ça ne serait pas juste pour Jenny. Je sais qu'elle se pose tout un tas de questions. Le psychologue scolaire me l'a expliqué. C'est un âge critique, pour cette histoire de crise d'identité. C'est pire encore dans le cas d'un enfant adopté. Cela pourrait peut-être l'aider de connaître cette femme. De savoir qui elle est. D'apprendre aussi qui était son père, peut-être. Tout ce que Linda voudra lui dire.

— Je n'y comprends plus rien ! s'écria Greg, exaspéré. Tu commences par dire une chose et il suffit que je te propose une solution pour que tu dises le contraire ! Je ne fais qu'essayer de te protéger. Toi, et Jenny aussi. Laisse-moi au moins le faire !

— Ce n'est pas une solution, s'entêta Karen. Ne le vois-tu pas ? Si nous en faisons une question de principe, elle ira tout simplement la voir en cachette. Ou pire. Non, nous devons la laisser faire. Sinon, elle se retournera contre nous.

— Tu ne sais vraiment pas ce que tu veux ! s'exclama-t-il, toujours furieux. Tu tournes en rond !

— Arrête de crier après moi. Ce n'est pas ma faute. Je n'ai pas demandé que tout ça arrive. J'essaie simplement de faire face à la situation ! Pourquoi te mets-tu en colère contre moi ?

— Parce que tu ne me laisses rien faire ! ragea-t-il. Tu nous annonces l'apocalypse, et quand je trouve un moyen de l'éviter...

— Il n'y en a pas, le coupa Karen. Cette femme est là. Nous devons faire avec les événements. J'essayais simplement de te dire ce que je ressentais...

— Parfait. Si c'est ainsi que tu vois les choses, comme tu voudras.

— J'attendais davantage de soutien de ta part, répliqua-t-elle, indignée.

— C'est ça ! Tu veux peut-être que je te tienne la main pendant que tu laisses cette femme détruire ce que nous avons bâti ? » s'écria-t-il.

Elle le regarda, stupéfaite. Elle avait la tête qui lui tournait, comme si le sol était devenu soudain instable. D'ordinaire, c'était lui qui gardait son sang-froid, qui faisait preuve d'optimisme. « C'est ça, que tu penses ? demanda-t-elle. C'est vraiment ce que tu crois ? »

Greg secoua la tête. « Non. Je suis désolé. La journée a été épouvantable. »

Elle fut brusquement envahie par une vague de pitié pour lui. Presque de la honte — avoir énuméré à voix haute toutes ces terribles possibilités comme si elle avait parlé à une tierce personne indifférente ! Après tout, Jenny était aussi l'enfant de Greg. Quelle que soit l'issue de cet affrontement de mères, son monde allait aussi en être bouleversé. « Si ça n'avait pas été aujourd'hui, dit-elle doucement, ç'aurait été demain ou un autre jour. Nous n'avons pas le choix. Il faut faire face.

— Je crois que tu as raison », reconnut-il d'un ton sinistre.

Elle toucha le visage de son mari, creusé de rides d'inquiétude. « On peut y arriver, dit-elle.

— Tu me voles ma réplique.

— Une fois n'est pas coutume. »

Il détourna les yeux.

5

La femme assise derrière le comptoir du motel était tellement absorbée par sa lecture qu'elle ne remarqua l'homme maigre au teint jaune qui venait d'entrer dans l'établissement que lorsqu'il fut en face d'elle. Elle sursauta, laissa échapper un petit cri et porta vivement une main chargée de bagues à son ample poitrine. « Mon Dieu, Eddie ! Tu es pire qu'un Indien, avec cette manie que tu as de prendre les gens par surprise ! »

Eddie McHugh compara l'heure qu'indiquait sa montre et celle de l'horloge fixée au mur. « Ce sont ces romans policiers qui vous rendent nerveuse », répondit-il.

Margo Hofsteder referma son livre et consulta sa propre montre. « Il est déjà 20 heures ? »

Eddie acquiesça. « J'ai encore dû passer la serpillière autour de la machine à glace, mais il vaudrait mieux faire venir quelqu'un pour la réparer. J'y connais que dalle en réfrigérateurs et trucs comme ça. »

Margo, femme corpulente qui approchait la soixantaine, poussa un soupir et se laissa glisser de son tabouret. « J'ai appelé le réparateur il y a deux jours, se plaignit-elle. Il dit toujours qu'il va venir. Je me demande vraiment pourquoi je garde cette boutique, maintenant que Anton n'est plus là. Il avait la manière pour les faire bouger, lui. »

Eddie, impassible, émit un simple grognement. Il avait déjà entendu la chanson. Il fit le tour du comptoir et Margo s'effaça pour laisser passer son veilleur de nuit. Anton et Margo Hofsteder avaient tenu ensemble le Jefferson Motel pendant vingt ans. En décembre dernier, Anton s'était effondré un soir, au cours du dîner, et avait trépassé avant même l'arrivée de l'ambulance. Margo se tâtait toujours pour savoir si elle devait vendre ou conserver l'entreprise. En février, elle avait embauché Eddie comme veilleur de nuit et responsable de l'entretien général. Eddie et sa femme étaient séparés et, si Margo ne le payait pas, la jouissance gratuite d'une chambre du motel constituait pour lui une partie irrésistible du contrat. Pour l'instant, patronne et employé s'entendaient assez bien, mais c'était la morte saison ; l'été approchait, et la clientèle allait devenir beaucoup plus nombreuse. Margo devait prendre une décision. Il était bien gentil, Eddie, mais pour ce qui était de l'entretien, ce n'était pas une flèche. Et ce n'était plus aussi drôle, sans Anton. Par ailleurs, se retrouver à faire la conversation avec toute une bande de veuves comme elle, en Floride, ne devait guère l'être davantage. Réfléchir à tout cela lui donnait la migraine.

« Bon. Et vous savez comment vous servir de ce machin pour les cartes de crédit, hein ? dit-elle avec un geste vers un appareil posé sur le comptoir et qui ressemblait vaguement à une calculette.

— Oui, je sais », répondit Eddie d'un ton irrité. Elle

lui posait la question à chaque fois qu'il était à la réception.

« Bon, très bien. Je rentre finir mon livre à la maison. Bonne nuit, Eddie. »

Et me bâfrer une livre de bonbons, pensa Eddie tandis qu'elle franchissait majestueusement la porte. « Bon'nuit », répondit-il.

Il alluma la vieille télé portable en noir et blanc, derrière le comptoir, et commença à regarder le match de base-ball, avec les Red Sox. Il réussit à suivre deux séries de lancers sans être dérangé ; puis la porte du hall d'entrée s'ouvrit et il leva les yeux sur sa femme, Valerie, qui s'avança vers lui à grands pas, habillée d'un sweat-shirt, d'un pantalon de toile coupé aux genoux, et de pantoufles dorées à talons hauts. Une cigarette allumée dansait entre ses doigts. Il eut l'impression qu'un nuage de fumée parfumée à l'œillet emplissait la pièce.

« Tiens tiens, je pensais te trouver en train de déboucher des chiottes », dit-elle en guise de salutation.

Eddie se tourna de nouveau vers la télé. « Qu'est-ce que tu veux ? Où sont les mômes ?

— Dehors, dans la voiture.

— Eh bien, rentre à la maison et couche-les.

— Il faut que je te parle, répondit Valerie en retirant de sa langue, du bout de ses ongles au vernis argenté, un brin de tabac qu'elle se mit à examiner.

— Le téléphone, c'est pas pour les chiens.

— Justement ! s'écria-t-elle, triomphante. On me l'a coupé aujourd'hui.

— Tu n'as qu'à payer la facture.

— Et avec quoi, Eddie ? rétorqua-t-elle en tirant une grande bouffée sur sa cigarette. Je n'ai pas les moyens de le payer. Pas avec ce que tu me donnes.

— Arrête de rouspéter. Personne ne te demande de téléphoner à ta mère pendant une heure tous les jours. C'est ça qui te ruine.

— Ne parle pas contre ma mère, Eddie. Elle a été très bonne avec nous », dit-elle en pointant la ciga-

72

rette vers son mari. La cendre, trop longue, trembla, tomba et s'éparpilla sur le comptoir.

Eddie roula des yeux. « Sers-toi du cendrier, au moins. » La mine boudeuse, il poussa vers elle un cendrier d'aluminium couleur magenta. Valerie écrasa le mégot sur le texte imprimé au centre en lettres dorées : *Jefferson Motel, Parkway Boulevard, Wayland, Mass*. suivi d'un numéro de téléphone.

« Tu as toujours assez d'argent pour te payer des revues et ton cancer en bâtonnets », observa Eddie.

Valerie, d'une secousse, fit tomber la dernière cigarette de son paquet. Ses cheveux blonds pendaient en mèches plates autour de son visage pincé. Elle froissa le paquet d'un geste fatigué et le jeta sur le sol. « Ecoute, mon chou, je ne suis pas venue ici pour faire des histoires.

— Ramasse ça et jette-le dans la corbeille à papiers, puisqu'il faut tout te dire ! s'emporta Eddie. Margo va me tomber dessus, sinon.

— Margo, grommela Valerie en se penchant pour récupérer le paquet écrasé. Et si tu laissais tomber ce boulot ? Tu pourrais revenir à la maison et retrouver ton ancien emploi au Service des Eaux, non ?

— Petit un, on licencie encore des gens au Service des Eaux, à l'heure actuelle. Petit deux, si je reviens à la maison, tu vas recommencer à me casser les pieds et à te plaindre constamment.

— Je te promets que non, protesta-t-elle. Tu manques beaucoup aux enfants. »

Eddie secoua la tête. Il ne tenait pas à détailler petit trois à savoir que même si cet emploi était un boulot de merde, il aimait vivre ici, dormir tard dans une chambre bien à lui sans personne pour lui casser les pieds. Sans compter un autre bénéfice secondaire, dont il n'était pas question de parler à quiconque.

« Allons, voyons, mon chou, insista Valerie. On s'entend encore bien, tous les deux. »

Il fit semblant d'y réfléchir. C'est alors que la porte d'entrée s'ouvrit de nouveau, laissant passer une belle femme aux cheveux bruns. Eddie se redressa et ses traits acérés adoptèrent une expression amicale.

La femme s'avança jusqu'au comptoir. Elle jeta un coup d'œil à Valerie, qui alla s'asseoir dans un fauteuil du hall et fit semblant de s'intéresser à un magazine.

« Je voudrais une chambre, dit la femme.

— D'accord. Combien de nuits ? » demanda Eddie.

La femme fronça les sourcils et hésita. « Je ne sais pas exactement. » D'un geste nerveux, elle repoussa sa chevelure en arrière.

« Si je vous pose la question, reprit Eddie, serviable, c'est que nous faisons un prix à la semaine. » Il fit pivoter vers elle une brochure décrivant le Jefferson. La femme lut les informations qu'elle contenait pendant que le regard du veilleur de nuit la détaillait lentement de la tête aux pieds.

Valerie toussa ; lorsque Eddie se tourna vers elle, les yeux de sa femme se réduisaient à deux fentes qui le fixaient.

La nouvelle venue reposa la brochure sur le comptoir. « Je vais probablement rester ici une semaine, dit-elle d'un ton hésitant.

— C'est une bonne affaire, vous allez payer la même chose que pour quatre nuits.

— Entendu.

— Combien de personnes ?

— Je suis toute seule. » Elle lui tendit sa carte d'identité plastifiée.

« C'est parfait, Miss... Emery, dit Eddie en la lisant. Je peux vous donner la 173. Elle est en rez-de-chaussée, près de la machine à soda, mais tranquille.

— Ça me paraît très bien.

— C'est la première fois que vous venez à Wayland ? »

Linda eut un sourire forcé. « Non. Mais ça fait long-temps... »

Valerie, dans son coin, s'éclaircit bruyamment la gorge.

« Vous allez voir, c'est une petite ville charmante. Je vous souhaite un bon séjour.

— Merci », répondit Linda en reprenant sa valise.

Eddie fit le tour du comptoir sans cesser de l'examiner. « Il y a des tas de restaurants agréables, si jamais vous aviez faim.

— Ce n'est pas le cas. » Elle avait parlé d'un ton bref, ajoutant simplement : « Excusez-moi », en prenant la clef qu'il lui tendait.

A peine avait-elle franchi la porte que Valerie bondissait de son siège, jetant d'un geste de colère le magazine aux pages cornées. « Espèce de salopard ! cria-t-elle. T'as pas arrêté de la draguer !

— Je faisais simplement mon boulot.

— Tu parles ! Je sais bien ce que tu avais derrière la tête. Je te connais, tu sais. » Elle leva la main comme pour le gifler, mais Eddie la saisit par le poignet et lui tordit le bras.

« Lâche-moi ! cria Valerie.

— J'en ai marre de te voir débarquer ici, Val, grommela-t-il.

— Même au bout de cent ans sur une île déserte, cette femme ne se laisserait pas toucher par toi ! Elle ne voudrait même pas cracher sur ta sale gueule ! »

Eddie tordit un peu plus le bras, jusqu'à ce qu'elle se mette à geindre, puis il la repoussa. « Barre-toi. »

Valerie fourra la cigarette dans sa bouche, se frotta le bras, l'air lugubre, et essaya de prendre la contenance la plus digne possible. « J'ai raison », dit-elle. Elle s'éloigna lentement, ouvrit la porte et regarda à droite et à gauche, comme s'il se passait quelque chose dans le parking. Eddie savait pertinemment à quoi rimait tout ce cinéma : elle attendait qu'il la rappelle. C'était toujours la même chose avec ces bonnes femmes. Comme il gardait le silence, Valerie se retourna, le foudroya d'un regard dédaigneux, détacha la cigarette de ses lèvres, la laissa tomber sur la moquette du hall et l'écrasa sous sa pantoufle. Puis elle se précipita vers la sortie tandis qu'il lui criait : « Espèce de salope ! »

Il alla ramasser le mégot qui brasillait encore et dont la partie filtre était barbouillée du rouge à lèvres de Valerie, puis alla le déposer dans le cendrier. Il revint ensuite contempler la tache noire laissée sur la moquette par le geste de défi de sa femme. Il disposait de détachant dans le local de service ; autant s'en occuper tout de suite.

Il revint derrière le comptoir ; les Red Sox perdaient 9 à 3. Dégoûté, il coupa la télé, prit un cadran d'horloge en carton doté d'aiguilles mobiles qui disait *de retour dans ... minutes*, le régla sur cinq, et alla l'accrocher à la porte. Puis il donna un tour de clef et partit vivement par le trottoir extérieur vers le local, qui se trouvait au bout de la première rangée de chambres.

Quand il sortit de la petite pièce, le détachant à la main, son regard fut attiré par la lumière qui filtrait de la pièce où se trouvaient les machines à glace et à soda, ainsi que le distributeur de confiseries. Une femme s'y trouvait — celle de la chambre 173.

Eddie s'y rendit, poussa la porte et lança : « Hé, salut, vous ! »

Linda Emery sursauta et laissa échapper un cri. Des glaçons s'échappèrent du seau qu'elle tenait et allèrent s'écraser sur le sol carrelé. « On n'a pas idée de faire peur aux gens comme ça ! dit-elle, en colère.

— Désolé. » Il regarda la flaque d'eau constellée de glaçons, autour de la machine. « L'appareil fuit. On attend le type qui doit le réparer. Permettez, je vais vous donner un peu de glace.

— C'est inutile.

— Comment trouvez-vous votre chambre ? demanda-t-il en s'appuyant au chambranle de la porte.

— Elle est très bien. Et si vous me laissiez passer, maintenant ? »

Elle s'était exprimée d'un ton impérieux, mais Eddie lisait de la peur dans son regard et il se sentit gagné par une agréable sensation d'excitation. « Veuillez m'excuser », dit-il, sournois, en se redressant pour la laisser passer, sans toutefois ménager suffisamment de place. Elle dut se raidir pour franchir le seuil, évitant son regard.

Linda regagna sa chambre, eut du mal avec sa clef, entra et claqua la porte derrière elle.

Eddie sourit, mais il y avait une lueur froide dans ses yeux. « On se reverra », murmura-t-il. Puis il se mit à rire.

6

Karen se gara devant le lycée de Wayland et Jenny, qui attendait sur le trottoir en dansant d'un pied sur l'autre, un paquet d'albums-photo serré contre elle, se glissa dans la voiture et claqua la portière. Elle jeta un coup d'œil furtif autour d'elle comme un voleur qui prend la fuite, en espérant ne pas être remarquée.

« Allons-y, dit-elle d'un ton pressant à sa mère.

— Nerveuse » ? demanda Karen.

Jenny lui jeta un regard soupçonneux, puis haussa les épaules. « Je dois être un peu excitée. »

Karen hocha la tête sans faire de commentaire et se mit à regarder la route. Linda avait appelé Jenny pendant le petit déjeuner, et il avait été convenu qu'elles se retrouveraient après l'école au Miller's, un restaurant local bien fréquenté. Jenny, toute fière, avait ensuite expliqué que Linda y avait travaillé autrefois comme serveuse, pendant qu'elle était encore au lycée. La jeune femme avait proposé de prendre Jenny à l'école, mais Karen avait tenu, en dépit des objections stridentes de sa fille, à la conduire en personne. Elle déployait des efforts surhumains pour être agréable et trouver des compromis, mais cet exercice était épuisant pour ses nerfs.

« Comment ça s'est passé à l'école, aujourd'hui ? demanda-t-elle.

— Pas trop mal. Mais je n'arrivais pas à me concentrer.

— Tu m'étonnes. » Il y eut quelques instants de silence, puis Karen reprit : « Je vois que tu as apporté tes albums. »

L'adolescente posa le paquet sur ses genoux et le regarda. « Linda veut tout savoir de ma vie. J'ai pensé que les photos pourraient aider.

— C'est une bonne idée, dit sa mère avec un sourire.

— Et puis, elle aura peut-être envie d'emporter une photo à Chicago. »

Karen ressentit un début de soulagement devant cette remarque, qui lui rappelait que Linda allait bientôt repartir. Et que Jenny le comprenait et l'acceptait. « Ce serait très gentil, approuva-t-elle.

— Oui, dit Jenny d'un ton triste. C'est dommage qu'elle doive repartir. »

Karen retint un soupir et se concentra sur la conduite. Mais elle ne put s'empêcher de revenir sur un détail qui la tracassait depuis que Linda avait appelé : cette dernière avait en effet donné à Jenny le numéro de téléphone du Jefferson Motel et un numéro de chambre comme adresse. La chose l'avait surprise, et Greg avait même commencé à faire des histoires, mais elle l'avait calmé. N'empêche, elle se posait des questions. Elle jeta un coup d'œil à sa fille qui regardait sans rien voir devant elle et dont les mains s'ouvraient et se refermaient machinalement sur la pile d'albums. Karen s'efforça de prendre un ton détaché. « Heu... est-ce que Linda t'a expliqué pourquoi elle ne logeait pas chez sa mère ?

— Non, elle ne m'a rien dit. Peut-être qu'il n'y a pas assez de place. Qu'est-ce que ça change, de toute façon ?

— Oh, rien », répondit vivement Karen. Elle essayait néanmoins d'imaginer Jenny, revenant après une absence de quatorze ans. Elle essayait de s'imaginer lui répondant qu'elle n'avait pas la place pour la loger. Jamais de la vie, pensa-t-elle. Je lui donnerais plutôt mon propre lit, quitte à coucher par terre, plutôt que de l'envoyer au motel. Il y avait une autre raison. Il avait dû se passer quelque chose au moment où Linda était arrivée chez elle. « C'est simplement que je trouve bizarre qu'elle ne s'installe pas chez sa mère. Tu comprends, après tout ce temps, on aurait pu penser...

— Elle ne tient peut-être pas à habiter avec sa mère, objecta Jenny, sur la défensive. Tu ne vas pas en faire tout un drame, tout de même. »

Laisse tomber, se dit Karen. C'est son problème. Ce sont ses affaires. « Voilà le restaurant. »

L'adolescente ouvrit de grands yeux dans lesquels on lisait de l'impatience, comme si elle était sur le point de pénétrer en territoire étranger.

Mary Miller Duncan avait grandi dans les salles et les cuisines du restaurant Miller's. Lorsqu'elle évoquait son enfance, elle avait du mal à se souvenir d'un seul jour où ses parents n'avaient pas travaillé. Mary pensait parfois que ce mode de vie avait raccourci l'existence de sa mère. Sam, son époux (qu'elle connaissait depuis le lycée), avait commencé à travailler au Miller's comme plongeur. Il avait plu sur-le-champ au père de Mary, qui lui avait appris le métier de A à Z. Deux ans auparavant M. Miller était mort heureux, sachant que sa fille avait épousé un homme qui aimait le travail.

Mary poussa un soupir et, de son poste à côté de l'entrée, se tourna pour regarder son mari qui, derrière le bar, vérifiait le niveau d'alcool dans les bouteilles. C'était le travail du barman, mais Sam aimait bien tout faire lui-même. C'est alors qu'elle entendit marcher derrière elle ; elle reprit automatiquement son sourire d'hôtesse en se retournant.

La femme qui se tenait devant elle lui adressa un sourire embarrassé. « Alors quoi, dit-elle gentiment, comment fait-on pour avoir une table ici ? »

Mary resta bouche bée, ouvrant de grands yeux. « Linda ? »

Cette dernière acquiesça. « En chair et en os. »

— Oh, Linda ! » s'écria la propriétaire du Miller's. Elle posa précipitamment les menus qu'elle tenait et passa un bras autour du cou de son ancienne amie. Les deux femmes s'étreignirent maladroitement.

« Mon Dieu, reprit Mary, et dire que nous pensions...
nous avons pensé des tas de choses.

— Je m'en doute, dit Linda

— Viens t'asseoir. Viens voir Sam. Il va être drôlement surpris ! Sam ! cria-t-elle en entraînant Linda
vers le bar. Tu ne vas pas en croire tes yeux ! Devine qui
vient d'arriver ! »

Sam Duncan, personnage trapu à la calvitie précoce, habillé d'un costume et cravaté comme s'il
s'agissait d'un uniforme, se retourna à l'appel de sa
femme, les sourcils froncés. Puis brusquement, ses
yeux s'écarquillèrent : il venait de reconnaître l'étrangère. La bouteille de vodka qu'il tenait lui glissa des
mains et alla heurter le plancher, derrière le bar, avec
un bruit sourd. « Linda », dit-il d'une voix étranglée.

La jeune femme lui adressa un sourire charmant.
« Salut, Sam.

— Excuse-moi, bredouilla-t-il en se baissant pour
récupérer la bouteille, qu'il brandit d'un geste maladroit. Heureusement, elles sont en verre épais.

— Je vois que tu travailles toujours ici », dit Linda.

Mary intervint. « En fait, Sam et moi sommes
mariés. Cela fait déjà neuf ans.

— Oh ! mais c'est merveilleux ! s'exclama Linda.
Comment va ton père ?

— Il est mort il y a quelques années.

— Je suis désolée.

— Moi aussi, je suis désolée pour le tien, Linda. Seigneur, mais où étais-tu donc, pendant toutes ces
années ? Tout le monde était fou d'inquiétude sur ton
sort. Ta mère m'a appelée je ne sais combien de fois
pour me demander si je n'avais pas de nouvelles de
toi !

— C'est une longue histoire, mais nous n'allons pas
pouvoir en parler tout de suite parce que j'ai rendez-
vous avec quelqu'un de très important pour moi, ici,
dans quelques minutes.

— Bon, d'accord, dit Mary d'un ton un peu froid.

— Ne te méprends pas. J'ai très envie de te parler.
Cela fait du bien de se sentir la bienvenue quelque

part. C'est bien vrai, que je suis la bienvenue, n'est-ce pas, Sam ?

— Bien sûr, répondit-il d'un ton bourru, évitant le regard taquin de la visiteuse.

— Ta mère doit être tellement heureuse », dit Mary.

Une lueur dure passa dans le regard de Linda. « C'est difficile à dire. Je l'ai vue hier au soir, mais depuis, je n'ai pas pu la joindre. A cause de mon frère. Il m'a mise à la porte de la maison de ma mère hier soir, et j'ai été coucher au Jefferson Motel. Et aujourd'hui, quand j'ai voulu l'appeler, ça ne répondait pas. Il m'empêche de la voir. Pour me punir d'avoir été une mauvaise fille, sans doute. Ma mère n'est pas chez elle, et je le soupçonne de la garder chez lui, mais je ne sais pas où ils habitent. Je n'ai pas trouvé leur adresse dans l'annuaire. Tu te souviens de mon frère, n'est-ce pas ? »

Mary acquiesça. « Oui, je n'ai pas oublié Bill », dit-elle en s'efforçant de ne pas prendre un ton désapprobateur.

Bill Emery venait souvent au Miller's pour prendre un verre dans un coin tranquille du restaurant, après le travail ou le déjeuner. Il était en général en compagnie d'une blonde qui devait tout juste avoir l'âge légal pour boire de l'alcool. Mary connaissait également Glenda, sa femme. C'était une femme attachante qui ne méritait pas d'être traitée ainsi. Mary savait où ils habitaient : dans la ville voisine. Elle fut tentée de le dire à Linda, mais il lui répugnait de se mêler d'un conflit familial. Ne t'occupe pas des affaires des autres, avait coutume de dire Sam. Le client a toujours raison. En outre, songea Mary, on pouvait tout de même comprendre que Bill en veuille un peu à sa sœur. Elle aurait pu au moins leur faire savoir qu'elle était vivante.

Linda hésita un moment, espérant manifestement une réponse, mais son ancienne amie n'ajouta rien. « Bref, j'ai très envie de tout te raconter. Mais... », sa voix mourut et son regard donna l'impression de se voiler. Mary retrouva un sentiment familier d'agacement : elles avaient été amies, et cependant Linda avait toujours gardé des secrets, même alors. Certes, elle faisait des confidences, mais on avait régulièrement l'impression qu'elle ne disait pas tout. C'était bien entendu un trait de caractère qui, joint à sa beauté, la rendait particulièrement attirante pour les garçons. Mary jeta un coup d'œil à son mari, toujours derrière le bar. Il étudiait Linda avec une expression qu'elle lui avait vue, bien des années auparavant.

« Eh bien, dit vivement la patronne du Miller's, ça me fait de toute façon rudement plaisir de te voir. Où vis-tu, actuellement ? Ou bien est-ce secret ? »

Elle eut tout de suite honte de ce que sa question comportait de sournois, mais Linda ne parut pas le remarquer. « Non, non, dit-elle. J'habite à Chicago. J'ai d'ailleurs toujours habité là-bas, depuis que je suis partie. Et j'en ai terminé avec les secrets. Cette visite va mettre fin à tout un tas de secrets. Pas seulement les miens. »

En dépit d'elle-même, Mary ne put s'empêcher de ressentir un petit frisson, devant la menace sous-entendue par le ton de Linda et l'expression qui l'assombrissait. Elle était sur le point de lui demander si elle se sentait bien, lorsque le visage de son amie se métamorphosa brusquement pour déborder d'une joie rayonnante. « Oh ! c'est merveilleux, la voilà ! s'exclama-t-elle. Venez avec moi, tous les deux. J'ai quelqu'un à vous présenter. »

« Elle est là ! » cria Jenny, se mettant à agiter la main.

Karen avait absolument tenu à venir, pour s'assurer que Linda l'attendait bien. Jenny était de nouveau furieuse — cela sous-entendait, à ses yeux, que Linda aurait pu la laisser en plan — mais sa mère n'en démordit pas. Le cœur broyé, Karen vit Linda s'approcher d'elles, tenant par la taille une femme aux traits ordinaires, aux cheveux bruns sans grâce lui retombant sur les épaules. Un homme qui perdait ses cheveux les suivait, les poings sur les hanches. Karen se rendit compte qu'elle avait espéré que Linda ne serait pas au rendez-vous. C'était un souhait terrible — Jenny aurait été inconsolable, mais elle ne l'avait pas moins éprouvé.

Linda sourit et regarda Jenny quelques instants, puis elle eut une brève expression de déception, rapidement étouffée, à la vue de Karen. « Allez-vous vous joindre à nous ? » demanda-t-elle d'un ton charmant.

Avant que sa mère ait eu le temps de répondre, Jenny lâcha tout à trac : « Non, elle s'en va. »

Le sourire de Linda trahit son soulagement. « Avant que vous partiez, j'aimerais vous présenter à de vieux amis, dit-elle avec un geste vers la femme qui se tenait à côté d'elle. Voici Mary Miller, devenue Mary Duncan, et (elle montra l'homme d'un mouvement de tête) voici son mari, Sam Duncan. Ce sont les parents de Mary qui ont créé ce restaurant, et c'est là que j'ai eu mon premier boulot, à l'époque où nous étions tous encore au lycée. Mary, Sam, j'aimerais vous présenter quelqu'un. »

Mary afficha le sourire professionnel d'une propriétaire de restaurant et tendit la main.

« Voici ma fille, Jenny, dit fièrement Linda tandis que Mary serrait la main de l'adolescente. Et sa mère adoptive, Karen Newhall. »

Karen se sentit incapable de dissimuler sa colère à cette manière de présenter les choses. Elle lut de la confusion et de l'embarras dans les yeux de Mary, pendant que celle-ci lui serrait brièvement la main, la relâchant aussitôt et détournant le regard. Elle marmonna quelques mots sans relever la tête.

Linda ne paraissait pas remarquer la gêne générale ; elle ne quittait pas Jenny des yeux. « Je n'ai pas pu garder Jenny à sa naissance et elle a donc été adoptée. Mais je l'ai retrouvée et nous sommes ici pour nous rattraper de tout ce temps perdu. Evidemment, ça doit vous faire un choc...

— Euh... c'est merveilleux », dit Mary, sans trop savoir si ce qui la scandalisait le plus était la nouvelle elle-même ou la manière dont Linda venait de la leur annoncer. Elle aurait aimé lui dire : *Est-ce que tu te rends compte de ce que tu fais ? Regarde combien tu fais souffrir cette femme.* Mais elle s'en garda bien. Elle évita simplement de se tourner vers le visage aux traits grimaçants de Karen. « Bon, je vais vous trouver une table à l'écart et vous laisser tranquilles », dit Mary, qui les précéda jusque dans un coin du restaurant. Elle leur tendit automatiquement les menus, ajoutant : « La serveuse passera prendre la commande dans une minute. »

Avant de s'asseoir, prise d'une impulsion, Linda embrassa Mary. Celle-ci se raidit et ne lui rendit pas son baiser. « Je t'assure, j'ai très envie que nous parlions, toutes les deux, dit Linda. Il y a énormément de choses que je dois te dire. C'est important.

— Quand tu voudras, répondit Mary en s'éloignant. Tu sais où me trouver. »

Karen resta debout à côté de la table, mal à l'aise, pendant que Jenny se nichait sur la banquette. « A quelle heure dois-je repasser te prendre ? » demandat-elle à sa fille.

Jenny interrogea Linda du regard.

La jeune femme consulta sa montre. « Je ne sais pas quand nous aurons terminé...

— Bon, tu n'auras qu'à me passer un coup de fil, proposa Karen.

— Ma mère pourra me conduire », répondit l'adolescente d'un ton impatient.

Karen sentit monter à ses yeux des larmes de colère.

Linda rougit, avec une expression où se mêlaient surprise et plaisir, mais elle eut pour Karen un sourire plein de sympathie. « Merci beaucoup, beaucoup, de me laisser Jenny. Nous vous appellerons lorsque nous aurons terminé, si vous voulez bien. Mais je peux tout aussi bien la ramener chez vous, et vous éviter de ressortir. »

Karen était trop secouée pour discuter. Elle craignait que sa voix ne se brise si elle ouvrait la bouche. Elle se contenta d'acquiescer et s'efforça, après un demi-tour rapide, de faire une sortie pleine de dignité.

Elle sentit le regard de Mary Duncan qui la suivait tandis qu'elle franchissait la porte, mais elle ne tourna pas un instant la tête.

7

Pendant tout le trajet de retour, Karen ne cessa de s'essuyer les yeux du revers de la main. Une fois à la maison, elle avait les jambes en coton lorsqu'elle descendit de voiture. Les paroles de Jenny résonnaient dans ses oreilles et lui remplissaient la tête. *Ma mère pourra me conduire... ma mère... ma mère...*

Elle trouva la maison sombre, lugubre, oppressante, lorsqu'elle y pénétra. Elle était soulagée de ne pas avoir de cours de danse à donner, cet après-midi. Tamara, la responsable de la section, lui avait concocté un emploi du temps allégé depuis qu'elle avait repris le travail. Cependant, il aurait peut-être mieux valu qu'elle se retrouve au studio. Cela lui aurait changé les idées, lui aurait sorti de l'esprit la pensée de sa fille qui, en ce moment même, livrait son passé avec tant d'enthousiasme à l'examen de cette étrangère qui était sa mère.

Karen se prépara un verre de thé glacé et s'assit sur l'un des tabourets de la cuisine. Dans sa tête, défilait le souvenir des jours, des événements, des fêtes. Des choses ridicules lui revenaient à l'esprit. A trois ans, Jenny s'était prise d'une passion démesurée pour les crêpes, et elle lui en avait préparé pour le petit déjeuner, le déjeuner et le dîner, pendant des semaines. Le ravissement de la fillette, lorsqu'elle les noyait de sirop, lui avait paru valoir tous ces efforts.

Pendant toutes ces années, Karen avait remercié sa bonne étoile que son couple ait pu s'en sortir sans un deuxième salaire, si bien qu'elle avait pu rester à la maison jusqu'à ce que Jenny soit scolarisée. Elle-même fille unique de parents qui avaient divorcé lorsqu'elle avait deux ans, elle avait toujours vu sa mère travailler. Elle n'avait pas oublié le sentiment de solitude qu'elle éprouvait en rentrant dans l'appartement vide, après la classe, ni combien sa mère était tout le temps trop fatiguée et disposait de trop peu de temps pour faire quoi que ce soit d'amusant avec elle. Greg, de son côté, venait d'une famille nombreuse, puisqu'il était le plus jeune de sept enfants. Il avait eu une mère toujours débordée de travail et bien trop occupée pour s'inquiéter beaucoup de lui. Il n'avait que treize ans lorsqu'elle était morte et son père, ses frères et sœurs s'étaient dispersés comme des feuilles d'automne après son décès. Greg comme Karen avaient tenu à ce que Jenny bénéficie de la sécurité qui leur avait manqué, du bonheur d'avoir Maman à la maison pour lui faire des crêpes au déjeuner, si c'était de cela qu'elle avait envie.

Encore aujourd'hui, alors qu'elle et Jenny étaient plus souvent en conflit qu'en harmonie, Karen attendait avec impatience le bruit de la porte qui s'ouvrait, Jenny déboulant dans la maison, laissant tomber bruyamment ses livres et ses cahiers sur la table de la cuisine, lançant une expédition punitive dans le frigo, lâchant des observations à tort et à travers mais révélatrices sur ses professeurs et ses camarades de classe.

Elle rinça le verre, traversa la maison et gravit lentement l'escalier ; puis elle alla jusqu'à la chambre de Jenny dont elle poussa la porte. C'était une pièce d'angle, en façade de la maison ; le papier bleu clair à rayures baignait dans la lumière tombant des trois fenêtres. Quelque temps auparavant, Jenny s'était plainte de trouver le décor de sa chambre trop enfantin, si bien que Karen avait cousu de nouveaux rideaux et permis à sa fille de choisir elle-même le tissu ainsi que le couvre-lit pour aller avec. Elle s'était promis de ne pas s'en mêler et de la laisser décider elle-même lorsqu'elles étaient allées faire leurs achats mais, finalement, Jenny lui avait demandé son avis. Elles avaient été toutes les deux contentes du résultat. Karen parcourut des yeux la pièce qui semblait rayonner de la présence de sa fille. Celle-ci avait soigneusement suspendu presque tous ses vêtements, mais des tennis et des chaussures de ville traînaient près du lit et son petit bureau blanc disparaissait presque complètement sous des piles instables de livres et de papiers. Le dessus de la commode, quant à lui, croulait sous l'amoncellement des pots et bouteilles de toutes sortes de produits de beauté — de ceux qui ont pour principale vertu de calmer les angoisses d'une adolescente. Totalement inutile, songea Karen. Elle ne se rend absolument pas compte à quel point elle est belle.

Elle ne put s'empêcher de se représenter Linda et Jenny assises face à face, se ressemblant tellement que l'effet produit était étrange. Elle se regarda dans la psyché de sa fille ; avec ses cheveux blonds et ses yeux bruns, elle avait un aspect diamétralement opposé à celui de Jenny. Elle et Greg auraient pu être frère et sœur, tant ils avaient un air de famille. D'ailleurs, les amis de Greg l'avaient taquiné à ce sujet à l'époque où ils avaient commencé à sortir ensemble. « C'est mon âme-sœur, avait-il répondu le plus sérieusement du monde. C'est normal qu'elle me ressemble. » Il leur avait toujours semblé sans importance que Jenny leur ressemble ou pas, même si, par moments, Karen lui trouvait un faux air de Greg. Néanmoins quel choc, lorsqu'elle avait vu à quel point son visage était trait pour trait identique à celui de sa mère biologique ! Elles vont ensemble comme deux pièces de puzzle — et, pour quelque raison mystérieuse, elle en souffrait.

Karen détourna les yeux du miroir et remarqua que Jenny avait trouvé une place, sur le haut de la commode, pour la boîte à musique. Elle souleva le couvercle, et l'air de *Beautiful Dreamer* se mit à carillonner, tandis qu'une petite ballerine pirouettait sur un miroir. Si c'était moi qui le lui avais offert, elle aurait trouvé ce cadeau stupide. Mais de la part de Linda, c'était évidemment une autre histoire.

Lui parvenant de l'allée, le bruit d'un moteur la fit sursauter. Elle rabaissa le couvercle et s'avança jusqu'à la fenêtre. C'était la voiture de Linda. Elles descendirent de voiture, Jenny tenant son paquet d'albums dans les bras. Elles restèrent quelques instants à bavarder puis Jenny jeta ses bras autour du cou de Linda et l'embrassa.

Une flèche de jalousie s'enfonça dans le cœur de Karen à cette vue. Cela faisait tellement longtemps que Jenny ne l'avait pas étreinte ainsi qu'elle ne s'en souvenait plus. Et depuis quelque temps, elle se rebiffait si Karen voulait la prendre dans ses bras. Pourquoi ? se demanda-t-elle, tandis qu'elle voyait sa fille s'accrocher à cette femme qu'elle connaissait à peine. D'accord, elle t'a donné naissance. Mais c'est moi qui t'ai bercée, qui ai soigné tes rhumes, qui ai préparé tes repas et séché tes larmes. Qu'est-ce que cela signifie d'être mère, sinon cela ? Je t'ai toujours aimée comme si tu avais été mienne. N'avais-tu donc pas l'impression que je t'appartenais aussi ?

Comme si elle avait senti que sa mère adoptive les observait, Jenny se tourna vers la fenêtre de sa chambre. Y apercevant sa mère, elle agita la main dans sa direction et sourit. Ayant honte de sa jalousie, de cette façon de s'apitoyer sur elle-même, Karen lui rendit son geste et battit en retraite. Comment pouvait-elle rechigner à lui permettre d'avoir cette relation si importante ? En quoi en était-elle menacée ? se demanda-t-elle. Bien déterminée à mieux se comporter, elle composa son expression et se rendit dans sa propre chambre. La porte d'entrée de la maison s'ouvrit et Jenny lança : « Me voilà de retour ! »

— Je suis au premier », répondit Karen, qui employa l'expression qui lui était familière tandis qu'elle se mettait à ranger des vêtements dans sa penderie. Elle entendit sa fille qui grimpait l'escalier quatre à quatre, puis la vit qui passait la tête dans l'encadrement de la porte. « Salut ! Je range simplement le linge propre.

— Oh m... zut ! répondit Jenny. J'ai oublié de te dire de ne pas mettre mon T-shirt rouge dans le sèche-linge.

— Il n'y est pas ; je l'ai suspendu.

— Oh, merci, M'man.

— Comment ça s'est passé ?

— Génial ! Je vais ranger les albums. » L'adolescente partit vers sa chambre et, après un instant d'hésitation, sa mère la suivit. Ce fut à son tour de se tenir dans l'encadrement de la porte, pendant que Jenny, après avoir jeté les albums en vrac sur son lit, entreprenait de les ranger, un à un, sur une étagère.

« Tu as donc passé un bon moment.

— Ouais, fabuleux. On pouvait pas arrêter de parler.

— C'est très bien, dit Karen en s'avançant dans la pièce.

— C'est incroyable, le nombre de choses que nous avons en commun. C'en est presque bizarre !

— Les albums lui ont plu ?

— Oh oui ! Elle n'arrêtait pas de regarder les photos où j'étais bébé et de dire tout le temps que j'étais mignonne.

— Mais c'est vrai, que tu l'étais. »

L'adolescente sourit. « Je ne sais pas. (Elle sortit de sa poche une photo de Linda, un chat sur les genoux.) Elle m'a donné celle-ci. C'est son chat, Igor. »

Karen prit la photo et contempla les yeux bleus qu'elle avait l'impression de si bien connaître, le sourire doux et légèrement triste. « C'est une bonne photo », murmura-t-elle tandis que Jenny la reprenait pour la glisser dans le montant du miroir, au-dessus de sa commode.

« Bon. Quand tu auras terminé ici, j'aimerais que tu viennes me donner un coup de main pour éplucher les légumes. Je m'étais dit que je pourrais peut-être faire ce poulet en cocotte que tu aimes tant pour dîner. (Elle se retourna avant de sortir de la chambre.) A moins que tu n'aies trop mangé au déjeuner, peut-être ? »

Jenny secoua la tête. « J'étais trop énervée et j'ai presque rien avalé. Très bonne idée, le poulet. J'arrive tout de suite. »

Souriant pour elle-même, Karen regagna le rez-de-chaussée et commença à rassembler les ingrédients de sa recette. Elle se sentait bien, comme si c'était une journée normale. Quelques minutes après, Jenny arrivait, bondissante, une chanson aux lèvres. « Qu'est-ce que tu veux que je fasse ?

— Tu n'as qu'à couper les courgettes. »

L'adolescente prit le couteau et les légumes. Elle avait tendance à déployer de grands efforts pour tailler des rondelles rigoureusement égales. Karen la taquina un peu mais, sinon, elles travaillèrent dans un silence chaleureux, comme elles l'avaient souvent fait. Les ombres du crépuscule commençaient à s'étendre sous les denses et paisibles frondaisons, derrière la maison, faisant perdre leur éclat aux fleurs de printemps. Karen contempla ce paysage familier, avec un sentiment renouvelé de ce qu'il avait de précieux pour elle — le spectacle et les sons quotidiens, le sourire de ceux qui nous sont chers, la sécurité que tout cela représentait. Il ne fallait surtout pas rompre cette atmosphère, mais il lui semblait aussi qu'elle devait savoir. Elle essaya de prendre un ton indifférent, non sans être soulagée que Jenny ne voie pas son visage.

« Tu penses la revoir ?

— Oh, bien sûr ! répondit Jenny. Tous les jours, probablement, tant qu'elle sera ici. »

Karen prit une profonde inspiration, puis se força à sourire. « Eh bien, c'est parfait. Comme ça, vous pourrez faire mieux connaissance.

— Ouais, et quand les vacances arriveront, j'irai sans doute passer quelque temps chez elle, à Chicago. »

Karen se tourna et regarda sa fille. « Comment ça, passer quelque temps chez elle ? Quand est-ce qu'il a été question que tu ailles à Chicago ?

— Mais enfin, c'est là qu'elle habite, M'man, fit Jenny d'un ton de reproche, comme si elle expliquait quelque chose d'élémentaire à une débile mentale. Il faut bien que j'y aille, si je veux lui rendre visite.

— Tu ne t'imagines tout de même pas, Miss Jennifer Newhall, que tu vas prendre l'avion pour Chicago simplement parce ça te tente, tout d'un coup !

— Je ne suis plus un bébé, protesta l'adolescente. C'est fini, de me dire tout ce que je dois faire. Si je veux aller voir ma mère, ça me regarde ! »

Voilà que ça recommençait. Qu'elle employait ce terme techniquement juste qui faisait grimacer Karen à chaque fois qu'elle l'entendait. C'était ça ou se tenir l'estomac à deux mains, tant elle le sentait qui se tordait en elle. « Et où crois-tu que tu vas trouver l'argent pour faire ce voyage ? » voulut savoir Karen.

Jenny reposa le couteau et plissa les yeux. Il y eut une note de triomphe dans sa voix. « On en a déjà parlé Elle m'enverra un billet. Elle y tient. Elle me l'a promis. »

La porte de derrière s'ouvrit, et Greg entra dans la cuisine. Il posa les clefs de la camionnette et son journal sur le comptoir. « Salut, les filles. Comment ça va ? »

Karen et Jenny échangèrent un regard meurtrier et gardèrent le silence.

Greg retint un soupir. Ce n'était pas la première fois qu'il débarquait au milieu d'une bagarre entre sa femme et sa fille. Il fit semblant de ne rien remarquer. « Ma chérie ? demanda-t-il, pourrions-nous manger un peu plus tôt que d'habitude ? J'ai des gens à rencontrer pour faire une estimation de travaux, ce soir. »

Le silence persista, pesant. Greg demanda, d'une voix où perçait la défaite : « Bon d'accord, qu'est-ce qui se passe ? »

— Ta fille était en train de m'expliquer qu'elle avait des projets de voyage.

— Oui, je veux aller voir Linda à Chicago, pendant les vacances scolaires, confirma Jenny d'un ton de défi.

— Attends une minute », dit Greg en levant les mains.

Mais Karen ne put se retenir. « Laisse-moi te dire quelque chose, ma fille. Ce n'est pas toi qui prends les décisions, ici. Pas tant que tu vivras sous ce toit. »

Une lueur féroce brûlait dans les yeux de Jenny. « Eh bien, je ne vais peut-être plus vivre très longtemps dans cette maison. Je vais peut-être bien aller habiter avec ma vraie mère.

— Quoi, des menaces ? » s'exclama Greg.

L'adolescente sortit en courant. « Reviens ici ! lui cria-t-il. Et excuse-toi !

— Jamais ! » répondit Jenny sur le même ton, tandis qu'ils entendaient son pas tapageur dans l'escalier.

Greg se tourna vers sa femme, qui s'essuyait machinalement les mains avec un torchon.

« Ce sont juste des paroles en l'air, dit-il.

— Non, elle est sérieuse, fit Karen calmement en secouant la tête. C'est exactement de ça que j'avais peur.

— Tu te laisses marcher sur les pieds, aussi, répliqua-t-il, irrité, en prenant une bière dans le frigo. Ce n'est qu'un feu de paille. Cette femme retournera à Chicago, et elle n'y pensera plus. »

Karen plissa les yeux comme si elle éprouvait de la difficulté à le voir. « J'ai l'impression que tu ne te rends pas compte de ce qui se passe ! gronda-t-elle. Ouvre un peu les yeux ! Nous sommes en train de la perdre. Je suis en train de la perdre.

— Mais non. Tu n'es pas en état de réfléchir clairement. Si tu n'étais pas encore déprimée à cause du bébé, tu comprendrais que toute cette histoire n'est qu'un feu de paille.

— Je ne peux même pas te parler !

— Il n'y a aucune raison de croire que nous allons la perdre.

— Il n'y avait aucune raison de croire que nous perdrions le bébé, et pourtant, nous l'avons perdu.

— Ce n'est pas du tout la même chose, et tu le sais bien.

— En quoi est-ce tellement différent ? Un jour tout va bien, et le lendemain ton univers s'écroule. Ce sont des choses qui arrivent. »

Greg regarda par-dessus l'épaule de sa femme, vers le jardin que gagnait l'obscurité.

« A quoi penses-tu ? demanda-t-elle.

— A rien, répondit-il en secouant la tête.

— Tu sais que j'ai raison. »

Il prit une gorgée de bière et se laissa tomber sur un tabouret. « Je ne sais plus que croire ni que penser, avoua-t-il.

— Le dîner sera prêt dans une heure. » Elle avait adopté un ton glacial.

« Je vais aller faire un brin de toilette et consulter quelques tarifs, pour ce devis. »

Karen l'ignora. C'est mon problème, songea-t-elle avec amertume pendant qu'il quittait la cuisine. C'est à moi de le régler.

8

« Alléluia ! » s'exclama Margo Hofsteder, depuis le seuil de son établissement. Elle revint en se dandinant vers la réception. « Knudsen a finalement décidé de réparer la machine à glace. Sa camionnette vient d'arriver dans le parking. »

Eddie, encore semi-comateux sous l'effet des nombreuses bières qu'il avait ingurgitées pendant l'après-midi, jeta un coup d'œil à l'horloge. « L'est pas vraiment en avance, commenta-t-il. Il est presque 19 h 30.

— Mieux vaut tard que jamais », se consola Margo en pêchant un biscuit dans la boîte posée sur le comptoir, avant de tourner à nouveau son attention vers le vieux film policier qui passait à la télé.

« J'ai vérifié, pour les barreaux de la rambarde, dit Eddie. Ils ne seront pas prêts avant la semaine prochaine. Y'a autre chose ? »

Margo lui tendit la boîte de biscuits. « Prenez-en un. Ils sont très bons. Faits maison. Je les ai achetés à la vente organisée par les pompiers volontaires. »

Du geste, le veilleur de nuit refusa. « J'veux pas des biscuits fabriqués par des pompiers ; ils vont être brûlés. »

Margo eut un petit rire et fouilla dans les papiers qui

encombraient son bureau. « Tiens, voilà la liste. Juste quelques ampoules grillées.

— C'est quoi, ça ? se plaignit Eddie. Je peux rien lire, y'a de la graisse partout.

— Donnez-moi ça », dit-elle, agitant des doigts luisants de beurre. Elle chaussa ses demi-lunettes et fronça les sourcils. « Eh bien, il y a la 216 et la 250. Et vérifiez aussi la 160. Ils ont fait rentrer un chien en douce. Tache sur la moquette. »

Eddie fit une grimace. « D'accord, je m'en occuperai.

— Soyez là à 20 heures. Mon dos me fait encore mal.

— Entendu.

— Je vous laisse quelques biscuits, juste au cas où vous changeriez d'avis », lui lança-t-elle joyeusement, tandis qu'il s'éloignait. Il emprunta le trottoir couvert qui menait jusqu'au local de service, afin d'y prendre des ampoules neuves, pensant à Margo. Elle avait ses côtés casse-pieds, mais il avait travaillé pour des gens bien pires. Il se demanda si elle traitait Anton comme elle le traitait, renouvelant toujours ses recommandations au moins deux fois, ne cessant de lui répéter constamment les mêmes choses. Voilà qui devait être fichtrement agaçant, lorsqu'on était marié.

Les ampoules se trouvaient sur l'étagère du haut ; il en prit un lot de deux et referma derrière lui. En sortant du local, il parcourut le parking des yeux, à la recherche du véhicule de la 173. Il était à sa place. Il jeta un coup d'œil sur la liste, hésita, puis la fourra dans sa poche. Ça pouvait attendre. Il remonta furtivement le corridor extérieur ; un rai de lumière filtrait entre les lourds rideaux tirés. Il coinça le paquet d'ampoules neuves sous son bras gauche, regarda autour de lui et entra dans la chambre 171 à l'aide de son passe. Il y faisait noir, mais il n'alluma pas ; il posa le lot d'ampoules sur une chaise et se dirigea vers le placard.

Il avait découvert fortuitement le secret de la chambre 171. Un client s'était plaint que la tringle destinée aux cintres n'était pas solide, et Margo l'avait envoyé arranger ça. Il s'avéra que les placards des deux chambres 171 et 173 étaient dos à dos, mais un petit malin avait installé une porte entre les deux. Eddie supposait qu'il devait s'agir d'Anton ; il fallait bien que le malheureux se soulage, d'une manière ou d'une autre, ce qui ne devait pas lui arriver bien souvent avec Margo. A chaque fois que la patronne se lamentait sur la disparition de son cher Anton, Eddie pensait à la porte dissimulée au fond du placard et s'imaginait le défunt tant pleuré jouant les voyeurs. Cette idée avait le don de l'amuser.

On ne pouvait évidemment l'utiliser très souvent : il fallait pour cela que l'une des deux chambres soit inoccupée. Par ailleurs, il fallait aussi être extrêmement prudent. Parfois, cependant, le spectacle valait tout le mal qu'on se donnait. Et c'était bien entendu avec l'idée de se servir du placard à fond mobile qu'il avait attribué la 173 à Miss chochotte Emery, la petite dame qui ne voulait pas de ses glaçons.

Eddie traversa donc la moquette de la 171 plongée dans l'obscurité et ouvrit la porte du placard, prenant bien soin de ne pas faire danser les cintres vides. Tendant l'oreille, il comprit qu'elle n'était pas à côté de son placard. Il dégagea le loquet, discrètement disposé, et tira la porte à lui. Il se trouvait maintenant sur le seuil du placard de la 173. Deux robes s'y trouvaient suspendues, dégageant un parfum léger, un peu épicé. La femme avait aussi plié un pantalon sur une tringle, et deux paires de chaussures s'empilaient en désordre sur le sol. Une colonne de lumière, large de deux ou trois centimètres, lui apprit que la chance était avec lui : elle avait laissé la porte légèrement entrouverte.

Il écarta lentement les vêtements, bénissant le ciel pour l'invention des cintres en plastique qui glissaient en silence sur la tringle, et pénétra dans le deuxième placard. Il mit un œil à l'endroit où la porte s'écartait légèrement du montant. S'il avait le cœur qui battait et la bouche sèche, ce n'était pas de peur, mais d'excitation. Il avait déjà un début d'érection. Si elle agissait comme la plupart des gens, la femme devait s'être déshabillée dès l'instant où elle avait regagné sa chambre. Il allait l'apercevoir, se disait-il, d'un instant à l'autre.

Au début, il ne vit rien. Puis il entendit la chasse d'eau des toilettes et un robinet qui coulait. Quelques secondes plus tard, elle passa près du placard, toujours habillée de sa robe grise ; seule concession au confort, elle avait enlevé ses chaussures, qui gisaient abandonnées sur le sol, et marchait avec ses bas.

Eddie se sentit faiblir et dut serrer les lèvres pour ne pas jurer. Tout espoir n'était pas perdu, cependant ; certes, elle pouvait décider de ressortir, mais aussi bien d'enlever sa robe d'un moment à l'autre. Et, dans ce cas-là, il la verrait se tortiller pour la quitter, ce qui serait encore mieux. Bien entendu, cela signifiait qu'il devrait faire très vite pour sortir en silence du placard, si jamais elle décidait de la suspendre à un cintre.

Pendant qu'il se livrait à ces spéculations, la femme s'était assise sur l'une des chaises à dossier raide, près de la fenêtre. Le voilage et les rideaux épais étaient soigneusement tirés. Elle n'était pas du genre à se mettre à l'aise, pensa Eddie, pas du genre de celles qui s'allongeaient sur le lit en sous-vêtements, ou même toutes nues. Néanmoins, la seule idée de lorgner quelqu'un qui paraissait aussi coincé avait quelque chose d'excitant ; il s'imaginait que, sous la robe toute simple, elle devait porter des sous-vêtements réduits au minimum et en dentelles.

Elle but un soda, fuma une cigarette, s'agitant sur sa chaise, consultant de temps en temps sa montre. Brusquement, Eddie comprit qu'elle attendait une visite. Il sursauta — tout comme la jeune femme — quand quelqu'un heurta à la porte. Elle se leva, mit ses chaussures et fit entrer son visiteur.

Ils ne se serrèrent pas la main, ni ne s'embrassèrent ; l'homme passa même devant elle comme s'il lui répugnait ne serait-ce que de l'effleurer.

Merde, pensa Eddie, tandis que le type s'asseyait sur l'une des deux chaises à dossier raide. Je n'ai pas toute la nuit pour voir les choses prendre tournure, moi. A ce moment-là, le téléphone sonna. Elle alla décrocher, tandis que l'inconnu regardait tout autour de lui, d'un air désapprobateur.

Dégoûté, Eddie battit en retraite, referma délicatement la porte secrète entre les deux placards, et sortit de la 171. Un couple de personnes âgées passait à ce moment-là, et sa première impulsion fut de rentrer vivement à l'intérieur de la chambre. Mais il se rappela à l'ordre à temps ; son comportement n'avait rien qui pouvait éveiller des soupçons. C'est alors qu'il se souvint des ampoules ; il retourna donc dans la chambre, les prit, et regarda sa montre. Il allait devoir se presser pour les remplacer avant d'aller prendre son tour de service. Et puis zut ! pensa-t-il. Ça lui donnerait un excellent prétexte pour revenir plus tard. Ce type finirait bien par partir ; et elle finirait bien par se déshabiller. La nuit était encore jeune.

9

« T'as juste à monter la garde. Surveille simplement si des gens viennent, ordonna l'homme. Et garde cette torche éteinte jusqu'à ce que je te dise de l'allumer. »

Obéissante, la femme éteignit sa lampe-torche et parcourut des yeux le parking vide, encore éclairé par les halogènes des lampadaires, dans la pénombre qui précédait l'aurore.

L'homme souleva alors le hayon arrière du break et, non sans grommeler des propos indistincts, en sortit d'énormes sacs-poubelle qu'il laissa tomber lourdement sur le sol.

« Je me demande si ta mère a seulement jeté un seul foutu machin en quarante ans, Jean. »

La prénommée Jean ne répondit pas. Cela faisait maintenant trois jours qu'il lui serinait la même rengaine. Ils venaient de placer la vieille dame dans une maison de retraite et avec son mari, Herb, elle avait entrepris de nettoyer la maison familiale pour la vendre. Herb avait déjà fait un certain nombre d'allers et retours jusqu'à la décharge publique, mais celle-ci se trouvait à une demi-heure de route et ils complétaient leurs travaux de débarras en allant jeter quelques sacs, tard le soir ou tôt le matin, dans les bennes ouvertes placées derrière certains des magasins de la ville. Jusqu'ici, ils étaient venus trois fois utiliser celle de l'épicerie sans se faire prendre. Jean commençait à se dire qu'ils tiraient un peu trop sur la ficelle, mais Herb en avait assez de courir jusqu'à la décharge.

« Commence par jeter les appareils, murmura-t-elle. On les recouvrira ensuite avec les sacs. »

Herb retira de l'arrière de la voiture une rôtissoire électrique d'un modèle archaïque et toute incrustée de graisse. « Au nom du ciel, pourquoi gardait-elle des trucs pareils ? s'écria-t-il. Nous lui avons offert un micro-ondes, il y a deux Noëls de ça. Cet engin n'a pas dû fonctionner depuis au moins dix ans !

— Je ne sais pas, chéri », répondit Jean, décidée à faire preuve de patience. Elle ne pouvait lui en vouloir de se plaindre. C'était un vrai travail de Romain qu'il accomplissait depuis trois jours et, il fallait bien l'admettre, sa mère avait la manie, poussée jusqu'à l'extrême, de tout conserver, même les choses les plus inutiles. « La mentalité de la Dépression, tu sais, observa Jean. Elle devait se dire que ça pourrait peut-être servir un jour. »

Avec un soupir, Herb souleva le four. « Bon, dit-il, éclaire-moi. »

Jean grimpa sur le bord inférieur de la benne et diri-gea le faisceau de la lampe sur la montagne de légu-mes pourrissants et de caisses brisées. Dessus, se trou-vait un grand sac poubelle noir, lui aussi bien rempli. « Nous ne sommes pas les seuls à faire ça, commenta-t-elle.

— Contente-toi de pas bouger », répliqua Herb avec un plissement du nez, à cause de l'odeur. Puis il jeta l'appareil dans un coin de la benne. L'angle effilé de la rôtissoire vint se coincer contre le sac noir.

« Prends maintenant la télé portable, suggéra Jean.

— Ouais-ouais », marmonna Herb. Il revint jusqu'à la voiture pendant que Jean parcourait de nouveau le parking du regard. Elle savait que les magasins utilisaient parfois les services de gardes de sécurité qui assuraient des patrouilles. Il valait mieux ne pas s'attarder.

« Et un Sylvania portable en noir et blanc d'un modèle vieux d'un siècle, un ! » dit Herb en transportant l'appareil jusqu'à la benne.

Jean se mit à pouffer nerveusement. « Gardons-le, dit-elle, il pourra toujours servir !

— Sûrement pas ! » répliqua Herb en le jetant sur la pile, où il dégringola sur la rôtissoire avant de se retourner. Le four, sous l'impact, se déplaça et fendit le sac-poubelle contre lequel il était appuyé. Jean braqua la lampe et vit quelque chose de sombre et brillant s'écouler du sac déchiré.

Herb, pendant ce temps, était retourné jusqu'au break et regardait à l'intérieur. « J'espère qu'il y a de la place pour toutes ces saletés, dit-il. Par quoi je continue ? »

Jean ne répondit pas.

Il brandit un pied rouillé, destiné à tenir un arbre de Noël.

« Qu'est-ce que tu penses de ce chef-d'œuvre ? (Il se tourna.) Jeannie ? »

Celle-ci regardait fixement à l'intérieur de la benne. A l'appel de son mari elle se tourna ; elle avait le visage blême. « Oh ! mon Dieu », murmura-t-elle. Puis on ne vit plus que le blanc de ses yeux et ses genoux la trahirent.

Herb se précipita pour la rattraper, l'agrippant maladroitement sous les aisselles. « Qu'est-ce qu'il y a, Jeannie ? » En s'effondrant, elle avait laissé tomber la lampe dans la benne. Herb la chercha des yeux par-dessus le rebord. Dans le faisceau lumineux immobile, il vit le sang, les cheveux poisseux et un œil bleu vitreux. Il dut s'appuyer contre la benne, retenant sa femme ou s'accrochant à elle, il n'aurait su dire. « Bordel de Dieu, s'écria-t-il. A l'aide ! Au secours, quelqu'un ! »

Debout dans sa cuisine immaculée, Emily Ference essayait de glisser la ceinture en tissu assortie à sa robe dans les passants. La migraine lui martelait le crâne et ses mains tremblaient tandis qu'elle se tâtait le dos, pour vérifier si elle n'en avait pas sauté un. Bien entendu, elle en trouva un, aplati par la ceinture. Elle tira donc sur le bout et recommença.

Dans sa concentration, elle se passa la langue sur la lèvre supérieure et sentit le goût salé de la transpiration. Il faisait chaud, pour un mois de mai ; mais ce n'était qu'une partie de l'explication. L'autre partie se trouvait matérialisée parmi les verres à recycler, dans l'arrière-cuisine, sous la forme d'une bouteille de gin vide. Elle l'y avait déposée elle-même la veille, avant de perdre tout sens de la réalité.

Bois ton café, peigne-toi, prends deux aspirines, s'encouragea-t-elle. Tu te sentiras mieux. Il lui restait encore un passant à faire franchir à la ceinture lorsqu'on cogna à la porte. Elle fut prise de panique. Non, pas déjà, pensa-t-elle. Elle est en avance !

Tous les matins, les jours ouvrables, Sylvia Ference passait prendre Emily, sa belle-sœur, et les deux femmes allaient ensemble à l'église, suivre la messe du matin. Sylvia se rendait ensuite à la banque où elle travaillait tandis qu'Emily retournait chez elle, pleine de repentir et de bonnes intentions qui avaient le don de s'évaporer dès qu'elle avait franchi le seuil de sa maison. Pour autant qu'elle le sût, la faiblesse d'Emily était restée son secret, mais il lui fallait déployer de grands efforts pour le préserver. Elle veillait à ce que sa maison soit toujours impeccable, tout comme sa tenue, et s'efforçait de toujours être à l'heure et de se comporter correctement. Pas question de laisser s'installer le moindre soupçon ; c'était son combat quotidien.

Frénétiquement, elle boucla la ceinture sans la glisser dans le dernier passant et se lissa les cheveux du plat de la main tout en se dirigeant vers la porte. « J'arrive », dit-elle, avec l'espoir que sa voix ne trahissait pas son anxiété. Elle ouvrit la porte, sur le point de lancer une petite plaisanterie sur le fait qu'elle n'était pas tout à fait prête — et eut la surprise de découvrir un jeune policier, Larry Tillman, qui attendait sur le seuil.

« Bonjour, madame Ference », dit-il. Il avait les cheveux blond roux et des taches de rousseur. Emily l'avait connu enfant ; c'était l'un des meilleurs subordonnés de Walter.

« Bonjour, Larry. Je m'attendais à voir ma belle-sœur, en fait.

— Le lieutenant Ference est-il ici ? demanda-t-il poliment.

— Oui, mais il dort. C'est son jour de congé. »

Le jeune policier prit un ton sérieux dans lequel il y avait une note d'urgence, mais également d'excitation. « Le chef m'a demandé de venir le chercher. Je suis désolé, mais il va falloir le réveiller. Nous avons un homicide. »

Emily n'eut pas besoin d'autres explications. « Il y a du café, vous n'avez qu'à vous servir », lui répondit-elle avec un geste vers la cuisine, tandis qu'elle partait d'un pas vif vers la chambre.

Walter Ference dormait sur le côté, les mains sous le visage, comme un petit enfant. A trente-deux ans, il avait encore la peau très lisse, mis à part la cicatrice qui faisait un trou dans son front. Il paraissait jeune, vulnérable. Non sans remords, elle se demanda s'il l'avait trouvée au lit lorsqu'il était rentré, hier au soir, ou si c'était lui qui l'avait couchée. Elle espérait y être parvenue toute seule. De toute façon, il ne lui en parlerait jamais.

Walter poussa un soupir et se mit sur le dos. Emily le regarda pendant quelques instants, se demandant si Joey ou Ted, s'ils avaient vécu, lui auraient ressemblé. Avant que les ténèbres béantes puissent de nouveau s'ouvrir en elle, elle repoussa cette pensée et secoua l'épaule de son mari.

Walter ouvrit les yeux et la regarda, l'œil vif, bien qu'il dût être encore hébété de sommeil. L'habitude, après tant d'années dans la police, sans doute.

« Le petit Tillman est ici, dit-elle. Le chef Matthews l'a envoyé te chercher. Il semble qu'il y ait eu un meurtre. »

Le corps de Walter se raidit visiblement sous les draps et il regarda vers le plafond. Elle comprit qu'il s'efforçait de chasser les lambeaux de sommeil et de rêves qui lui encombraient encore l'esprit. Il se frotta le visage à deux mains, d'un geste vif, et prit ses lunettes sur la table de nuit. « Bon, c'est bien. J'arrive.

— Je te prépare un café. »

Emily fit un arrêt à la salle de bains pour prendre de l'aspirine et se donner un coup de peigne avant de regagner, par le dédale de pièces du premier étage, le rez-de-chaussée et la cuisine. Larry Tillman s'était assis à la table, une tasse de café à côté de lui.

« Il sera là dans une minute, dit-elle.

— Parfait, dit Larry, tambourinant machinalement sur la table. C'est une maison ancienne superbe, observa-t-il pour rompre le silence. J'adore les maisons anciennes.

— Merci. Walter y a grandi. Elle faisait partie des maisons chics, à l'époque.

— Elle est encore très belle. (Il parlait sincèrement.)

— Merci », répéta Emily. Elle n'ignorait pas que le bâtiment était un peu à l'abandon, depuis quelques années. En vérité c'était une maison bien trop grande à tenir, bien trop grande pour deux personnes ; mais ils étaient quatre le jour où Walter avait racheté sa part à Sylvia. A cette époque, elle leur avait semblé l'endroit idéal pour y élever leurs deux garçons.

Un coup frappé à la porte extérieure fit sursauter Emily. « C'est Sylvia », dit-elle en se levant pour aller ouvrir à sa belle-sœur. Le jeune policier se leva aussi, par courtoisie.

Sylvia regarda tour à tour Tillman et Emily. « Je croyais que c'était le jour de congé de Walter.

— Oui, mais il y a eu un meurtre », expliqua Emily.

Sylvia fit un signe de croix et se mit à scruter de nouveau le policier. « De qui s'agit-il ? » demanda-t-elle.

Walter entra à ce moment-là dans la cuisine, finissant de nouer sa cravate. « Bonjour », dit-il. Puis, se tournant vers Larry, il ajouta : « Qu'est-ce qui est arrivé ?

— Un couple a trouvé le corps d'une femme de race blanche dans une benne à ordures, derrière le Shop-Rite, il y a environ une heure. »

Emily et Sylvia eurent un hoquet de stupéfaction.

Walter afficha une expression sévère. « A combien de temps remonte le décès ? »

Larry secoua la tête. « Pas très longtemps. A hier au soir. Elle a été battue à mort, apparemment. Le docteur Jansen est sur place.

— On connaît son identité ? » demanda le lieutenant, qui remplissait sa poche de menue monnaie prise dans un bol tout en acceptant la tasse de café que lui tendait sa femme.

Le jeune policier consulta ses notes. « Permis de conduire de Chicago. Au nom de Linda Emery.

— Quoi ? La petite Linda Emery ? s'exclama Sylvia. C'est impossible ! Elle a disparu il y a des années. Tu te souviens des Emery, Walter, non ?

— Lui s'est noyé, il n'y a pas bien longtemps, ajouta Emily.

— En effet. Il était charpentier. Il avait un caractère tranquille. C'était d'ailleurs des gens qui restaient sur leur quant-à-soi. La petite Linda le suivait partout comme un jeune chien », commenta Sylvia.

Emily grimaça à l'évocation de ces images malheureuses.

« Il ne doit pas en rester grand-chose à l'heure actuelle, reprit Sylvia, qui n'avait pas dû faire attention aux premières réponses de Tillman. Un simple squelette, comme l'autre, Ambre.

— Oh non ! pas du tout, madame, dit Larry. Il ne

103

doit pas s'agir de la même personne. Cette femme a une trentaine d'années.

— Mais comment serait-ce possible ? s'entêta Sylvia. La gamine a disparu sans laisser de trace, il y a bien quinze ans de cela.

— Pas de détails, ordonna Walter d'un ton sec. Nous en discuterons en cours de route. »

Sylvia se rebiffa, indignée. « Comment oses-tu, Walter ? Avec ta propre sœur !

— Il n'est pas question que cette histoire fasse le tour de la banque tant que nous n'en savons pas un peu plus.

— C'est une insulte ! Comme si j'allais raconter ça à tout le monde, maugréa Sylvia.

— En principe, nous ne devons pas divulguer ce genre de détails, s'excusa Larry.

— Pfuit ! siffla Sylvia. De toute façon, je ne tiens pas à connaître les plus sanglants.

— Etes-vous prêt, lieutenant ? » demanda Larry.

Walter poussa un soupir. « Allons-y.

— Nous aussi, nous devons partir, Emily, dit Sylvia. Tiens, tu as sauté un passant de ta ceinture.

— Je sais, répondit Emily d'un ton distrait. Je cherche simplement mon sac.

— Ne m'attends pas pour dîner, dit Walter en embrassant sa femme sur la joue. Je mangerai un morceau quelque part. »

Elle baissa les yeux, confuse. Essayait-il de la mettre dans l'embarras ? se demanda-t-elle. Elle n'arrivait pas à se souvenir si elle avait elle-même mangé quelque chose la veille, encore moins si elle lui avait laissé de quoi faire un repas. Elle lui jeta un coup d'œil. Non, pensa-t-elle. C'était juste sa manière à lui de faire semblant de croire qu'elle était normale — une bonne épouse.

— Ton sac est sur la chaise, fit Sylvia de sa voix de crécelle. S'il avait des dents, il te mordrait.

— Oh ! merci », murmura Emily.

Sa belle-sœur fit halte sur le pas de la porte. « Et bonne chance pour l'enquête. Nous allumerons un cierge pour cette malheureuse, qui que ce soit, ajouta-t-elle pieusement.

— Ta voiture bloque la mienne, dit Walter. Dépêche-toi de la déplacer. »

10

Karen prit ses collants de danse, sur le séchoir à linge, et les roula dans son sac de sport. Sur le fond sonore de la station de radio locale qui jouait en sourdine, elle entendit Jenny qui faisait claquer les portes des placards, dans la cuisine.

Elle prit le T-shirt de sa fille, le plia et le tint serré contre elle. « Jenny ? Ton T-shirt rouge est sec, si tu veux le mettre », lança-t-elle.

L'adolescente ne répondit pas. Karen passa dans la cuisine et la vit qui prenait le pichet de jus de fruit dans le frigo et s'en servait un verre.

« Je te disais que ton T-shirt rouge est sec, répéta-t-elle.

— J'ai rien entendu. Comment veux-tu avec cette musique de supermarché ? Est-ce qu'on est obligé d'écouter cette station ?

— Ton père a besoin de connaître les prévisions de la météo locale pour organiser sa journée. » Ce n'était pas la première fois qu'elles avaient cette discussion matinale.

« Il n'est même pas encore descendu, protesta Jenny.

— Si », fit Greg en entrant à son tour dans la cuisine. Il alla prendre un verre dans le placard. « Puis-je avoir un peu de ce jus d'orange ? »

Jenny lui en versa un verre. Il s'assit à la table et Karen lui tendit une assiette sur laquelle était posé un muffin.

« Tu t'es couchée tôt, hier au soir », dit-il en beurrant le petit pain.

Karen évita son regard. « J'étais fatiguée. J'ai lu au

lit un moment avant de m'endormir. Comment ça s'est passé, avec ces nouveaux clients ? »

Il secoua la tête. « On ne s'est pas vraiment entendus. Ils me trouvent trop cher. Je n'ai pas l'impression que j'aurai le chantier.

— Ce n'est pas souvent que ça t'arrive, observat-elle froidement.

— Ils ont dû trouver quelqu'un qui leur a promis de le faire plus vite et en moins de temps. Tu sais comment ça se passe. »

Elle acquiesça. Dès qu'un chantier était un peu important, il y avait toujours des retards et des dépenses imprévues. Greg évitait les clients qui paraissaient trop pressés dès le premier contact.

« Est-ce qu'on ne pourrait pas changer de station ? demanda Jenny. J'ai horreur de ces vieilleries.

— Ce sont des classiques, la taquina Greg. J'ai courtisé ta mère sur ces airs-là.

— Ce sont ces stupides informations, bouda Jenny.

— Tu es d'une humeur charmante, dit Karen.

— Pourquoi s'en plaindre ? » ajouta Greg d'un ton joyeux.

« ... *La principale information, ce matin, est la découverte d'un corps dans une benne à ordures, derrière le magasin Shop-Rite* », dit le speaker.

« Houla ! » s'exclama Jenny.

« *La police a pu l'identifier. Il s'agit d'une femme de trente-deux ans, Linda Emery, de Chicago, actuellement en visite dans sa famille à Wayland.* »

Jenny laissa échapper un cri étranglé et le verre qu'elle tenait alla se briser sur le plancher.

« Oh ? mon Dieu ! dit Greg.

— C'est impossible ! » s'exclama Karen, qui regarda Greg — puis tous les deux regardèrent leur fille qui, chancelante, venait de s'appuyer au comptoir. « Ça... ça va, ma chérie ? demanda Karen.

— Ma mère, gémit l'adolescente. Ma mère... non !

— Assieds-toi, ma chérie », fit Karen en la guidant vers une chaise. Greg se précipita pour balayer les débris de verre qui jonchaient le sol.

Jenny regarda sa mère adoptive, mais avec une expression hébétée. « Ça peut pas être elle...

— Monte le volume », dit Karen à son mari, qui se trouvait à côté de la radio. Il obéit et écouta attentivement.

« C'est peut-être une erreur », sanglota Jenny.

Greg, la mine sombre, hocha la tête. « J'ai bien peur que non. »

Jenny pleurait à grosses larmes. Karen était bouleversée de voir ces épaules si menues secouées par le chagrin.

« Oh ! ma chérie, dit-elle, passant un bras autour d'elle, je suis désolée. Je n'arrive pas à y croire. »

Jenny eut un mouvement de recul et se dégagea de l'étreinte de sa mère. « Non, c'est pas vrai ! répliqua-t-elle d'une voix entrecoupée de sanglots. Tu es bien contente !

— Jenny !

— Tu as été méchante avec elle, tu la haïssais ! Tu ne voulais même pas la laisser entrer !

— Ce n'est pas juste ! protesta Karen. Et, en plus, c'est faux. Je ne la haïssais pas.

— Oh non ! pas beaucoup. Mais tu es bien contente qu'elle soit morte. »

Le premier mouvement de la mère adoptive, devant ce que ces accusations avaient d'injuste et de cruel, fut de rendre coup pour coup ; mais elle se rendit compte que Jenny souffrait, qu'elle se débattait comme un animal blessé. Elle saisit sa fille par les épaules et chercha son regard. « Elle était ta mère. C'est elle qui t'a mise au monde. Jamais je n'aurais voulu que cela arrive, pour tout l'or du monde. »

La colère de Jenny se métamorphosa en chagrin. « Si seulement tu lui avais donné sa chance », dit-elle, éplorée.

Greg, qui avait gardé le silence pendant tout cet échange, intervint soudain. « Ça suffit, maintenant.

— C'est vrai, pourtant. Vous n'avez pas essayé de l'aimer. Vous avez été contre elle dès la première minute.

— J'ai dit : ça suffit ! Assieds-toi ici, et tais-toi. »

Karen, étonnée, regarda son mari, dont le visage s'était figé en un masque rigide. « Voyons, Greg, elle est bouleversée. Tu le vois bien.

— Oui, je le vois. Mais ce que je vais dire est très important et je tiens à ce qu'elle y fasse attention. »

Réduite au silence par la véhémence de son père, Jenny renifla et s'essuya les yeux.

« Maintenant, écoutez-moi. D'ici à la fin de la journée, la police sera certainement au courant de son lien avec toi et voudra en savoir un peu plus. Ils vont rappliquer et poser des tas de questions sur Linda Emery. Et lorsqu'ils le feront, j'attends de toi que tu ne mentionnes pas les griefs que tu pourrais avoir contre ta mère ou moi. As-tu bien compris ?

— Greg ! s'exclama Karen.

— Le fond du problème se résume à ceci : que cette femme ait été ou non ta mère naturelle, nous ne la connaissions pratiquement pas, et nous ne voulons pas être impliqués dans cette histoire.

— Mais nous le sommes, commença à protester Jenny.

— Absolument pas, la coupa Greg. Elle a fait irruption dans notre vie il y a deux jours, sans le moindre avertissement et, quel que soit le rapport qui existe entre elle et nous, nous n'en sommes pas responsables. Nous ne la connaissons pas. Nous ne savons rien sur elle. On s'en tient à ça. C'est épouvantable qu'elle ait été tuée, mais nous ne pouvons rien y changer. Quels que soient les reproches que tu te crois fondée à nous faire, à ta mère et à moi, sur la façon dont nous l'avons traitée, tu les gardes pour toi. Nous dirons à la police que nous avons été contents de la rencontrer, que nous nous sommes entendus à la perfection, point final.

— C'est un mensonge ! s'écria Jenny. Vous la détestiez. Tous les deux.

— Là n'est pas la question ! cria Greg. Tu feras ce que je te dis. Tu ne vas pas en plus nous créer des ennuis avec la police parce que tu as été blessée dans ton amour-propre. Nous n'avons rien à voir dans cette affaire. C'est compris ? »

Il n'y avait pas à se tromper sur le ton définitif que Greg avait employé. Jenny se remit à sangloter, secouée par cette colère tournée contre elle.

« Je crois qu'il vaut mieux que tu restes à la maison, ce matin, dit doucement Karen.

— Je n'ai pas l'intention d'aller à l'école le jour où ma mère a été assassinée, répliqua-t-elle en pleurant. Je vais dans ma chambre. » S'essuyant les yeux, elle quitta la pièce d'un pas traînant. Karen eut le cœur déchiré en la voyant sortir.

Greg poussa un soupir et se laissa aller contre le comptoir.

Karen se leva et le foudroya du regard. « Pourquoi as-tu fait ça ? voulut-elle savoir.

— Fait quoi ?

— Tu ne vois donc pas dans quel état elle est ? Pourquoi lui demander de mentir ? Le fait de n'avoir pas aimé cette personne — ou plutôt de n'avoir pas trop apprécié sa façon de débarquer chez nous — n'est pas un crime, tout de même ! La police ne s'intéressera pas à nous. »

Il regarda sa femme, l'air fatigué. « Quelqu'un a tué Linda Emery. La police va faire une enquête et reconstituer tous ses faits et gestes depuis qu'elle est arrivée à Wayland. A leurs yeux, nous aurons une sacrée bonne raison de l'avoir détestée. On avait un mobile pour la voir disparaître.

— C'est ridicule ! s'impatienta Karen.

— Crois-tu ? Elle menaçait nos relations avec notre fille. On sait que ce sont des choses qui peuvent rendre les gens féroces. »

Elle le regarda, sidérée. « Mais pas au point de tuer, tout de même !

— Et pourquoi pas ?

— Pour l'amour du ciel, Greg ! C'est un malade mental que va rechercher la police.

— Peut-être. Peut-être pas. Tout ce que je sais, c'est que lorsque la police apprendra que Mlle Linda

Emery est arrivée à Wayland en émettant des prétentions sur l'enfant d'une autre femme, pour être assassinée pratiquement le lendemain... que penserais-tu, toi, si tu étais un flic ? On a vu des mères soulever une voiture pour dégager leur enfant. Les mères... les parents peuvent faire n'importe quoi. Si bien que si jamais ils entendent Jenny déblatérer sur le fait qu'on la haïssait... »

Karen le regarda attentivement. « Tu parles de moi, dit-elle. C'est ce que tu penses, hein ? Tu crois qu'ils vont me soupçonner.

— Ce que je veux simplement dire, c'est que nous devons y être prêts.

— Tout de même, c'est... enfin, écoute ! C'est stupide. Le meurtre a sûrement été commis par un homme. Il doit probablement s'agir d'un crime sexuel...

— Ce n'est pourtant pas ce qu'ils ont dit, à la radio, observa-t-il.

— Ça ne peut pas être autre chose. Que veux-tu que ce soit ? » La voix de Karen mourut, et elle secoua la tête. « Jamais personne n'aura une telle idée. Ce n'est pas possible. (Elle se tourna pour regarder son mari.) Crois-tu que si ? »

Greg s'approcha et la prit dans ses bras, réconfortant. « J'ignore ce qui peut leur venir à l'esprit. Et je ne prétends pas que nous devons mentir. Je te dis la même chose qu'à Jenny. Nous ne sommes pas obligés de leur faire connaître nos moindres sentiments. Il n'y a aucune raison d'étaler nos problèmes devant eux. Ce n'est tout de même pas notre faute si elle a débarqué ici un beau jour pour se faire tuer le lendemain. Cela ne nous concerne pas. Ma seule intention, c'est de nous mettre en dehors de ça. Tous les trois. »

Karen acquiesça machinalement. « Ça paraît tellement...

— Tellement quoi ?

— Je ne sais pas. Froid, calculé, répondit-elle avec un frisson.

— Il s'agit simplement d'être pratique.

— Tu as sans doute raison, admit-elle, secouée par

les éventualités qu'il avait envisagées. S'il y avait un moyen d'éviter d'être vus sous cet angle, après tout... Ce serait peut-être mieux pour tout le monde. »

11

« La police est là, Maman. » Bill Emery se tenait sur le seuil de la chambre de sa mère. Un crucifix trônait au-dessus du lit et le couvre-lit au crochet était remonté jusqu'au cou d'Alice. Après sa visite cauchemardesque à la morgue, elle avait tenu à ce que son fils la ramène chez elle. Le Dr Martin Nolte, son médecin de famille depuis des années, retira l'aiguille plantée dans le haut de son bras et essuya l'emplacement avec du coton.

« Va leur parler toi-même, Bill, dit le médecin. Ou dis-leur de revenir plus tard. Ta mère n'est pas en état de les affronter. »

Bill hésita, puis répondit « Bon, je m'en occupe.

— Tu es un bon garçon », remarqua le Dr Nolte comme si Bill était encore un enfant, tandis que ce dernier quittait la chambre.

« Martin ? fit Alice d'une voix mourante.

— Qu'est-ce qu'il y a, chère amie ?

— Passez-moi la photo, là, sur la commode. »

Le médecin s'exécuta et Alice se mit à contempler le cliché. Les larmes coulaient sur son visage, empruntant les sillons creusés par l'âge. Le cliché datait d'une époque où Linda avait environ cinq ans et Bill huit. Jack avait refusé de poser ; il détestait qu'on le prenne en photo, chose qu'Alice n'avait jamais comprise — un si bel homme ! Son esprit vagabonda et revint à cet instant où elle l'avait vu pour la première fois, le jour où il était venu réparer les marches, sur le porche de la maison de sa mère. Il faisait ses débuts professionnels à Wayland, mais une amie de la famille l'avait recommandé, disant qu'il était travailleur et honnête. A peine Alice l'avait-elle aperçu par la fenêtre de la cuisine qu'elle avait senti son cœur chavirer. Elle qui n'était pas particulièrement timide avait dû déployer de grands efforts pour engager la conversation avec lui, ces toutes premières fois. Mais lorsqu'il s'était un peu ouvert, elle en avait été largement récompensée.

Alice regarda les deux enfants qui souriaient sur la photo, chacun la tenant par un bras. Elle s'attarda sur la petite fille. « Tu es avec ton papa, maintenant, dit-elle dans un sanglot.

— Le sédatif que je viens de vous donner va vous faire du bien, Alice. » Le médecin avait parlé avec douceur.

« Elle venait juste de me revenir et, cette fois, je l'ai perdue pour de bon... » Mais déjà les pensées d'Alice se brouillaient.

— Essayez de vous reposer, dit le médecin en rangeant sa sacoche. J'ai laissé l'ordonnance à Bill. Appelez-moi, si vous avez besoin de quoi que ce soit.

— Entendu », murmura Alice. Le médicament, en se répandant dans son organisme, la priva de son tonus musculaire et les doigts qui tenaient la photographie se détendirent. Le cadre glissa sur les couvertures et alla tomber sur le tapis en bouclette. Son esprit reprit son vagabondage, remontant dans le temps, de plus en plus loin, dégringolant au milieu d'un crépuscule doux-amer de souvenirs.

Bill ouvrit la porte d'entrée et regarda la femme qui se tenait sur les marches, un calepin à la main, un doigt encore sur la sonnette. Elle avait un peu plus d'une vingtaine d'années, était habillée fonctionnellement, jupe et blouse, et portait des talons plats. Ses cheveux blond cendré, coupés court, étaient dépourvus de tout style particulier, comme si elle ne s'en souciait pas. Elle avait une peau claire et lisse, mais sans maquillage. Son ton de voix était net, professionnel.

« Je m'appelle Phyllis Hodges, commença-t-elle. J'appartiens à la *Wayland Gazette*. » Se penchant, elle regarda derrière Bill pendant que celui-ci examinait sa carte de presse, et aperçut Walter Ference et Larry

Tillman assis dans le séjour. Elle salua Walter de la main ; le policier répondit par un signe de tête.

« Je suis désolé, dit Bill. Nous n'avons rien à vous dire.

— Etes-vous parent de la victime ? demanda précipitamment la journaliste — c'est tout juste si elle ne mit pas le pied dans la porte.

— C'était ma sœur. Si vous voulez bien...

— Je vois que la police est ici. Ça m'est égal d'attendre, insista-t-elle.

— S'il vous plaît, veuillez nous laisser », répondit Bill en refermant la porte sur elle, en dépit de ses protestations.

Il se tourna vers Walter Ference, qui s'était assis sur le bord du fauteuil habituel d'Alice. Larry Tillman se leva, s'approcha de la fenêtre et étudia le petit groupe de curieux qui s'était agglutiné en bordure de la pelouse.

« Ces journalistes n'ont aucun respect pour la vie privée », remarqua Bill.

Walter acquiesça, sympathisant avec lui. « Il y a un certain nombre de points que nous voudrions éclaircir avec vous, monsieur Emery, à propos de votre sœur. Vous avez déclaré que l'idée de descendre au motel venait d'elle. »

Le geste nerveux, Bill saisit un petit objet en porcelaine — représentant une bergère — sur le dessus de cheminée, puis le remit en place. « Oui, ça avait quelque chose à voir avec les frais de déplacement, comme pour un voyage d'affaires. Vous savez, c'est déductible des impôts. »

Walter acquiesça.

« Glenda ? » appela Bill. Sa femme passa la tête par la porte de la cuisine. « Je crois qu'un peu de café ne nous ferait pas de mal.

— Merci, pas pour moi, dit fermement Ference. Et que faisiez-vous, la nuit dernière ?

— Qu'est-ce que vous voulez dire ? J'ai travaillé tard. Au magasin.

— Etiez-vous seul ?

113

— Non ; une de mes vendeuses était restée.

— Son nom ? »

Bill parut sur le point de protester, puis il capitula : « Christine Clement. »

Walter le prit en note. « Très bien. Le nom de ces personnes, maintenant. Celles qui ont adopté le bébé de votre sœur.

— Newhall, fit sèchement Bill. Je vous l'ai déjà dit. »

Glenda entra dans la salle de séjour. « Excuse-moi, chéri. Je cours à la pharmacie chercher les médicaments pour Maman.

— Vas-y, vas-y », répondit Bill sur un ton irrité. Glenda jeta un coup d'œil curieux aux policiers et quitta la pièce.

« Et c'était la première fois que vous entendiez parler de la grossesse de votre sœur et des raisons pour lesquelles elle avait fugué ?

— Oui. Mais qu'est-ce que tout cela a à voir avec le cinglé qui l'a tuée et jetée dans cette benne ? »

Walter referma son carnet de notes et se leva. « Je crois que cela ira, pour le moment. Merci de votre coopération, monsieur Emery. Nous parlerons plus tard avec votre mère. »

Les épaules de Bill se relâchèrent tandis qu'il accompagnait les deux policiers jusqu'à la porte. « Je suis content d'avoir pu vous aider », dit-il.

Par la fenêtre, il suivit des yeux les deux hommes pendant qu'ils regagnaient leur voiture. Dès que celle-ci démarra, il alla prendre le téléphone et composa un numéro.

« Shane's Sporting Goods, répondit la voix rauque de Trudy Kubinski, la caissière.

— Christine Clement », dit Bill d'une voix basse et retenue.

Trudy hésita un instant. « C'est vous, Bill ?

— Je vous demande pardon ? (Bill avait adopté un timbre inhabituel et un ton offensé.)

— Veuillez m'excuser. Juste un instant. »

Bill sentait, pendant qu'il attendait, des taches de

114

transpiration s'agrandir sous ses bras. Finalement, Christine vint prendre le combiné.

« Ecoute-moi bien, dit Bill sans autre préambule. Débrouille-toi pour que personne, au magasin, ne se doute que c'est moi qui suis au téléphone.

— D'accord, répondit Christine, incertaine.

— La police va peut-être venir t'interroger. Ma sœur a été assassinée.

— Oh ! Bill, je suis désolée. C'est affreux !

— Je viens juste de te dire de ne pas mentionner mon nom, bon sang !

— Je suis désolée...

— Je leur ai dit que nous avions travaillé tard au magasin, hier au soir. Tous les deux. Tu as compris ?

— Bien sûr.

— Et s'il est question du Jefferson Motel, tu n'en as jamais entendu parler.

— Mais pourquoi ? fit-elle d'un ton plaintif.

— Parce que je te le dis ! »

Il y eut un silence à l'autre bout du fil. Puis une voix douce et triste dit : « D'accord, c'est entendu. Ne te mets pas en colère. »

Bill serra le poing et compta en silence jusqu'à dix.

Margo Hofsteder se sentit prise brusquement de palpitations. Deux flics se présentaient à la porte de son établissement ; l'un d'eux était en tenue, l'autre en civil. Par la fenêtre, elle aperçut deux autres policiers et une voiture de patrouille garée sur le parking.

« Puis-je vous aider ? » demanda-t-elle.

Walter Ference acquiesça. « Vous êtes la gérante ?

— La propriétaire. Je m'appelle Margo Hofsteder.

— Mademoiselle Hofsteder...

— Madame.

— D'après ce que nous savons, vous auriez eu ici une cliente répondant au nom de Linda Emery. »

Margo consulta son registre, faisant courir un doigt boudiné le long de la page. « Elle est encore là, dit-elle. Aurait-elle des ennuis ? »

Walter et Larry échangèrent un coup d'œil.

« Mlle Emery est morte. Elle a été assassinée la nuit dernière », répondit Walter.

Margo Hofsteder s'étreignit la poitrine. « Quoi ? Ici ? s'écria-t-elle.

— Nous ne savons pas où. Mais nous aimerions voir sa chambre. »

L'énervement lui barbouilla le teint. « Oh, mon Dieu, bafouilla-t-elle en tâtonnant gauchement à la recherche de son trousseau, sous le comptoir. Pas ici, pas chez moi !

— Ce n'est pas ce que nous avons dit. Nous avons simplement besoin d'y jeter un coup d'œil.

— Bien entendu, bien entendu. » Elle sortit de derrière son comptoir, dans le tintement de ses bracelets et du trousseau de clefs. Tout en précédant les policiers jusqu'à la chambre 173, en empruntant le passage extérieur, elle poursuivait ses commentaires, sans s'adresser à quiconque en particulier. « Oh, je n'arrive pas à y croire. C'est un motel familial, ici. On va en parler dans les journaux. Oh ! mon Dieu, c'est horrible, horrible. »

Une fois arrivée à la porte elle se retourna et, à voix basse, ajouta : « C'est ici.

— Ouvrez, s'il vous plaît », demanda Walter.

Margo glissa la clef dans la serrure avec des doigts tremblants, poussa la porte et recula vivement, comme si elle s'attendait que le meurtrier, resté sur les lieux du crime, lui saute à la figure.

Larry Tillman passa le premier, allumant au passage. Walter lui emboîta le pas et regarda autour de lui.

De l'extérieur, Margo Hofsteder les interpella. « Est-ce qu'il y a du sang ? »

Larry, qui avait été jeter un coup d'œil dans la salle de bains, en ressortit et secoua la tête. La pièce était en désordre, mais il ne s'agissait manifestement pas de la scène du crime.

« Non, tout est normal, répondit Walter.

— Grâce au ciel ! » s'exclama Margo, qui ressentit

néanmoins une légère déception. Elle passa la tête par la porte.

« A quelle heure fait-on le ménage de cette chambre, d'ordinaire ? demanda Walter.

— Vers une heure, en général. Elle n'est pas très rapide, excusa Margo.

— Ça tombe bien. Deux hommes vont venir inspecter ses affaires. Personne ne doit toucher à rien dans cette pièce tant qu'ils n'auront pas terminé.

— Je comprends, fit la patronne du motel d'un ton entendu. Il pourrait y avoir des indices que l'on pourrait faire disparaître.

— Mlle Emery a-t-elle eu des visiteurs ? demanda Walter. Vous souvenez-vous avoir vu quelqu'un entrer ici ? »

Margo secoua la tête avec regret. « J'essaie de respecter la vie privée de mes clients.

— Vous en souviendriez-vous, si quelqu'un était venu la demander ?

— Oui, bien sûr. Mais c'est non. Personne n'est venu. Vous devriez cependant parler avec le veilleur de nuit, Eddie McHugh ; lui se souvient peut-être de quelque chose.

— Où pouvons-nous le trouver ?

— Il doit encore dormir dans sa chambre, au premier. »

Eddie entendit frapper à sa porte et roula entre les draps froissés, maudissant l'intrusion. « Fichez-moi la paix », marmonna-t-il. Les lourdes tentures cachaient presque complètement la lumière du jour et il n'avait aucune idée de l'heure qu'il était. Il ne prit vraiment conscience que l'on heurtait à la porte que lorsqu'il entendit la voix de Margo qui l'appelait. « Ouvrez, Eddie. C'est la police. »

S'il existait réveil plus désagréable, il aurait bien voulu savoir lequel. Il se leva, chancelant, attrapa son pantalon au passage et alluma la lumière de la salle de bains. Il avait un teint blême tirant sur le mauve.

Il s'aspergea le visage et le cou, mouillant le T-shirt

117

dans lequel il avait dormi. Encore pieds nus, il alla ouvrir la porte.

Du seuil, les deux flics sondèrent la pénombre. Le visage émacié d'Eddie était comme un gribouillis à la craie sur un tableau noir.

Margo eut un froncement de sourcils désapprobateur à la vue de son homme à tout faire. « Eddie, ces messieurs ont des questions à vous poser. Un meurtre a été commis. »

L'homme se frotta les yeux et secoua la tête. « Attendez une minute... qu'est-ce qui se passe ? Je n'ai rien fait, moi. »

Walter entra dans la chambre. « Allumez, ou bien ouvrez les rideaux. »

Sans discuter, Eddie alla tirer les rideaux.

« Vous pouvez partir maintenant, madame Hofsteder, dit Walter d'un ton ferme.

— Qu'est-ce qui se passe, Margo ? fit Eddie d'une voix inquiète, s'abritant les yeux de la main, devant la lumière du jour.

— Répondez seulement à leurs questions, mon chou. Quelqu'un a tué cette fille de Chicago qui était dans la 173. »

Ses yeux s'adaptèrent, il vit les deux policiers et détourna alors vivement le regard. Son mouvement de recul le fit heurter le lit, sur lequel il s'assit, et il laissa échapper un petit gémissement.

« Connaissiez-vous Mlle Emery ? » demanda Walter.

Eddie secoua la tête.

« Pourtant, la nouvelle a l'air de vous bouleverser. »

Le veilleur de nuit croisa les bras, évitant le regard des deux policiers. « Non, marmonna-t-il. Je suis simplement surpris.

— Quoi ?

— Surpris. Je suis surpris. »

Du regard, Walter indiqua à Larry de jeter un coup d'œil, et ce dernier entreprit, sans se presser, une petite inspection de la pièce où régnait le plus grand désordre.

118

« Nous voudrions savoir si vous avez vu quelqu'un rendre visite à Mlle Emery. Quelqu'un qui aurait eu un comportement étrange, qui aurait traîné dans le coin. »

Eddie releva la tête et eut une expression de défi. « Je ne fais pas attention à ça.

— Autrement dit, vous n'avez vu personne.

— Personne. » Il y avait une lueur bizarre dans son regard ; quelque chose de calculateur, mais on y lisait aussi de la peur.

« Vivez-vous ici, monsieur McHugh ? demanda Walter.

— Ouais.

— Jamais eu d'ennuis avec la justice ? »

L'homme hésita. « Non, répondit-il. Rien que des bêtises de gosse. Je n'ai rien fait à cette femme. »

Walter le fixa jusqu'à ce qu'il détourne les yeux. « Merci pour votre coopération.

— Content de vous avoir aidés. »

Les flics quittèrent la chambre et Eddie referma la porte sur eux. Il resta appuyé quelques instants contre le battant, contemplant sans le voir le chaos qui régnait dans la chambre. Puis, lentement, un sourire carnassier s'étala sur ses traits. « Tiens-tiens-tiens... on en sait pourtant, des choses. »

12

« J'en ai pour deux minutes, Glenda, annonça le pharmacien, un homme grisonnant en blouse blanche.

— Aucun problème », répondit-elle. Elle se dirigea vers un présentoir de cosmétiques et commença à passer, distraitement, diverses nuances de fond de teint sur le dos de sa main.

« Veuillez m'excuser, lui dit une jeune femme, s'approchant d'elle. Vous êtes bien Mme Emery ? »

Glenda regarda son interlocutrice avec curiosité, se

disant qu'un fond de teint rose ne lui ferait pas de mal non plus. « Oui ?

— Je m'appelle Phyllis Hodges. Je suis journaliste à la *Wayland Gazette*. Je voudrais savoir si je peux vous poser quelques questions à propos de la victime de l'assassinat. Elle était votre belle-sœur, c'est bien cela ? »

Glenda jeta un coup d'œil inquiet en direction du comptoir du pharmacien, mais celui-ci était encore occupé dans son arrière-boutique. Elle entendait qu'on y tapait à la machine [1].

« Je ne la connaissais pas très bien, répondit Glenda sur un ton d'excuse. Mais comment savez-vous qui je suis ?

— Je vous ai vue quitter la maison, admit Phyllis, et je vous ai plus ou moins suivie.

— Vous m'avez suivie ? s'étonna la jeune femme, tout de même un peu flattée.

— On m'a demandé un article sur cette affaire et j'aurais aimé donner une image réellement sympathique de la victime, mais j'ai besoin de quelques renseignements sur elle. Apparemment, cela faisait un certain temps que votre belle-sœur avait quitté Wayland. »

Glenda haussa les épaules. Cela n'avait rien de secret. « Oui, reconnut-elle. Elle avait dix-sept ans lorsqu'elle s'est enfuie. Bien entendu, à l'époque, sa disparition a donné lieu à toutes sortes d'hypothèses, vous comprenez, sur ce qui lui était arrivé. En réalité, elle avait tout simplement fugué.

— Quelle tragédie, tout de même ! observa Phyllis. Au moment où elle revient, voilà ce qui lui arrive !

— C'est absolument terrible pour ma belle-mère », reprit Glenda. Elle se sentait sincèrement désolée pour Alice qui, comme belle-maman, était en or. Et

1. Ce passage ne s'explique que si l'on sait que, dans les pharmacies américaines, les médicaments sont distribués dans des fioles anonymes sur lesquelles le pharmacien colle une étiquette comportant le rappel, de sa main, de la posologie. *(N.d.T.)*

Bill qui n'avait fait que rendre les choses bien pires encore en la forçant à ne pas voir Linda. Si ç'avait été Tiffany....

« ... et votre mari ? disait Phyllis.

— Pardon ?

— Je disais que votre mari devait aussi être bouleversé, non ?

— Oh oui ! » dit Glenda. Elle trouvait la journaliste de plus en plus sympathique. Une chouette fille, vraiment. Un peu naïve, peut-être. Journaliste, c'était un bon métier. Elle espérait bien que Tiffany aurait aussi un bon métier, quand elle serait grande, pour ne pas avoir à dépendre d'un homme pour vivre.

Le visage de Phyllis était un modèle de curiosité innocente. « Savez-vous pour quelle raison elle avait quitté Wayland ? »

Glenda hésita. Quelle différence, après tout ? Elle n'arrivait pas à comprendre pourquoi Bill tenait tant à garder le silence là-dessus. Il faisait un excellent numéro de frère bouleversé, mais en réalité il était plus furieux contre Linda qu'autre chose. De toute façon, tout finirait par se savoir, et on vivait à une époque où ce n'était plus une honte que d'avoir un enfant en dehors des liens du mariage et de le donner pour l'adoption. Bon sang, avec toutes ces femmes qui avaient recours à l'avortement, cela relevait même de la bonne action ! Bill n'allait pas manquer d'être en colère lorsqu'il apprendrait qu'elle avait parlé ; mais elle dirait probablement les choses d'une manière beaucoup moins dure que lui. En outre, pensa Glenda avec un sentiment de défi, je crois en la liberté de la presse.

« Eh bien, pour tout vous avouer, je sais pour quelle raison elle est partie. Et c'est une histoire assez intéressante. »

Phyllis se pencha vers elle, un reflet avide dans l'œil.

Greg Newhall ouvrit la porte avec un sourire forcé sur le visage. « Nous vous attendions, déclara-t-il.

« — Pouvons-nous entrer ? » demanda poliment Walter.

Greg s'effaça pour les laisser passer et eut un geste en direction de la salle de séjour. « Ma femme et ma fille sont là. »

Karen était assise dans l'un des angles du canapé, Jenny se tenait recroquevillée au fond du siège à bascule, le regard perdu sur le foyer vide de la cheminée.

« Asseyez-vous », leur proposa Karen sur un ton qui trahissait son anxiété.

Walter s'installa dans un fauteuil, tandis que Larry restait dans l'encadrement de la porte. « Nous sommes ici pour vous poser quelques questions sur Linda Emery. »

Greg vint se placer près de sa femme et resta debout. « Nous avions pensé que vous voudriez nous interroger, dit-il. Je suppose que vous devez déjà savoir qu'elle était... qu'elle était la mère biologique de notre fille. »

Walter esquissa un sourire. « Depuis combien de temps le saviez-vous ?

— Depuis deux jours (Karen lui jeta un coup d'œil). Trois en comptant aujourd'hui.

— Et auparavant, vous n'aviez aucune idée de l'identité de la mère de la jeune fille ?

— Non, répondit Greg avec une pointe de désapprobation dans la voix. Je sais bien que, de nos jours, on voit des arrangements différents, avec de grandes familles heureuses où tout le monde a toutes sortes de liens particuliers avec tout le monde, mais l'adoption a eu lieu il y a plus de treize ans, vous savez. L'identité de la mère — comme la nôtre, du reste — était supposée rester anonyme. C'est du moins ce que nous avions cru.

— Est-ce vous qui l'avez recherchée, ou est-ce que c'est elle qui vous a trouvés ?

— Elle nous a trouvés, répondit sèchement Greg.

— Vous a-t-elle dit comment ?

— Elle a parlé d'un détective privé, intervint Karen.

— Je vois, murmura Walter en prenant des notes.

122

En résumé, elle vous a appelés un beau jour pour vous déclarer qu'elle était la vraie mère de Jenny ?

— Plus exactement, elle est venue directement ici, dit Karen. Dimanche dernier, le jour de la Fête des Mères.

— Cela vous a-t-il mis en colère ? » demanda Walter avec calme.

Karen trouvait de plus en plus difficile de continuer à sourire et d'empêcher sa voix de chevroter. Elle sentait la main de Greg lui presser l'épaule, comme pour la calmer. C'était une bonne idée d'avoir prévu qu'ils seraient soumis à un tel interrogatoire. Greg avait raison : elle se sentait coupable et éprouvait le besoin de s'excuser, devant les questions de la police, même si elle n'avait rien à cacher.

« Euh... je pense qu'il aurait mieux valu que nous soyons avertis, répondit-elle prudemment. Mais vous devez aussi comprendre que c'était un sujet sur lequel Jenny s'était depuis toujours interrogée. Pour elle, pouvoir enfin rencontrer sa mère biologique était un grand événement. »

Jenny s'essuya les yeux pour chasser ses larmes, mais évita de regarder ses parents ou les policiers.

« Est-ce exact, Jenny ? demanda Walter. Etiez-vous contente de la rencontrer ?

— Oui », fit Jenny d'une toute petite voix. Du pied, elle faisait basculer le rocking-chair.

« Et vos parents n'y voyaient pas d'inconvénients ? »

Un éclair de colère traversa les yeux de l'adolescente et elle pinça les lèvres. « Je crois pas.

— Avez-vous des enfants, lieutenant ? » demanda Karen. De son poste d'observation, sur le seuil de la porte, Larry laissa échapper une petite exclamation de détresse. Comme tout le monde, dans l'unité de police, il était au courant de la tragédie de Walter. Karen regarda dans sa direction, intriguée par sa réaction.

Walter hésita un instant avant de répondre.

« Non, madame.

— Eh bien, poursuivit Karen en bredouillant, désarçonnée par l'expression qu'arborait l'officier Tillman, quand vous avez un enfant, vous ne voulez qu'une chose, qu'il soit heureux. C'est votre priorité.

— Même si une autre personne vient raconter qu'elle est sa mère ? »

Karen prit une profonde inspiration. « Elle était la mère de Jennifer.

— Cela a dû néanmoins vous mettre dans tous vos états, insista Walter.

— Arrêtez de harceler ma femme ! s'écria Greg. Elle vous a dit ce que nous ressentions. Nous étions heureux pour Jenny. »

Walter leva des yeux étonnés vers Greg. Puis il reprit, d'un ton calme : « Vous a-t-elle dit qui était le père ?

— Non, intervint Karen. Nous ne le lui avons pas demandé. »

Walter acquiesça. « Et quand avez-vous vu Linda Emery pour la dernière fois ? »

Karen se tourna vers sa fille, qui refusa de lui rendre son regard. « Si je me souviens bien, quand elle a ramené Jenny à la maison, hier après-midi. Elles avaient déjeuné ensemble au Miller's.

— Avez-vous vu Mlle Emery par la suite, ou lui avez-vous parlé ? L'un ou l'autre d'entre vous ?

— Non », dit Jenny. Ses parents secouèrent négativement la tête.

« Je crois que ce sera tout, pour le moment, conclut Walter en se levant. Il se peut que nous revenions plus tard, cependant. »

Greg, la démarche raide, reconduisit les deux policiers jusqu'à la porte. Karen regarda Jenny, qui se balançait furieusement dans le fauteuil, le visage sombre comme un nuage de tempête.

Les voix s'éloignèrent et elles entendirent claquer la porte de l'entrée. Jenny se leva alors et, pour la première fois, croisa le regard de sa mère. « Espèce d'hypocrite, gronda-t-elle. Je te déteste ! »

Greg revint dans la pièce. « Il me semble que ça s'est plutôt bien passé, observa-t-il.

— Excusez-moi, dit Jenny. Je crois que je vais aller vomir. »

Dans son lit, Mary Duncan bâilla et s'étira. Parfois, elle se disait que ce qu'il y avait de plus agréable dans son métier de restauratrice était de pouvoir dormir tard le matin. On ne servait de petits déjeuners, au Miller's, que pendant le week-end, si bien que les matinées des jours de semaine, elle pouvait prendre son temps. En général, Sam se levait le premier et allait chercher le journal et les beignets pendant qu'elle préparait le café. Bien entendu, tout cela changerait s'ils avaient un bébé. Finies, les grasses matinées. Finies les soirées qui se prolongeaient au restaurant — au moins pour elle.

Elle roula sur elle-même et enfouit le visage dans son oreiller. Je joue à quoi, là ? se dit-elle. Jamais nous n'aurons d'enfant. Avec Sam, il y avait toujours une bonne excuse : ce n'était pas le bon moment, ils avaient des problèmes financiers, n'importe quoi. Il lui arrivait de compter avec incrédulité le nombre d'années qu'ils avaient passées ensemble — et toujours pas de bébé ! Et en ce moment, ils ne risquaient guère d'en concevoir un, vu qu'ils trouvaient rarement le temps de faire l'amour. De voir Linda avec cette grande fille lui avait collé une peur bleue ; cela lui rappelait que, pour elle aussi, les années passaient. Et qu'est-ce qui lui en restait ? Le restaurant de son père et un mari obsédé par son travail. Elle était convaincue, lorsqu'elle s'était mariée, que Sam l'aimait vraiment. Ils étaient jeunes, certes, et Mary manquait d'expérience, mais tout de même. D'accord, ce n'était pas Roméo. Il lui avait déclaré son amour, un point c'est tout. Mais elle commençait à se demander, parfois, depuis quelques années, s'il l'aurait fait si le restaurant n'avait pas figuré dans la corbeille de mariage...

Mary entendit la porte d'entrée s'ouvrir et elle dut

prendre sur elle pour sortir du lit. Elle enfila sa robe de chambre, l'attacha et cria : « Je suis désolée pour le café ! J'arrive tout de suite ! » Elle chaussa ses pantoufles et gagna la cuisine. Le sac de beignets et un journal attendaient sur la table. Sam, debout devant l'évier, regardait par la fenêtre la vue qui donnait sur le port.

« Excuse-moi, dit Mary. Je n'arrivais pas à me sortir des draps. »

Sam se retourna et la regarda ; son visage rond était tout pâle.

« Qu'est-ce qui se passe ? demanda-t-elle. Tu en fais, une tête !

— J'ai appris une très mauvaise nouvelle, à la boulangerie.

— Quoi ? Tu me fais peur. Parle.

— Il vaudrait mieux t'asseoir. C'est à propos de ta vieille amie, Linda Emery.

— Notre vieille amie, le corrigea-t-elle. Elle était aussi la tienne, à l'époque. »

Sam regarda de nouveau par la fenêtre, comme si cette remarque l'avait blessé. Mary sentit un frisson la parcourir. Elle suivit le conseil de son mari et s'assit. « De quoi s'agit-il, Sam ? Parle vite. »

13

La bibliothèque de Wayland était un bâtiment de briques de style fédéral, entouré de massifs de fleurs et de buissons, édifié à l'angle d'un carrefour en face de Washington Street Park. Quand Jenny arriva, elle rangea sa bicyclette sur le râtelier disposé près d'une plate-bande de géraniums, le long de l'immeuble. Peggy l'avait appelée depuis l'école et lui avait proposé de la retrouver à cet endroit, après la classe, et elle avait sauté sur cette occasion de quitter la maison et de s'éloigner de ses parents. Elle avait besoin de parler à une amie, à une personne en qui elle puisse avoir confiance — mais une personne qui ne soit ni son père ni sa mère. A chaque fois qu'elle repensait à l'entrevue avec la police qui avait eu lieu ce matin, elle avait envie de taper sur quelque chose. Ou sur quelqu'un. C'était comme si elle venait de découvrir un aspect de ses parents dont elle aurait toujours ignoré l'existence.

Elle s'assit sur un banc placé à l'ombre d'un cornouiller en fleurs tout rose pour attendre Peggy. Lorsque cette dernière l'avait appelée de la cafétéria, elle lui avait dit que tout le monde, à l'école, ne parlait que du meurtre. Personne, à part Peggy, n'était au courant du lien de Jenny avec la victime et elle lui avait assuré n'en avoir parlé à personne. Peggy, au moins, c'était une amie. En plus, c'était quelqu'un à qui l'on pouvait vraiment parler. Elle avait des problèmes sérieux avec ses propres parents.

« Jenny ? »

L'adolescente leva les yeux, surprise, et vit une femme qu'elle ne connaissait pas s'approcher d'elle. Elle avait des cheveux blonds coupés court et affichait un sourire amical. Jenny fronça les sourcils. « Ouais ?

— Excusez-moi, Jenny, dit la femme. Je suis désolée de vous ennuyer. Votre maman m'a dit que je pourrais peut-être vous trouver ici.

— Oh !

— Je m'appelle Phyllis. Je... j'étais une bonne amie de Linda Emery autrefois, au lycée », mentit la journaliste avec l'aisance d'une longue pratique. Elle comptait sur le fait que Jenny ne serait pas en mesure d'évaluer la différence d'âge qu'il y avait, en réalité, entre elle et Linda Emery. Pour les enfants, tous les adultes sont identiques, s'était-elle dit. Phyllis n'avait cessé de surveiller le domicile des Newhall depuis sa conversation avec Glenda Emery et, lorsqu'elle avait vu Jenny partir à bicyclette, elle l'avait suivie jusqu'à la bibliothèque. « Linda m'a appelée l'autre soir, lorsqu'elle est arrivée en ville, continua-t-elle d'une voix onctueuse, et nous avons eu une grande conversation. Ça faisait du bien, d'entendre de nouveau sa voix. »

Jenny eut une ébauche de sourire.

« Elle m'a parlé de vous et m'a tout raconté, Jenny. Sur le fait qu'elle était revenue ici pour vous retrouver et tout...

— Elle vous l'a dit ?

— Elle était très fière de vous. Elle m'a dit qu'elle voulait que nous fassions connaissance mais, évidemment... vous savez ce qui est arrivé. J'ai tellement de chagrin !

— Oui, fit tristement Jenny.

— Ecoutez, Jenny... je me doute que vous êtes sans doute venue ici pour étudier...

— En fait, j'ai rendez-vous avec une amie. »

Phyllis poussa un soupir. « Avec Linda, on se retrouvait souvent à cet endroit, quand nous avions votre âge. On s'asseyait, on bavardait, on buvait un soda ou autre chose. C'était le bon temps...

Jenny se sentit mal à l'aise. « Euh... ça m'a fait plaisir de faire votre connaissance.

— Je me demandais, Jenny... je veux dire, si ce n'est pas trop vous imposer...

— Quoi donc ? » fit l'adolescente, un peu méfiante.

Phyllis indiqua le banc d'un geste, comme si elle demandait la permission de s'asseoir. Jenny haussa les épaules. La journaliste s'installa avec précaution à côté d'elle, juste sur le bord. « Vous comprenez, c'est que je n'ai pas eu l'occasion de la revoir et que cette pensée est un vrai crève-cœur. J'ai l'impression d'avoir raté ma chance et elle ne se représentera plus, maintenant. Si vous pouviez me consacrer une minute, me dire comment elle était, me parler un peu de sa vie... Je sais bien que c'est un moment très dur pour vous, mais cela signifierait tant pour moi. »

Jenny jeta un coup d'œil à sa montre. Peggy en avait encore pour un petit moment. Et l'idée de partager ce qu'elle savait de Linda avec l'une de ses anciennes amies était séduisante ; au moins, c'était quelqu'un qui s'affligeait réellement. Et Linda aurait voulu qu'elle le fasse.

« D'accord, dit-elle.

— C'est très gentil », dit Phyllis qui laissa échapper un petit soupir et s'adossa plus confortablement. Jenny contemplait le parc, de l'autre côté de la rue ; c'était une débauche de couleurs, avec les azalées et les arbres fruitiers qui étaient en fleurs. Soudain, ses yeux se remplirent de larmes. Avec Peggy, il lui arrivait souvent de s'y promener ; elles jetaient des cailloux dans l'étang et échangeaient leurs pensées les plus secrètes. Elle venait de se représenter Linda, au même âge qu'elles. « Est-ce que vous vous racontiez vos secrets et vos histoires ? demanda-t-elle à la journaliste.

— Oh ! bien entendu. On parlait de ce qu'on rêvait de faire, ce que nous voulions devenir, de tout ça. Je n'ai même pas eu le temps, au téléphone, de demander à Linda ce qu'elle faisait, d'ailleurs.

— Elle travaillait dans un grand magasin, au rayon des vêtements, répondit vivement Jenny. A Chicago. En fait, elle était devenue gérante du département.

— Elle avait donc un bon travail, on dirait. Elle avait toujours aimé les vêtements », ajouta Phyllis mielleusement, se disant qu'elle ne risquait guère de se tromper beaucoup.

« C'est ce qu'elle m'a dit ! s'exclama l'adolescente. Et vous, qu'est-ce que vous faites ? »

Phyllis hésita. « Eh bien, pour tout vous dire, je suis devenue écrivain

— C'est bien, ça ! Et qu'est-ce que vous écrivez ?

— Toutes sortes de choses. Je travaille sur un livre en ce moment, répondit-elle avec désinvolture. Mais parlons plutôt de Linda. Etait-elle toujours la même ?

— Je ne sais pas comment elle était quand vous étiez amies, observa Jenny.

— Oui, évidemment ! C'est une question stupide. Je voulais savoir, en fait, si elle avait l'air en bonne santé et heureuse.

— Je ne sais pas, répondit Jenny avec un haussement d'épaules. Tout le monde dit que je lui ressemble beaucoup. Elle était très bien habillée.

— C'est vrai, que vous lui ressemblez énormément ; c'est d'ailleurs comme ça que je n'ai pas eu de mal à vous reconnaître, lorsque je vous ai aperçue. »

Jenny sourit, ravie.

« Je parie que vous avez dû être drôlement surprise d'apprendre qu'elle était votre véritable mère. »

L'adolescente acquiesça, le regard lointain. « Depuis toujours, j'essayais d'imaginer comment elle était. Mais je l'ai trouvée encore mieux que dans mes rêves. »

Excellente citation, songea la journaliste. L'article allait faire un malheur. « Autrement dit, ce fut une merveilleuse surprise pour vous, lorsqu'elle est arrivée. Et vos parents, qu'en ont-ils pensé ? Etaient-ils contents, eux aussi ? »

Jenny eut un reniflement de mépris. « Et comment, absolument ravis ! »

Les antennes de la journaliste frémirent. Vas-y en douceur, se dit-elle. « Vous savez, c'est normal que des parents soient un peu chatouilleux, sur certaines questions.

— Chatouilleux ! s'exclama Jenny. C'est tout juste si ma mère ne l'a pas flanquée à la porte. (Elle secoua la tête.) Ça m'a fichue dans une colère ! Vous comprenez, elle était là, ma véritable mère, elle était finalement là ! Et Maman qui pique sa crise... Elle n'a même pas essayé d'être aimable avec elle. »

Phyllis procéda avec prudence. « Linda ne m'en a pas parlé. Mais, la connaissant, je crois qu'elle a dû se sentir blessée.

— Oui, elle l'a été, répondit l'adolescente, heureuse d'avoir la compréhension et la sympathie d'une adulte. Elle essayait de ne pas le montrer, mais je sais qu'elle l'a été. Linda et moi, on se ressemblait beaucoup, et je me suis sentie vraiment mal. Mais Maman s'en fichait.

— Oh ! elle était simplement un peu jalouse de Linda, peut-être. Vous comprenez, voir arriver une autre maman...

— C'était bien pire que ça, confia Jenny. Elle ne voulait même pas la voir, ni lui parler, ni rien !

— Vraiment ? » Phyllis se sentait gagnée par une certaine excitation. Un papier larmoyant à souhait sur un à-côté de l'affaire était une chose, mais elle tenait bien mieux. La jalousie et la haine, voilà qui faisait monter le tirage bien plus que les bons sentiments. Et là il y avait les deux. Pas la peine de se demander ce qu'elle allait en tirer, en présentant les choses à sa manière. « Vous savez, les mères peuvent se montrer très protectrices. Surtout si elles n'ont qu'un seul enfant. Avez-vous des frères et sœurs ?

— Non. C'est-à-dire, ma mère était enceinte, mais elle a perdu le bébé.

— Ça s'est passé quand vous étiez petite ?

— Oh non ! ça date tout juste d'un mois. Et depuis, elle n'arrête pas de déprimer.

— C'est trop triste, dit Phyllis, qui commençait à avoir les mains moites. Une femme peut devenir très dépressive, presque déséquilibrée, lorsqu'elle perd un bébé.

— Oh oui ! Pour elle, c'était comme un miracle. Et quand elle l'a perdu, elle est devenue comme un zombie. C'est vraiment triste pour elle, que ce soit arrivé, même si ce n'était pas encore une vraie personne, et même si je n'arrivais pas à comprendre pourquoi elle voulait tellement un bébé, à son âge. Mais j'ai essayé d'être gentille avec elle et de l'aider pour la maison et les trucs pratiques. Et puis, lorsque ma vraie mère se fait assassiner, elle n'est même pas capable de faire semblant d'être triste. C'est tout juste si elle n'avait pas l'air d'être contente.

— Oh ! je suis sûre que non, protesta la journaliste en serrant le bras de Jenny. Comment pourrait-elle se réjouir d'une chose pareille ?

— Je crois qu'elle avait peur que je préfère Linda », répondit froidement l'adolescente.

La journaliste dut déployer de grands efforts pour ne pas laisser éclater l'ivresse qu'elle ressentait. C'était magnifique. La gosse lui tombait toute cuite dans le bec.

À cet instant, une adolescente boulotte et portant lunettes arriva sur sa bicyclette et s'arrêta devant elles.

« Salut, Jenny », dit-elle en ayant un regard étonné pour Phyllis Hodges.

Un beau sourire éclaira le visage de Jenny. « Salut, Peggy. (Elle se tourna vers la journaliste, qui se leva aussitôt.) Je vous présente mon amie, Peggy. Peggy, voici Phyllis. C'était une amie de ma vraie maman.

— Ravie de vous rencontrer, dit Phyllis.

— Salut, répondit Peggy.

— Maintenant, je vais vous laisser, les filles. Je me doute que vous avez des tas de choses à vous raconter. Jenny, cette conversation aura été très importante pour moi.

— Ça m'a fait plaisir de parler avec vous.

— Je suis navrée pour la perte que vous avez subie », déclara la journaliste en tendant la main.

Jenny la lui prit et la serra gravement. « Merci. Et moi aussi pour la vôtre. »

Phyllis ressentit une petite pointe de culpabilité — qui s'évanouit cependant très vite tandis qu'elle se dirigeait vers sa vieille Volvo déglinguée, garée un peu plus loin. Un bon reporter doit faire ce qu'il faut, se rappela-t-elle. Il lui tardait d'être devant son ordinateur. Elle en avait des fourmis dans les doigts — ses doigts qui allaient jouer une jolie chanson sur le clavier.

Le chef Matthews déballa une pastille contre les brûlures d'estomac, se la jeta dans la bouche et indiqua une chaise, en face de son bureau. « Asseyez-vous, Walter. »

Le lieutenant s'installa et sortit un carnet de notes. Son supérieur lui tendit alors un formulaire. « Le rapport médical. (Walter commença à le parcourir.) Inutile d'entrer dans les détails. Pas d'agression sexuelle. »

Walter souleva un sourcil et acquiesça. « C'est ce que je vois.

— Le coroner doit confirmer, bien sûr, après l'autopsie. Mais vous savez ce que cela signifie.

— Ça peut vouloir dire un certain nombre de choses, avança prudemment Walter.

— Entre autres, que l'assassin peut très bien être une femme. » Il y avait, dans sa voix, une note de satisfaction mal dissimulée.

« Si c'est une femme, elle est fichtrement costaud, observa le lieutenant.

— Ou fichtrement désespérée, répliqua Dale. Parlez-moi un peu de la famille qui a adopté la gosse. »

Walter leva les yeux du rapport, l'air surpris. « Vous pensez qu'elle pourrait être la meurtrière ? Karen Newhall ?

— Il faut envisager une telle possibilité. Cette femme débarque à Wayland, se présente comme la mère naturelle de l'enfant et est assassinée le lendemain — et ce n'est pas un crime sexuel.

— C'est à prendre en considération, concéda Walter.

— Savez-vous où se trouvait Karen Newhall, la nuit dernière ? »

Le lieutenant consulta son carnet. « Elle a déclaré être allée se coucher de bonne heure.

— Vérifiez. »

Walter prit une note. « Et le mari ? vous ne croyez pas qu'il aurait pu... ? »

Dale Matthews se renversa dans son fauteuil. « Je ne crois pas que les hommes soient aussi sensibles à ces histoires de *mère biologique*. Psychologiquement, ça ne tient pas.

— Probablement pas, en effet. C'est simplement un peu trop tôt pour désigner un coupable. N'oubliez pas : cette gamine a également un père. Un père qui habite probablement Wayland.

— Voilà qui est aussi à prendre en considération, dit à son tour le chef Matthews. Il pourrait s'agir de quelqu'un ayant beaucoup à perdre, à l'heure actuelle. En supposant qu'elle ait pris contact avec lui.

— Je ne veux pas en arriver trop vite aux conclusions, expliqua Walter.

— Une conclusion, c'est précisément ce que nous cherchons, dans cette affaire, dit Dale d'un ton sévère. Les gens, ici, n'ont pas oublié le cas d'Ambre et le fait que nous ne savons toujours pas qui elle était — et encore moins qui l'a tuée. Il ne faut pas qu'il nous arrive la même chose avec Linda Emery. En outre, on bénéficie d'un avantage précis : nous connaissons son identité.

— Mais nous ignorons tout de la scène du crime et, pour le moment, quelle est l'arme du crime.

— Nous finirons par trouver tout ça, répondit Dale d'un ton irrité. Celui-là, on ne le laissera pas filer.

— Non, monsieur. »

Les deux hommes gardèrent le silence pendant un moment, chacun ruminant à part soi. Finalement, le chef reprit la parole. « La journée a été longue. »

Walter se leva. « Je vais relire ce rapport avant de rentrer chez moi. »

Matthews, d'un hochement de tête, manifesta son approbation à son premier détective. Walter n'était pas un as de la déduction, mais il était minutieux ; entêté, même. « On va choper ce salopard, qui que ce soit », ajouta Dale en conclusion, faisant de son mieux pour prendre les accents d'un flic de film noir. Mais, lorsque Walter Ference eut quitté son bureau après l'avoir salué, il ouvrit son bureau et prit une nouvelle pastille de Tums. Il avait beau s'efforcer d'avoir l'air sûr de lui, l'affaire lui restait, au sens propre, en travers de l'estomac. Même le plus diplomate des officiers de police ne pourrait s'en tirer sur un score de deux à zéro en matière de meurtre. Cette fois-ci, il lui fallait marquer un point.

En sortant du bureau, Walter referma la porte derrière lui et adressa une esquisse de sourire à Larry Tillman, qui traînait encore dehors.

« Qu'est-ce qu'il a dit ? » demanda le jeune policier sur le ton de la confidence.

Walter brandit le rapport : « Ce n'est pas un crime sexuel. Le chef a l'air de croire qu'il pourrait s'agir de la femme Newhall. »

Larry eut une grimace. « Je n'y crois pas. Et vous ? Trop sanglant, pour une femme. »

Walter jeta le rapport sur son bureau et alla prendre de l'eau fraîche à la fontaine. « Les femmes commettent aussi des crimes de sang », remarqua-t-il.

Larry croisa les bras et réfléchit quelques instants. Le fait d'avoir un rôle à jouer dans une enquête sur un meurtre était on ne peut plus excitant pour lui. Il tenait fort, cependant, à ne pas paraître naïf ou trop impulsif dans ses opinions. « A mon avis, elle n'a pas été tout à fait sincère, dit-il enfin. A propos de ce qu'elle ressentait pour la victime.

— En effet, admit Walter, froissant le gobelet en carton et le jetant dans la corbeille à papiers. Mais, dans ce cas, personne ne l'a été.

— Vous pensez donc que ce n'est pas elle. »

Le lieutenant s'assit sur le bord de son bureau et regarda son jeune collègue. « Ce n'est pas ce que j'ai dit.

— On y retourne ? » demanda Larry, prêt à foncer.

Walter secoua négativement la tête. « Non, pas ce soir. Il est déjà tard. Il y a d'autres personnes à qui nous devons parler. Ça peut attendre un jour. Rentrez donc chez vous et prenez une bonne nuit de sommeil. La journée risque d'être longue, demain.

— Je ne suis pas sûr de pouvoir dormir, reconnut Larry.

— Pourquoi ? Vous n'êtes pas fatigué ? »

Le visage du jeune flic s'empourpra — c'est la malédiction des rouquins. On aurait dit un écolier jouant aux gendarmes et aux voleurs, et non un policier professionnel. « Vous comprenez, c'est une affaire plus intéressante que celles qu'on a d'habitude, genre vélos volés, ivrognerie ou désordres sur la voie publique. Avez-vous vu beaucoup de meurtres, lieutenant ? »

La question fit sourire Walter. « Non, pas beaucoup. Mais bien assez comme ça, croyez-moi. Je crois que vous êtes victime de ce que l'on appelle l'enthousiasme de la jeunesse. Ça vous passera. »

Larry acquiesça. Ouais, pensa-t-il. Le jour où j'arriverai à arrêter de rougir. « Vous avez certainement raison, lieutenant. Bonn' nuit, ajouta-t-il en s'éloignant. A demain matin. »

14

« Comment as-tu pu faire une chose pareille ? tonna Greg, brandissant le journal du matin devant le visage de Jenny. Tu es complètement folle, ma parole ! »

L'adolescente était assise sur une chaise de la salle à manger, les bras croisés, le menton tendu, tremblant légèrement. Karen se tenait devant les portes à la française et regardait sans les voir les fleurs de son jardin, ravalant ses larmes. Elle avait l'estomac noué à en avoir mal.

« Je te l'ai déjà dit ! Je ne savais pas qu'elle était journaliste ! geignit Jenny.

— Tes explications, on les a entendues », répliqua Greg d'un ton écœuré ; il frappa le plateau brillant de la table en merisier avec le journal. Il avait littéralement poursuivi sa fille à travers toute la maison, brandissant le journal, et ils avaient atterri dans la salle à manger. Sans les chandeliers, la nappe, l'argenterie, la porcelaine et la nourriture, la pièce dégageait une froideur qui paraissait convenir à l'atmosphère.

« C'est vrai, je ne le savais pas ! répéta Jenny.

— Tu te trompes, si tu crois nous rassurer avec l'idée que tu es capable de raconter toutes ces choses au premier étranger venu, pourvu qu'il ne soit pas journaliste !

— Je dois partir, intervint Karen d'un ton raide. J'ai un cours à donner. Conduiras-tu Jenny à l'école, Greg ? Elle a manqué le bus. »

L'adolescente regarda sa mère. « Je suis désolée,

Maman. La manière dont cette femme raconte cela... ce n'est pas ce que j'ai voulu dire.

— Prétends-tu qu'elle aurait tout inventé ? » demanda Karen d'un ton froid.

Jenny baissa la tête. « Pas exactement, murmura-t-elle.

— Eh bien, tu peux être contente de toi. Tous ceux qui vont lire cet article, aujourd'hui, vont penser que j'ai tué Linda Emery. Ou, du moins, que ma fille m'en croit capable. »

Des larmes coulèrent sur le visage de l'adolescente et, pendant un instant, Karen regretta la dureté de ses paroles, mais le gros titre, sur le journal, lui sautait à la figure et le choc et la honte la brûlaient encore comme une blessure trop récente. Elle leur tourna le dos, ramassa son sac de sport, quitta la maison, monta dans sa voiture et claqua la portière sans se retourner pour voir s'ils la regardaient.

Pendant tout le chemin, elle roula avec l'impression qu'elle allait vomir d'un instant à l'autre ; à un moment donné, elle se gara même sur le bas-côté, mais la nausée s'estompa et elle reprit la direction du studio de danse. Elle ne cessait de surveiller son rétroviseur, s'attendant presque à voir une voiture de police, gyrophare tournant, sirène hurlant, surgir à sa hauteur pour l'arrêter.

C'est ridicule, se morigéna-t-elle. Tu n'as rien fait de mal. Ils n'ont rien contre toi. Rien que les remarques cruelles de ta fille. « J'aurais préféré qu'elle parte avec cette Linda Emery ! s'exclama-t-elle à voix haute. Au moins, on serait plus tranquilles ! »

Oh ! arrête... Tu es tout simplement blessée. Profondément blessée par cette histoire. Comment Jenny avait-elle pu parler d'elle ainsi ? Jenny, sa propre fille ! Ça dépassait l'entendement. Ne méritait-elle pas un peu plus de considération, de fidélité, pour tout ce qu'ils avaient partagé, tous les trois ?

Il faut penser à autre chose, se dit-elle en se garant sur le parking, derrière le studio de danse, avant d'aller emprunter la porte de derrière du bâtiment.

Concentre-toi sur le travail avec les élèves. Fais une séance prolongée d'échauffement et essaie de t'en tenir à ça. L'exercice physique l'avait toujours aidée à se sentir mieux sur un plan psychologique, également. C'était pour cette raison qu'elle récupérait si lentement, depuis sa fausse couche : le manque d'activité physique.

Karen avait la main sur la porte du vestiaire des professeurs lorsqu'elle vit Tamara Becker, la propriétaire de l'école de danse, sortir de l'une des salles d'exercice et se diriger vers elle. Les parents de Tamara étaient des danseurs d'Europe de l'Est, et Tamara était venue aux Etats-Unis lorsqu'elle avait épousé un Américain. Sa chevelure blonde, strictement ramenée en arrière, accentuait ses traits fortement slaves et le corps qui remplissait les collants noirs était trapu et solide. Karen dominait Tamara de toute sa hauteur ; mais il se dégageait de la ballerine une forte impression de puissance comprimée, et Karen se sentait un peu comme une girafe, ou un échassier maladroit.

« Bonjour, Karen, dit Tamara, qui avait conservé un fort accent guttural.

— Bonjour, répondit-elle avec un sourire.

— Entrez un instant, il faut que je vous parle », reprit Tamara sur le ton de la confidence.

Karen sentit un danger dans la manière inhabituelle dont le professeur de danse s'était exprimé. Elle consulta sa montre. « J'ai cours dans dix minutes et j'ai vraiment besoin de m'échauffer. Je suis toute rouillée. »

Tamara parut ne pas l'avoir entendue et l'invita, du geste, à passer dans une salle d'exercices inoccupée. L'un des murs était couvert de miroirs devant lesquels courait une barre ; sur un autre, s'ouvraient de grandes baies vitrées orientées au nord, diffusant une lumière blanche et froide dans la salle vide.

« Karen, déclara la danseuse sans autre préambule, je crois que ce serait une bonne idée de prendre quelques jours de congé.

— Pourquoi ? Je n'en ai pas besoin. Je viens juste de revenir, et j'ai besoin de travailler.

— Justement, je me disais que vous étiez peut-être revenue trop tôt, après la perte du bébé.

— Je connais bien mon organisme, se défendit Karen, et je sais que je ne lui en demande pas trop.

— Même ainsi », répondit Tamara avec entêtement. Elle fléchissait machinalement un genou et tendait la jambe tout en parlant.

Karen sentit son visage devenir brûlant. « C'est à cause de cet article dans le journal, n'est-ce pas, Tamara ? Nous nous connaissons toutes les deux depuis longtemps, pourtant ! Jamais je n'aurais cru que vous prendriez cela au sérieux.

— Bien sûr que non, se hâta de protester Tamara.

— Ça me rassure. Parce que ce n'est qu'un tissu de mensonges. Cette journaliste s'est débrouillée pour faire parler ma fille sans lui dire qui elle était... »

Tamara se regarda dans le miroir et Karen l'étudia attentivement. La ballerine se caressait la gorge, menton levé, l'air songeur. Puis elle se tourna vers son professeur, une expression dure sur son visage large aux traits anguleux. « Certains des parents ont pensé... j'ai reçu des coups de téléphone, ce matin. Plusieurs. »

Karen plissa les yeux. « Que voulez-vous dire ?

— Ils ont appelé pour protester. Ils pensent que vous avez fait quelque chose à cette femme. Ils ne veulent pas que vous vous occupiez de leurs enfants.

— Mais il fallait répondre que c'était des absurdités ! »

Tamara eut un geste impuissant, tendant ses mains aux doigts courts. « Les gens croient ce qu'ils lisent dans les journaux. Je ne peux pas me permettre de perdre mes élèves. Je ne vous mets pas à la porte. Je dis simplement qu'il vaut mieux ne pas venir pendant quelque temps.

— Autant me mettre dehors ! s'exclama Karen. C'est reconnaître que j'aurais des raisons de me cacher. Vous le voyez bien, non ? »

La danseuse croisa les bras et contempla son pied tendu. « Ne m'obligez pas à insister.

— Voyons, Tamara. Je croyais que nous étions amies. Il me semblait pouvoir compter sur vous.

— Ça ne change rien à nos relations personnelles, mais il s'agit de mon affaire.

— Ah oui ! l'argent, dit Karen, d'un ton amer.

— Je suis désolée, Karen. Vraiment. Quand toute cette histoire sera réglée...

— Vous fatiguez pas. J'ai pigé. »

Elle ouvrit la porte de la salle et sortit. L'une de ses élèves, une gamine de cinq ans répondant au prénom de Marilyn, assise sur un banc, en collants délavés, roucoula : « Bonjour, madame Newhall. Je suis prête. »

Sous la colère, elle sentit monter le chagrin. « Je ne donne pas de classe, aujourd'hui », répondit-elle doucement. Avant que la fillette ait pu lui demander pourquoi, elle avait jeté le sac de sport sur son dos et s'était enfuie vers le parking.

Une fois dans sa voiture, elle n'eut envie que d'une chose, appuyer sa tête contre le volant et pleurer. Mais Tamara aurait pu la voir, et elle ne voulait pas lui donner cette satisfaction. D'une main tremblante, elle parvint à introduire la clef de contact. Il lui fallut se concentrer pour conduire jusqu'à la maison.

Jenny, devant son casier ouvert, rangeait quelques livres. Peggy se tenait à côté d'elle, surveillant le flot d'adolescents habillés en cuir ou en jean qui déambulaient paresseusement dans le hall.

« Je n'arrive pas à y croire, disait Peggy. La femme, à la bibliothèque, c'était une journaliste ? »

Jenny acquiesça.

« Mais... comment a-t-elle fait pour te trouver ?

— Je ne sais pas. Elle m'a dit que c'était maman qui lui avait dit où j'allais, mais ce n'était pas vrai. Elle a dû me suivre depuis la maison.

— Je suis désolée.

— Tu n'y es pour rien, répondit Jenny avec un soupir. Le problème, c'est que ma mère est furieuse contre moi. »

Peggy hocha la tête. Son père avait lu l'article à voix haute à sa belle-mère, le matin même, au petit déjeuner. Et tous les deux l'avaient bombardée de questions sur la famille Newhall. « Tu n'as pas dit à ta mère comment ça s'était passé ? Que cette bonne femme prétendait être une amie de ta vraie mère ?

— Si, mais ça n'a servi à rien.

— Hé, Newhall ! » lança-t-on d'une voix forte. Les deux adolescentes se tournèrent et virent un garçon maigrichon au visage couvert d'acné et aux cheveux gras qui leur adressait un sourire narquois. Deux autres se tenaient derrière lui, curieux. Max Potter, à l'école, avait la réputation d'un bagarreur.

« Qu'est-ce que tu veux ? lui demanda agressivement Jenny.

— C'est vrai que ta mère est une meurtrière ?

— Oh ! la ferme, répliqua Jenny d'un ton faussement fatigué.

— Hé, c'est toi qui l'as dit, c'est pas moi. T'as qu'à lire le journal.

— Je n'ai jamais dit ça ! C'est un homme qui l'a fait, un cinglé ! cria-t-elle.

— Un cinglé, la singea Max. On dirait plutôt que c'cst ta mère, la cinglée. »

Jenny sentit la panique la gagner et ses yeux se remplir de larmes. Tout ça, c'était sa faute ; c'était parce qu'elle avait raconté des choses sur sa mère. Elle aurait voulu disparaître dans un trou de souris.

Un petit groupe d'ados s'était formé à quelques pas et suivait la scène. Jenny avait le sentiment d'être prise au piège, comme si tous attendaient de la voir s'effondrer devant eux. Pendant toute la matinée, elle avait eu l'impression qu'on l'observait comme une bête curieuse. On aurait dit qu'elle s'était attendue à cette confrontation. « Ma mère ne ferait de mal à personne ! » dit-elle. Pour compléter son humiliation, elle entendit sa voix s'étrangler dans sa gorge.

« Oh, la pauvre petite fille ! gloussa Mark qui tendit

la main comme pour lui tapoter la tête. Alors comme ça, ta maman n'a rien fait de mal ? »

Jenny chassa furieusement la main du garçon d'une claque, geste qui provoqua des éclats de rire parmi les autres et des murmures de provocation.

Peggy, qui était restée aux côtés de son amie sans broncher, prit à son tour la parole, d'une voix haut perchée. « Laisse-la tranquille. Pourquoi tu ne t'en prends pas à ceux de ta taille ? »

Mark se tourna vers Peggy, une joie méchante dans le regard à l'idée d'une autre victime en puissance.

Mais avant qu'il ait eu le temps de lancer son attaque, une voix de fille monta de l'attroupement. « Mais il est de sa taille. »

Il y eut un éclat de rire général. Plissant férocement les yeux, Mark pivota sur lui-même pour faire face à l'intruse. Angela Beeton, une jolie déesse blonde d'aspect languide, fit claquer son chewing-gum et fixa Mark d'un regard impassible, confiante en elle.

Jenny se rendit compte, avec soulagement, que l'attention du groupe se détournait d'elle au profit des deux autres.

Mark, fort chatouilleux sur la question de sa taille, foudroya l'adolescente du regard et se mit à chercher quelque défaut physique qui puisse lui servir de munitions. Il fut sur-le-champ évident pour tout le monde que même au sens figuré, il n'était pas de taille. Toute remarque de sa part provoquerait une nouvelle allusion à sa stature réduite de la part de Beeton, et il était hors de question d'en venir aux voies de fait. « Va te faire foutre », dit-il d'un ton méprisant avec un geste grossier à l'intention d'Angela. Puis il adressa un signe à ses acolytes et partit en faisant de son mieux pour prendre un air dégagé.

Jenny adressa un sourire mal assuré à Angela. « Merci. »

D'un haussement d'épaules, la déesse blonde rejeta cet élan de gratitude. « Je déteste cette espèce d'avorton », dit-elle, avant de s'éloigner dans la direction opposée, hautaine, au milieu de ses propres amies.

Une fois le petit attroupement dispersé, Peggy regarda Jenny avec sollicitude. « Tu n'as pas l'air très bien.

— Je me sens plutôt mal. Je crois que je vais aller à l'infirmerie. Je préfère retourner à la maison. Même là-bas, ce sera mieux qu'ici.

— Je vais t'accompagner, proposa Peggy.

— Tu vas être en retard en cours.

— Ça m'est égal, répondit loyalement l'adolescente.

— J'espère que je ne vais pas nous dégueuler dessus.

— T'as pas intérêt ! »

Sam Duncan donna un coup de coude à sa femme qui, debout sous l'arche qui séparait les salles à manger, un lot de menus serrés contre sa poitrine, attendait on ne savait quoi, l'air absent.

« Hé, réveille-toi ! On a des clients. »

Mary regarda son époux comme si elle sortait d'une transe. « Quoi ?

— La Terre appelle Mary, la Terre appelle Mary, dit-il en agitant la main devant les yeux de sa femme. Tu t'es cogné la tête quelque part, ou quoi ?

— Je n'arrive pas à penser à autre chose qu'à ce que j'ai dit à la police, Sam. » Walter Ference et le détective Tillman étaient passés un peu plus tôt pour les interroger sur la rencontre de Linda et de Jenny, au restaurant.

Sam poussa un soupir et adressa un sourire commercial à deux vieilles dames qui s'avançaient laborieusement entre les tables, parlant de cette voix forte des personnes dures d'oreille.

« J'en ai assez de ce service spécial de 11 heures, marmonna-t-il. Ça ne vaut vraiment pas tout le mal qu'on se donne.

— Miller's a toujours eu un brunch, se défendit Mary. C'est un service que nous rendons.

— Nous n'avons pas besoin de rendre des services, mais de faire des bénéfices. Et puis, qu'est-ce que c'est que cet intérêt soudain pour les traditions du Miller's ? Toi qui passes ton temps à te plaindre de nos horaires...

— Tu as entendu ce que j'ai dit à la police, Sam ?

— Tu as répondu à leurs questions. Où est le problème ?

— Tu le sais parfaitement bien. Je ne leur ai pas dit tout ce que je savais.

— Ils ne s'intéressent pas à ce genre de spéculations, Mary. Ou à des commérages réchauffés vieux de treize ans.

— Il ne s'agit pas de commérages, insista-t-elle. Mais d'une confidence. Et ça pourrait être très important. Je crois que je devrais aller au poste de police et le leur dire.

— C'est ridicule.

— Qu'est-ce qui est ridicule ?

— Ecoute, Mary, tu ne peux pas partir comme ça. Tu es la patronne, ici, chargée de l'accueil. Ensuite, tu sais très bien qu'aller voir la police, c'est comme aller dans un service d'urgence. Tu en auras jusqu'à la nuit. Sans compter que tu vas te retrouver impliquée dans une histoire qui ne te concerne pas.

— Si, cette histoire me concerne, répliqua-t-elle. Linda était mon amie.

— Oui, mais il y a des années-lumière de ça. On était tous des gosses...

— Et alors ? Elle a été assassinée, pour l'amour du ciel ! Quel rapport avec le fait que je la connaisse depuis longtemps ou non ? Quelqu'un l'a tuée, quelqu'un a fourré son corps dans un sac-poubelle et l'a jeté dans une benne à ordures...

— En plus, tu ne sais rien, en réalité. Juste une vague histoire de fille, vieille de treize ans. Regarde les choses en face, Mary. C'est un coup qui a été fait par un pervers sexuel. Probablement le même qui a tué cette petite fille qu'on a trouvée l'automne dernier. Comment on l'a appelée, déjà ?

— Ambre, répondit Mary, irritée.

— C'est ça. Bon, d'accord, je veux bien admettre

que ce n'est pas drôle de se dire qu'il y a un cinglé qui rôde en liberté dans Wayland, mais ça tient davantage debout que ce que tu racontes. Ce sont des trucs qui arrivent tous les jours. Une espèce de barjot bavouillant pique sa crise et tue une pauvre femme. La police sait comment traiter ce genre d'affaires. Ils n'ont pas besoin que tu viennes fourrer ton nez dedans... »

Mary fixa son mari d'un regard froid. « Tu t'en fiches, qu'on ait tué mon amie. Tout ce qui t'intéresse, c'est que je fasse mon boulot, ici. Tu n'as pas de vie, Sam. Tu n'as pas d'amis, tu n'as pas de famille. Tout ce que tu as, c'est ce restaurant. Figure-toi qu'il y a des années, Linda m'a confié un secret qui pourrait très bien avoir un rapport avec son assassinat. Et si tu crois que tu vas m'empêcher d'aller en parler à la police... »

Sam, en colère, agita la main. « Fais donc ce que tu veux !

— J'y compte bien. »

Un vieillard, appuyé sur une canne, s'avança jusqu'à eux et donna un petit coup dans les côtes de Sam, sans avoir conscience, apparemment, de la tension qui régnait dans le couple. « Où je m'assois, fiston ? » demanda-t-il.

Sam dut faire un effort pour ne pas le fusiller du regard. « Ma femme va vous conduire jusqu'à une table », dit-il avec un sourire contraint.

Mary lui colla les menus dans les mains. « Non, elle ne le fera pas, dit-elle.

— Mary ! » siffla Sam.

Mais elle l'ignora et partit en direction de la sortie.

15

Greg gara la voiture sur le bas-côté de la route de terre qui dominait la plage. Le soleil était sur le point de se coucher, et le ciel se parait des roses et des ors de sa lumière déclinante. A travers le lattis du belvédère, près du chemin, les derniers rayons projetaient une dentelle d'ombre et de lumière.

Jenny se tenait recroquevillée sur le siège arrière, son petit visage tout froncé. Elle avait passé l'essentiel de l'après-midi dans sa chambre. « Pourquoi on s'arrête ici ? demanda-t-elle. Je croyais qu'on allait manger des pizzas.

— J'ai pensé que tu aurais trop mal au cœur pour manger, la taquina-t-il gentiment. Et que tu te contenterais de siroter un Coke.

— Je ne fais pas semblant, Papa. Je me sens vraiment très mal.

— Je te crois, ma chérie. On va bientôt repartir. Je voulais juste voir le soleil se coucher. »

Karen changea de position, sur son siège, mais ne dit rien. Elle se sentait soudain de la répugnance pour ces journées trop longues, avec leurs crépuscules qui n'en finissaient pas. Il lui tardait de voir arriver l'obscurité. Elle en avait assez, de cette journée.

Greg se tourna vers elle. « Ça ne t'embête pas ? »

Elle haussa les épaules. « Je m'en fiche. »

Elle n'avait pratiquement pas échangé un mot avec sa fille de tout l'après-midi. L'infirmière de l'école avait appelé et Greg était passé prendre Jenny. Mais une fois à la maison, il avait été clair que celle-ci n'était pas réellement malade, mais réduite à l'état d'une boule de nerfs. Instinctivement, Karen se sentait attendrie, mais il lui était difficile de lui manifester de la sympathie, après l'article du journal et les conséquences qu'il avait eues. Elle était encore furieuse et blessée d'avoir été renvoyée par Tamara. Et elle n'éprouvait aucun désir de faire les courses, en ville, par crainte d'être regardée et montrée du doigt par les gens. Sans compter qu'elle avait passé l'essentiel de la journée à attendre que la police débarque. La dernière chose dont elle avait envie était d'aller dans une pizzeria, avec tous les gens qui allaient la dévisager, mais Greg avait insisté.

« Si tu tiens tant à manger une pizza, fais-en livrer une », lui avait-elle dit — tout en sachant parfaitement qu'il voulait qu'elles sortent de la maison et qu'ils fassent quelque chose ensemble, tous les trois. Il n'était pas du genre à renoncer, dans ces cas-là, et elle avait fini par accepter à contrecœur.

« J'adore cette plage, dit Greg. Elle est encore intacte.

— C'est joli, fit la petite voix de Jenny, tandis que Karen, la mine sinistre, regardait par la fenêtre.

— Oui, c'est vrai. Tu vois le belvédère, là ? Quand nous étions jeunes, ta mère et moi, on s'y retrouvait, ou bien on s'y laissait des messages. »

Jenny connaissait tout ça par cœur, mais son romantisme d'adolescente faisait qu'elle était toujours sensible à cette vieille histoire. « Vos parents vous interdisaient de vous voir, enchaîna-t-elle, récitant la réplique suivante.

— Ils nous trouvaient trop sérieux. Et trop jeunes pour être sérieux. Mais dès l'instant où j'ai posé les yeux sur ta mère, j'ai su qu'elle était faite pour moi. Peu m'importait ce que les gens pouvaient dire.

— Et tu as eu des embêtements, à cause de ça ? demanda Jenny, qui connaissait déjà la réponse.

— Des embêtements sans fin ! dit Greg avec un petit rire. Mais le jeu en valait la chandelle. Je n'avais pas le choix, comprends-tu. Il fallait que je suive mon cœur. Et c'est ta Maman qui l'avait. Elle l'a toujours eu. »

Karen sentit les larmes lui monter aux yeux. Pas tellement à cause de ce récit, même si elle adorait la manière dont il racontait leur histoire. Non, c'était la blessure qu'elle ressentait à l'intérieur qui lui donnait envie de pleurer. « Inutile de lui rappeler tout ça, dit-elle froidement. Elle n'a pas besoin d'encouragements supplémentaires pour défier ses parents. »

Greg ne se laissa pas impressionner par son ton coléreux. « Je ne regrette pas de l'avoir fait. Je mentirais si je disais le contraire. Et toi ? As-tu des regrets ? »

Elle n'avait pas besoin de le regarder pour savoir qu'il souriait. Il n'ignorait pas que toute sa vie de femme remontait à ces rendez-vous passionnés à l'abri du belvédère ; tout ce qu'ils avaient vécu d'heureux et de malheureux prenait sa source ici : leur maison, leur vie, leurs disputes, leur enfant. Tout, dans les plus petits détails. Elle secoua la tête. « Non, pas le moindre. »

L'écho de sa réponse parut se prolonger dans l'habitacle. Au bout d'une minute, Karen sentit la main de sa fille, aussi légère qu'un papillon, se poser sur son épaule. « Ne sois pas fâchée contre moi, Maman. Je suis vraiment, vraiment désolée.

— N'en parlons plus », dit Karen d'un ton contraint. Sa réponse manquait de chaleur, même à ses propres oreilles, mais tous savaient, après tant d'années passées ensemble, que la croûte de glace n'était pas bien épaisse, et que maintenant qu'une première fissure venait d'apparaître, elle n'allait pas tarder à craquer complètement.

« Je sais que tu n'aurais jamais fait de mal à personne, Maman. Je ne sais pas comment elle s'y est prise pour me faire dire un truc pareil.

— Ecoute », intervint Greg, le timbre sévère. Il se tourna et pointa un doigt vers elle. « Autant que cela te serve de leçon. Dans cette affaire, tu ne peux t'en prendre qu'à toi-même.

— Je sais...

— Nous vivons dans un pays libre, et les gens peuvent raconter les choses les plus horribles sur toi si tu leur en donnes l'occasion. Cette journaliste s'est simplement emparée de ce que tu lui as dit et a fichu le camp avec.

— Si seulement je pouvais le reprendre...

— L'éternelle histoire, fit Greg avec un soupir, plissant les yeux, le regard perdu sur l'horizon. Cependant, tout le monde commet des erreurs. Il faut en tirer le meilleur parti possible. Et cela, il faut le faire ensemble. Nous sommes une famille. Nous nous tenons les coudes. Les gens peuvent bien raconter n'importe quoi sur nous, nous garderons la tête haute et nous les ignorerons. »

Plus facile à dire qu'à faire, songea Karen, mais elle savait qu'il avait raison.

« Entendu », dit solennellement Jenny. Karen ne fit pas de commentaire. Après tout, c'était elle qui se retrouvait sur la sellette. Pas Greg, pas Jenny. Elle se rendait compte qu'ils attendaient sa réaction, un signe de solidarité. Elle réfléchit quelques instants. A quoi servait de s'entêter ? Greg et Jenny étaient pour elle les personnes les plus importantes au monde. Qu'est-ce que ça pouvait bien faire, ce que pensaient ou disaient les autres ?

« Entendu, dit-elle à son tour.

— Bon. Je me sens d'attaque pour une pizza, observa Greg, soulagé. Et vous ?

— Moi aussi ! s'écria Jenny.

— Même si les gens nous montrent du doigt ? voulut-il savoir.

— Je leur en ferai autant, répliqua-t-elle le plus sérieusement du monde.

— Et toi, Karen ? » demanda-t-il.

Karen acquiesça. « Je suis prête. »

Le soleil avait disparu, et le ciel s'assombrissait rapidement. Elle sourit à Greg, sans cependant pouvoir s'empêcher de frissonner. Une fois la nuit tombée, on n'avait plus l'impression d'être presque en été.

« Ah vous voilà, vous ! s'exclama Margo, lorsqu'elle vit Knudsen, le réparateur, entrer dans le hall du motel. Ne vous avisez pas de m'envoyer de facture. Je n'ai eu que des ennuis avec cette machine à glace, depuis la première fois que vous l'avez réparée. Mon employé a été obligé de passer la serpillière cinq fois par jour depuis.

— Quoi ? protesta Knudsen, la main sur le cœur. J'ignore de quoi vous parlez. C'est la première fois que je la touche.

— C'est pourtant la vérité, nom d'un chien ! gronda Margo.

— Je vous assure ! C'est la première fois que je la répare. Je n'ai pas eu le temps de venir plus tôt. »

Margo, qui était prête à poursuivre sa tirade, se rassit sur son tabouret, décontenancée. « Comment ça ? »

L'homme fit la grimace. « Je suis désolé, répondit-il, mais ma femme a eu la grippe et j'ai dû garder les enfants. Je m'étais dit que vous aviez dû appeler quelqu'un d'autre, mais que ça ne m'empêchait pas de passer, à tout hasard.

— Non, dit Margo, de plus en plus étonnée. J'avais pensé... » Une expression de perplexité se peignit sur son visage pendant qu'elle se livrait à un calcul mental.

« Et cette histoire de meurtre ? demanda Knudsen. J'ai lu dans le journal qu'elle était descendue ici.

— Mmmmm », marmonna-t-elle. Elle tendit vers lui le crayon qu'elle tenait et l'étudia, l'œil plissé. « Vous ne vous êtes même pas arrêté pour jeter un coup d'œil ? L'autre soir ? Le soir du meurtre ?

— Pas du tout. Bon, qu'est-ce qu'on fait ? Je la répare ou non ? »

Margo regardait toujours dans sa direction, les sourcils froncés, mais elle ne le voyait pas. « Très bien, allez-y. Arrangez-la correctement, ce coup-ci.

— Mais je viens de vous le dire, je ne l'ai jamais touchée ! s'écria le plombier.

— Bon, d'accord, d'accord. Comment se fait-il, au fait, que vous veniez si tard ?

— C'est parce que j'ai un autre boulot dans la journée, ma petite dame. De nos jours, on a besoin de deux emplois si l'on veut joindre les deux bouts. »

La patronne du Jefferson acquiesça et le salua d'un geste automatique, quand il s'éloigna vers la porte pour gagner la salle de la machine à glace. Elle s'adossa confortablement à son siège, se tapotant les dents du bout de son crayon. Une idée lui était venue à l'esprit. La police lui avait bien demandé si elle n'avait rien remarqué d'anormal ce soir-là, non ? Eh bien justement, elle avait remarqué quelque chose. Sauf qu'elle n'y avait pas fait attention, sur le coup. Quel dommage qu'Anton ne soit pas là... lui aurait tout de suite apprécié la situation. En fait, il aurait probablement eu une longueur d'avance sur elle. Rien ne lui échappait. C'était un observateur-né. Il leur arrivait souvent de lire le même roman policier, et de noter la page à laquelle ils avaient trouvé la clef du mystère, avec le nom de celui qui était, à leur avis, le coupable. Il la battait régulièrement d'une bonne cinquantaine de pages. Elle poussa un soupir. Il lui manquait toujours. C'était comme une douleur sourde, du côté du cœur. Dans des moments pareils, elle aurait donné n'importe quoi... Et puis zut ! Cela ne rimait à rien de se perdre en regrets. Elle prit le téléphone et commença à composer le numéro de la chambre d'Eddie. Puis elle hésita. Peut-être ferait-elle mieux d'attendre jusqu'au matin. Inutile de donner trop d'importance à ce détail. Non, se dit-elle, secouant la tête. Après avoir lu tant de romans policiers, elle savait que la police préférait traquer le criminel sur une piste encore chaude. En fait, il n'y avait pas une minute à perdre. Elle finit de composer le numéro de la chambre de son veilleur de nuit. Lorsqu'il décrocha, elle ne perdit pas son temps en bavardages. « Eddie ? J'ai besoin d'un coup de main. Pouvez-vous descendre tout de suite et tenir le bureau ? J'ai quelque chose à faire. »

Eddie acquiesça, de mauvaise humeur, et Margo raccrocha. Puis — elle ne put s'en empêcher — elle se serra dans ses propres bras, tant elle était contente d'elle-même. Un indice, pensa-t-elle. J'ai un indice. Un rêve d'amateur de polar qui se réalisait. Elle prit son poudrier et refit son maquillage en attendant Eddie. Elle tenait à faire bonne impression en arrivant au poste de police.

16

Karen arriva derrière son mari et lui passa les bras autour de la taille. Il avait enfilé sa vieille robe de chambre écossaise par-dessus son pyjama et examinait le contenu du réfrigérateur.

« Ne me dis pas que tu as faim, dit-elle. J'ai encore la pizza qui me pèse sur l'estomac.

— En réalité, je cherche quelque chose pour la faire passer, précisément. »

Elle sourit et s'appuya de la joue contre son vaste dos. « C'était une bonne idée, ce soir », remarqua-t-elle.

Il se pencha, prit une bouteille d'eau de Seltz dans la porte et en avala quelques gorgées à même le goulot. « Je déborde de bonnes idées.

— En tout cas, ça m'a fait plaisir. Je me sens mieux.

— C'était le but de l'opération. Ça, et donner à notre pauvre petite orpheline une chance de se racheter. Elle avait l'air tellement pathétique lorsque je suis passé la prendre à l'école ! C'était l'image même de la désolation. »

Karen sourit. « Je m'en doute. » Elle le lâcha et alla fermer à clef la porte donnant sur l'arrière de la maison. « Je crois que je vais aller me coucher. Quelle journée !

— Oui, quelle journée ! Mais j'ai l'impression que les choses vont s'arranger, maintenant. »

Elle resserra le nœud de sa robe de chambre et acquiesça. « Moi aussi. Et, en fin de compte, je me dis que c'était beaucoup de bruit pour rien. La police ne semble pas ajouter foi à l'article de cette Hodges. On ne les a pas vus.

— Qu'est-ce qui se passe ? » dit Greg. Il fronça les sourcils et tendit l'oreille vers l'extérieur.

Karen avait aussi entendu quelque chose. Elle essaya de sourire. « Quelle réplique originale !

— Papa, Maman ! » cria Jenny, courant dans l'escalier. Elle traversa le vestibule et arriva dans la cuisine, le visage blême. « Il y a trois voitures de police dans l'allée ! »

Le cœur de Karen se mit à battre la chamade. Reste calme, essaya-t-elle de se dire. Tu n'as rien à cacher. « J'étais justement en train de dire à ton père que je ne pensais pas qu'ils allaient venir, dit-elle, s'efforçant d'avoir l'air de se moquer d'elle-même.

— Je suis désolée, Maman, balbutia Jenny.

— Ne t'en fais pas. Je me demande simplement pourquoi ils ont éprouvé le besoin d'attendre le milieu de la nuit. »

Karen et Greg se rendirent jusque dans le vestibule la main dans la main et jetèrent un coup d'œil dehors à travers les rideaux tirés de la fenêtre. Deux voitures noir et blanc et une berline banalisée étaient rangées derrière la camionnette de Greg, dans le crachouillement des radios. « Seigneur, c'est un vrai bataillon, essaya de plaisanter Karen.

— Ce sont des procédés de sections d'assaut ! s'exclama à son tour Greg. C'est scandaleux, de débarquer à une heure pareille.

— Bon. Parlons-leur et qu'on en finisse. » Elle alla ouvrir la porte. Walter Ference et Larry Tillman se tenaient sur le perron. Plusieurs autres policiers étaient disséminés sur la pelouse, derrière eux, tenant des lampes-torches.

« Bonsoir, messieurs, dit calmement Karen. Est-ce moi que vous cherchez ? »

Ference regarda tour à tour Greg, Karen et Jenny, qui avait rejoint ses parents et se tenait à leurs côtés. « Pouvons-nous entrer ?

— Bien sûr », répondit Karen en libérant le passage.

Les deux policiers pénétrèrent dans la maison, laissant les autres bavarder dehors à voix basse. Tout en les suivant jusque dans la salle de séjour, elle eut l'idée de leur offrir quelque chose à boire, puis se souvint qu'elle n'avait pas particulièrement de raisons d'être hospitalière.

« Je crois qu'il vaudrait mieux nous entretenir en privé, dit Walter avec un coup d'œil à l'adolescente.

— Monte dans ta chambre, veux-tu, Jenny ? lui demanda sa mère.

— Mais tout ça, c'est ma faute ! s'écria-t-elle.

— Ça ne fait rien. Allez, va. » Dès que Jenny eut quitté la pièce, Karen se tourna vers le lieutenant Ference. « Ecoutez, je sais exactement de quoi il retourne (elle avait le cœur qui cognait fort dans sa poitrine, mais elle était fière de la fermeté de sa voix). Ma fille a raconté à cette journaliste tout un tas de choses pouvant induire en erreur, mais elle était dans un grand état de tension et...

— Nous ne nous intéressons pas beaucoup aux articles des journaux, madame Newhall », la coupa Walter.

Karen le regarda, interloquée. « Ah bon ? Mais alors, dans ce cas... »

Le lieutenant se tourna pour regarder Greg. « Nous aimerions vous poser quelques questions, monsieur Newhall. »

Du bout des doigts, Greg se frotta nerveusement la bouche. « D'accord. »

Karen, après avoir jeté un regard meurtrier aux policiers, s'assit avec précaution sur le bord du canapé.

« Depuis combien de temps connaissiez-vous la défunte, Linda Emery ? demanda Ference.

— Eh bien, je vous l'ai déjà dit. Elle s'est présentée chez nous dimanche en fin d'après-midi.

— Et vous ne l'aviez jamais rencontrée auparavant ? »

Greg fronça les sourcils comme s'il se concentrait. « Je ne crois pas... évidemment, il n'est pas impossible... vous savez... »

Le lieutenant resta impassible mais Karen eut l'impression de voir le détective Tillman ricaner en silence d'une manière qui la rendit furieuse.

« Avez-vous rendu visite à Mlle Emery dans la chambre de son motel, lundi soir dernier ? demanda Walter.

— Bien sûr que non ! s'écria Karen. Il était avec un client. »

Greg regardait le policier, le visage vide de toute expression. Des gouttes de transpiration commencèrent à perler à la racine de ses cheveux.

« Ceci n'est pas une partie de pêche à la ligne, monsieur Newhall, reprit le policier. Vous allez sans doute sentir le besoin d'appeler votre avocat. Un témoin a vu votre véhicule au motel.

— C'est grotesque, intervint Karen. Des camionnettes comme la sienne, il y en a des milliers !

— Il se trouve que notre témoin, à ce moment-là, en attendait précisément une. Elle a pu nous en faire une description exacte. »

Karen se tourna vers son mari, qui contemplait fixement le plancher. « Greg ? » dit-elle.

Il évita le regard inquisiteur de sa femme. « Très bien... très bien. Oui, j'y suis allé.

— Pourquoi ? s'exclama Karen. Tu ne m'en as jamais parlé !

— Permettez-moi de vous avertir de vos droits, monsieur Newhall, intervint Walter.

— Ses droits ! protesta Karen.

— Ce n'est pas la peine, répondit Greg au policier. Il n'y en a pas besoin. C'est simplement que je n'en avais pas parlé à ma femme... Du fait que j'ai rendu visite à Mlle Emery. Mais c'est exact, nous nous sommes vus, je ne le nierai pas.

— Et pour quelle raison avez-vous été la voir ? demanda calmement Walter.

— Eh bien... vous vous doutez bien que Karen et moi avions parlé de la situation, depuis qu'elle avait débarqué comme ça, à l'improviste. Ma femme était convaincue qu'elle voulait se mettre entre Jenny et nous. Nous n'avons pas été très honnêtes avec vous sur cette question, l'autre fois. Cette histoire a bouleversé ma femme. Pas comme on l'a décrit dans le journal, se hâta-t-il d'ajouter. Mais elle était bouleversée. Inquiète. C'est compréhensible, non ?

— Tout à fait », convint le policier.

Greg se frottait les articulations de la paume de la main, machinalement, tout en parlant. « Je faisais tout mon possible pour essayer de rassurer Karen et lui dire qu'il n'y avait pas à s'inquiéter. Mais je crois que tout au fond de moi, je n'étais pas non plus très rassuré. Je... je voulais savoir pour quelle raison elle était revenue. Je me disais qu'elle avait peut-être d'autres projets en tête. Qu'elle envisageait peut-être de..., je ne sais pas trop quoi. D'essayer de nous enlever Jenny, ou quelque chose comme ça. »

Walter acquiesça.

« Bref, poursuivit Greg, j'ai pensé qu'il pourrait être utile de voir Mlle Emery et de s'assurer... comment dire... qu'elle n'avait pas d'arrière-pensées.

— Je n'arrive pas à croire que tu ne m'en aies pas parlé, Greg ! s'écria Karen.

— Je ne voulais pas t'inquiéter davantage, chérie.

— Et après votre conversation ? l'encouragea Walter.

— Je... j'avais la certitude que ses intentions étaient tout à fait innocentes. Elle n'avait rien manigancé. Elle voulait simplement faire la connaissance de l'enfant qu'elle avait abandonné. »

Walter tapota le carnet qu'il tenait de la pointe de son crayon. « Ainsi, vous avez réglé la question, après quoi vous êtes reparti et rentré chez vous ?

— Oui.

— Vous souvenez-vous de l'heure à laquelle votre mari est revenu à la maison, madame Newhall ?

— Je ne sais pas, répondit Karen d'un ton distrait. J'avais été me coucher tôt. Très tôt — plus tôt que d'habitude. »

Walter se tourna de nouveau vers Greg. « Donc, une fois rentré chez vous, vous décidez de ne pas parler à votre femme de cet entretien que vous venez d'avoir avec Linda Emery. Pourtant, les assurances que vous dites avoir obtenues auraient pu la rassurer, elle aussi, non ?

— Eh bien, après l'entretien en question, il semblait qu'il n'y avait plus de problème. Je me suis dit que... que ce n'était pas la peine de remuer tout ça une fois de plus... »

Karen ne savait trop ce qui la mettait le plus en colère : le fait que Greg eût agi ainsi sans le lui dire, ou les insinuations du policier qui, du fait qu'il avait rencontré Linda Emery, faisaient de lui un suspect. Elle n'arrivait cependant pas à être vraiment furieuse contre son époux — ce comportement ne lui ressemblait que trop : il essayait toujours de la protéger, comme si elle était encore une écolière en socquettes. Cependant, pourquoi avoir gardé ça pour lui ?

« Monsieur Newhall, reprit le policier. Votre épouse est-elle au courant de vos anciennes relations avec Linda Emery ? »

Greg blêmit. « Quelles anciennes relations ? demanda-t-il prudemment.

— N'est-il pas exact que vous ayez eu une relation intime avec Linda Emery, il y a quatorze ans de cela ?

— Taisez-vous ! s'écria Karen. C'est ridicule. Il vous a dit lui-même qu'il n'avait jamais rencontré cette femme, auparavant. »

Personne ne la regarda. Il y eut un silence dans la pièce. Karen avait l'impression de faire une sorte de cauchemar dans lequel tout ce qui lui était familier se retrouvait soudainement bizarre et déformé.

Elle se tourna vers son mari. Greg lui jeta un coup d'œil puis détourna le regard. Son monde, se rendit-elle compte, était sur le point de s'effondrer. Elle se leva comme si, par ce geste, elle allait pouvoir l'empêcher de parler, obliger tout le monde à partir.

Greg garda le visage enfoui dans ses mains pendant quelques instants. Puis il leva les yeux. « Très bien, dit-il. Voilà ce que je redoutais. »

17

« Permettez-moi de vous rappeler, monsieur Newhall, que vous avez la possibilité d'appeler un avocat avant de déclarer quoi que ce soit.

— Un avocat ? » marmonna Greg, qui resta perdu quelques instants dans ses pensées. Puis il secoua la tête. « Comment avez-vous trouvé... ?

— Par une amie de Linda Emery, répondit Walter sans hésiter.

— Elle m'avait juré de n'en parler à personne. » Il paraissait stupéfait.

Le policier esquissa un sourire. « Les gens vous disent souvent ce que vous avez envie d'entendre. Souhaitez-vous attendre votre avocat, monsieur Newhall ?

— Non », murmura Greg. Puis il ajouta, d'un ton plus ferme : « Non, je ne peux pas faire ça à ma femme. La laisser ainsi, sans savoir ce qu'il en est... De toute façon, je n'ai rien fait de mal... sur le plan légal, du moins.

— Et si vous nous racontiez tout ça ? »

Karen, de son côté, regardait fixement son mari. Elle avait l'impression qu'une main de fer lui broyait le cœur et qu'il était sur le point d'exploser. « Tu la connaissais ? » demanda-t-elle d'un ton haletant, comme si elle avait couru et avait du mal à reprendre sa respiration.

« Je suis désolé... elle m'avait promis de ne jamais le dire à âme qui vive.

— Elle a menti, intervint Walter. L'avez-vous tuée ? »

Greg se prit le front dans la paume de la main. « Non, non, bien sûr que non. Mais lorsque j'ai appris qu'elle avait été assassinée, j'ai été pris de panique. (Il chercha le regard de sa femme.) J'avais peur de dire la vérité. Je savais bien que les soupçons se tourneraient vers moi. Je croyais inutile d'en parler, puisque personne n'était au courant...

— Au courant de quoi ? » demanda Karen, dont les mains tremblaient, sur ses genoux.

Greg détourna les yeux. « De... notre relation, marmonna-t-il.

— Tu avais une liaison avec elle ? » dit Karen dans un souffle.

Il acquiesça.

Karen eut l'impression que la pièce, brusquement, venait de s'incliner ; elle s'accrocha au bras du canapé pour conserver l'équilibre, tandis qu'une sensation de froid l'envahissait. Un froid glacial.

« La seule personne à être au courant — du moins à ce que je croyais — était Arnold Richardson. Notre avocat. C'était bien entendu une information confidentielle. »

Karen scrutait son mari, incrédule, abasourdie. « Arnold Richardson ? Mais pourquoi lui avoir dit que... » Puis, soudain, ce fut l'illumination. « Voulais-tu divorcer ? Seigneur ! Est-ce que c'est ce que tu es en train de me dire ? »

Mais Greg secoua la tête et répondit, d'une voix sourde : « Non, je ne voulais pas divorcer. Tu vas probablement me dire que c'est encore pire. Il y a quelque chose... quelque chose que je ne t'ai jamais avoué », reconnut-il piteusement.

Elle ne répondit rien. Greg jeta un coup d'œil au policier.

« Continuez, l'encouragea celui-ci.

— Tout ça s'est passé à l'époque où nous cherchions désespérément à adopter un enfant, Karen. On n'y arrivait pas. Tu étais complètement déprimée. T'en souviens-tu ? »

Elle hocha affirmativement la tête comme si elle était dans un état de transe.

Il s'éclaircit la gorge avant de reprendre : « J'ai rencontré Linda au Miller's. Elle y faisait le service. J'y déjeunais presque tous les jours et il m'arrivait même d'y dîner. Tu me donnais l'impression de ne pas vouloir me voir à la maison, à cette époque... Je ne dis pas cela pour me trouver des excuses. Je n'en ai aucune. Aucune.

— Comment tu as pu... ? fit Karen dans un souffle. Comme tu as pu faire une chose pareille !

— Je suis désolé... Elle et moi... on s'est rencontrés dans des conditions... Elle était très seule et dans un état psychologique... déplorable. Moi, de mon côté... je ne sais pas. Tu ne voulais pas de moi. Tu n'arrêtais pas de me dire que notre vie était fichue parce que nous n'avions pas d'enfants.

— C'est ça, s'exclama Karen, furieuse, c'est ma faute, maintenant ! »

Greg secoua la tête. « Non, bien sûr. (Il leva les yeux vers Ference.) Puis-je parler à ma femme en privé ? demanda-t-il.

— Non, répondit le policier, sans mettre de gants. Il fallait y penser avant. »

La remarque fut comme un coup de fouet. « Vous avez raison, admit-il. J'ai eu des années pour le faire... et je n'ai rien dit. J'avais la frousse. Je craignais... (Il regarda sa femme.) Je ne sais pas si tu pourras jamais me pardonner, mais en un certain sens, ce sera un soulagement de se débarrasser de ce secret. » Il prit une profonde inspiration avant d'enchaîner d'une voix neutre, dénuée d'émotion : « Notre liaison n'a duré que peu de temps, mais Linda est tombée enceinte. »

Karen se cacha le visage dans les mains, secouant la tête. « Non ! » s'écria-t-elle.

Le ton ferme de Greg noya sa protestation. « Elle n'avait que dix-sept ans. Je la croyais plus âgée, je le jure. Je ne l'ai appris que lorsque... bref, elle était catholique et ne voulait pas entendre parler d'un avortement. Je l'ai suppliée de nous laisser avoir le bébé. Elle a fini par admettre que c'était ce qu'il y avait de mieux pour lui. Nous avons tout arrangé avec Arnold Richardson. »

Karen bondit sur ses pieds. « Tu mens ! cria-t-elle. C'est faux ! » Elle se dirigea vers lui. Il avait les mains crispées sur les genoux.

« Non, dit-il. Linda est... était... Jenny est ma fille, et celle de Linda Emery. »

De toutes ses forces, elle gifla son mari, mais il ne grimaça ni ne laissa échapper le moindre cri. Il ne la regarda pas, cependant.

« Retire ça », exigea-t-elle ; puis sa voix se brisa.

Larry Tillman prit Karen par le bras et la reconduisit fermement jusqu'au canapé. « Asseyez-vous, madame, dit-il. Je suis désolé, mais nous n'avons pas encore terminé. »

Greg, qui se frottait la joue, écarta soudain les mains en haussant les épaules. « Il n'y a pas grand-chose à ajouter. Linda s'est servie de l'argent que nous lui avons donné pour partir, donner naissance au bébé et commencer une nouvelle existence. C'était ce qu'elle voulait. Je ne l'ai jamais revue, je n'ai même jamais eu la moindre nouvelle d'elle, jusqu'au jour où elle a sonné à la porte, dimanche dernier.

— Et menacé de détruire complètement votre foyer, ajouta Walter.

— C'est tout d'abord ce que j'ai craint, reconnut Greg. Mais lorsque j'ai été lui parler, elle m'a dit qu'elle n'avait aucun grief contre moi. Qu'elle n'avait aucune intention de trahir notre secret.

— Mais comment pouviez-vous en être sûr ? demanda le lieutenant. Elle constituait pour vous une menace grave. »

Greg lui jeta un regard de défi. « Je l'ai crue.

— Je dois aussi préciser, monsieur Newhall, que, nous fondant sur la déposition de nos deux témoins, nous avons obtenu un mandat de perquisition pour fouiller votre domicile. »

Greg, l'air indifférent, eut un geste de la main. « Allez-y. Je n'ai rien de plus à cacher. Je ne l'ai pas tuée. »

Walter adressa un signe de tête à Larry, lequel alla jusqu'à la porte appeler les policiers en uniforme. Le premier qui entra dans la maison souleva poliment son chapeau devant Karen. Deux autres lui avaient emboîté le pas ; les derniers restèrent à l'extérieur. « Commencez par le premier étage », dit Larry à ses hommes. Puis, à l'intention de ceux qui étaient dehors, il ajouta : « Vous, fouillez la camionnette et le garage. »

Du canapé où elle s'était rassise, Karen contemplait l'homme qu'elle avait aimé depuis l'âge de quatorze ans. On aurait dit un vieillard. A part sa joue, encore rose à l'endroit où elle l'avait giflé, il présentait un teint grisâtre. Il gardait les yeux fixés sur un point du sol, devant lui, refusant de croiser le regard de sa femme. Elle se demandait si jamais elle pourrait plonger de nouveau ses yeux dans ceux de Greg. Ces yeux hypocrites, dans lesquels elle avait toujours cru lire sincérité et amour, alors qu'ils lui avaient menti pendant toute une vie.

« Les flics veulent entrer dans ma chambre, se plaignit Jenny, qui venait d'apparaître sur le seuil de la pièce.

— Ils en ont le droit, ma chérie », répondit Greg automatiquement.

Karen se tourna pour étudier celle qui était la fille de son époux, comme si c'était la première fois qu'elle la voyait. Souvent, elle avait taquiné Greg en lui disant que sa fille paraissait tenir de lui certains traits et certains goûts, comme si elle était vraiment son rejeton — et ils avaient ri, parce que, évidemment, c'était impossible. Et pendant tout ce temps-là, il avait su. Il ne manquait jamais de faire remarquer que même les chiens finissent par ressembler à leur maître, quand ils ont vécu suffisamment longtemps ensemble. Que les gens mariés aussi parviennent à présenter une certaine ressemblance. Et pendant tout ce temps, il détenait ce secret ! Jenny était la chair de sa chair.

« Qu'est-ce qu'ils cherchent ? » voulut savoir l'adolescente. Comme Greg ne répondait pas, elle se tourna vers sa mère. « Maman ? »

Ce simple et unique mot eut son effet habituel sur Karen. « Ça va », réussit-elle à dire.

Jenny se tourna vers Walter Ference. « Ma mère n'a rien fait de mal, dit-elle.

— Nous le savons », répondit le policier.

Jenny parut surprise et un peu désarçonnée. « Mais alors, qu'est-ce que vous êtes venus faire ? »

Avant que le policier ait pu trouver une réponse, la porte d'entrée s'ouvrit et Larry Tillman entra. « Lieutenant ? » Il brandissait une poche en plastique contenant ce qui semblait être une clef rattachée par une chaînette à un gros disque en plastique.

Walter se leva et se dirigea vers son subordonné pour examiner le contenu du sac.

« Motel Jefferson, murmura Larry, chambre 173.

Nous l'avons trouvée derrière le siège du passager, dans la cabine de la camionnette. »

Greg bondit sur ses pieds. « C'est impossible, protesta-t-il. Elle n'est jamais montée dans mon véhicule. Nous avons parlé dans sa chambre, et j'en suis reparti seul. C'est tout. Il ne s'est rien passé d'autre. »

Larry ne regarda pas Greg et continua de parler à Walter, qui examinait toujours ce qu'il y avait dans la poche en plastique. « Elle a été aspergée par quelque chose. Il pourrait s'agir de sang.

— Transmettez ça au labo, répondit Walter, se tournant vers Greg. Je suis dans l'obligation de vous demander de nous suivre, monsieur Newhall.

— Non ! » s'écria Jenny d'un ton éploré en saisissant son père par une manche de sa robe de chambre.

Larry rappela les policiers qui perquisitionnaient au premier étage et chargea l'un d'eux de s'occuper de la pièce à conviction. Puis il se tourna vers Greg. « Vous avez le droit de garder le silence... »

Karen resta les yeux écarquillés pendant que le policier récitait le célèbre article de la loi Miranda sur les droits du « témoin ». Jenny la secouait comme si elle essayait de la tirer d'un cauchemar. « Fais quelque chose, Maman ! Qu'est-ce qui se passe ? » Elle avait parlé d'un ton frénétique.

Un instant, Greg et Karen se regardèrent. Puis Karen détourna les yeux.

« Je ne sais pas », répondit-elle.

Larry Tillman prit une paire de menottes et fit signe à Greg de lui tendre ses poignets.

« Quoi ? s'écria l'adolescente. Des menottes ? »

Elle essaya de les faire tomber des mains du policier, mais Walter intervint et la saisit par le bras.

« Doucement, dit-il.

— Attendez une minute, intervint Greg. Je suis en pyjama. Est-ce que je ne peux pas au moins m'habiller ? »

Le lieutenant eut un instant d'hésitation. « Bon, d'accord. »

Jenny s'agenouilla devant sa mère et lui saisit les

bras. « Maman, pourquoi tu n'aides pas Papa ? Pourquoi ils lui font ça ? Pourquoi tu les empêches pas ? »

Karen avait l'impression d'être prisonnière d'une sorte de gelée froide et transparente. « Je ne peux rien faire », répondit-elle.

Greg s'engagea dans l'escalier comme un homme qui monte à l'échafaud. Tillman, qui l'accompagnait, ne dit rien lorsque son prisonnier lui montra la chambre, à l'intérieur de laquelle il le suivit.

« Désolé, mais je ne peux vous laisser seul, observat-il sèchement.

— Je comprends. » Greg alla jusqu'à l'armoire et l'ouvrit. Il examina attentivement les pantalons qui s'y trouvaient accrochés, repoussant les cintres sur la tringle.

« Grouillez-vous, reprit le policier. Nous n'allons pas à un défilé de mode.

— En effet », admit Greg d'une voix qui s'étranglait. Il enfila une chemise propre et un pantalon, cueillit au passage, sur la commode, son portefeuille, des clefs et de la monnaie, fourrant le tout dans ses poches.

« Vous n'aurez pas besoin de tout ça, observa Larry.

— La force de l'habitude », répondit Greg avec un haussement d'épaules. Il rentra les pans de sa chemise dans sa ceinture, boucla celle-ci. « OK, je suis prêt. »

Larry lui fit signe de passer devant lui pour gagner la porte. Greg obéit. Une fois dans le couloir, il se dirigea aussitôt vers l'escalier. A sa gauche, à la hauteur de la première marche, se trouvait une petite table en pin sur laquelle fleurissait un cyclamen blanc ; au-dessus, s'ouvrait une fenêtre. Il prit la rampe d'une main et descendit le premier degré ; Tillman lui emboîta le pas. A cet instant-là, d'un seul mouvement, vif et bien calculé, Greg se tourna, saisit le policier sous le bras et le projeta en avant. Pris par surprise, Tillman cria et trébucha sur une bonne demi-douzaine de marches avant de pouvoir interrompre sa dégringolade en se raccrochant à la rampe. Le temps qu'il reprenne son équilibre et se précipite à nouveau vers le haut de l'escalier, Greg était retourné sur le palier, avait bondi sur la table et s'était jeté à travers la fenêtre ouverte, renversant table et pot de fleur au passage. Il creva le grillage de la moustiquaire et atterrit sur l'avant-toit, juste au-dessous de la fenêtre.

« Hé ! cria Larry Tillman, qui tira son revolver. Arrêtez-le ! »

Mais il n'y avait pas un seul centimètre carré de cette maison sur lequel Greg n'avait pas travaillé et il était capable de trouver son chemin, sur ce toit, la nuit, comme un chat de gouttière. Le temps que le policier ait rameuté ses troupes et tiré un coup de feu par la fenêtre, Greg avait roulé sur la pente, sauté à terre en s'aidant d'une branche d'arbre, et disparu dans l'obscurité des bois qui fermaient le terrain, derrière la maison.

18

Le chef Matthews foudroya du regard le policier rouquin qui se tenait devant lui, tortillant sa casquette. « Mais nom de Dieu, Tillman, comment vous y êtes-vous pris, pour vous faire avoir comme ça ? »

Larry n'avait pas tellement besoin qu'on lui pose la question ; jamais il ne pourrait se pardonner d'avoir commis une erreur aussi colossale, lors de l'affaire la plus importante de sa toute jeune carrière. Et il déployait les plus grands efforts pour ne pas se mettre à pleurer. « Je suis désolé, monsieur, marmonna-t-il.

— Ouais, et vous allez l'être encore davantage. » Le chef, d'un geste sec, tira sur son imperméable et eut un reniflement dégoûté.

« Il nous a tous pris par surprise, intervint Walter Ference. Cela fait un moment que je suis flic, et pourtant, je n'ai rien vu arriver. »

Le patron de la brigade secoua la tête. Il venait tout juste d'arriver au domicile des Newhall, après avoir couvert le trajet Boston-Wayland d'une traite. Il se trouvait en effet à l'université de Boston pour suivre un séminaire sur les aspects administratifs de son métier, lorsque, après un agréable repas avec deux collègues, l'un de Jersey Shore, l'autre du Minnesota, il avait trouvé, à son retour à l'hôtel, un message l'informant de l'évasion de Greg Newhall. Il n'avait qu'un souvenir brouillé du voyage de retour en voiture — comme si sa pression sanguine était montée plus haut que le compteur de vitesses. « Je n'accepte aucune excuse, répliqua-t-il. Il existe des procédures, et vous ne les avez pas suivies. Tant que nous n'aurons pas trouvé cet homme, Tillman, nous aurons besoin de toutes les forces disponibles. Mais une fois qu'il sera appréhendé, vous dégagez. Vous êtes viré.

— Oui, m'sieur », marmonna le policier d'un ton malheureux.

Dale Matthews compta mentalement jusqu'à dix. Il ne tenait pas à s'en prendre à Walter. C'était son flic le plus expérimenté et, en outre, il aurait eu l'impression de réprimander son propre père. La tentation était grande, toutefois. « Très bien, dit-il, le mal est fait. » L'œil furibond, il parcourut des yeux les hommes en uniforme rassemblés dans la salle. « Inutile de perdre davantage de temps. » Sur quoi, il se mit à donner ses instructions.

Walter se pencha vers Karen, toujours assise dans le canapé. « Il serait peut-être bon d'appeler un médecin, madame Newhall. Vous êtes en état de choc. Il pourrait vous donner un sédatif, ou quelque chose comme ça.

— Non », répondit-elle sèchement. Elle se sentait déjà engourdie. Dans l'heure qui avait suivi l'évasion de Greg, la police avait envahi la maison ; des techniciens étaient venus poser un système d'écoute sur son téléphone, et on avait lancé des chiens policiers aux trousses du fuyard ; journalistes, cameramen, voisins et curieux se massaient en foule. On aurait dit que l'on avait organisé quelque carnaval macabre sur la pelouse, en pleine nuit.

Pendant tout ce temps, Karen n'avait pas quitté le

canapé, comme l'œil au milieu d'un cyclone. Elle répondait aux questions qui lui étaient transmises par le lieutenant Ference. Elle donna les noms et les adresses qu'on lui demandait — famille, amis, endroits où Greg aurait pu se réfugier. Elle accepta sans discuter les méthodes de surveillance qu'on souhaitait installer ; elle ne fit aucun effort pour leur résister ou corriger leur impression. Elle avait vaguement conscience des efforts dérisoires de Jenny pour se révolter contre l'invasion, des imprécations qu'elle lançait aux intrus, mais elle ne chercha ni à l'arrêter ni à se joindre à elle. Elle restait là, un point c'est tout.

Finalement, après des heures de ce remue-ménage, les derniers éléments concernés par l'affaire battirent en retraite. « Nous nous en allons, l'avertit Walter. Inutile de vous lever. »

Karen faillit éclater de rire. Comme si elle avait pu se lever ! Il y avait bien des jambes sous elle, mais elles devaient appartenir à quelqu'un d'autre.

Walter Ference lui tendit sa carte, sur laquelle figuraient deux numéros. « Celui-ci, c'est le poste de police. Et l'autre, mon domicile. »

Karen regarda, les yeux vides.

« Plus vite nous appréhenderons votre mari, madame Newhall, mieux cela vaudra pour lui comme pour nous, reprit le lieutenant. Avec votre fille, vous vous trouvez en ce moment prises entre deux feux. A cause de son comportement, vous allez vous sentir comme des criminelles. Tant qu'il sera en liberté, vous n'aurez pas un seul instant de tranquillité ou d'intimité, pas une seule conversation téléphonique privée, rien.

— Oui, je sais.

— Si jamais vous avez la moindre information, appelez-moi. Je vous traiterai courtoisement. Nous n'avons rien contre vous ou votre fille.

— Merci », répondit Karen. Elle resta quelques instants perdue dans la contemplation de la carte qu'elle posa finalement sur la table basse.

L'escouade avait rassemblé ses affaires et, sous la

conduite de son chef, quittait la pièce comme les derniers invités après une soirée. « Bonne nuit », ajouta Walter en emboîtant le pas aux autres.

Karen entendit sa fille claquer la porte sur le lieutenant. Au bout d'un moment, elle revint dans la salle de séjour et s'arrêta devant sa mère.

« C'est vrai ? » demanda-t-elle.

Karen jeta un regard impuissant à sa fille, dont le visage était empourpré. « Ils ont trouvé la clef de la chambre dans la camionnette. Avec du sang dessus. Ils ont l'air de penser...

— Ce n'est pas de ça que je veux parler, la coupa Jenny avec impatience. Je veux savoir s'il est vraiment mon père. »

Karen sentit la question percer l'engourdissement qui la paralysait. « Oui, dit-elle. Apparemment, c'est vrai. »

Elle n'eut pas le temps d'ajouter quelque chose : Jenny fit demi-tour et partit en courant, grimpa l'escalier quatre à quatre et se réfugia dans sa chambre.

« Jenny ! » lança Karen, sans conviction. Mais l'adolescente ne répondit pas. *Tu devrais te lever. Tu devrais aller la rejoindre. Ce doit être un choc terrible, pour elle.*

Elle en était cependant incapable. Elle était sous le coup de ses propres émotions, qui la submergeaient. Elle n'arrêtait pas de voir l'expression de Greg, au moment où il avait reconnu que leurs accusations étaient fondées. Et à chaque fois, c'était comme si elle était de nouveau frappée par la foudre. Elle aurait été moins étonnée de voir la table basse se mettre soudain à parler.

Elle le connaissait. Cela faisait vingt ans qu'ils vivaient ensemble et elle n'ignorait plus rien de lui. Pendant toutes ces années, ils avaient partagé leurs pensées. Au lit, le matin, ils se racontaient leurs rêves. La nuit, s'ils avaient du mal à dormir, ils se confiaient leurs craintes. Elle n'avait jamais douté de son amour, jamais eu le moindre soupçon sur ce qu'il faisait. Parce qu'il y avait une chose qu'elle savait : qu'elle était au centre de son univers. Comme il était au centre du sien. Il s'agissait d'un fait. Jamais ils ne laisseraient quoi que ce soit le menacer. Ils en avaient fait serment. C'était gravé dans le marbre.

Elle regarda le gros fauteuil club dans lequel il s'asseyait toujours, le soir, les pieds sur le repose-pied. Il n'en changeait jamais. Lorsqu'elle lui avait proposé de lui en acheter un neuf, il avait refusé. « J'aime bien celui-ci. Pourquoi aurais-je envie d'un autre ? »

Une fois, profitant de ce qu'il était allé camper avec des amis, elle l'avait fait recouvrir. Il avait reconnu à contrecœur qu'il avait meilleure allure, mais il lui avait fallu des semaines pour s'y sentir de nouveau à l'aise, et elle avait compris que même si les bras usés et les parties effilochées l'avaient agacé, il ne l'avait jamais considéré comme abîmé. C'était son fauteuil. Il n'était pas dégoûté par ses défauts — au contraire, l'affection qu'il lui portait croissait avec le temps. Greg était comme ça.

Elle ferma fortement les yeux et des larmes coulèrent sur son visage. Elle avait l'impression qu'on lui avait martelé le cœur et qu'il portait, en creux, les traces de la souffrance qui la taraudait.

« Je te hais, dit-elle à voix haute au fauteuil. Comment as-tu été capable de me mentir ainsi ? Toi, entre tous... »

En pensée, elle revint à l'époque qu'il avait évoquée. Lorsqu'elle avait pris conscience qu'elle ne pourrait avoir d'enfant. Lorsqu'ils avaient commencé à se rendre compte des difficultés de l'adoption. Certes, elle avait été déprimée. Certes, elle n'avait plus envie de faire l'amour. Elle avait du mal à parler, du mal à se lever, le matin, du mal à préparer un repas. La dernière chose dont elle avait envie était de folâtrer au lit. Ce n'était même pas imaginable.

Je comprends, disait-il toujours. Deux ou trois fois, elle s'était bien un peu inquiétée — et s'il s'intéressait à une autre femme ? Mais une inquiétude de pure forme, en fin de compte. Parce que c'étaient des choses, d'après les revues et les émissions de télé, qui arrivaient dans bien des mariages apparemment normaux. Mais eux n'étaient pas comme les autres. Leur couple était spécial. Il lui appartenait, pour le meilleur et pour le pire.

D'ailleurs, il la rassurait constamment. Ce n'est pas important, disait-il. Tu es tout ce dont j'ai besoin. Ce n'est qu'un moment à passer. Jamais il ne s'était fâché ; jamais il ne s'était plaint. Et lorsqu'elle en avait la force, elle remerciait sa bonne étoile d'avoir un mari comme lui. Dire que pendant tout ce temps, il l'avait trompée ! Qu'il vivait une autre vie !

Je vais devenir folle si je reste assise ici, pensa-t-elle. Elle était néanmoins incapable de bouger. Par la fenêtre, on voyait la lune, pâle et translucide comme une tranche de citron. La même qu'ils avaient admirée à son lever quelques heures auparavant. Elle et son mari. Et leur fille.

Celle-ci, justement, s'avançait d'un pas traînant dans la pièce, tenant dans ses bras la couverture de son lit. « Je n'arrive pas à rester dans ma chambre, Maman. » Elle était aussi blanche que sa courtepointe. « Je peux m'asseoir avec toi ? »

Karen la regarda avec gratitude. Elle tendit les bras à son enfant. Jenny vint se pelotonner contre elle, comme un petit chat. Karen avait l'impression que cela n'était plus jamais arrivé depuis l'époque où sa fille était encore un bambin épuisé. La chaleur de l'adolescente, contre son flanc, avait quelque chose de réconfortant à un point inexprimable. Elle passa un bras autour de ses épaules, doucement, redoutant de l'effrayer, de la voir se rebiffer. Mais Jenny ne résista pas. Elle ne fit que se blottir un peu plus contre sa mère.

Elles gardèrent le silence pendant quelques minutes, l'une et l'autre perdues dans leur tourbillon de peurs personnelles. Puis Jenny murmura : « Il ne l'a pas fait. Il ne l'aurait jamais fait. »

L'adolescente parlait du meurtre. Karen se rendit soudain compte avec surprise qu'elle n'y avait pas pensé un seul instant, consumée qu'elle était par la révélation de la trahison de Greg, de ce secret concernant Jenny qu'il avait gardé par-devers lui pendant toutes ces années. Elle essaya de concentrer son attention sur la question du meurtre ; elle essaya de se représenter Greg, poussé à commettre un tel acte. « Non, murmura-t-elle. Non... pas... pas ton père. » Mais, même en prononçant ces paroles rassurantes, elle eut un frisson de doute. Elle n'avait jamais imaginé qu'il puisse non plus la trahir. Et si on lui avait posé la question, elle aurait répondu sans hésiter qu'elle le connaissait par cœur.

« Alors pourquoi est-ce qu'ils l'accusent, M'man ?

— Il a raconté beaucoup de mensonges. Des millions de mensonges.

— Il le fallait », protesta Jenny.

Karen sentit les larmes lui monter aux yeux. « Non, il ne le fallait pas ! répondit-elle d'un ton furieux. Personne n'est obligé de mentir de cette façon.

— Tu sais pourtant bien que Papa ne ferait jamais quelque chose comme ça. Faire du mal à quelqu'un... »

Karen laissa échapper un rire amer. « Ah non ?

— Tu sais ce que je veux dire, s'entêta Jenny. Frapper quelqu'un... Une femme... la tuer. »

Karen prit une profonde inspiration. « Non... Il ne pourrait pas faire ça... Il ne le ferait pas. Mais la police...

— Il faut le leur dire ! s'écria Jenny. Leur dire que c'est impossible que ce soit lui !

— La police se moque bien de ce que je pourrais dire, Jenny. En plus, les gens innocents ne prennent pas la fuite comme ça. »

L'adolescente se tendit et s'écarta de sa mère. « Mais tu viens juste de dire qu'il n'a pas pu le faire ! »

Elle regardait fixement Karen, exigeant des explications, des raisons, des réponses. Sa mère ne savait s'il lui fallait rire ou pleurer. Des réponses, je n'en ai aucune, avait-elle envie de s'écrier. Au lieu de cela, elle concentra son attention sur les traits de sa fille. Ton univers vient d'être bouleversé, songea-t-elle. Tu te raccroches à ce que tu peux comme si ta vie en dépendait. Elle chercha en son cœur des mots qui puissent sonner vrai. Mais tout ce qu'elle put trouver fut : « Il doit bien exister une explication.

— Exactement », repartit Jenny d'un ton de défi. Elle se redressa sur le canapé, adossée à sa mère. « Es-tu furieuse parce qu'il m'a gardée ? » demanda-t-elle.

Karen serra les lèvres et refoula ses larmes. La douleur, dans sa poitrine, était si forte qu'elle avait du mal à respirer. La vérité monta toute seule de ses lèvres. « Je t'aime plus que tout au monde, ma chérie. »

Les épaules contractées de Jenny parurent se détendre. Au bout de quelques instants, elle se pelotonna à nouveau contre le flanc de sa mère. Celle-ci tira la couverture sur elle, puis, tendant le bras, éteignit la lampe qui se trouvait à hauteur de son épaule. « Repose-toi, dit-elle.

— Je ne peux pas, fit la petite voix effrayée de Jenny dans le noir.

— Essaie. »

Elles gardèrent le silence. Au bout d'un moment, Karen entendit le rythme lent de la respiration de quelqu'un qui dort, et dont la poitrine se soulève et retombe avec régularité. Elle passa délicatement un bras autour de son enfant endormie. Leur fille. Elle aurait aimé pouvoir le haïr. Seulement le haïr. Le chasser de son cœur de la même manière qu'il avait fui la maison. L'aimer, cependant, était une habitude trop ancienne en elle. Elle s'efforça de ne pas se le représenter, seul, quelque part dans la froidure de la nuit. Mais c'était inutile. Son être lui était autant familier qu'elle l'était à elle-même. Greg, toujours impatient de rentrer chez lui, le soir, de retrouver son bon vieux fauteuil près de l'âtre, la chaleur de son lit, les étreintes de son épouse, les baisers de sa fille. On est la famille des Trois Ours, comme dans l'histoire, avait remarqué une fois Jenny, quand elle était petite. Et tous les trois avaient ri : cela leur avait paru tellement vrai ! Et voici que Papa Ours était maintenant dehors, seul dans la nuit, des chasseurs aux trousses. Et ici, près de l'âtre refroidi, leur monde de conte de fées était en ruine. Comment as-tu pu nous faire une telle chose ? avait-elle envie de crier. Je croyais que tu m'aimais. Mais il n'y avait personne pour l'entendre. Personne pour lui donner l'explication. Les flammes de l'angoisse lui léchaient le cœur, brûlantes comme l'incendie d'une maison de famille.

19

Emily alla chercher son chapeau de pluie pendant que Walter lavait la vaisselle de son petit déjeuner, debout devant l'évier de la cuisine, et que l'attendait Sylvia, sa belle-sœur.

« Il vous faudrait un lave-vaisselle, Walter, remarqua cette dernière. Un four à micro-ondes, aussi. Et regarde-moi ce lino ; par endroits, il est complètement percé. Ça n'a rien d'étonnant. Maman l'a fait poser l'année de la mort de Papa. Il y a un demi-siècle ! Le temps passe vite ! »

Le policier rangea tasse et assiette dans le vieux buffet ; Sylvia fit la grimace en entendant le grincement des gonds. « Je n'arrive pas à comprendre comment tu peux vivre dans un endroit aussi délabré. Tiens, regarde ces vieilles gravures. Elles vont tomber du mur d'un jour à l'autre, alors qu'il ne te faudrait que deux minutes pour arranger ça. »

Walter referma la porte du buffet, tandis que sa sœur poussait un soupir. « Vraiment, je me demande comment tu peux supporter toutes ces vieilleries... Moi, j'aime bien vivre à Seaside village. Tout y est neuf. Si quelque chose casse, on vient tout de suite te le réparer — si on n'est pas bricoleur, évidemment », ajouta-t-elle avec un regard entendu à l'intention de son frère, lequel nettoyait ses lunettes à l'aide de papier de ménage, apparemment sans faire attention à son bavardage. « Vous n'êtes pas bien, dans une vieille baraque comme ça. »

Walter tourna ses verres vers la lumière de la suspension, plissant les yeux pour vérifier qu'ils ne portaient plus la moindre trace. « Pour te dire la vérité, reprit Sylvia, j'aurais préféré ne jamais remettre les pieds dans cette maison après la mort de Maman. Il s'en dégage une impression de maladie, de tristesse... » Elle frissonna.

« Je n'ai jamais vu quelqu'un d'aussi morbide que toi, observa Walter d'un ton calme, tandis qu'il remettait ses lunettes. Pourquoi aller à cet enterrement, aujourd'hui, sinon parce que l'idée d'aller aux funérailles de la victime d'un meurtre te plaît ? »

Sylvia se redressa, indignée. « Sache pour ta gouverne que je connais les Emery depuis des années ; nous fréquentons la même église. Ils n'ont pratiquement pas d'autre famille. Si tu t'occupais un peu plus toi-même de ce qui se passe dans ta paroisse...

— Tu n'ignores pourtant pas qu'Emily supporte plutôt mal les enterrements.

— C'est stupide, protesta-t-elle avec un reniflement. Qu'elle aille à un enterrement ou à une garden-party, c'est du pareil au même, pour elle. Elle est d'une fragilité constitutionnelle. Tu le sais aussi bien que moi. »

La voix d'Emily, en provenance du vestibule, parvint jusqu'à eux. « Le temps de trouver mes gants, et j'arrive. »

Sylvia se leva et ajusta sa jupe. « Tu devrais y assister, Walter. Pour observer les gens présents dans la foule. On dit que les tueurs, souvent, ne peuvent résister au plaisir de se montrer aux funérailles de leur victime.

— Je te laisse le soin d'aller faire des simagrées, répondit Walter.

— Attitude irresponsable, grinça-t-elle. Surtout si l'on considère que c'est toi qui as laissé échapper l'assassin. »

Le policier ne répondit pas. Il enfila sa veste et se dirigea vers la porte, devant laquelle il resta un instant immobile, regardant la pluie. « Eh ! tu vas bien t'amuser, dit-il à sa sœur. Vous avez un temps idéal. »

« Maman ? demanda Bill Emery. Tu es prête ? La limousine est arrivée. »

Alice Emery, devant le placard de son entrée, examinait l'empilement de sacs, de bottes et de manteaux d'hiver. De l'étagère, elle sortit péniblement un sac habillé noir en perles de jais et le regarda. « Tu t'en souviens ? C'est Linda qui me l'avait offert, pour un Noël. Elle avait économisé l'argent gagné en faisant du baby-sitting. »

Bill jeta un coup d'œil à sa montre, puis au sac que tenait sa mère. « Non, je ne me rappelle pas. Tous ces Noëls se confondent dans mon esprit. »

Alice eut un sourire plein de tristesse. « Je n'ai jamais eu l'occasion de le porter. Ton père n'était pas du genre à sortir dans les endroits chics. (Elle secoua la tête.) Je me demande pourquoi elle avait choisi celui-ci. Elle savait pourtant que je ne m'habille jamais dans ce style. Elle avait sans doute dû en voir un dans ce genre dans un film.

— Peut-être. Je ne sais pas.

— Je crois que je vais le prendre.

— Enfin, Maman, c'est un sac à main pour une soirée, pas pour des funérailles !

— Je le sais bien, répondit Alice, s'entêtant. Je vais quand même le prendre.

— Très bien. Mais on ferait mieux de se dépêcher. »

Les mains d'Alice tremblaient tandis qu'elle s'escrimait sur le fermoir.

« Qu'est-ce que tu fais ? demanda Bill.

— Il faut bien que j'y mette mes affaires, répondit-elle avec un geste vers son vieux sac à main marron, posé sur le poste de télé. Passe-le-moi, veux-tu ? »

Retenant un soupir, Bill alla prendre le sac par la bandoulière. Un tube de rouge à lèvres, un rouleau entamé de petits bonbons à la menthe, quelques pièces et deux Kleenex chiffonnés tombèrent au sol. Il s'agenouilla pour tout remettre à l'intérieur, puis se releva et tendit le sac à sa mère. « C'est simplement qu'on fait attendre les gens. »

Alice entreprit l'exploration du vieux sac à main, plaçant chaque objet qu'elle en sortait dans le sac noir. « Qu'ils attendent », répondit-elle.

Elle sortit un calepin qu'elle examina, songeuse.

« Il me semble que tu n'as pas besoin de tout ça, Maman. De plus, j'ai l'impression que tout ne va pas tenir dedans », ajouta-t-il diplomatiquement.

Mais Alice poursuivait le remplissage méthodique du sac noir, sans regarder son fils. « Jamais je n'aurais dû t'écouter, dit-elle. Je le regretterai jusqu'à la fin de mes jours. »

Un éclair traversa les yeux de Bill mais, lorsqu'il parla, ce fut d'un ton normal. « Personne ne t'a forcée à faire quoi que ce soit. »

C'est d'une voix chargée d'émotion qu'Alice répondit, tout en poussant les indispensables Kleenex dans un coin du sac : « Je l'ai chassée de chez moi. Ma propre fille. Je n'ai même pas eu la chance de lui parler une deuxième fois.

— Nous n'avions aucun moyen de savoir ce qui allait se passer, protesta Bill.

— Tu étais tellement décidé à n'en faire qu'à ta tête ! J'avais l'impression que si je ne me pliais pas à ce que tu voulais, tu te mettrais contre moi. »

Bill serra les poings et s'avança jusqu'à la fenêtre, dont il tira le rideau. Glenda était descendue de voiture et lui faisait signe de venir. « Il faut y aller », dit-il.

Alice leva les yeux vers lui, secouant la tête. « C'est tout l'effet que ça te fait ? Ta propre sœur ?

— Je n'ai aucune envie de te servir de bouc émissaire.

— Bill ! C'est affreux de dire ça ! »

Il se dirigea jusqu'à la porte et lança : « On arrive ! »

Alice mit son chapeau et en abaissa la voilette. « Les enfants sont dans la voiture ? demanda-t-elle d'un ton distrait.

— Ça fait deux fois que je te le dis, répliqua-t-il

sèchement. Ils sont chez les voisins. Ils sont trop jeunes pour ce genre de chose.

— Ils n'auront même pas connu leur tante Linda », geignit Alice en retirant un mouchoir en papier du sac noir trop bourré. Elle se tamponna les yeux avec et coinça le sac sous son bras, solidement, avec tendresse.

« A qui la faute ? grommela Bill.

— Quoi ?

— Rien. Allons-y. »

Si l'on songe que Linda Emery avait quitté Wayland depuis longtemps, ses funérailles n'en avaient pas moins attiré une foule assez considérable. Bien peu, cependant, étaient là pour pleurer sa disparition. Il y avait un groupe de journalistes et un assortiment d'amateurs de morbide et de curieux. Beaucoup étaient venus dans l'espoir de voir la réaction de l'enfant abandonnée par Linda — l'enfant dont le père était accusé du meurtre de la jeune femme, et qui s'était enfui. Ceux-là furent déçus. Karen avait interdit à Jenny d'assister à l'enterrement précisément pour cette raison, ne voulant pas que sa présence déclenche tout un cirque dans une occasion aussi solennelle.

A cause de la pluie, on écourta la cérémonie, au cimetière. Mary Duncan, protégée du mauvais temps par le parapluie que tenait son mari, se tamponnait les yeux de son mouchoir tandis que le prêtre entonnait l'ultime prière avant la mise en terre. Elle vit la mère de Linda, comme hébétée, s'avancer et jeter une rose sur le cercueil. Mary n'arrivait pas à imaginer le chagrin que devait éprouver cette femme, qui venait de perdre son mari et sa fille en l'espace de quelques mois. Son regard se porta alors sur Bill Emery qui jeta consciencieusement une fleur, après sa mère, le visage impassible. Elle avait déjà remarqué la toute jeune femme aux cheveux de miel, à la silhouette menue, qui se cachait derrière des lunettes noires et paraissait suivre tous les mouvements de Bill avec l'attention ardente d'un fan pendant un événement sportif. Elle se demanda si Glenda l'avait remarquée. Comment serait-il possible que non ? se demanda Mary, ne se sentant pas très bien. Il est vrai que, souvent, l'épouse est la dernière à être au courant.

Sam lui donna un léger coup de coude, et elle se tourna vers lui. « On peut y aller ? » demanda-t-il. Il n'avait pas voulu venir, tout d'abord, mais elle lui avait fait honte. Elle le regarda avec tendresse.

« Tu te souviens... qu'est-ce qu'on s'est amusés avec Linda, à l'époque ! »

Il acquiesça. « Et comment ! Allez, viens. »

Mary caressa les pétales de la rose qu'elle tenait ; puis elle s'avança et jeta la fleur sur le cercueil. « Adieu, ma vieille copine », murmura-t-elle.

Au moment où elle s'éloignait de la tombe, serrée contre son mari, elle fut accostée par une jeune femme habillée d'une jupe de tweed mouillée et d'une veste froissée.

« Veuillez m'excuser. Vous êtes bien Mme Duncan, n'est-ce pas ? demanda-t-elle.

— Oui, répondit Mary en s'essuyant les yeux.

— Je m'appelle Phyllis Hodges. Je suis de la *Gazette*. J'ai entendu dire que vous étiez la personne qui aurait identifié M. Newhall comme l'assassin, auprès de la police. »

Mary resta bouche bée. Mais avant qu'elle ait eu la chance de répondre quoi que ce soit, Sam l'avait prise par le bras et s'était avancé entre elle et la journaliste.

« Vous n'êtes pas un peu malade, non ? C'est un enterrement, ici. Les gens sont là pour se recueillir.

— Je ne fais que mon travail, se défendit Phyllis.

— Mme Duncan ne voit pas à quoi vous faites allusion. Viens ! »

Il entraîna vivement Mary jusqu'à la voiture.

« Mais enfin, Sam, qu'est-ce qui t'arrive ? » protesta-t-elle en se dégageant de sa poigne.

Il ouvrit la portière sans répondre et la poussa littéralement sur le siège. Puis il fit le tour du véhicule et sauta derrière le volant.

« Verrouille la porte. Elle est capable de tout.

— Tu es fou, ma parole !

— C'est exactement ce qu'il nous faut. Elle va écrire dans son canard que c'est toi qui as donné l'alerte et ce type, Newhall, va rappliquer pour s'occuper de toi. Je savais bien que tu n'aurais jamais dû t'en mêler.

— Voyons, Sam, pour l'amour du ciel ! protesta Mary. Tu sais bien qu'il est à des kilomètres d'ici, maintenant. »

Elle verrouilla la porte.

20

« Qu'est-ce que tu fais, Maman ? » s'écria Jenny, qui s'agenouilla à côté de la corbeille à papiers pour en regarder le contenu, horrifiée.

Karen continua de vider sa boîte à bijoux et le contenu du premier tiroir de sa commode. « Le ménage », répondit-elle en jetant une paire de boucles d'oreilles sur le tas.

Jenny sortit les colliers, les bracelets, les bouteilles de parfum et les foulards de la corbeille pour les contempler, incrédule. « Mais, Maman, ce sont des choses en bon état. Des cadeaux de Papa. Tu peux pas les jeter comme ça ! »

Karen ignora les protestations de sa fille. Elle avait passé la nuit à pleurer, étreignant l'oreiller de Greg, et avait fini par s'endormir pour se réveiller en sursaut dans un rêve où elle le voyait faire l'amour à une femme aux cheveux sombres, à la peau blanche et marquée de taches de rousseur, aux seins ronds et fermes. Le couple batifolait dans des draps imprégnés de sueur, et elle vit la main de son mari suivre le ventre rond de la femme et disparaître entre ses cuisses, tandis qu'ils pouffaient à la seule mention du prénom de Karen. Le souvenir de cette image humiliante lui hérissa les cheveux sur la nuque.

Sur la table de nuit, le téléphone se mit à sonner.

« Ne réponds pas ! » dit vivement Karen. C'était le jour des funérailles de Linda et ça n'avait pas arrêté. En voyant l'expression navrée qui se peignait sur le visage de sa fille, elle ajouta, plus doucement : « Sûrement des ennuis, une fois de plus. » Elle était décidée à ne plus le décrocher de la journée. Parmi les appels, il y en avait eu qui venaient d'amis, proposant leur aide, mais Karen avait refusé qu'on lui rende visite ; derrière chacune de ces propositions, elle croyait sentir planer toute une foule de questions sans réponses, prêtes à lui fondre dessus. Plus que tout, elle n'avait aucune envie de répéter son histoire à quelqu'un. Quant aux autres appels, il s'était agi de journalistes, ou de clients de Greg qui annonçaient la rupture de leurs relations d'affaires. Comment elles allaient faire pour vivre, sans aucun revenu, voilà qui était au-delà de ce qu'elle pouvait imaginer, pour le moment...

Le téléphone s'arrêta de sonner et Karen sortit le médaillon d'argent de sa boîte. Elle n'avait même pas encore eu l'occasion de le porter ; elle voyait bien qu'il avait dû coûter cher. Greg l'avait acheté dans un magasin d'antiquités chic, au centre-ville. Elle serra les lèvres, revoyant son regard à la fois inquiet et plein d'espoir, lorsqu'il le lui avait offert. Un cadeau, de sa part, n'était jamais un simple geste formel lié à une date du calendrier, mais l'occasion de lui faire plaisir. Il y réfléchissait longuement à chaque fois, notant tout ce qui attirait sa femme. Il se trompait rarement. Un nouvel élan douloureux lui broya le cœur, quand lui revint en mémoire la manière dont il aimait à décrire le processus de sélection : les babioles envisagées puis rejetées, les vendeurs ou vendeuses étalant leurs plus beaux objets devant lui jusqu'à ce que, tel un pacha débonnaire, il tombe sur le cadeau idéal et que, sur un claquement de doigts, on le lui emballe.

« Il est tellement joli », commenta Jenny, toute triste.

Karen ouvrit le fermoir et délogea la petite photo qui représentait sa fille, la plaçant ensuite dans la boîte à bijoux. Le pendentif dansait au bout de sa chaîne tandis qu'elle se disait : *Tu vas avoir besoin de cet argent. Il faut être raisonnable. Le magasin te le reprendrait.* Puis elle secoua la tête et jeta collier et médaillon sur le tas d'autres souvenirs, dans la corbeille à papiers. Je trouverai bien un autre moyen, pour l'argent, pensa-t-elle.

Jenny poussa un petit cri et plongea la main dans la corbeille. « Est-ce que je peux le garder ? » demanda-t-elle.

Karen, le regard dur, contemplait le pendentif dans les mains de sa fille. « Je préférerais pas. »

Jenny ne leva pas les yeux. « Je le veux, dit-elle avec entêtement. Tu l'as jeté. Qu'est-ce que ça peut te faire ?

— Je n'ai aucune envie de le voir. »

Dans une attitude de défi, Jenny se leva et passa la chaînette autour de son cou, laissant retomber le cœur d'argent sur son chandail. « Je le porterai en dessous.

— Comme tu voudras.

— Oui, comme je voudrai ! rétorqua l'adolescente. Tu es abominable ! »

Quelque chose, en elle-même, savait que c'était vrai. Tous ces cadeaux avaient été offerts avec amour, au cours de toute une vie passée ensemble. Chacun d'eux était lié à un souvenir. Elle prit une petite broche en émail bleue, ornée d'une lune en or et de quelques éclats de diamant figurant les étoiles. Le matin de Noël où elle avait déballé ce cadeau-là, elle avait commencé par trouver une bouilloire dans la boîte. Il fallait, en effet, remplacer la précédente. Elle se souvenait s'être dit en elle-même : *Mon Dieu, une bouilloire ! C'est bien fini, le romantisme...* Puis il lui avait conseillé de regarder à l'intérieur de l'ustensile, et elle y avait trouvé la boîte contenant le bijou. Elle s'attendrit au souvenir du visage rayonnant de Greg, ravi de sa surprise.

Puis les traits souriants de son mari se métamorphosèrent en une grimace concupiscente, celle de l'amant infidèle de son rêve, obscurcissant tout le reste, la laissant affaiblie, moite, une fournaise de haine à la place du cœur.

Le bruit d'un moteur de voiture, dans l'allée, interrompit sa songerie. « C'est sans doute simplement notre chien de garde », dit-elle. La pluie et le temps couvert avaient poussé la plupart des curieux à aller chercher un abri quelque part et à abandonner leur pelouse. Mais la voiture de patrouille banalisée était restée garée dans l'allée, avec, à peine visible derrière le volant, la silhouette massive d'un fonctionnaire de police.

Jenny alla regarder par la fenêtre. « Non, c'est quelqu'un d'autre. »

Karen vint la rejoindre. Une BMW noire était venue se ranger devant la maison. Un homme en sortit, tenant un porte-documents à la main.

« Qui est-ce ? » demanda l'adolescente.

Karen ne répondit pas mais commença à grommeler, sur le ton de la colère, et partit d'un pas de grenadier en direction de l'escalier et du rez-de-chaussée. Elle s'assura que la porte de devant était bien verrouillée et que l'homme qui sonnait ne pourrait entrer. Jenny l'avait discrètement suivie.

« Karen ! cria l'homme. Il faut que je vous parle. Ouvrez-moi.

— Allez-vous-en, Arnold, répondit-elle d'un ton dur. Je n'ai aucune envie de vous parler, moi.

— Ne faites pas la tête de mule, répliqua Arnold Richardson, impatienté. Je n'ai pas de temps à perdre à ça.

— Eh bien, partez ! Qui vous a demandé de venir ?

— Qui est-ce ? murmura Jenny.

— Notre avocat.

— Laisse-le entrer, demanda l'adolescente, suppliante. Je t'en prie, M'man. Il peut peut-être nous aider.

— L'enjeu est important pour vous, Karen. Ouvrez-moi.

— Tu peux toujours voir ce qu'il veut », observa Jenny.

Karen hésita, mais elle ne pouvait ignorer le désespoir qu'elle lisait dans les yeux de sa fille. Elle ouvrit la porte. Arnold Richardson secoua son parapluie et entra dans le vestibule. Il n'avait que quelques années de plus que Greg et Karen, mais présentait l'aspect florissant et bedonnant d'une personne bien plus âgée.

« Jenny ? » demanda-t-il d'un ton grave.

L'adolescente prit le parapluie et l'imperméable qu'il lui tendait, l'étudiant avec de grands yeux.

« Vous devez bien le savoir, Arnold », observa Karen d'un ton sarcastique. Elle se tourna vers sa fille. « Ma chérie, tu veux bien aller accrocher les affaires de M. Richardson dans le hall du fond ? Elles gouttent.

— Bien sûr. C'est vous qui serez l'avocat de mon père ?

— Je le suis déjà, répondit Arnold.

— Il ne l'a pas fait, dit Jenny.

— Jenny ! » intervint Karen.

L'adolescente disparut avec l'imperméable et le parapluie. Karen précéda l'avocat dans le séjour et lui offrit un siège, mais rien de plus. Elle trouvait difficile de simplement le regarder dans les yeux.

« Je me doute bien, Karen, quel choc ç'a été pour vous de découvrir la vérité, pour Jenny. J'espère que vous comprendrez que je ne pouvais pas vous en parler jusqu'à aujourd'hui. Il s'agissait d'une information confidentielle.

— Un coup monté, oui.

— Quel gâchis...

— Là-dessus, je suis d'accord avec vous.

— Je n'arrive pas à croire que Greg ait balancé cette histoire comme ça à la police, sans commencer par m'appeler. Qu'est-ce qu'il s'imaginait donc ? Il ne pouvait faire pire.

— Je sais, c'est étrange. Surtout de la part d'un menteur aussi chevronné », répliqua Karen, sarcastique.

Mais Arnold ignora la pointe. « Il ne vous a pas contactée...

— Mon téléphone est sur écoutes.

— Je m'y attendais. Moi non plus, il n'a pas essayé de me joindre.

— Dans ce cas, qu'est-ce que vous fabriquez ici ? demanda Karen.

— Vous allez avoir besoin de conseils financiers et juridiques pour l'entreprise. Je vous propose de vous aider dans toute la mesure de mes moyens. Et, bien entendu, lorsque Greg reviendra ou...

— ... ou sera pris, acheva Karen.

— ... je l'aiderai aussi. »

Karen l'étudia, le regard froid. Greg, depuis toujours, se répandait en louanges sur Arnold Richardson. A ses yeux, ce n'était qu'un avocat comme un autre, mais elle avait cru son mari sur parole. En plus, elle avait toujours été encline à bien l'aimer : c'était grâce à lui que leur projet d'adoption s'était concrétisé.

« Oh ! je sais que vous avez été d'une aide précieuse pour Greg, par le passé, Arnold, répondit-elle, toujours sarcastique. Evidemment, sans vous...

— Il aurait trouvé un autre avocat pour le faire, l'interrompit à son tour Richardson, le ton ferme. Il n'en démordait pas. C'était cet enfant qu'il voulait adopter. A cette époque, on aurait dit qu'il était comme possédé. La petite Emery avait accepté d'abandonner le bébé, et il était farouchement déterminé à ce que ce soit vous qui l'ayez.

— Pas moi, lui, Arnold. Ne cherchez pas à me dorer la pilule.

— Je ne dore rien du tout. Je m'en souviens parfaitement. Je m'en souviens d'autant mieux que je lui ai conseillé, dans les termes les plus fermes possibles, de renoncer à ce projet. Je l'ai averti que s'il le réalisait sans que vous soyez avertie, tôt ou tard, cette affaire lui retomberait dessus. Bien entendu, je n'avais jamais imaginé ce qui est arrivé...

— Je m'en doute, marmonna Karen.

— Bref, il est resté inflexible. Il disait qu'il devait vous donner un enfant. Que votre mariage en dépendait. Que Dieu ou le destin, ou le hasard, lui donnait cette chance de faire ça pour vous.

— Et vous étiez d'accord avec cette façon de voir les choses ? s'étonna Karen.

— Franchement, j'estimais que c'était de la folie. J'ai toujours beaucoup aimé Greg. J'ai toujours admiré son sens des affaires, mais tout le monde a son talon d'Achille. Le sien était là. Il a vu l'occasion inespérée de vous donner le bébé que vous désiriez tant.

— Arrêtez, Arnold ! s'écria Karen. Arrêtez de faire semblant de croire qu'il a fait cela pour moi. C'était sans doute aussi pour me faire plaisir, sa liaison ? Il a couché avec une autre femme pour mes beaux yeux, peut-être ?

— Je ne suis pas venu ici pour plaider sa cause devant vous. Quoi qui se soit passé, c'est une affaire entre vous et lui. Je vous rapporte seulement ce que je sais.

— Ce qui vous inquiète le plus, peut-être, c'est que je signale votre comportement à qui de droit et que vous soyez radié du barreau.

— Faites comme bon vous semblera, répondit Arnold sans s'énerver. Pour l'instant, nous avons des problèmes autrement importants et urgents... »

Elle secoua la tête. « Si seulement il m'avait dit la vérité...

— Auriez-vous compris ? demanda l'avocat, sceptique.

— Il ne m'a pas donné le choix. »

Arnold haussa les épaules. « Personne n'aime reconnaître ses erreurs et ses fautes. On préférerait tous être des héros.

— Mon héros... », murmura-t-elle avec amertume.

Il y eut quelques instants de silence et c'est finalement Karen qui reprit la parole. « Ce n'est pas de votre faute, Arnold. Je le sais bien. »

L'avocat poussa un soupir. « Avez-vous la moindre idée de l'endroit où il a pu se réfugier ? »

Elle secoua la tête. « J'en suis au point où j'ai

l'impression de ne même pas connaître la personne dont nous parlons. »

Arnold se leva. « S'il vous contacte, dites-lui de me joindre immédiatement, avant de faire quoi que ce soit d'autre. »

Elle acquiesça.

« Je suis on ne peut plus sérieux, Karen. Les ennuis de votre... de Greg sont très graves.

— Sans blague ? rétorqua-t-elle avec un regard dans lequel on lisait de la fatigue. Y a-t-il au moins une chance qu'il s'en sorte ? »

Arnold secoua la tête. « Je n'ai pas accès au dossier. Et ne pourrai pas savoir sur quoi ils s'appuient, exactement, tant qu'il n'aura pas été repris et n'aura pas dit que je suis son avocat. Il a un mobile ; il était avec elle le soir où elle a été assassinée. C'est mauvais, ça. Si seulement il avait attendu avant de déballer cette histoire, nous aurions pu prétendre que vous saviez déjà que...

— J'aurais pu mentir pour lui, c'est ça ?

— Préférez-vous qu'il aille en prison pour un crime qu'il n'a pas commis ?

— Et comment êtes-vous sûr qu'il ne l'a pas fait ? demanda-t-elle, d'un ton amer.

— Vous le croyez donc coupable ? » fit Arnold, incrédule.

Karen se détourna.

« Karen ?

— Non, dit-elle d'une petite voix.

— Bon, ça me paraît plus vraisemblable. Au moins, vous n'êtes pas passée d'un extrême à l'autre. Non pas qu'on pourrait vous critiquer de...

— Et si vous partiez, Arnold ?

— Mais je m'en vais, répondit-il en prenant son porte-documents.

— Jenny ! appela-t-elle. Peux-tu apporter ses affaires à M... »

Elle n'avait pas terminé sa phrase que l'adolescente faisait son apparition, tenant le parapluie et l'imperméable de l'avocat.

« Si vous avez la moindre question à me poser, Karen, n'hésitez pas à m'appeler.

— Je n'ai pas les moyens de vous engager, observa-t-elle, morose.

— On verra ça plus tard. Au revoir, Jenny. Gardez espoir.

— Certainement, répondit-elle. Au revoir.

— Merci d'être venu, Arnold », ajouta Karen. Elle ouvrit la porte sans regarder l'avocat. Celui-ci déploya son parapluie et descendit les marches du perron. Elle avait le sentiment d'avoir été impolie, d'avoir fait preuve d'ingratitude. Mais il avait conspiré avec Greg pour la tromper. Pendant toutes ces années, il avait su. Elle le regarda regagner sa voiture et y monter, prêt à s'éloigner de sa maison, de ses chagrins. Un instant, elle désira désespérément être à sa place, être celle qui partait, laissant cette situation insupportable derrière elle. Elle referma la porte et retourna dans le séjour.

21

Phyllis Hodges déballa un gobelet en plastique, sur la coiffeuse du motel, et y laissa tomber une poignée de glaçons. Puis elle se versa du Sprite diététique et en avala quelques gorgées. Elle défit alors sa jupe de tweed qu'elle laissa tomber sur le sol, retira son chandail couleur crème et se débarrassa de ses chaussures sans même se baisser. Cela faisait du bien d'enlever ces vêtements humides, après avoir passé l'essentiel de la journée dehors, dans le crachin, entre les funérailles et la traque menée par les policiers lancés aux trousses de Greg Newhall. Elle n'avait pas remarqué à quel point elle était mouillée — cette poursuite l'avait trop passionnée.

En un certain sens, elle tenait là une histoire presque trop belle pour être vraie. Elle travaillait à la *Wayland Gazette* depuis le jour où elle avait laissé tomber ses études, mais elle n'avait nullement l'intention d'y rester. Elle manquait néanmoins encore trop d'expérience pour entrer dans le quotidien d'une grande ville et, même si elle ne l'aurait jamais reconnu, redoutait un peu l'idée de se rendre dans une métropole et d'essayer de forcer la porte de journaux plus connus. Elle avait donc besoin de quelque chose pour être propulsée dans la cour des grands, et elle éprouvait le sentiment insidieux que cette affaire tombait à pic. Les enquêtes criminelles étaient ce qu'elle préférait (probablement parce que son père avait été flic), mais les affaires criminelles mystérieuses s'avéraient extrêmement rares, dans une petite ville comme Wayland. Elle avait cru être sur un coup avec Ambre. Son récit de la façon dont on avait retrouvé les restes de la jeune femme dans le sanctuaire des oiseaux avait été le principal sujet de conversation de la ville pendant des semaines. Quant au nom qu'elle avait choisi, Ambre, il avait frappé l'imagination. Sauf que les choses s'étaient arrêtées là, et elle s'était sentie frustrée. L'affaire actuelle était différente ; elle avait des chances d'avoir un plus grand retentissement. Elle pourrait peut-être même en tirer un livre. Voilà qui conviendrait. Un livre. Après quoi, elle pourrait dicter elle-même ses conditions.

Ces perspectives la faisaient jubiler, et elle se servit un deuxième soda avant d'aller brancher la télé, pour suivre les informations ; puis elle s'allongea sur le lit afin de poursuivre ses rêveries d'avenir brillant. Elle écrirait un essai sur l'affaire qui deviendrait un bestseller, comme *De sang-froid* de Truman Capote. Ou bien elle obtiendrait un prix Pulitzer pour sa série d'articles dans la *Gazette*. Elle se voyait déjà recevant le prix, sous les murmures admiratifs : quel exploit extraordinaire, pour le reporter d'un journal aussi modeste ! Elle remercierait le directeur, bien entendu, pour avoir cru en elle, et sa maman ; elle mentionnerait feu son père, Stan Hodges, qui l'avait toujours encouragée à s'intéresser au travail de la police et l'avait mise en selle dans son métier de journaliste d'investigation.

Phyllis Hodges ferma les yeux et poussa un soupir. Elle avait l'impression d'entendre les applaudissements, dans sa tête, de sentir le chaleureux rayonnement d'admiration émanant de ses pairs. Très bien, se dit-elle finalement. Ça suffit. Ce n'est pas en paressant au lit que tu l'emporteras, ton prix. Il est temps de se mettre au boulot. Elle reposa le gobelet sur la table de nuit et se redressa pour suivre, à la télé, un bref sujet sur les funérailles de Linda Emery et sur le fait que Greg Newhall était toujours en fuite. Puis elle examina la pièce, autour d'elle.

Convaincre Margo Hofsteder n'avait pas été une mince affaire. La patronne du motel avait émis toutes sortes de réserves sur la chambre 173, disant tour à tour que la police n'avait peut-être pas terminé, qu'elle portait malheur. « Ce n'est pas le lieu du crime », lui avait fait remarquer Phyllis — refrénant son envie d'ajouter : « espèce de gourde ». Elle savait bien que l'insulter n'arrangerait rien. Finalement, Margo avait accepté de lui louer la chambre, non sans la prévenir qu'on y avait fait un ménage méticuleux et qu'il ne restait pas la moindre trace de la femme que l'on avait assassinée. Elle n'en avait évidemment rien dit à la patronne, mais c'était pourtant bien ce que Phyllis espérait trouver : une trace, un indice. Son projet était de passer la chambre au peigne fin — elle avait payé le prix d'une nuit pour bénéficier de ce privilège. Elle était un peu inquiète à cause de ses chats. Ils n'avaient pas l'habitude de rester seuls dans l'appartement ; il était rarissime qu'elle ne passe pas la nuit chez elle. Bon, mais les chats sont des animaux très autonomes, se dit-elle pour se rassurer. C'est l'un de leurs avantages.

Se mettant à plat ventre sur le lit, elle décrocha le téléphone et commanda une pizza dans un restaurant qui faisait la livraison. Elle avait un peu l'impression d'être en vacances, à l'idée de passer une nuit dans un motel de la ville où elle habitait. C'était amusant. Elle se leva, changea de chaîne sur la télé pour voir comment on présentait ailleurs les événements, et se mit à penser à Linda Emery.

La jeune femme s'était trouvée dans cette même chambre, le dernier soir de sa vie ; la police savait toutefois qu'elle n'y avait pas été assassinée. Tandis que Phyllis regardait autour d'elle, cependant, elle commença à élaborer un récit dans sa tête, se mettant à la place de Linda. Elle aimait créer la bonne atmosphère. Elle aurait préféré se plonger dans celle du lieu du crime, bien entendu, mais tant qu'on ne l'aurait pas trouvé, la chambre du motel était ce qui s'en rapprochait le mieux. Déjà, elle esquissait mentalement le chapitre dans lequel elle décrirait la dernière nuit de Linda Emery. Il était important de soigner les détails — de bien saisir les vibrations du lieu.

Elle brancha son petit magnétophone portatif et essaya de formuler son attaque. « Lorsqu'on lui attribua la chambre 173, au Jefferson Motel, Linda Emery ne se doutait pas que c'était la dernière qu'elle occuperait jamais. » Phyllis parlait fort, d'une voix solennelle. « Elle y était venue parce qu'elle voulait faire la paix avec son passé, rencontrer l'enfant qu'elle avait abandonné à la naissance et affronter l'homme qui en était le père. Non, elle ne pouvait pas savoir, dans cette pièce chichement meublée, austère, qu'elle était sur le point de mourir de mort violente. »

Tout en dictant, la journaliste alla dans la salle de bains et commença à la fouiller, à la recherche de la plus petite trace, de la moindre chose que la police n'aurait pas remarquée.

« Quelles étaient ses pensées ? » continua-t-elle, grandiloquente, lorsqu'elle revint dans la chambre pour poser le minuscule magnétophone sur la coiffeuse. Elle s'accroupit et en ouvrit tous les tiroirs pour les examiner. « Que ressentait-elle tandis qu'elle attendait son ancien amant, Gregory Newhall ? » Elle retira les tiroirs un par un et les secoua. Elle passa la main dans leur logement. Rien. « Se préparait-elle en vue d'une dispute ? Voulait-elle défendre ses choix ? Ou bien peut-être (Phyllis se redressa et prit une pause mélodramatique) — je dis bien peut-être — gardait-elle au fond d'elle-même une étincelle de cet amour vieux de quatorze ans qu'elle espérait voir à nouveau s'enflammer, après tout ce temps ? »

Le placard, pensa-t-elle. Il y a peut-être quelque chose là-dedans. Elle se tourna brusquement, marcha jusqu'à la porte coulissante et l'ouvrit. Son regard croisa celui de l'homme qui se tenait là, dans l'obscurité.

Phyllis Hodges poussa un hurlement et, instinctivement, couvrit ses sous-vêtements des mains. L'homme fit demi-tour et bondit à travers le fond ouvert du placard. Elle eut le temps d'entrevoir la chambre voisine de la sienne, plongée dans la pénombre. « Espèce de salopard ! » cria-t-elle. Oubliant la tenue dans laquelle elle se trouvait, elle fonça aux trousses du voyeur.

22

Karen réchauffa une boîte de soupe, et posa sur la table deux bols et une assiette de muffins qu'elle avait sortis du congélateur. Elle allait être obligée, demain, d'aller faire des courses à l'épicerie. Les réserves de produits de base s'épuisaient. Elle avait en horreur l'idée de se retrouver en public, de pousser son caddie dans les allées, avec l'impression que l'activité des autres clients s'arrêtait à son passage. Mais il n'y avait pas moyen d'y échapper.

La mère et la fille mangèrent en silence pendant un moment. Puis tout d'un coup, Jenny dit : « Je pense aller à l'école, ce soir. Tu me conduiras ? »

Karen fronça les sourcils. « Pour quoi faire ?

— C'est jeudi, M'man. C'est la répétition du chœur. Comme tous les jeudis, dit-elle avec une patience feinte. On ne me laissera pas chanter pour la remise des prix si je ne vais pas à la répétition de ce soir. »

Karen se leva de table et alla prendre un pichet de

thé glacé dans le réfrigérateur. Elle s'en servit un autre verre, gagnant du temps. Elle avait l'impression que Jenny testait ses résistances, et elle ressentait un indéniable vent de panique monter en elle. « Je ne comprends vraiment pas pourquoi on a besoin de faire tant de cérémonies. Je trouve ça idiot. »

Jenny ne se laissa pas abuser par cette réponse évasive. « Tu me conduiras ? insista-t-elle.

— Tu n'es même pas allée à l'école aujourd'hui.

— A cause de l'enterrement.

— Du moment que tu n'es pas allée à l'école, tu n'as pas à aller à la répétition.

— C'est toi qui n'as pas voulu que j'aille à l'école. Ni à l'enterrement.

— C'était pour te protéger.

— Tu avais probablement raison, concéda Jenny. Mais je ne peux pas manquer la répétition. J'ai appelé mon professeur de musique. Il m'a dit que je pouvais venir. En plus, j'irai à l'école, demain. »

Karen n'eut pas de mal à reconnaître, sur le visage de sa fille, l'expression entêtée qu'elle voyait si souvent. Elle ne pouvait faire autrement que d'avouer ses propres anxiétés. « Ecoute, si tu y vas, les gens vont te regarder et parler dans ton dos.

— Je le sais bien. Mais Papa a dit de garder la tête haute et de ne pas faire attention à ce que les gens diraient...

— Parlons-en, de ton père ! rétorqua Karen. C'est à cause de lui que tu as honte. C'est à cause de lui que nous servons de sujet de conversation à toute la ville !

— Je n'ai pas honte de mon père, répondit vaillamment Jenny.

— Fabuleux ! J'en suis ravie pour toi. » Karen n'avait pu s'empêcher de prendre un ton sarcastique.

L'adolescente se leva et alla poser brutalement son bol dans l'évier. « Tu te conduis comme une froussarde, c'est tout, et tu rejettes la faute sur lui. Je ne vais pas me cacher dans la maison, à avoir peur de ce que les gens racontent. Ça pourrait durer longtemps. Il faut bien s'y habituer. J'y ai pensé toute la journée et j'ai pris ma décision. Toi, tu as peut-être peur d'eux, mais pas moi. Et maintenant, est-ce que tu vas me conduire ou non ? »

Karen se sentit prise d'une immense fatigue et de l'envie de se lever et de fuir. En même temps, cependant, elle était stupéfaite par l'attitude de sa fille. Elle s'était attendue qu'elle soit anéantie, recroquevillée après tous les coups qu'elle avait reçus, au cours des derniers jours. Jenny semblait pourtant disposer d'une force intérieure dont elle-même manquait ; et ses accusations étaient fondées. Karen avait peur. Elle sentait cette peur au creux de son estomac, et il ne servait à rien de la nier. Toutefois, si un enfant pouvait y faire face, quel choix restait-il à sa mère ?

« Si c'est important à ce point-là pour toi....

— Cela fait des mois qu'on répète en vue de la fête. Je tiens à participer au concert. »

Karen soupira et repoussa son bol. « D'accord, dit-elle. Je vais t'y emmener. »

Elle se força à se donner un coup de peigne et à se mettre un peu de maquillage. Pour une fois, Jenny fut prête avant elle et, quand elle sortit du cabinet de toilette du rez-de-chaussée, l'adolescente l'attendait déjà dans le vestibule, donnant des signes d'impatience. « Allons-y », dit Karen en prenant les clefs de sa voiture au passage.

Pendant le trajet, elle trouva pénible la présence de la voiture de police banalisée qui la suivait. Elle en était malade, avec presque l'impression d'en être salie, comme si elle était quelque indésirable mise sous surveillance.

Elle se gara et Jenny lui demanda alors : « Veux-tu que je t'appelle, quand ce sera terminé ? »

D'ordinaire, Karen attendait pendant la répétition du chœur. L'aller et retour prenait beaucoup de temps, et il était plus facile et agréable de rester sur place. Beaucoup de parents en faisaient autant, lisant ou tricotant, installés sur les sièges de l'auditorium ; ces jeunes voix, travaillant sérieusement la musique, étaient plaisantes à entendre. Le temps passait vite. Ce soir, Karen n'avait aucune envie d'entrer dans le bâtiment scolaire ; mais la démonstration de courage de sa fille l'y poussa. « Non, je vais t'attendre », lui répondit-elle.

Les néons aveuglants de l'entrée de l'école donnaient aux visages un teint maladif. L'écho de leur pas résonnait sur le sol brillant. Un jeune garçon qui les précédait se retourna au moment d'entrer dans l'auditorium. Il sursauta à la vue de Jenny. Derrière la fille et la mère, à bonne distance, se tenait Ted Ackerman, leur ange gardien de la police.

« Salut, Dave, dit fièrement Jenny.

— Salut, Jenny », répondit le garçon. Il tint la porte ouverte pour laisser entrer Jenny et Karen, les étudiant avec curiosité tandis qu'elles pénétraient dans la salle faiblement éclairée. Le flic, un solide gaillard, prit la poignée de la porte au garçon, qu'il fit entrer. Un certain nombre d'élèves étaient déjà rassemblés sur la scène. L'un d'eux pianotait pendant que les autres flirtaient ou bavardaient.

« Je vais m'asseoir ici », murmura Karen avec un geste vers un siège de l'une des dernières rangées. Jenny acquiesça et entama la longue remontée de l'allée moquettée.

Les échanges de plaisanteries cessèrent peu à peu parmi les membres du chœur et le silence était complet lorsque Jenny s'approcha. Karen se sentit le cœur serré en voyant sa fille, le dos raide, un sourire figé aux lèvres, saluer ceux qu'elle connaissait. Quelques élèves lui rendirent son salut tandis que des murmures excités s'élevaient dans la salle.

D'autres parents, éparpillés un peu partout dans les rangées, se retournèrent pour voir Karen, assise dans le fond. Du coin de l'œil, elle-même devinait Ted Ackerman, posté à la hauteur des doubles portes, dans l'axe de l'allée centrale. Elle fut prise de l'envie de leur crier : *Ça suffit ! Arrêtez de me regarder comme ça ! Qu'est-ce vous vous imaginez que vous allez voir ?* Mais elle n'allait pas faire ça à Jenny. Au lieu de cela, elle se

194

tortilla sur son siège, en essayant d'éviter leurs regards.

Le professeur de musique entra précipitamment par la double porte, brandissant des feuilles de partition. « Allez ! Tout le monde en place ! » lança-t-il.

Le vacarme du piétinement de douzaines de paires de bottes et de chaussures de sport noya les murmures de la salle tandis que les élèves grimpaient sur les degrés de l'estrade, se rangeant par taille. Karen se força à se détendre et à se laisser aller dans son fauteuil tandis que, peu à peu, les regards curieux se détournaient d'elle pour se porter vers la scène.

Le professeur fit signe à l'élève qui tenait le piano et les jeunes voix claires commencèrent, pour s'échauffer, par des exercices de vocalises.

Tandis qu'ils entonnaient *Amazing Grace,* l'hymne tout simple par lequel débuterait le concert, Karen sentit sa gorge se nouer. Le flot de ces voix, chantant avec sérieux, la transperçait. Certes, les enfants sont bien moins naïfs, de nos jours, se disait-elle, et connaissent mieux la vie qu'à l'époque où j'allais à l'école. Mais la pureté de leur timbre semblait signifier qu'ils avaient conservé un cœur innocent, et les convictions rigides qui sont celles de tous les enfants, avant de subir les désillusions de la vie. Karen observa le visage de sa fille, sa concentration, la façon dont elle suivait les gestes du professeur, sa manière de se donner à la musique. En dépit de toutes ces horreurs, le cynisme ne l'avait pas encore contaminée.

Au bout d'une demi-heure de répétition, lorsqu'elle eut l'impression qu'on avait accepté sa présence et qu'elle pouvait quitter sa place sans provoquer d'émois dans la salle, Karen remonta l'allée et ouvrit la porte de l'auditorium. Ted Ackerman, qui s'était assis tout au fond, bondit de son siège et la suivit à l'extérieur.

« Je vais simplement aux toilettes », dit-elle, en colère.

Le policier, un tout jeune homme, l'accompagna d'une démarche raide jusqu'au bout du corridor ; il ouvrit la porte des toilettes à la volée, cria : « Y'a quelqu'un là-dedans ? », fit une vérification de pure forme et laissa enfin entrer Karen. Elle regrettait presque qu'il n'ait pas surpris une femme qui serait partie en criant, afin de lui faire partager un peu de son humiliation. Elle ne dit rien, cependant. Ted jeta un coup d'œil dans les deux directions du corridor avant de regagner l'auditorium.

Elle se regarda dans le miroir tout en se lavant les mains et se sentit abattue à la vue de la tête qu'elle avait — des cernes gris autour des yeux et une mine affreuse. Le fond de teint, sur ses joues, avait l'air d'un maquillage de clown. Mais le supplice était bientôt terminé. Enfin, pour ce soir. Restait la menace que constituait demain.

Elle jeta l'essuie-mains de papier, ouvrit la porte des toilettes et soupira. *Faut y aller*, se dit-elle. Elle commença à remonter le corridor désert, dans l'écho de ses pas. Les paroles d'*Amazing Grace* [1] lui trottaient dans la tête. Une infortunée comme moi, pensa-t-elle. C'est à peu près ça. Au moment où elle passait à la hauteur d'une porte de classe, à trois salles et un coude du corridor de l'auditorium, elle entendit un grincement de gond derrière elle. Elle commença à courir, prise de peur, dans ce couloir solitaire, lorsqu'elle se sentit soudain attrapée par-derrière, tandis qu'une main se refermait sur sa bouche, l'empêchant de crier.

23

« C'est moi », murmura une voix familière tandis qu'elle se sentait entraînée, à reculons, dans l'obscurité d'une des classes. Elle heurta un bureau, la porte se referma.

1. « Grâce merveilleuse, qu'il est doux le son/ Qui sauve un infortuné comme moi./ Naguère j'étais perdu, mais on m'a retrouvé,/ J'étais aveugle et maintenant je vois. » Hymne très connu aux USA. *(N.d.T.)*

Seul le clair de lune illuminait les tables, les chaises, les tableaux ainsi que les images et les projets agrafés au hasard, un peu partout sur les murs. Karen plongea les yeux dans ceux, hagards, de son mari, qui l'agrippait fermement par les bras.

Son soulagement, en le voyant, fut immédiat et total. Elle s'affaissa contre lui avec un profond soupir, et il l'enveloppa dans ses bras tandis qu'elle enfouissait son visage contre la vaste poitrine et que ses doigts s'accrochaient à lui — aux manches de sa chemise, à ses bras — comme un naufragé qui étreint le sable de la plage bénie et salvatrice. Elle entendait le cœur de Greg battre furieusement. Tu es vivant, pensa-t-elle. Tu vas bien. Ma vie peut continuer. Il reste un espoir. Elle ne s'était pas rendu compte, même au fond d'elle-même, à quel point elle avait eu peur pour lui. La sensation de ses bras autour d'elle était la plus réconfortante qu'elle eût jamais connue.

Si ce n'est qu'au bout de quelques instants d'une consolante béatitude elle retrouva sa rage.

Elle s'arracha à lui brutalement, se souvenant de tout. « Lâche-moi ! s'écria-t-elle.

— Je t'en prie, ma chérie, ne crie pas.

— Ne me touche pas avec tes sales pattes ! »

Il la lâcha brusquement et tendit les bras, paumes ouvertes ; on aurait dit quelqu'un qui vient de lâcher pour la première fois un enfant sur une bicyclette et prolonge son mouvement dans l'espace, comme si son geste le maintenait magiquement en équilibre.

« Je t'en prie, murmura-t-il. Je t'en prie, écoute-moi ! »

Elle sentait encore, sur ses bras, la chaleur de ses mains là où il l'avait saisie. Elle n'arrivait pas à démêler la confusion pleine de rage de ses sentiments, en le voyant devant elle.

« Espèce de salopard », dit-elle, ne sachant par où commencer. Par quelle trahison. Elle avait l'impression de se noyer dans sa propre colère. « Seigneur, je te déteste ! »

Il ne fit pas la grimace ; il ne cilla même pas, mais

continua à la regarder, imperturbable, ses yeux sombres brillant comme de l'onyx dans la pénombre. Une résignation désespérée paraissait gravée sur ses traits, ses rides. Elle s'attendait, instinctivement, qu'il lui demande pardon ; au lieu de cela, ce qu'il lui dit fut pour elle comme une gifle. « Je n'ai pas le temps de te faire des excuses, Karen. Je n'ai pas le temps de ressentir quoi que ce soit. Il y a un flic qui va venir voir ce que tu fabriques d'une minute à l'autre. Il faut que tu m'écoutes. »

Elle était abasourdie, stupéfaite de son audace.

Constatant qu'il avait capté son attention, il enchaîna vivement. « On n'a pas le temps de parler de Jenny, ni de ce qui s'est passé à l'époque.

— Comment oses-tu... ? siffla-t-elle.

— Je n'ai pas tué Linda, la coupa-t-il, refusant de se laisser interrompre. Il faut que je te dise ce qui s'est passé, alors écoute-moi ! Quelqu'un m'a tendu un traquenard. Quelqu'un qui était au courant, pour Linda et moi. De notre ancienne histoire. Je suis allé la voir dans sa chambre, ce soir-là. Je l'ai suppliée de garder notre secret pour elle, et elle a accepté. Je lui ai demandé si elle voulait de l'argent. Elle m'a répondu qu'elle n'était pas venue pour me faire chanter. Qu'elle pensait que Jenny était une fille délicieuse, que nous l'avions bien élevée, qu'elle avait pris la bonne décision en nous la confiant.

— Mais c'est merveilleux ! s'exclama Karen. Jenny et moi, nous étions en somme comme les pions d'un jeu d'échecs, qu'on déplace à volonté. Et elle a fait le bon mouvement. Vraiment merveilleux. C'est... ça me fait tellement plaisir de le savoir !

— Je t'ai dit que je n'avais pas le temps d'en parler ! » répéta-t-il, d'un ton d'urgence furieuse qui la réduisit de nouveau au silence.

Greg rapprocha son visage de Karen, la scrutant attentivement. « Je sais bien qu'il y a des millions de choses que tu veux me dire. Et tu en as le droit. Si j'étais toi... je ne sais pas... parler d'envie de tuer serait encore un euphémisme.

— Ne viens pas me dire ce que je pense, gronda-t-elle. Tu me rentres les mots dans la gorge avant que j'aie le temps de les prononcer. Qu'est-ce qu'on fiche ici, au juste ?

— C'était la soirée de la répétition, pour Jenny. J'ai parié sur le fait que tu l'amènerais.

— Je ne suis pas venue pour ça, et tu le sais bien.

— J'ai besoin de ton aide. »

Karen le regarda, incrédule. « Je ne peux pas t'aider.

— Tu es la seule qui le peut. Tu es ma meilleure amie au monde. »

Non, pensa-t-elle. Un ami n'aurait pas fait ce que tu as fait. « Si tu te soucies tant soit peu de nous, Greg, tu te rendras pour ne pas être pourchassé de nuit comme de jour, pour que notre maison ne soit pas mise en pièces par la police à chaque fois que nous avons un comportement suspect, à cause de toi. Arrête de nous torturer !

— Karen... Quelqu'un a planqué cette clef pleine de sang dans ma camionnette de manière que la police la trouve et m'accuse. Il faut absolument que je découvre qui a fait ça, sinon je suis fichu. N'oublie pas, tu as dit toi-même que Linda devait avoir d'autres bonnes raisons d'être revenue. Pendant que j'étais dans sa chambre, quelqu'un l'a appelée, et elle a pris rendez-vous avec cette personne dans un bar, pour plus tard dans la soirée. Celle où elle a été tuée. Je l'ai entendu prononcer le nom de l'endroit. Lorsqu'elle a raccroché, elle a dit : *Quand on parle du loup...* C'est tout. Je ne lui ai pas demandé de qui il s'agissait, parce que c'était sans intérêt pour moi. La seule chose qui en avait, à ce moment-là, était de m'assurer qu'elle n'avait pas l'intention de détruire ma famille. »

Karen le regarda froidement, comme si elle se moquait de ce qui pouvait lui arriver. A cet instant précis, c'était le cas. « Eh bien, va raconter ça aux flics et ils trouveront le type.

— Crois-tu que même le plus bête d'entre eux me croirait, après tous ces mensonges ? »

Elle émit un son à mi-chemin entre le rire et le sanglot. « Non, dit-elle en secouant la tête. Et si je ne repars pas tout de suite, celui qui me suit partout va rappliquer.

— Karen, dit-il d'un ton suppliant, s'il te plaît, attends. Il faut que je sache qui était cette personne. Mais pour ça, j'ai besoin de la photo de Linda que Jenny a mise dans l'angle de son miroir. Elle est récente. Celle du journal datait de l'époque où elle est sortie du lycée et ne lui ressemble pas du tout. Il faut que je montre cette photo à certaines personnes ; il faut que je trouve quelqu'un qui l'aurait vue ce soir-là.

— C'est de la folie. Tu vas te faire prendre.

— Je dois essayer.

— Et tu veux impliquer Jenny dans tes crimes ? Déjà, elle va probablement passer le reste de sa vie à s'allonger sur le canapé d'un psychanalyste pour essayer de mettre de l'ordre dans tous les mensonges que tu lui as racontés. »

Greg afficha une expression torturée. « Est-ce qu'elle m'en veut beaucoup ? » demanda-t-il.

Karen hésita, puis secoua la tête. « Non. C'est stupéfiant, mais elle ne semble pas t'en vouloir. Elle a fait preuve d'une solidité incroyable. »

Elle vit que les larmes lui montaient aux yeux. « Sacrée gosse, tout de même », commenta-t-il d'une voix qui s'étranglait.

Karen se détourna de lui. De son époux. De son compagnon. Il paraissait malade, fatigué. En dépit d'elle-même, elle avait envie de le prendre dans ses bras et de le consoler. Elle lutta contre la tentation. Je dois être folle, pensa-t-elle. Finalement, elle lui dit avec douceur : « Pourquoi es-tu resté ici, à traîner dans le coin ? Pourquoi ne t'es-tu pas enfui ? Ils vont finir par t'attraper. Si tu ne veux pas te rendre, il faut partir le plus loin possible. Au Canada, par exemple. Au fait, où te caches-tu ? Tu as de quoi manger ? Un toit sur la tête ?

— Je change constamment de place. Pour ce qui est de m'enfuir, impossible. Tout ce qui compte pour moi, dans la vie, se trouve ici. Je cherche simplement la

200

possibilité de me disculper. C'est pour cela que j'ai besoin de la photo. »

Le visage de Karen se durcit.

« Si tu décides de me la faire parvenir, laisse-la dans notre coin secret du belvédère. J'y passerai tous les jours. »

Il s'avança jusqu'à l'une des fenêtres de la salle et posa un pied sur le rebord. « Je t'aime », dit-il. Elle l'entendit qui touchait le sol, mais elle ne se tourna pas. Elle passa dans le corridor et rejoignit l'auditorium. En atteignant la double porte, c'est tout juste si elle n'entra pas en collision avec le détective Ackerman, arrivant d'une autre direction.

« Où étiez-vous ? demanda-t-il.

— Dans les toilettes des dames, siffla-t-elle.

— J'ai vérifié, voyant que vous preniez tout ce temps. »

Elle se sentit intérieurement blindée contre toute attaque. « Le distributeur de serviettes hygiéniques était vide, répliqua-t-elle. J'ai dû aller en chercher ailleurs. Ça vous va ? » Elle fut stupéfaite de la manière dont cette réponse lui était spontanément montée aux lèvres.

Le jeune policier rougit.

« Excusez-moi, reprit-elle d'un ton glacial. Je voudrais passer. »

Ackerman s'effaça. C'est sur des jambes en coton que Karen regagna son siège et s'y affala, l'esprit en déroute. Elle se détestait d'avoir protégé Greg. Elle aurait dû hurler. Rien que le fait de l'écouter était déjà de la folie. Elle regarda tout autour d'elle, dans la vaste salle. Elle ne pouvait laisser Jenny se douter qu'elle l'avait vu. Elle devait le dissimuler. Se comporter normalement. Elle se demanda si elle allait pouvoir dormir, ce soir ; elle doutait d'être capable de prendre une seule minute de sommeil. Et elle avait l'impression que, en dépit des jeunes voix qui s'élevaient, tout le monde devait entendre les violents battements de son cœur.

Valerie McHugh, habillée de collants noirs et d'un T-shirt à motifs fluo, entra dans le poste de police à la remorque de sa mère, une femme massive en survêtement ample. Les deux femmes fumaient. Ida Pence, secouant sa crinière grise, fouilla dans son sac à la recherche du formulaire du tribunal, qu'elle tendit au flic de service : il s'agissait du reçu montrant que la caution d'Edward McHugh avait été payée.

« J'te jure, je me demande pourquoi tu tiens tant à le faire sortir, dit Ida à sa fille, d'un ton agacé. Il ne te vaut que des ennuis. Il n'a jamais été bon à rien et ne sera jamais bon à rien.

— Mais où veux-tu qu'il aille, M'man ? geignit Valerie. En plus, les enfants l'adorent.

— Juste une minute », dit le policier qui, après avoir examiné les papiers, passa, par une porte fermée, vers le secteur des cellules.

« Il ne vit même plus chez toi, protesta Ida. Je me demande pourquoi je t'aide. J'aurais mieux fait de le laisser moisir ici.

— Il habitera à la maison, maintenant », dit Valerie avec une sinistre satisfaction.

Sa mère roula des yeux. « Tu parles d'un cadeau ! J'en ai vraiment pour mon argent.

— On te remboursera, M'man, croix de bois, croix de fer.

— Ouais. Dans une autre vie. »

Phyllis Hodges, restée assise sur un banc à dossier raide depuis que l'on avait amené Eddie ici après son arrestation, observait les deux femmes sans beaucoup d'intérêt. Elle n'avait pas compris que le détenu dont elles parlaient était son voyeur — l'employé du motel qui était son nouveau suspect favori dans le meurtre de Linda Emery. Walter Ference avait promis de lui parler après l'interrogatoire d'Eddie, et elle attendait patiemment depuis. Elle resta bouche bée lorsqu'elle vit l'officier de service émerger avec Edward McHugh sur les talons, suivi de près par le lieutenant Ference.

Elle bondit de son banc à la vue du veilleur de nuit au teint blême et eut un jappement de protestation.

« Comment, vous le laissez partir ? s'écria-t-elle. Mais cet homme est soupçonné de meurtre ! »

Valerie, Ida et Eddie se tournèrent pour la regarder. Eddie fut le premier à détourner les yeux. Ida jaugea Phyllis et eut une expression condescendante. « C'était donc ça, qu'il reluquait ? » demanda-t-elle finaude, secouant la tête d'incrédulité. Valerie prit un air vexé.

« N'oublie pas, Eddie, lui rappela Walter. Ne t'éloigne pas de Wayland. Nous aurons besoin de ton témoignage. »

Le veilleur de nuit regarda le sol et acquiesça. « Je sais.

— C'est un scandale ! » protesta Phyllis.

Ida Price prit un ton excédé. « Allez, venez. Je suis garée à côté d'une borne de pompier, et je ne tiens pas à prendre une contredanse, en plus. »

Valerie voulut prendre Eddie par le bras, mais celui-ci, d'une secousse, se dégagea et emboîta le pas à sa corpulente belle-mère ; c'est dans un nuage de fumée que le trio franchit la porte du poste.

Walter s'approcha de Phyllis et s'assit sur le banc, faisant signe à la journaliste d'en faire autant.

« Je n'ai pas envie de m'asseoir, dit-elle comme un enfant récalcitrant. Je veux que justice soit faite. Cet homme avait accès à la chambre de Linda et il l'a très certainement regardée en douce, elle aussi. L'affaire aurait pu mal tourner, une fois de plus. Un innocent risque de payer pour son crime.

— Phyllis, répondit patiemment Walter, il faut te décider. Tu as commencé par être sûre que c'était Mme Newhall, puis M. Newhall. Maintenant c'est M. McHugh.

— Arrêtez de me traiter comme ça. Je ne suis plus la petite fille de Stan Hodges.

— Je le sais bien.

— Vous devez bien reconnaître que ce pervers l'a certainement reluquée. »

Walter jeta un regard circulaire dans l'entrée du poste de police presque désert. « Assieds-toi », dit-il. La journaliste le défia de son menton tendu, mais Walter insista. « Je vais te dire quelque chose, mais que tu garderas pour toi. »

Elle se posa immédiatement sur le bord du banc, passant un compromis avec elle-même. D'accord, elle ne le mettrait pas dans le journal, mais ça pourrait figurer plus tard dans le livre. « C'est quoi ?

— Il l'a effectivement reluquée. Et il a vu Newhall venir dans la chambre. »

Voilà qui lui faisait plaisir et qui rendait justice à son instinct sans défaut de reporter, mais cela ne suffit pas à la calmer. Elle croisa les bras. « Newhall a reconnu avoir été dans cette chambre. Il n'y a là rien de nouveau.

— D'accord, mais il a aussi déclaré ne pas l'avoir touchée. »

L'intérêt de la journaliste monta de plusieurs crans. « McHugh l'a vu la frapper ? Ou l'entraîner dehors ? Comment savez-vous qu'il ne vous raconte pas simplement ce que vous voulez entendre ? »

Le policier se leva. « Disons simplement que le témoignage de M. McHugh nous permet de sceller nos accusations contre Newhall.

— Ne me laissez pas comme ça, Walter !

— On se voit au tribunal, répondit Walter avec un bref sourire. Une fois que nous aurons appréhendé M. Newhall, bien entendu. »

Phyllis se laissa retomber contre le dossier raide du banc, l'esprit en feu, tandis que Walter repartait vers son bureau, après l'avoir saluée d'un geste de la main. Un témoin. Le voyeur avait assisté au crime. C'était trop beau. Jamais ça ne pourrait attendre le livre. Elle examina mentalement l'aspect technique de l'engagement de ne rien dire qu'elle avait pris vis-à-vis du policier. Il devait bien y avoir une manière de dire les choses sans que ce soit en toutes lettres. Tout était dans la manière de les présenter. Elle décida de rentrer chez elle nourrir ses chats, avec l'espoir d'être traversée, ce faisant, de quelque éclair de génie.

La serveuse déposa sans ménagements les deux œufs, le pain grillé et le café sur le rectangle de papier, devant Bill Emery. Celui-ci n'en avait que pour l'article de Phyllis Hodges dans le journal du matin et parut ne pas remarquer la nourriture.

« Ça ira comme ça ? demanda la fille. Hé, mon vieux, je vous parle. »

Bill leva les yeux du journal, l'air hébété.

« Voulez-vous autre chose ? »

Bill regarda autour de lui, dans le box, comme s'il avait perdu quelque chose. « J'attends quelqu'un, marmonna-t-il.

— Eh bien, appelez-moi, à ce moment-là. » Sur quoi la serveuse passa à la table voisine.

« Ouais », dit Bill en revenant à l'article du journal.

Au bout de quelques minutes, une jeune femme mince, portant des lunettes noires, coiffée en queue de cheval avec quelques mèches bouclées et dorées lui retombant en souplesse sur le visage, vint se glisser dans le box en face de lui. Elle parcourut le restaurant des yeux avec une expression coupable, comme un agent secret établissant un contact. Bill leva les yeux et étudia la ravissante créature sans manifester d'émotion.

« Veux-tu commander quelque chose ? » demanda-t-il.

Elle secoua la tête. « Je suis incapable de manger quoi que ce soit. Je suis trop bouleversée. »

Bill plissa les lèvres et acquiesça.

« Je vois que tu lis l'article sur le type qui regardait dans la chambre de ta sœur, au Jefferson. Ça paraît incroyable. Si j'ai bien compris, il l'aurait vue avec son assassin.

— A mon avis, cette Phyllis Hodges aime bien échafauder des théories.

— Je n'en suis pas si sûre. J'ai l'impression qu'elle sait quelque chose. »

Bill se frotta le visage à deux mains. « Pourquoi voulais-tu me parler, Christine ?

— Ne prends pas ce ton avec moi, j'ai bien le droit d'être dans tous mes états, non ? » Elle retira ses lunettes noires. Elle avait les paupières gonflées, les yeux injectés de sang. « Cela fait des jours que je n'arrive ni à dormir ni à manger.

— C'est pour ça que tu n'es pas venue travailler... Ta mère m'a raconté n'importe quoi lorsque je l'ai appelée. J'espère que tu n'as pas été pleurer sur son épaule en lui parlant de moi.

— Je ne suis pas venue travailler parce que je ne voulais pas te voir, siffla-t-elle. Et bien entendu, je n'ai rien dit à ma mère. Elle aurait eu honte de moi. »

Bill prit sa fourchette et piqua les œufs. Le jaune se mit à couler dans l'assiette. Il avait engagé Christine Bishop comme vendeuse, trois mois auparavant. Leur liaison avait commencé pratiquement dès le premier jour.

« C'est de ça que tu veux me parler ?

— Oui. C'est mal, Bill. Bon, d'accord, je le sais depuis le début, que c'est mal. Mais c'est différent. Le fait de mentir à la police... » De nouveau, elle parcourut nerveusement le restaurant du regard.

« Ne parle pas si fort. »

Christine baissa la tête, et c'est d'une petite voix geignarde qu'elle répondit : « Si jamais mes parents apprenaient ce que j'ai fait...

— Ils ne l'apprendront que si tu le leur dis. »

Elle prit une serviette en papier dans le distributeur et s'en tamponna les yeux, avant de se mettre à la déchiqueter. « Mais pourquoi, au nom du ciel, me donner rendez-vous au Jefferson le soir même où ta sœur y couchait ?

— Je ne savais pas qu'elle y serait. C'était une erreur.

— Toute cette affaire est une erreur », remarqua-t-elle calmement.

Ils gardèrent quelques instants le silence. Bill jeta un coup d'œil au journal, puis revint à Christine.

« Ecoute, dit-il, je suis aussi désolé qu'on peut l'être. Je n'ai jamais eu l'intention de t'impliquer dans une affaire pareille. La meilleure conduite à tenir, c'est de la boucler et de laisser passer l'orage.

— J'ai beaucoup réfléchi, Bill.

— A propos de quoi ? demanda-t-il, sur la défensive.

— De nous. »

Intérieurement, le frère de Linda se rétracta devant ce terme. Pourquoi donc les femmes avaient-elles toujours besoin de dire « nous » ? Il n'y avait pas de « nous » dans son esprit à lui. Même avec Glenda, si le « nous » était officiel, il ne le ressentait pas. Il ne l'avait jamais ressenti avec une femme. Une pensée étrange le frappa alors. Peut-être était-ce arrivé, une fois, il y avait longtemps, avec sa sœur, quand ils étaient enfants...

« Tu m'écoutes, Bill ? dit-elle d'un timbre aigu.

— Oui. Quoi donc, nous ?

— Je crois qu'il vaudrait mieux ne plus se voir. »

Bill la regarda, l'air inquiet. « Ça me paraît difficile, vu qu'on se voit tous les jours. Nous ne pouvons pas nier comme cela nos sentiments...

— Justement, j'y ai pensé, répondit Christine, prenant un air entendu. Je crois que je devrais chercher un autre travail. »

Bill fronça les sourcils. « Ecoute, Christine, je ne peux pas t'en vouloir d'être aussi bouleversée. Laisse-moi arranger ça. Je comprends que tu sois furieuse contre moi, pour le moment, mais... »

La jeune femme secoua la tête et essuya une larme. « Non, je ne suis pas... ce n'est pas ça. Je crois que toute cette histoire avec la police, c'est la façon dont Dieu me dit que je ne devrais pas faire ça. Que... je ne devrais pas coucher avec un homme marié... c'est comme un gros avertissement. D'arrêter. De me remettre à vivre normalement, tu comprends ? »

Bill serra les poings. « Est-ce que tu envisages... est-ce que tu estimes que tu dois aller à la police pour... eh bien... pour leur dire qu'on était là, au Jefferson ? »

Elle le regarda, stupéfaite. « Crois-tu que j'ai envie de crier sur les toits que j'avais rendez-vous dans un motel avec un homme marié, comme une pute ?

— Non, évidemment.

— En plus, ce n'est pas toi qui as tué ta sœur. Alors, quelle différence ça fait ?

— Exactement.

— Tu me donneras de bonnes références, hein ? dit-elle en lui jetant un coup d'œil en dessous.

— Quoi ?

— Pour un nouveau travail.

— Les meilleures possibles, dit-il précipitamment. Tu n'as qu'à écrire, je signe. »

Elle le regarda, indignée. « Ce n'est pas juste. Après tout ce qui s'est passé, tu es trop flemmard pour m'écrire une lettre de recommandation ?

— C'était une façon de parler, se défendit-il d'un ton apaisant. Tout ce que je voulais dire, c'est que tu ne pourrais rêver de meilleures références que celles que je vais te donner. »

Christine se laissa aller sur la banquette. « Bon, d'accord. » Elle paraissait dépitée, et se mit à empiler les morceaux déchirés de la serviette en un tas régulier.

« Oui, d'accord », dit Bill, exhalant un soupir.

25

Sans très bien savoir comment, Karen avait réussi à franchir l'étape de la journée. Elle s'était obligée, vis-à-vis de Jenny, à garder secrète sa rencontre avec Greg, aussi bien en revenant de la répétition que ce matin, avant que l'adolescente n'aille à l'école. Elle avait soutenu l'épreuve du supermarché comme un zombie, se rendant à peine compte de ce qui se passait autour d'elle. Toute la journée, jusqu'au moment où Jenny était revenue de l'école pour aller s'enfermer dans sa chambre, elle s'était interrogée sur ce qu'elle allait faire.

Derrière la porte fermée de la chambre de sa fille, elle hésitait encore, se demandant ce qu'elle allait lui dire, tandis que lui parvenait la mélodie de *Beautiful Dreamer*. Elle finit par taper doucement sur le battant, disant : « Est-ce que je peux entrer ? »

La musique s'arrêta aussitôt et, au bout d'une seconde, la voix de Jenny répondit : « Entre, M'man.

— C'est une jolie mélodie, commenta Karen en voyant sa fille ranger la boîte à musique sur la commode.

— Je trouve aussi », répondit l'adolescente, qui s'assit sur son lit et se mit à feuilleter un carnet de notes.

Karen hésita un instant puis s'installa à côté d'elle. « Comment ça s'est passé, à l'école ? »

Jenny haussa les épaules.

« Bien.

— Personne ne t'a embêtée ?

— La plupart ont été très gentils.

— Bien. Et comment va Peggy ? »

Jenny repoussa la mèche de cheveux qui lui retombait sur le front. « Sensationnelle, répondit-elle d'un ton ferme. C'est la meilleure amie que j'aie jamais eue.

— Voilà qui me fait extrêmement plaisir. » Un instant, Karen repensa à Jackie Shore, sa vieille « meilleure amie » du temps où elle-même allait au lycée. Le mari de Jackie avait été transféré, l'an passé, et le couple s'était installé à Seattle. Jackie l'avait appelée lorsqu'elle avait appris la nouvelle et pendant la demi-heure qu'avait duré leur conversation, elle s'était sentie à l'abri d'une amitié réelle et chaleureuse ; mais une fois le téléphone raccroché, la distance béante qui les séparait n'avait fait qu'accentuer encore son sentiment de déréliction. « Une amie comme celle-là n'est pas facile à trouver. »

Jenny regarda sa mère du coin de l'œil. « Je pensais que tu serais furieuse contre Peggy.

— Et pourquoi ça ? demanda Karen, étonnée.

— Tu sais bien... à cause de l'histoire de la Fête des Mères. »

Karen soupira. « Tellement d'autres choses m'ont préoccupée, ces jours-ci, ma chérie... » Elle n'aima pas trop le tour que prit sa phrase et changea de tactique. « Je suis simplement contente que Peggy ne te laisse pas tomber dans ces circonstances.

— Je peux compter sur elle. »

Il y eut un silence qui se prolongea pendant une minute, puis Jenny reprit : « Tu sais, ça fait un moment que je voulais t'en parler. De ce qui est arrivé, le jour de la Fête des Mères. »

Karen sentit qu'elle se mettait sur la défensive. « Ah bon ?

— J'avais une bonne raison de ne pas venir au déjeuner.

— C'est ce que j'ai supposé », dit Karen, qui aurait bien aimé changer de sujet de conversation. Elle n'avait aucune envie d'en parler. Aucune envie de voir ravivée cette blessure. Il y avait déjà assez de choses auxquelles elle devait faire face.

« Non, vraiment. Tu comprends, la mère de Peggy est morte, il y a deux ans. Je ne la connaissais même pas, à l'époque.

— Oh ! c'est trop triste. Je l'ignorais.

— Ouais, et son père s'est tout de suite remarié avec une femme du même bureau que lui.

— Tu m'avais dit qu'elle avait une belle-mère, en effet.

— Peggy ne l'aime pas. Bref, elle était toute triste parce qu'on était le jour de la Fête des Mères et qu'elle n'arrêtait pas de penser à sa maman qui était morte, comment elle lui manquait et tout et tout. Moi, je voyais bien ce qu'elle éprouvait. C'est ce que j'aurais senti à sa place, s'il t'était arrivé quelque chose. C'est pourquoi elle ne voulait pas rester chez elle. Et moi, j'avais mal pour elle et j'ai dit que j'irais au cinéma avec elle. Je ne voulais pas la laisser toute seule dans cet état. »

Karen sentit son cœur devenir plus léger, se déployer comme une plante desséchée sous une rosée bienfaisante. Elle ne s'était pas rendu compte de la profondeur de la blessure reçue, en dépit de tous les événements qui avaient eu lieu depuis. « Je comprends, dit-elle d'un ton pénétré.

— Je ne l'ai pas fait contre toi, Maman. Simplement, je n'ai même pas pu m'expliquer... »

L'explication, pourtant, était d'une simplicité lumineuse, et la soulageait tellement ! « Je me suis sentie extrêmement blessée, dit Karen, sincère. Je croyais que tu n'avais pas envie de venir.

— Non. C'était simplement parce qu'il me semblait que Peggy avait davantage besoin de moi, à ce moment-là. »

Karen réussit à s'arracher un sourire hésitant. « Je... crois que tu avais raison.

— Je n'aurais pas dû donner ton cadeau à... à Linda. Je crois que j'étais furieuse parce que vous m'étiez tombés dessus, alors que j'avais essayé de faire quelque chose de bien. Et aussi, depuis quelque temps, depuis que tu avais perdu le bébé, j'avais l'impression que je ne t'intéressais plus beaucoup.

— Oh, Jenny ! Jamais je n'ai voulu te donner cette impression. Tu es ce qui compte le plus au monde pour moi ! »

L'adolescente parut embarrassée, mais aussi ravie.

« De toute façon, c'est peut-être aussi bien que tu aies fait ce cadeau à Linda. Tu n'auras pas passé beaucoup de temps avec elle, en fin de compte. Crois-moi ou non, mais je le regrette sincèrement.

— Je te crois, Maman.

— Quand je pense à toutes les épreuves que tu as vécues, en quelques jours ! J'admire vraiment la façon dont tu tiens le coup. »

Jenny tripotait la chaîne qu'elle avait autour du cou. Pour la première fois, Karen remarqua qu'elle portait toujours le pendentif, sous son T-shirt. « Tu sais, elle m'a dit quelque chose de drôle, quand nous avons parlé. »

Karen, soudain, fut en alerte. « Et quoi donc ?

— Eh bien, sur le moment, j'ai cru qu'elle faisait allusion à ses propres parents, mais je me demande maintenant si elle n'essayait pas de me faire comprendre quelque chose à propos de Papa.

— Et qu'est-ce qu'elle a dit, exactement ?

— Simplement que, parfois, les pères et les mères gardaient des choses secrètes vis-à-vis de leurs enfants, et qu'ils le faisaient pour éviter qu'ils soient blessés, mais qu'à la fin ça risquait de les blesser encore davantage.

— Elle avait bien raison », murmura Karen. Elle revoyait Greg lui confesser sa liaison avec Linda, lui avouer qu'il était le père naturel de Jenny. La même souffrance la transperça, aussi lancinante et aiguë que la première fois.

« Là-dessus, poursuivit Jenny, elle se trompait, au moins en ce qui me concerne. Au début, évidemment, je ne savais pas trop quoi penser. Tout ça faisait mal et me rendait furieuse. Mais maintenant, lorsque j'y repense — que Papa est mon vrai père —, ça me fait vraiment plaisir. Ça veut dire qu'il a réellement voulu me garder. Qu'il m'aimait vraiment. »

En dépit de l'état de dévastation dans lequel elle-même se trouvait, Karen éprouva de la gratitude pour la réaction de sa fille. Une chose, au moins, n'avait pas tourné à la catastrophe. Le naufrage de leur famille avait eu au moins une conséquence positive. Mais elle ne pouvait lui laisser dire n'importe quoi. Il n'était pas un héros.

« Il a menti sur tout, lui rappela Karen.

— Je le sais bien, s'entêta Jenny. Mais c'était parce qu'il ne voyait pas d'autre moyen de me garder. »

Et moi, dans tout ça ! avait-elle envie de crier. Il m'a trahie ! Doublement trahie ! Mais cela, elle ne pouvait le dire à sa fille. Car, sans cette trahison, elle n'aurait pas été assise à côté d'elle, en ce moment... sa Jenny, la lumière de sa vie, dont la présence ici n'avait été possible qu'au prix de cette tromperie.

« Ce n'est pas si simple pour moi, observa Karen.

— Je le sais, lui répondit gravement l'adolescente.

— Il faut pouvoir faire confiance à quelqu'un... » Mais sa voix se brisa tandis qu'elle revoyait le visage de Greg éclairé par le clair de lune, dans la classe vide ; elle croyait même encore entendre sa voix, tandis qu'il la suppliait.

« Moi, j'ai confiance en lui », dit Jenny.

Karen serra la main de sa fille et se força à revenir à des considérations plus immédiates. La question était simple : croyait-elle qu'il avait tué Linda Emery, indépendamment de tout le reste ?

« Qu'est-ce que tu regardes, Maman ? »

Karen se leva et s'avança jusqu'à la commode. La photo de Linda avec son chat était toujours coincée dans le bord du miroir. Le visage de la jeune femme, visage qui ressemblait tellement à celui de Jenny, lui souriait tristement.

« Cette photo, simplement. »

Jenny se tortilla sur place, mal à l'aise, et dit, avec une note de défi dans la voix : « Je trouve que c'est une très bonne photo. »

Karen sentit sa bouche se dessécher et sa gorge menacer de se fermer complètement : « Oui, elle est très bonne. Et si j'allais la faire encadrer pour toi au Photo Gallery ? »

La joie, mélangée à du soulagement, se peignit sur le visage de la jeune fille. « Ça serait chouette ! »

Avec soin, Karen retira la photo du cadre. Et encore des mensonges, pensa-t-elle. Elle ne pouvait tout de même pas lui raconter qu'elle avait rencontré Greg, ni ce qu'il l'avait suppliée de faire. C'était trop exiger d'un enfant, que de lui demander de garder une telle information par-devers soi. C'est comme ça que ça marche, songea-t-elle. Un mensonge en appelle naturellement un autre. Elle tenait délicatement la photo. Stupéfiant, tout de même, qu'une chose aussi légère puisse peser autant sur le cœur.

26

« Mais qu'est-ce qui t'oblige à partir ? demanda Valerie d'un ton geignard.

— Ecoute, répondit Eddie sans cesser de jeter chaussettes et sous-vêtements dans son sac de voyage, je te laisse la bagnole.

— La bagnole, je m'en fiche. En plus, elle marche mal.

— Fais-la réparer.

— Avec quoi ? »

Eddie se déplaçait en silence dans la pénombre de la pièce ; il avait exigé de garder les stores vénitiens baissés pendant toute la journée, dans la petite maison du sinistre lotissement.

« Tu ne peux pas partir comme ça, protesta Valerie. Ma mère va perdre l'argent de la caution !

— Où est donc passée cette chemise couleur olive ? demanda-t-il, après avoir fouillé un moment le tiroir de la commode.

— Tu veux dire la marron ? Je sais pas. Dans le panier de linge sale, peut-être.

— Merde.

— J'suis pas ta bonne, ragea-t-elle. Si tu crois que je peux passer mon temps à aller à la laverie, avec les mômes dans les jambes !

— Laisse tomber, répondit-il en jetant d'autres chemises dans le sac.

— J'irai demain.

— Demain, j'en aurai pas besoin.

— Allons, Eddie ! Il faut que tu témoignes. Il faut que tu racontes ce que tu as vu — comment le type a attaqué cette femme. »

Sans répondre, il mit sa montre-bracelet à son poignet.

« Tu l'as bien vu, hein ?

— J'ai peut-être dit ce qu'ils voulaient m'entendre dire.

— Voyons, Eddie. Tu n'as tout de même pas menti,

hein ? C'est écrit dans tous les journaux, que tu as vu le meurtrier.

— Si tu crois que je le sais pas ! Cette bonne femme, la Phyllis Hodges, elle m'a foutu dans un sacré pétrin.

— Je ne comprends pas, Eddie. Et alors ?

— Maman », pleurnicha le petit de deux ans, qui vint en chancelant s'accrocher aux jambes nues de sa mère. Celle-ci le prit et, machinalement, lui tapota le dos.

« Dis-moi au moins où tu vas, reprit-elle. Ou alors, emmène-nous.

— Ça, c'est impossible.

— Mais si. On peut être prêts en deux minutes. On prendra la voiture. Comme ça, on partira tous.

— Non ! aboya Eddie. Je dois partir seul. »

Valerie fit celle qui n'avait pas entendu. « De toute façon, j'en ai marre, de cette baraque. On roulera jusqu'à ce qu'on ait trouvé un coin qui nous plaise. »

Eddie voulut commencer à discuter, puis s'arrêta. « Bon, d'accord. Prépare les affaires des gosses. Je vais aller voir dans quel état est la bagnole.

— T'es sérieux ? Est-ce que je peux appeler Maman ?

— T'as pas intérêt.

— D'accord, d'accord. Ça va marcher. On va s'en sortir, tu verras.

— Bien sûr. On part ensemble. »

La joie que manifestait Valerie le stupéfiait. Il n'y avait pas beaucoup de femmes qui auraient été heureuses de faire leur valise en cinq minutes pour ficher le camp comme ça, se dit-il. Elle avait toujours eu ce côté insouciant ; c'était d'ailleurs ce qui lui avait tout de suite plu, chez elle. Elle était un peu cinglée. Evidemment, c'était une maison louée et leurs affaires pouvaient tenir dans deux ou trois cartons.

« T'es une chouette fille, Val », dit-il en passant devant la chambre étroite et minuscule des enfants. Elle était en train de vider le contenu des tiroirs de la commode dans une valise en piteux état et lui adressa un sourire éclatant qui lui fit détourner le regard. Le bambin de deux ans faisait des bruits d'avion et avait choisi ce moment pour éparpiller les jouets qu'elle essayait de rassembler.

Eddie descendit avec son sac par l'escalier aux marches raides. Le bébé, couché sur une vieille couverture à même le sol, agitait bras et jambes en l'air. « A un de ces quatre, morpion », murmura Eddie. Il ouvrit la porte et sortit dans le crépuscule.

Il jeta un coup d'œil des deux côtés de la rue puis fonça à grandes enjambées vers une allée latérale, qui donnait sur l'arrière de la maison. C'était mieux ainsi, se disait-il. Elle ne comprendrait qu'il était parti que lorsqu'elle descendrait voir où il en était avec la voiture. Il ne pouvait s'offrir le luxe de voyager avec toute sa smala. C'était trop dangereux. Il avait passé toute la journée à y penser. Il savait ce qui lui restait à faire. Partir très loin, aussi vite que possible. Ses plans étaient cependant restés très vagues. Il n'avait pratiquement pas d'argent, mais les trains qui passaient en grondant derrière la maison lui avaient donné une idée. Il allait faire comme les clodos qui veulent voyager : monter en douce sur un train de marchandises. Enfin, ceux que l'on appelait naguère les clodos, jusqu'à ce qu'il y en ait tellement qu'on s'était mis à parler de sans-abri. Clodo, ça sonnait mieux. Peu importait la manière dont on présentait les choses : il venait de passer de leur bord. Et tout ça, pour avoir eu envie de voir de plus près cette Linda Emery.

Une fois derrière la maison, il jeta son sac par-dessus la palissade qu'il escalada, se laissant retomber sur le talus aux broussailles rabougries et jonché de détritus qui donnait sur les voies. Le meilleur endroit pour sauter sur un train était bien entendu à proximité d'une gare, quand il ralentissait. Il n'y avait qu'au cinéma qu'on voyait des types bondir sur la plate-forme d'un train roulant à vive allure. Il n'avait aucune envie de mourir comme ça. Son idée était de suivre la voie jusqu'à proximité de la gare de Wayland, qui se trouvait à un peu moins de deux kilomètres, et d'essayer de se glisser dans un wagon au moment où un convoi se présenterait à petite vitesse. Après quoi, il lui suffirait de surveiller les cheminots jusqu'à ce qu'il soit arrivé aussi loin que possible.

Eddie entendit un sifflement encore lointain, alors qu'il s'avançait au milieu des ronces. *Jamais je n'aurai celui-ci, pensa-t-il. Il sera passé depuis un bon moment quand j'arriverai près de la gare*. Ce son, cependant, agit sur lui comme un aiguillon. *Dépêche-toi*, se dit-il. Il ne pouvait dire à quelle distance était le train. Il regarda attentivement le long des voies. Le phare de la locomotive était un point minuscule, au loin. En outre, il pouvait s'agir d'un train de voyageurs, et pas de marchandises. Un train de voyageurs serait plus confortable, mais il aurait du mal à échapper aux contrôleurs, toujours à vous demander votre billet.

Il accéléra le pas. Il n'y connaissait rien en trains, ignorait combien il leur fallait de temps pour arrêter de tels engins quand ils roulaient à vive allure. Il écrasa un emballage de chips et dut dégager son pantalon, qui s'était accroché à un morceau de fil de fer rouillé, dans sa précipitation.

Il y eut un nouveau coup de sifflet et Eddie s'arrêta pour regarder derrière lui. Le phare était maintenant parfaitement visible. Qu'est-ce que ça peut faire ? se dit-il pour se rassurer. Si je manque celui-là, il y en aura bien un autre. A la manière dont la maison tremblait constamment, et au nombre de fois où il fallait crier à tue-tête pour se faire entendre, chaque jour, il était clair qu'il y avait toujours un train qui arrivait ou partait. Il souleva son sac de toile et avança encore un peu.

Soudain, derrière lui, il entendit un bruit qui lui rappela celui qu'avait fait le sachet de chips, quand il avait marché dessus. C'était bizarre. Comme s'il était devenu Superman, doué de capacités auditives surhumaines. Le dragon de fer qui s'avançait dans un tintamarre métallique assourdissant paraissait soudain aussi discret qu'un monorail sur coussin d'air. Eddie n'entendait plus qu'une chose, les chips qui se broyaient, la cellophane qui crépitait. Il y avait quelqu'un derrière lui. Il n'avait même pas besoin de se retourner. Il savait de qui il s'agissait.

« Je vais faire une course, dit Karen, élevant la voix au bas de l'escalier.

— D'accord ! » répondit Jenny sur le même ton.

C'est avec le cœur qui cognait fort que Karen glissa la photo de Linda dans une enveloppe, puis celle-ci dans la ceinture de son short, sous son chandail, avant de sortir.

Lorsqu'elle quitta l'allée de leur domicile, le policier qui l'escortait partout démarra à son tour. Elle conduisait lentement, dans la paix du crépuscule, mais ses mains, sur le volant, étaient moites. Finalement, elle se dirigea vers la plage municipale et alla ranger son véhicule à côté des tables de pique-nique.

Un homme revenait vers le parking au moment où Karen descendit de voiture ; il était accompagné de son chien, encore tout fringant et haletant après ses ébats. Elle adressa un bref sourire automatique au maître quand ils se croisèrent. Il faut avoir un comportement normal, se dit-elle. Celui d'une femme qui se promène sur la plage, au coucher de soleil. Il n'y a rien de bizarre dans le fait que quelqu'un éprouve le besoin de se balader pour mieux faire le point.

Le sable mou céda sous ses tennis quand elle se rapprocha du bord de l'eau ; puis elle se mit à marcher plus vivement sur le sable humide. D'autres personnes se trouvaient ici pour la même raison qu'elle — profiter des dernières lueurs du jour. Un petit groupe d'ados fumaient sur l'empilement des rochers de retenue, derrière les dunes. Un vieux monsieur, main dans la main avec sa tout aussi vieille épouse, venait à petits pas dans sa direction. Karen mit les poings au fond de ses poches et baissa la tête. Les coins de l'enveloppe prise dans sa ceinture lui entraient dans la peau.

Elle n'avait aucun mal à se rappeler qu'elle était venue ici, adolescente, pour y retrouver Greg ; on aurait dit que c'était la semaine dernière, et non pas vingt ans auparavant. Elle se revoyait qui examinait longuement ses vêtements, dans le placard, et cherchait la combinaison parfaite, celle qui ferait battre son cœur quand il la verrait. L'un et l'autre inventaient des histoires pour leurs parents, prenaient des arrangements avec leurs amis — tout cela afin de pouvoir se ménager ces rencontres. Elle ressentait une chaleur, un picotement, même après tout ce temps passé, à évoquer l'effet que lui faisait sa vue, comme un coup dans la poitrine, à se rappeler sa timidité, la torture qu'était le moindre effleurement de leurs corps — et l'extase. Tout le monde disait que c'était de la concupiscence, mais si le désir physique était bien réel, il s'accompagnait aussi de tendresse. Et de rires enivrants. Et d'une profonde paix, de promesses désespérées, de choses dont elle n'avait jamais rêvé.

« Bonsoir, dit le vieillard, tandis que la femme la saluait d'un signe de tête.

— Bonsoir », marmonna-t-elle sans lever les yeux.

Elle avait toujours pensé, comme allant de soi, qu'ils vieilliraient côte à côte et se promèneraient sur la plage comme ces deux vieux, la main dans la main. Cela lui avait toujours semblé la meilleure manière de prouver à tous ces sceptiques, dont la plupart avaient disparu depuis longtemps, maintenant, qu'un amour de jeunesse pouvait être le bon. Eh bien, qui sait ? Les cyniques allaient être les derniers à rire, en fin de compte.

Elle atteignit la dernière jetée et fit demi-tour. Elle vit, au loin, la girouette placée sur le toit du belvédère. Elle fut une fois de plus frappée par l'ironie de sa situation. Elle était en train de faire ce qu'il lui avait demandé. Elle essayait de l'aider. Après tout ce qui s'était passé. Un instant, elle envisagea de revenir sur ses pas, de remonter dans la voiture et de rentrer à la maison.

Non, il vaut mieux lui donner la photo. Qu'il la montre donc aux gens. Il se fera prendre, de toute façon. Ça lui apprendra. Elle revit encore son visage émacié et fatigué, dans le clair de lune. Elle avait peur. Comment avait-il pu oser venir lui demander de l'aide ? Après tant de mensonges, tant de trahisons. Néanmoins, elle comprenait qu'il ne ferait jamais autant confiance à personne qu'à elle. Tout cela était tellement injuste qu'elle en ressentait une sensation d'épuisement.

Elle marchait comme un robot, en approchant du belvédère ; elle se rendit alors compte qu'une femme et un enfant se trouvaient à l'intérieur. Elle se sentit prise de panique. Ça n'aurait aucun sens d'aller s'y asseoir alors qu'il était déjà occupé. En soi, cela serait suspect. Elle savait que le policier de garde la suivait des yeux de l'endroit où il s'était posté. Elle allait être forcée de passer à côté et de revenir à la voiture.

Juste au moment où elle arrivait à hauteur du belvédère, elle entendit la femme qui disait : « Sarah, c'est l'heure d'aller dîner. » Puis elle la vit qui prenait la fillette dans ses bras, en dépit de ses protestations, et repartait par les marches, de l'autre côté. Karen n'hésita pas. Elle fit semblant de trébucher. Elle grimpa les deux marches, entra dans le belvédère et s'assit sur le banc. Là, penchée en avant, elle défit et refit le nœud de son lacet. Puis elle se redressa, et regarda vers la mer, ses ondulations dorées, l'horizon mêlant des nuances sanglantes, orange et violettes.

Tu ne mérites pas que je t'aide, pensa-t-elle. Ses mains, crispées sur le bord du banc, blanchissaient aux articulations tandis que ses yeux se remplissaient de larmes de colère. Elle les essuya d'un geste puis passa la main sous son chandail, en tira l'enveloppe, se pencha légèrement en avant et la glissa vivement sous le banc. Elle resta assise quelques instants de plus, regardant, sans le voir, le soleil se coucher. Puis elle se leva et retourna à la voiture.

27

Walter Ference regarda sa femme, assise — ou plutôt effondrée — contre la porte du placard, dans leur chambre. La tête renversée en arrière, la mâchoire inférieure pendante, elle gardait les yeux à demi fermés. Le goulot d'une bouteille vide dépassait de dessous l'habillage en ruché d'organza qui recouvrait sa coiffeuse. Sylvia, en tailleur strict et chaussures assorties, accroupie à côté d'Emily, tapotait la main que lui abandonnait sa belle-sœur.

« Bon sang, ce n'est pas trop tôt ! s'exclama-t-elle avec indignation. Je suis passée en sortant du travail, et voilà comment je l'ai trouvée.

— Je suis désolé. Je suis venu dès que ton message m'est parvenu, répondit Walter. On travaille en ce moment sur un meurtre, tu sais.

— Tu te fiches de moi ! L'enquête est pratiquement terminée. Tout ce que vous avez à faire, c'est d'attendre qu'on rattrape ton suspect. Celui qui a pris la poudre d'escampette. »

Walter poussa un soupir et s'accroupit à son tour à côté de sa femme. Il lui tapota la joue. « Emily ? Tu m'entends, Emily ? »

Sylvia s'assit sur ses talons. « C'est une honte, Walter. Il est grand temps d'arrêter de faire semblant et de prendre des décisions effectives...

— Aide-moi à l'allonger sur le lit, Syl, répondit Walter en soulevant Emily sous les aisselles. Prends-la par les pieds. »

Elle obéit à son frère, ce qui ne l'empêcha pas de poursuivre sa diatribe. « Je parle sérieusement, Walter, reprit-elle tandis que celui-ci arrangeait les oreillers, sous la tête d'Emily. Trop, c'est trop. Ta femme a besoin de soins.

— Ça va la mettre dans tous ses états de savoir que tu l'as trouvée comme ça.

— On dirait que ça ne te surprend pas tellement, toi, de la retrouver évanouie par terre en rentrant à la maison. Combien de fois est-ce déjà arrivé ?

— Pas très souvent, admit Walter. C'est toi qui as absolument tenu à te rendre à l'enterrement. Je savais qu'elle ne le supporterait pas.

— N'essaie pas de m'en rendre responsable, protesta Sylvia.

— Ecoute, je suis désolé que tu l'aies trouvée dans cet état, mais elle n'a jamais été bien depuis l'accident. C'est sa manière de tenir le coup.

— Tu appelles ça tenir le coup ? s'indigna-t-elle. Il date de quinze ans, cet accident ! Tu ne peux pas la laisser continuer de cette façon ! Elle a besoin d'être hospitalisée, de suivre une cure de désintoxication.

— J'ai essayé. Elle ne veut pas. Ça lui fait peur.

— Oblige-la ! Es-tu un homme ou une mauviette ? Il faut l'obliger ! »

Le téléphone se mit à sonner, sur la table de nuit. Walter décrocha, écouta une minute, puis ferma les yeux en secouant la tête. « Oh, mon Dieu... Quand ? D'accord. J'arrive. (Il se tourna vers sa sœur après avoir raccroché.) Mon témoin vient de se faire écraser par un train.

— Et tu vas la laisser comme ça ? »

Walter, l'air affligé, regarda sa femme qui ronflait légèrement, allongée sur le dos. « Je ne peux pas faire grand-chose pour elle, pour le moment.

— C'est grotesque ! Prépare-lui une valise. Il faut l'emmener à l'hôpital. Sa place est dans un centre de désintoxication !

— J'ai bien peur que ce soit impossible, Sylvia », répondit Walter sans élever le ton.

Elle foudroya son frère du regard, mais celui-ci évita de croiser ses yeux. « Mais enfin, Walter, qu'est-ce qui t'arrive ? Vas-tu rester les bras croisés pendant qu'elle se suicide à l'alcool ?

— Je dois y aller. Je m'occuperai de ça plus tard.

— J'en doute, rétorqua Sylvia d'un ton méprisant. Si tu ne l'as pas fait depuis tout ce temps... Très bien, vas-y, abandonne-la. Je m'en occupe, moi. Si toi tu ne veux rien faire, moi si.

— Ne compte pas qu'elle te remercie.

— Oh ! j'ai l'habitude », répondit amèrement Sylvia avec un mouvement de tête navré.

Walter battit en retraite de la chambre sans rien dire, et regagna précipitamment sa voiture.

« Je ne sais pas ce qui est arrivé, protesta le mécanicien, les larmes aux yeux, essuyant la sueur de son
front couvert de suie. La voie était libre et, tout d'un
coup, ce type a sauté devant le train...

— A-t-il sauté, ou bien a-t-il été poussé ? » lui
demanda Larry Tillman. Derrière eux, attendait la silhouette sombre de la locomotive, forme indistincte et
menaçante dans le clair de lune. Les voitures de
police, rassemblées sur la route qui dominait la voie
ferrée, avec le tournoiement de leurs gyrophares et les
grésillements de leurs radios, avaient l'air de chiots
aboyant après un ours géant. On faisait débarquer les
passagers pour les escorter, par une porte gardée du
grillage, jusqu'à des autobus qui les conduiraient à
Boston.

Le mécanicien regarda le policier, au désespoir. « Je
ne sais pas. Comment voulez-vous que le sache ? Je
n'ai pas dû le voir plus d'une seconde. » L'homme se
mit à pleurer.

« Très bien, très bien, dit Larry, calmez-vous. »

Il se tourna vers Walter Ference, accroupi à côté de
Valerie McHugh. Une voisine s'était chargée de garder
les enfants, et une autre avait apporté une couverture
qu'elle avait jetée sur les épaules de la malheureuse.
Elle tremblait de tout son corps, en dépit de l'agréable
température de la nuit.

Walter fit signe à Larry de les laisser seuls. C'est avec
douceur qu'il s'adressa à la femme d'Eddie. « A-t-il dit
pour quelle raison il voulait partir ? »

Valerie secoua la tête et continua à sangloter. « Il
avait promis de nous emmener, geignit-elle. Il a juste
dit qu'il fallait qu'il parte. Pourquoi, j'sais pas.

— Vous savez qu'il devait se présenter bientôt au
tribunal.

— Evidemment, que je le sais ! C'est même ma
mère qui a payé la caution. » Elle regarda le policier,
l'œil agrandi, les joues barbouillées de Rimmel.

« Paraissait-il déprimé, anxieux ?

— Qu'est-ce que vous voulez dire ? demanda-t-elle,
sur la défensive.

— Son comportement pouvait-il laisser soupçonner qu'il pensait peut-être à se suicider pour une raison ou une autre ?

— Il ne s'est pas suicidé, protesta Valerie, serrant la couverture contre elle.

— D'accord, d'accord, calmez-vous », dit Walter.

Le chef Matthews se laissa glisser le long de la pente du talus, l'air irrité. « Ces reporters vont me rendre fou », dit-il avec un geste vers le groupe de journalistes et de photographes agglutinés de l'autre côté du grillage, et qu'un de ses hommes retenait. Il s'adressa à Ference. « C'est la veuve ? (Il se tourna alors vers Valerie.) Je suis désolé pour la perte que vous venez de subir.

— Merci, répondit Valerie, dont les sanglots redoublèrent. Mais qu'est-ce que vous allez faire ? On m'a tué mon Eddie !

— Quelqu'un a supprimé notre témoin », dit Walter à voix basse à son supérieur.

Matthews poussa un soupir et son front se plissa. « Bordel... Etes-vous sûr qu'il ne s'agit pas d'un suicide ? Ou qu'il n'a pas glissé en voulant traverser la voie ? »

Valerie bondit sur ses pieds et commença à bombarder le dos du policier de petits coups de poing futiles. « Je vous dis que non ! » gémit-elle.

Larry Tillman et un autre policier la prirent chacun par un bras.

« Laissez-la, les gars, laissez-la. Cette femme est toute chamboulée.

— Non, je ne suis pas cham... chambouchée ! protesta Valerie. Je suis furieuse ! Pourquoi vous ne l'avez pas protégé ? A cause de vous, on a vu son nom partout dans les journaux, c'était votre grand témoin, et maintenant, regardez !

— Bon, calmez-vous, madame McHugh. Y a-t-il une personne chez qui vous pouvez aller, ou qui peut s'occuper de vous ?

— Ma mère arrive », sanglota-t-elle.

Comme si elle réagissait à l'appel de sa fille, Ida

Pence, habillée d'un survêtement gris et violet, une cigarette au coin de la bouche, s'engagea sur la pente du remblai, soutenue par un policier.

« Valerie, ma chérie ! » s'écria-t-elle.

La veuve d'Eddie se jeta contre l'ample poitrine de sa mère.

« Ce pauvre bon à rien d'Eddie », murmura Ida, enveloppant dans ses bras le corps secoué de frissons de sa fille.

Karen s'arrêta à plusieurs reprises en revenant de la plage. Elle passa tout d'abord par le centre commercial, où elle fit l'acquisition de fertilisant et d'un nouveau tuyau d'arrosage. Greg avait parlé de remplacer le vieux avant l'été. Elle se sentait coupable de dépenser cet argent, même si la somme était modique, mais elle refusait l'idée de laisser son jardin à l'abandon. Puis elle se rendit ensuite dans une épicerie ouverte tard où elle acheta un pot de la crème glacée préférée de Jenny.

Il faisait nuit lorsqu'elle prit le chemin du retour. Elle roulait en respectant la limite de vitesse, préoccupée du sort de la photo, lorsqu'elle remarqua soudain que la circulation ralentissait, puis se mettait à avancer au pas. Elle passa la tête par la vitre baissée et aperçut les lumières, le groupe de véhicules de la télé et de la police, et des autocars. Finalement, la file de voitures s'immobilisa complètement. Des gens allaient et venaient à pied dans la rue, d'un pas pressé, des gamins se faufilaient à bicyclette entre les voitures.

« Qu'est-ce qui se passe ? demanda-t-elle à une femme d'un certain âge, qui passait sur le trottoir en poussant un landau.

— Un type a été écrasé par un train », lui répondit la femme.

Karen la remercia d'un signe de tête. Il lui tardait d'être chez elle. Rester coincée dans sa voiture la rendait claustrophobe. Il n'y avait aucun moyen de savoir pendant combien de temps elle allait devoir attendre ici. Elle eut un coup d'œil pour le sac d'épicerie, pensant à la glace en train de fondre doucement.

Les piétons continuaient leurs allées et venues, bavardant et s'interpellant. Elle poussa un soupir, puis ouvrit la radio et se mit à rechercher une station qui puisse l'intéresser.

« Tiens-tiens ! » fit une voix près de son oreille.

Karen poussa un petit cri et vit la tête de Phyllis Hodges s'encadrer dans la portière.

« Mais c'est bien Mme Newhall !

— Fichez-moi la paix ! Qu'est-ce que vous voulez, encore ?

— Etes-vous au courant qu'un type vient de se faire écraser par un train ? demanda la journaliste.

— Oui, et maintenant, laissez-moi tranquille, répondit Karen, glaciale.

— Savez-vous qu'il s'agit d'Edward McHugh ? L'homme qui devait être le témoin à charge de votre mari ? Les flics ont l'air de penser que quelqu'un l'aurait poussé sur la voie. »

Karen sentit un frisson la parcourir. Elle s'efforça de ne rien laisser paraître.

« Ah ! je vois que vous l'ignoriez », ajouta Phyllis avec une note de satisfaction dans la voix.

Karen se sentait prise au piège et incapable de lui répliquer d'une manière qui ne soit pas défensive. Elle essaya de remonter la vitre, mais la journaliste pesa de la main sur le haut, et elle dut y renoncer. « Laissez-moi tranquille », répéta-t-elle, gênée par la note de supplication qu'il y avait dans sa voix.

Elle regarda droit devant elle ; la circulation venait de reprendre. C'est avec soulagement qu'elle s'éloigna de Phyllis Hodges, penchée à la portière d'une voiture garée non loin, en train de parler dans un petit magnétophone. Elle coupa la radio, verrouilla les portières et prit la direction de la maison. Elle suivit automatiquement l'itinéraire familier, l'esprit en déroute, ne songeant qu'à ce qu'elle venait d'apprendre. Obligée de s'arrêter à un feu rouge, elle se mit à jeter des coups d'œil nerveux dans les rues sombres qui donnaient sur le carrefour. Elle se rappela qu'un policier la suivait, mais elle ne se sentit pas en sécurité pour autant. Car la police aussi était l'ennemie. Ils ne cherchaient pas à la protéger, ni elle ni Jenny : ils voulaient simplement attraper Greg. Elle se sentait comme une étrangère en terre hostile, dont la survie dépend de sa capacité à comprendre une langue qui lui est inconnue ; plus elle s'y essayait, plus elle s'affolait et prenait peur. Elle avait entendu parler de l'arrestation de McHugh, et de la rumeur voulant qu'il soit un témoin dans l'affaire. Mais qui pouvait vouloir le tuer ? Qui... à part Greg ? Or, ça ne pouvait être lui. Elle eut un instant de doute qui se dissipa rapidement. Il essayait de se sortir de ce guêpier. Jamais il n'aurait poussé quelqu'un sous un train. S'il y avait quelque chose que leur rencontre dans la salle de classe sans lumière lui avait montré, en dépit de sa fureur, c'était bien qu'il ne s'était pas transformé en cette espèce de monstre ricanant que décrivait la presse. C'était toujours le même Greg. Un menteur, soit, certainement pas un tueur. Mais, alors, se posait la question : si ce n'était pas Greg, qui ? Une seule chose lui apparut comme de plus en plus évidente : il y avait quelqu'un, quelque part, qui tramait un complot épouvantable contre elle et sa famille.

Elle se sentit soulagée en arrivant chez elle ; elle se précipita dans la maison et ferma aussitôt la porte à clef. Jenny se présenta en haut de l'escalier.

« M'man ! Je viens juste d'écouter les informations à la télé, et ils ont parlé de ce type du motel...

— Je suis au courant, la coupa Karen.

— Est-ce qu'on va accuser Papa ?

— Je ne sais pas. Descends donc. Je t'ai acheté de la Rocky Road. »

L'adolescente vint rejoindre sa mère dans la cuisine. Elle grimpa sur un tabouret et se mit à faire tourner sa cuillère, l'air absent, dans son bol de crème glacée. « Où tu crois qu'il est allé ? » demanda-t-elle.

Karen rangea le reste de crème glacée dans le congélateur. Elle ne voulait pas faire part de ses craintes à sa fille. « S'il a un peu de jugeote, répondit-elle d'un ton acerbe, il est parti loin, très loin.

— J'espère que non, murmura Jenny. Je veux qu'il revienne.

— S'il revient, ma chérie, on le mettra aussitôt en prison.

— Il expliquera qu'il ne l'a pas fait. »

Le regard de Karen se perdit dans le vestibule sombre, de l'autre côté de la porte. La maison lui paraissait froide, désolée. « Finis donc ta glace et va faire tes devoirs, dit-elle.

— C'est dur de se concentrer, observa Jenny.

— Je te crois.

— Il ne te manque pas ?»

Karen fronça les sourcils. Le vide qui béait en elle lui disait assez ce qu'elle ne voulait pas reconnaître. « Je suis trop en colère contre lui.

— Et si on ne le revoit jamais ? »

Karen pensa à la photo dans l'enveloppe et se demanda si Greg n'était pas en train de la récupérer, en ce moment même. Découvre ta réponse, songea-t-elle. Pour ta fille. Pour qu'elle puisse te retrouver.

« Il ne faut pas perdre espoir », répondit-elle finalement, caressant l'épaule de Jenny. C'était la seule consolation qu'elle avait à lui offrir.

28

Un petit bateau à moteur avec deux hommes à bord bouchonnait sur l'océan paisible, dont la surface se parait des premiers scintillements d'une aube qui prenait tout son temps pour venir. Les deux pêcheurs étaient partis de nuit, sans réveiller les leurs. Dans un esprit fraternel mais sans échanger de propos, chacun se livrait à ses plus beaux rêves, attendant la petite traction, au bout de la ligne, qui enverrait une onde soudaine de plaisir dans ses veines.

Aucun des deux ne regardait vers la plage. Aucun

des deux ne vit la silhouette courbée qui détalait comme un crabe, entre les dunes et les retenues de roches chargées de les fixer, en direction du belvédère.

Greg, lui, ne les quittait pas des yeux. Il espérait être arrivé suffisamment tôt pour qu'il n'y ait pas âme qui vive dans les parages, mais les pêcheurs l'avaient précédé. Avec prudence, il s'avança vers l'édifice couronné d'un dôme où résidaient tous ses espoirs. Lorsqu'il fut assez près, il vérifia une dernière fois ce que faisaient les pêcheurs : mais ceux-ci n'auraient pu l'ignorer davantage, et il se jeta à plat ventre sur le plancher du belvédère pour ramper jusqu'au banc.

Les doigts tremblants, il fouilla sous les planches jusqu'à ce que, retenant un cri, il sente l'enveloppe sous sa main. Il la retira soigneusement de sa cachette. Restant accroupi, il la déchira nerveusement et en retira la photo de Linda, souriante ; puis il continua à fouiller avec l'espoir de trouver un mot, de blâme ou d'encouragement — n'importe quoi, pourvu que ce soit un message de sa femme.

L'enveloppe, cependant, ne contenait que la photo. Il se sentit un peu déçu, mais se força bien vite à voir le bon côté des choses. Elle avait apporté le document. Quoi qu'elle pense de lui, elle l'avait laissé ici à son intention. Ce n'était pas une mince victoire. Certes, il n'y avait pas le moindre mot d'accompagnement ; il ne fallait tout de même pas espérer des encouragements. Mais cette photo signifiait quelque chose. Elle disait : *Je te crois. Je veux t'aider.* Pour l'instant, il ne pouvait rien demander de plus à un ami ou un partenaire, quel qu'il soit. Elle reconnaissait, implicitement, que ses crimes ne concernaient que lui. C'était quelque chose. Un début.

Ses yeux se remplirent de larmes tandis que sa main courait sur le banc, comme celle d'un charpentier vérifiant qu'une surface est bien lisse. Elle était venue ici, dans leur ancien lieu de rendez-vous. Elle avait dû être assaillie de souvenirs, en s'asseyant sur cette planche ; lui-même en était submergé. La faim et la fatigue ne faisaient que les rendre encore plus vifs, aurait-on dit.

Il rangea la photo dans l'enveloppe et fourra le tout dans sa poche. Il lui fallait décamper d'ici avant que le soleil ne soit officiellement levé, et que les amateurs de jogging et les ouvriers de la voirie ne commencent à faire leur apparition. Il connaissait un certain nombre de raccourcis, depuis l'époque où il était gamin, mais il était dangereux de les emprunter de jour, et même à cette heure matinale.

Enfant, il avait adoré les aventures de « l'homme invisible ». Il aurait bien voulu, maintenant, pouvoir disposer de ce don afin de pouvoir se déplacer librement. Il dépensait beaucoup d'énergie pour passer inaperçu. De nuit, il se cachait dans les chantiers de construction qu'il connaissait ; il choisissait de préférence les sites nouveaux plutôt que les rénovations, pour être absolument sûr que personne n'y habitait. Il y avait toujours au moins une bâche de plastique pour lui faire un toit, et les ouvriers du bâtiment laissaient souvent quelque chose qu'il pouvait manger ou boire, même si c'était le dernier centilitre d'un soda avec un mégot flottant dessus, ou les deux dernières bouchées d'un sandwich ou d'un Big Mac recouvert de poussière et marqué par des dents qui n'étaient pas les siennes. On ne nettoyait jamais vraiment un site de construction tant que le chantier n'était pas terminé, et il savait par expérience que les ouvriers déposent régulièrement leurs restes n'importe où, sans se donner la peine de les jeter dans une poubelle. Evidemment, à cause de la dureté de leur travail, ils avaient un bel appétit ; néanmoins, il y avait toujours un bout de quelque chose qu'il pouvait se mettre sous la dent, la nuit tombée. De jour, il se cachait dans les terrains non défrichés qui entouraient les sites de construction ; jamais il n'aurait imaginé que les heures puissent passer aussi lentement. Il n'osait pas dormir. Il observait les oiseaux et les écureuils passant d'un arbre à l'autre, une araignée tissant sa toile ; il étudiait, de manière beaucoup plus détaillée qu'il ne l'aurait souhaité, l'avancée du printemps.

Mais aujourd'hui, tout serait différent. Aujourd'hui, il allait avoir un but. Aujourd'hui, il allait dresser son plan pour la soirée. Il savait où se trouvait le Harborview Bar, caboulot modeste situé près de la mer, dans une ville voisine, et dont la clientèle était surtout constituée d'adolescents, n'ayant pas toujours forcément atteint l'âge légal pour consommer de l'alcool. Il avait longuement réfléchi à l'histoire qu'il devait raconter, histoire qui devrait lui valoir la sympathie et la confiance des gens. Il nourrissait l'espoir, ténu, certes, mais l'espoir tout de même, de trouver l'information dont il avait besoin. C'était un plan qui lui permettait de survivre, de continuer à avancer, de ne pas sombrer dans la folie.

Il repéra un emballage de papier froissé, près d'un arbre, et alla voir de plus près de quoi il s'agissait. Les restes d'une barre chocolatée à demi consommée. Les fourmis étaient déjà au travail. Il les chassa du mieux qu'il put et avala gloutonnement la confiserie. Il se demandait parfois s'il avait tout son bon sens, quand il songeait au régime qu'il suivait depuis qu'il avait pris la fuite.

Par ailleurs, certaines personnes devaient aussi se demander s'il avait son bon sens tout court. S'échapper comme ça, se mettre hors la loi... Il n'avait guère pris le temps d'y réfléchir, sur le coup. Pourtant, il avait toujours respecté la loi. Il ne s'imaginait pas vivant autrement. En fait, son geste avait avant tout été instinctif. Il s'était brusquement rendu compte que l'accumulation de ses mensonges passés faisait de lui un coupable idéal. Puis, lorsqu'il avait vu cette clef tachée de sang, il avait compris qu'il était en butte à un ennemi beaucoup plus redoutable que la police. Quelqu'un qui avait préparé cette mise en scène, qui s'était arrangé pour lui faire porter le chapeau. Il ne pouvait tout de même pas rester sans réaction, comme l'agneau que l'on amène à l'abattoir. Il fallait tenter quelque chose.

La barre chocolatée terminée, il fourra l'emballage roulé en boule dans sa poche, avec l'idée de le jeter quand il trouverait une poubelle. Un instant, il trouva grotesque de s'inquiéter de ce genre de détails, vu la situation dans laquelle il était. Non, pensa-t-il. Ce n'est pas idiot. Je dois rester civilisé. Je redeviendrai un jour une personne normale. Je retrouverai ma famille. Et ma maison. Je dois toujours garder cela présent à l'esprit.

La photo, au fond de sa poche, lui donnait l'impression d'irradier jusqu'à sa cuisse. Karen avait cru en lui. Non, c'était peut-être un peu exagéré ; elle lui avait donné le bénéfice du doute. Toutes ces années passées ensemble comptaient pour quelque chose. Lorsqu'il aurait trouvé qui était son bourreau — lorsqu'il aurait recouvré la liberté —, il lui expliquerait. Il consacrerait le reste de sa vie à se racheter. Pour le moment, cependant, il n'avait pas le temps d'y penser. Il devait résoudre des questions pratiques. Il fallait se laver, se raser. Trouver comment se rendre à destination. Pour les deux premiers problèmes, il avait une idée. Dans un quartier calme et chic de la ville, il y avait une rénovation de cuisine en cours. Chez les Kingman. Très souvent, ceux qui en avaient les moyens allaient habiter ailleurs pendant qu'ils faisaient refaire leur cuisine ou leur salle de bains. Il y avait trop d'inconvénients à rester sur place. Son intention était de s'en rapprocher et d'observer les ouvriers ; après leur départ, il réussirait bien à entrer, afin de se servir de la salle de bains. Il se concentra là-dessus, s'obligeant à chasser toute autre préoccupation de son esprit pendant sa progression. Il ne fallait laisser place ni à la peur ni au doute. Il était trop faible pour le supporter.

A travers les branches des arbres, il repéra une poubelle, au bord de la route qu'il longeait. Il fit un calcul mental : de toute façon, c'était dans cette direction qu'il allait. Fouillant dans sa poche pour y prendre l'emballage, il scruta, dans les deux sens, la route solitaire qui traversait le bois. Personne. Il sortit des broussailles et franchit la chaussée d'un pas vif. Il jeta l'emballage froissé dans la poubelle dans laquelle il aperçut, à cet instant, la manchette d'un journal qui s'y trouvait déjà. *Un témoin tué par un train*, fut tout ce qu'il eut le temps de lire lorsqu'il entendit soudain une voiture déboucher sur la route, derrière lui.

Sa première impulsion fut de se précipiter dans le sous-bois, mais il comprit sur-le-champ que ce comportement ne ferait qu'attirer l'attention du chauffeur. Sans lever les yeux vers la voiture, il commença à marcher sur le bas-côté. Son cœur cognait fort dans sa poitrine et il se maudit de ne pas avoir laissé le fichu bout de papier dans les bois. Il fit une prière silencieuse pour que le véhicule ne soit pas de la police. La voiture, une berline ordinaire, le dépassa et ralentit. Il sentit le sang quitter son visage lorsqu'elle s'arrêta juste devant lui. *Pas de panique*, s'encouragea-t-il. *Ne cours pas*. Il essaya de continuer à marcher d'un pas régulier, même s'il avait les jambes en coton. La passagère baissa la vitre à l'approche de Greg.

« Excusez-moi, fit une femme corpulente en se penchant par la portière. Je crois que nous nous sommes perdus. Pouvez-vous nous dire où se trouve l'auberge de Wayland ? »

Greg passa la langue sur ses lèvres craquelées, que trop conscient de ses vêtements malodorants, de sa barbe de trois jours. Une ombre d'appréhension traversa le visage de la femme. De près, son aspect ne la séduisait manifestement pas. « Désolé », dit-il ralentissant à peine le pas. Il ne voulait surtout pas lui permettre de l'étudier en détail. Il entendit la femme remonter la vitre, en dépit de la température agréable de la matinée. Il ne leur jeta pas le moindre coup d'œil lorsqu'ils repartirent. Dès qu'ils eurent disparu au virage suivant, il bondit de nouveau dans les bois, comme un daim qui s'est aventuré par inadvertance dans un endroit dégagé.

Espèce d'inconscient, se sermonna-t-il. *Encore un ou deux coups comme ça, et tu te fais prendre.*

Entre-temps, après avoir remonté sa vitre, la vieille dame s'était tournée vers son mari et lui avait dit : « Je

n'ai pas la vue aussi bonne qu'autrefois, mais je jure-
rais pourtant avoir déjà vu cette tête quelque part... »

Le conducteur l'écouta d'une oreille distraite. Il
était bien trop occupé à chercher un chemin qui le
ramène en ville. « Je n'ai pas remarqué, répondit-il
pour dire quelque chose.

— J'en suis sûre », murmura-t-elle. Elle se mordit
la lèvre et, le regard perdu sur la route, fouilla dans son
esprit.

29

Karen, agenouillée au milieu d'une plate-bande
fleurie, arrachait les mauvaises herbes. Elle s'était
mise à jardiner avec l'espoir que cette occupation de
plein air aurait un effet apaisant sur les pensées sinis-
tres et les peurs qui l'avaient tenue éveillée pendant
l'essentiel de la nuit. Il lui avait fallu faire appel à toute
son énergie pour endosser sa tenue de jardinage et
rassembler ses outils. Elle était restée longtemps dans
la cuisine, contemplant son coin de verdure qu'éclairait le soleil comme un vampire qui n'a qu'une envie,
se dissimuler dans les ténèbres pendant toute la journée, pris de panique à l'idée de se trouver exposé au
grand jour, à la lumière. Cependant, une fois qu'elle
fut occupée au milieu de ses fleurs, le temps passa vite.
Elle salua Jenny de la main lorsque le père de Peggy la
ramena après le déjeuner, et continua de travailler.
Elle savait que dès qu'elle s'arrêterait et retournerait
dans la maison, elle retrouverait ses cauchemars et
risquerait de rester claquemurée pendant des semaines.

Une voiture s'engagea dans l'allée de la maison ;
s'abritant les yeux de la main, Karen fronça les sourcils en levant la tête. Une femme âgée et qui lui était
inconnue se dirigea lentement vers elle. Avec un soupir, elle se redressa après avoir posé son outil, et mit
ses mains gantées de toile sur ses hanches.

La femme se rapprochait à petits pas. Elle portait une tenue soignée, constituée d'un pantalon sombre et d'un cardigan gris, en dépit de la température agréable qui régnait. Elle tenait un sac à main brun tout simple et un petit sac de commission. « Madame Newhall ? » dit-elle.

Karen acquiesça, sur ses gardes.

« Je m'appelle Alice Emery, dit la vieille dame. Je suis la mère de Linda Emery.

— Oh ! fit Karen, n'ayant aucune idée de la manière dont elle devait réagir.

— Je me doute bien que vous ne vous attendiez pas à me voir ici... Pourrions-nous avoir un entretien ? »

Karen crut sentir soudain une grande fragilité chez sa visiteuse, au point de se demander si elle n'allait pas s'évanouir, habillée comme elle l'était, sous l'effet de la chaleur. « Bien sûr, répondit-elle hâtivement. Je vous en prie, entrez donc. »

Karen retira ses gants et rassembla ses outils. D'un geste, elle indiqua la maison et la vieille dame la suivit par les portes ouvertes du patio. Elles traversèrent la salle à manger et gagnèrent la cuisine, où elles s'assirent. « Puis-je vous offrir un rafraîchissement ? Une citronnade, peut-être ?

— Avec plaisir. »

Les deux femmes gardèrent le silence pendant que Karen faisait le service. Elle ne cessait de penser à la perte que venait de faire Alice Emery : sa fille avait été assassinée. On avait de la peine à imaginer ce que pouvait être son chagrin. Et, du moins aux yeux de l'opinion, son meurtrier était Greg. Comment se faisait-il qu'elle ait voulu venir ?

« Vous devez certainement trouver ma démarche étrange, dit la vieille dame, comme si elle lisait dans les pensées de Karen.

— Je... je ne me sens pas très à l'aise, en effet.

— A vrai dire, moi non plus. » Alice Emery prit une gorgée de citronnade et, pendant quelques instants, parut perdue dans ses pensées. Dans la cuisine, le silence était total. Puis elle reposa son verre. « C'est délicieux », ajouta-t-elle.

Karen s'attendait à tout instant à des marques d'hostilité de la part de la visiteuse, mais il n'en venait aucune. Elle se sentait plongée dans la plus grande perplexité. Elle décida de ne pas tergiverser davantage et d'évoquer la disparue.

« Je suis désolée pour le terrible deuil que vous avez subi », dit-elle.

Alice croisa son regard et Karen eut envie de détourner les yeux, tant elle y lut de chagrin. Chagrins et regrets confondus, dans des proportions écrasantes. Un instant, dans cet échange de regards, elles furent simplement deux mères, unies par la compréhension. Alice détourna les yeux et Karen fut de nouveau sur ses gardes.

« Merci, répondit la vieille dame avec dignité. Je nourris bien des regrets. »

Cette réponse mit Karen mal à l'aise ; elle se sentait presque en colère. Elle n'espère tout de même pas se décharger de tout son chagrin sur moi, j'ai bien assez à faire avec le mien, se dit-elle. Linda Emery n'avait pas été son amie, mais la maîtresse de son mari. Rien ne pouvait changer cela. Karen n'avait aucune envie de manifester davantage de sympathie qu'il n'était nécessaire.

Comme si elle y était poussée par le silence agressif de Karen, Alice reprit la parole. « Lorsque Linda est venue me voir, mon fils m'a convaincue de la mettre à la porte. Au bout de quatorze ans. Et moi, je l'ai écouté. »

Karen, qui s'attendait plus ou moins à une allusion au meurtre et à Greg, éprouva un certain soulagement, suivi d'écœurement devant un tel aveu. En même temps, celui-ci répondait à la question qui la tarabustait depuis le début : pourquoi Linda avait-elle été coucher au motel ? Elle ressentit une bizarre gratitude à se voir offrir la réponse.

« Elle a sans doute dû comprendre », répondit platement Karen.

La vieille dame secoua la tête. « Je ne crois pas. »

Une fois de plus, Karen fut étonnée de tant de brutale franchise. Pourquoi me raconter tout ça ? avait-elle envie de lui crier.

« Je ne veux plus avoir de regrets de ce genre », reprit Alice, sourcils froncés, comme si elle répondait à la question silencieuse de son interlocutrice.

« Je comprends.

— Elle m'a dit que j'avais une petite-fille. »

Karen sursauta. Evidemment ! C'était vrai. Cette femme, assise de l'autre côté de la table de la cuisine, était la grand-mère de Jenny. Un instant, Karen se sentit soulagée que sa mère n'ait pas vécu assez pour assister à ces événements. Les hommes sont tous pareils, ils ne valent rien, n'avait-elle cessé de lui répéter — et encore plus lorsqu'elle avait annoncé son intention d'épouser Greg. On paie toujours l'addition, à la fin, disait-elle aussi. Non pas qu'elle aurait triomphé. Non : c'était plutôt que sa sympathie blasée du style « Je te l'avais bien dit », maintenant que l'inévitable s'était finalement produit, aurait été insupportable.

Karen se força à se concentrer sur la vieille dame. Celle-ci paraissait presque la défier.

« Oui..., bredouilla Karen. C'est juste que... je ne crois pas...

— J'aimerais faire sa connaissance.

— Bien sûr, dit précipitamment Karen. Simplement, je pensais que vous voudriez parler de... vous savez... de mon mari. »

Alice eut un geste fatigué de la main, comme pour exprimer que la question n'était pas là. Elle hésita un instant, comme si elle mettait de l'ordre dans ses pensées, et répondit : « Ça regarde la police. De toute façon, ça ne me la rendra pas.

— En effet », admit tristement Karen.

Alice prit une nouvelle gorgée de citronnade et s'éclaircit la gorge. « J'ai beaucoup réfléchi à tout cela, madame Newhall. J'ai longtemps sondé mon cœur avant de venir ici. Linda était tout excitée d'avoir vu sa fille. Elle voulait me faire faire sa connaissance. Votre fille est tout ce qui reste de la mienne, si vous voyez ce que je veux dire.

— Oui, se hâta de dire Karen, je comprends bien.

— Voilà la raison de ma présence ici. Je suis arrivée à la conclusion que j'avais envie de la voir, et j'espère que vous me le permettrez. »

Karen ressentit une certaine admiration pour cette femme, pour le courage dont elle faisait preuve. « Pour ma part, je n'y vois aucun inconvénient, dit-elle, prudente. Vous comprendrez cependant qu'il revient à Jenny de...

— Bien entendu. » Alice se laissa aller contre le dossier de sa chaise, comme soulagée de n'avoir pas à s'expliquer davantage.

« Je vais aller lui dire que vous êtes ici. » Au moment de quitter la pièce, Karen se retourna et ajouta : « Je dois vous avertir... Jenny ressemble beaucoup à votre... à sa mère. »

La vieille dame parut à la fois contente et un peu prise au dépourvu. « Merci de m'avoir avertie.

— Je reviens tout de suite. »

Karen fit la leçon à sa fille en descendant l'escalier, s'émerveillant en elle-même de la facilité avec laquelle Jenny avait accepté de rencontrer cette étrangère qui était sa grand-mère. On aurait dit que l'expérience atroce qu'elle vivait la rendait chaque jour plus forte. L'adolescente adressa un sourire timide à Alice Emery en entrant dans la cuisine. « Bonjour... »

Alice eut les larmes aux yeux en regardant sa petite-fille. « Oh, mon Dieu, c'est vrai que tu lui ressembles... Oh, mon Dieu ! » Elle se leva et alla prendre le visage de l'adolescente entre ses mains, secouant la tête d'incrédulité.

Karen était sur le point de faire des objections à tant de familiarité, mais elle lut tellement de fierté intimidée dans le regard que sa fille adressait à sa grand-mère qu'elle se retint. « Je sais, disait Jenny d'un ton consolant. Je regrette bien de ne pas l'avoir connue davantage. »

Alice acquiesça et reprit son siège. « C'était une jeune fille ravissante, tout comme toi.

— Merci, dit Jenny », s'asseyant à son tour.

Karen se sentit remplie de fierté devant la délicatesse et la compassion dont Jenny faisait preuve, face à la vieille dame. Elle voyait pourtant que sa fille réagissait tout simplement avec son cœur ; mais sa franchise avait quelque chose d'enfantin. Assises face à face, leurs genoux se touchant presque, on avait l'impression qu'un courant de compréhension passait entre la grand-mère et la petite-fille. Le sang, pensa Karen, étonnée.

« Mon père n'a pas tué Linda, dit fermement Jenny.

— Non ? » demanda Alice, l'expression grave.

Jenny secoua négativement la tête.

Alice lui prit la main et la serra. « Tu as raison de lui être fidèle. Ta... Linda était aussi comme ça avec son père. Si seulement il avait vécu assez longtemps pour la voir revenir... Il rêvait de ce jour. Et il m'aurait empêchée de faire quelque chose que je regretterai toute ma vie. J'ai bien mal traité ma fille. J'ai agi ainsi pour faire plaisir à mon fils, mais c'était une erreur.

— Elle m'en a un peu parlé, dit Jenny. Je crois qu'elle ne vous en voulait pas. »

Ainsi donc, elle était au courant, songea Karen. Elle sait garder des secrets.

« Linda t'a raconté ce que j'ai fait ? demanda Alice.

— Un peu. Je crois que je ne lui ai pas laissé tellement la chance de placer un mot. J'étais trop trop occupée à lui montrer mes photos et tout... Pour essayer de rattraper le temps perdu. »

Alice poussa un soupir. « Tu es la seule à lui avoir fait bon accueil quand elle est revenue chez elle. La seule à ne pas avoir essayé de la punir. »

Jenny baissa les yeux, l'air gêné. « Je rêvais de la rencontrer depuis toujours. »

Alice eut un sourire hésitant. « Peut-être pourrais-je voir moi aussi ces photos, un jour... ? »

A cette demande, l'adolescente rayonna. « Bien sûr ! Vous voulez que j'aille les chercher ?

— Je ne crois pas que Mme Emery voulait dire tout de suite, intervint Karen.

— L'impatience de la jeunesse, dit Alice avec un sourire.

— Je ne voulais pas vous bousculer.

— Je le sais bien. Je désirais juste être sûre de pouvoir te revoir.

— D'accord !

— C'est si étrange, murmura la vieille dame. J'ai l'impression de la revoir, mais... sans la colère. Tu sais, entre mère et fille... On se dispute souvent... »

Jenny jeta un regard entendu à sa mère. « Ouais. Ça nous arrive aussi, des fois.

— Eh bien, dit Alice Emery en se levant, moi qui redoutais cet instant... J'ai dû me forcer pour venir.

— Pourquoi le redoutiez-vous ?

— Jenny ! s'exclama Karen.

— Je... je crois que c'est une question idiote, avec tout ce qui s'est passé, admit l'adolescente.

— Non, c'est une bonne question. J'avais peur de l'inconnu, il me semble. »

Jenny acquiesça.

« Pour le moment, je dois partir. Néanmoins, je t'ai apporté quelque chose. » La vieille dame fouilla dans son sac de commissions.

Jenny regarda, curieuse, et la vit sortir un chat en porcelaine bleu pâle.

« C'est une tirelire », dit Alice en secouant l'objet. On entendit un tintement de pièces. « Celle de Linda. Il y a encore probablement son argent de poche de l'époque... Elle adorait les chats et la couleur bleue.

— Moi aussi ! s'écria Jenny. Elle est ravissante. »

Alice la lui tendit. « Nous la lui avons offerte quand elle avait ton âge. Evidemment, je sais que les filles sont un peu moins bébés que dans le temps, de nos jours. Mais je tenais à te donner quelque chose qui lui avait appartenu. Un objet qu'elle aimait. Je n'ai rien de ces dernières années. Je n'ai jamais visité son appartement... Mais j'avais cette tirelire.

— Elle me plaît beaucoup.

— Je suis bien contente, dit la vieille dame en se levant.

— Et moi, je suis contente que vous soyez venue », lui répondit Jenny.

Alice Emery hésita, puis serra brièvement, mais intensément, sa petite-fille dans ses bras. Jenny lui rendit son étreinte avec sincérité, sans lâcher la tirelire.

« Et merci, madame Newhall, de vous être montrée aussi compréhensive.

— Vous pouvez m'appeler Karen. Je vous en prie, revenez quand vous voulez. »

La vieille dame s'avança jusqu'à la porte puis se retourna pour regarder sa petite-fille, pensive. « C'est merveilleux », murmura-t-elle. Karen eut la conviction étrange qu'à travers le temps et l'espace, elle s'était adressée à Linda.

30

« Il était là, en chair et en os, expliquait Frank Kearney. Je me suis tourné vers ma femme et je lui ai dit : Tu sais, j'ai l'impression d'avoir déjà vu cette tête. »

Après avoir dépassé Greg Newhall, les Kearney avaient fini par trouver le chemin de l'auberge de Wayland ; ils avaient déposé leurs bagages et pris leur petit déjeuner avant de repartir pour le mariage d'une petite-nièce, dans une église de la ville. C'était pendant la réception, lorsque certains des invités avaient commencé à parler du meurtre, que Theresa Kearney avait soudain compris pourquoi elle avait eu l'impression de reconnaître le visage du piéton, le matin même. Toutefois, dans la version destinée à la police, c'était son mari qui avait eu cette révélation.

Walter Ference, qui avait droit à l'histoire pour la

troisième fois, se leva et toussota. « Monsieur Kearney, je tiens à vous remercier d'avoir pris le temps, un jour de réunion de famille, de venir nous donner une information d'une telle importance. Je vais vous demander de m'excuser, car il nous faut l'exploiter au plus vite. »

Theresa Kearney arbora un sourire rayonnant et entreprit, laborieusement, de se lever à son tour. « L'arthrite, marmonna son mari en la prenant par le bras pour l'aider.

— Permettez que je vous donne un coup de main, dit Walter en faisant vivement le tour de son bureau.

— Est-ce qu'il y a une récompense si vous attrapez ce type ? demanda Frank, carrément.

— Frank ! s'exclama sa femme.

— Vous comprenez, je n'ai qu'une petite retraite. Alors tout ce qui peut s'y ajouter...

— J'ai bien peur que non, dit le policier.

— Pourquoi ? » voulut savoir le vieux monsieur.

A ce moment-là, Dale Matthews se précipita vers eux, la main tendue. « Ce sont bien M. et Mme Kearney ? » demanda-t-il.

Walter acquiesça. « Voici le chef Matthews.

— Chef, dit respectueusement Frank Kearney, ravi d'avoir l'attention du patron.

— On ne vous remerciera jamais assez, reprit Dale, secouant énergiquement la main, déformée par les rhumatismes, du vieux monsieur. Nous avons reçu tout un tas d'appels qui ne valaient rien. Votre témoignage est fondamental. Tout le monde n'a pas autant de sens civique que vous : interrompre une réunion de famille pour aider ainsi la justice...

— Retournons au mariage, Frank », dit Theresa. Son mari hésita, comme s'il était sur le point de remettre la question de la récompense sur le tapis ; finalement il y renonça.

« Content de vous avoir aidé, chef. » Le couple sortit enfin.

Dale se tourna vers le lieutenant. « J'ai rappelé tous nos hommes, y compris ceux qui sont en congé, et tout le bazar. Evidemment, il a fallu à ce vieux chnoque toute la journée pour additionner deux et deux, si bien que Newhall est peut-être à Tombouctou, à l'heure actuelle.

— A mon avis, il n'est pas aussi loin, répondit doucement Walter. Je suis un peu surpris qu'il soit encore dans le secteur. Je l'aurais cru parti pour le Mexique ou le Canada depuis un bon moment. »

Dale se frotta les mains. « J'ai un bon pressentiment, Walter. Nous allons le coincer.

— C'est bien ce que j'espère.

— Dites à tout le monde de faire extrêmement attention. Pour autant que nous le sachions, il n'est pas armé, mais il est sans aucun doute dangereux. Et désespéré. J'ai l'impression que ce type a dû sauter le pas. Bon, allons-y. Chaque minute compte. »

Jenny, allongée sur son lit, serrait contre elle le chat de porcelaine tout en pensant à sa grand-mère. Ça lui faisait bizarre — une grand-mère qui lui tombait du ciel, à treize ans ! Pas plus bizarre que de voir débarquer un beau jour sa mère biologique, au fond, réfléchit-elle. Ou que de découvrir que son père est vraiment son père. Elle se demanda comment elle allait appeler cette grand-mère toute neuve. Tout, dans sa vie, était brusquement devenu bizarre. Mais d'un bizarre pour l'essentiel inquiétant et terrible. Elle aurait bien voulu que tout redevienne comme avant.

Non pas qu'elle ait regretté l'arrivée de Linda, bien au contraire. C'était quelque chose qui l'avait tracassée toute sa vie, depuis le jour — elle était encore bien petite — où on lui avait expliqué qu'elle avait été adoptée. Pendant toutes ces années, elle s'était fait l'image d'une jeune femme triste et sans visage, tenant son bébé — elle-même — dans ses bras, et pleurant à l'idée de l'abandonner. Cette image possédait maintenant des traits précis, le vide était rempli. Elle avait cependant l'impression d'avoir perdu tout le reste, en échange des réponses à ces questions, y compris Linda elle-même. Y compris son père, même si elle refusait d'envisager cette éventualité. Sa mère était peut-être sur le point de renoncer, mais elle, non. « S'il te disait qu'il peut décrocher la lune, tu le croirais ! » disait-elle souvent en lui parlant de Greg. Naguère, elle souriait en disant cela. N'empêche que c'était vrai, elle ne l'avait jamais nié. Mais voilà : c'était facile d'avoir une confiance totale en quelqu'un qui était toujours là.

Avant tous ces événements, Jenny avait l'impression d'avoir été souvent en colère contre quelque chose, toujours insatisfaite. *Oh ! mon Dieu*, murmura-t-elle, *si vous pouviez tout arranger, je vous promets que je ne me plaindrais plus jamais, que je ne serais plus jamais désagréable.* Elle prononça cette prière sans toutefois croire, au fond d'elle-même, que Dieu ni personne puisse faire en sorte que la vie redevienne comme avant.

Elle entendit le téléphone sonner, mais ne bougea pas.

« Ma chérie ? C'est Peggy ! lui cria Karen depuis le pied de l'escalier.

— Très bien, je la prends », répondit Jenny avec un soupir. Elle se leva et alla décrocher le téléphone, dans la chambre de ses parents.

« Salut, Peg.

— Comment ça va ?

— Ça va. Qu'est-ce qui se passe ?

— Tu n'as pas envie d'aller au cinéma, ce soir ? On joue le dernier film de Schwarzenegger. »

Elle se sentit tentée. Il serait bien agréable d'être assise dans la pénombre du cinéma, à manger du popcorn et à boire du Coke tout en se laissant complètement absorber par le film — tout oublier pendant quelques heures. Sa mère, elle n'en doutait pas, la laisserait y aller. Ce n'était pas le problème. Mais il lui fallait au moins dix dollars pour la soirée, en comptant tout, et elle ne voulait pas lui demander cette somme. Elle n'ignorait pas à quel point Karen s'inquiétait pour ses ressources.

« Jenny ? Tu te souviens, tu voulais le voir, lui rappela Peggy.

— J'en ai toujours envie, mais je suis fatiguée. » Elle ne pouvait donner ses vraies raisons à son amie, car celle-ci lui aurait offert de payer pour elle, ce qu'elle ne voulait pas.

« Quelque chose qui ne va pas ? demanda maladroitement Peggy.

— Tu plaisantes, ou quoi ?

— Euh... je voulais dire encore autre chose.

— Ouais, il est arrivé un truc curieux, aujourd'hui. Je te le raconterai quand on se verra.

— Entendu, fit Peggy, le ton incertain. Tu peux toujours m'appeler si tu changes d'avis.

— D'accord. »

Pendant qu'elle regagnait sa chambre, Karen l'interpella depuis le rez-de-chaussée. « Qu'est-ce qu'elle voulait ?

— Rien de spécial », répondit Jenny avant de refermer la porte de sa chambre. Elle s'allongea de nouveau sur son lit, reprit la tirelire et se mit à caresser du bout des doigts les motifs de fraises et de petites fleurs blanches qui l'ornaient. Ça lui faisait un drôle d'effet de penser que sa mère, Linda, s'était servie de cet objet pour y placer ses petites économies, bien des années auparavant. Elle se demanda à quoi elle pouvait bien les destiner. Les compact-disques n'existaient pas encore. Sans doute à l'achat de disques. Ses parents possédaient une collection de disques noirs datant de leur jeunesse. Et de vêtements, aussi. Les filles aimaient à changer de vêtements au moins depuis l'âge des cavernes. Elle fit un mouvement, et les pièces cliquetèrent à l'intérieur du chat de porcelaine.

Je me demande combien elle avait mis de côté, pensa Jenny. Elle se redressa, et regarda la tirelire avec un intérêt renouvelé. Elle la porta à son oreille et la secoua. Au milieu des tintements, elle crut discerner un bruissement. Celui que feraient sans doute des billets de banque. Il y avait peut-être assez d'argent pour aller au cinéma, en fin de compte : ce serait le sien, il n'y aurait pas de problème. Comme un cadeau posthume que lui aurait fait Linda.

Sa curiosité éveillée, elle essaya de faire sauter, avec ses ongles, le bouchon qui fermait la tirelire, sous le ventre du chat. Mais le caoutchouc était desséché et raide, après tout ce temps. Elle posa délicatement la tirelire sur son lit et alla chercher quelque chose, dans le tiroir de sa commode, pouvant faire office d'outil.

Je ferais mieux de mettre cet argent de côté ou de le donner à Maman, pensa-t-elle. Elle savait cependant que Karen refuserait. Elle trouva une lime à ongle métallique et, revenant sur le lit, inséra la pointe le long du bouchon. *Si ça en vaut la peine, je le lui donnerai*, décida l'adolescente. *Même si elle dit non, au moins je le lui aurai offert*. Elle commença à faire des mouvements avec la lime, s'efforçant de travailler en douceur pour ne pas abîmer la porcelaine. *Un jour, je donnerai peut-être cette tirelire à ma fille. Et je lui raconterai mon histoire.*

Le bouchon finit par se détacher et elle l'enleva. Elle renversa la tirelire, et une petite pluie de pièces vint rebondir sur le couvre-lit. Elle secoua de nouveau le chat et entendit plus nettement le froissement du papier, à l'intérieur, quand il vint se présenter à l'ouverture. Passant deux doigts par celle-ci, elle en sentit la texture et comprit aussitôt, à sa grande déception, qu'il ne s'agissait pas d'un billet de banque. Délicatement, s'aidant de la lime à ongle, elle commença à le faire glisser par l'ouverture.

Ce qui en émergea se présentait comme une feuille de papier à lettres de couleur lilas, légèrement encrassée, plusieurs fois repliée sur elle-même jusqu'à ne plus faire que cinq ou six centimètres carrés. Elle commença à la déplier, puis eut l'idée de secouer une dernière fois la tirelire. Dans un froissement soyeux, le coin d'un bout de journal se présenta à l'ouverture. Avec soin, Jenny procéda à son extraction. Il s'agissait d'une coupure de presse jaunie, également plusieurs fois repliée, qui menaçait de s'émietter entre ses doigts. L'article, d'une seule colonne, soigneusement découpé, n'était pas bien long. Il provenait d'un journal de Des Moines, dans l'Iowa, et remontait à près de cinquante ans, à en croire la date. Il y avait, en tête, la photo d'un homme au visage blême, aux yeux creux et à la mine sinistre, identifié comme étant Randolph Summers. Au-dessous, le chapeau de l'article disait : *Evasion d'un prisonnier du pénitencier*. L'article développait ce résumé, précisant que Summers avait été condamné à purger une peine d'au moins vingt ans de prison pour vol et attaque à main armée, et mettait le public en garde contre ce dangereux criminel.

Jenny le lut à plusieurs reprises, se demandant pourquoi Linda l'avait gardé — pourquoi, de plus, elle avait éprouvé le besoin de le dissimuler dans sa tire-lire. Elle avait sûrement eu une bonne raison pour cela. L'adolescente se sentit gagnée par un certain malaise en reposant la coupure de journal sur le lit. Les sourcils froncés, elle prit alors la feuille de papier à lettres et commença à la déplier.

31

Le dernier train de la journée à s'arrêter à Wayland quittait le modeste édifice en planches à clin qui faisait office de gare à 20 h 47. Il était 21 heures, selon l'horloge éclairée qui dominait le quai, lorsque Greg atteignit la gare sous la petite pluie fine qui s'était mise à tomber. L'endroit était aussi calme qu'un cimetière. Le bâtiment lui-même était fermé et aucun passager n'avait de raison de se présenter sur le quai.

Greg, sans s'y aventurer, alla étudier le parking de la gare. Il y avait longuement réfléchi ; puisque aucun train ne devait plus s'arrêter à Wayland, cela signifiait que les voitures qui se trouvaient encore sur place devaient logiquement y rester au moins jusqu'au lendemain matin, lorsque leurs propriétaires viendraient les reprendre à leur descente de train. Et il avait besoin d'une voiture pour la soirée.

Il étudia le petit échantillon de véhicules qu'il avait sous les yeux, tout en caressant son visage émacié et rasé de frais. La maison des Kingman s'était révélée une idée encore meilleure que prévue ; les propriétaires l'avaient de toute évidence temporairement abandonnée et, même si la patrouille d'un service de sécurité passait dans le secteur à intervalles réguliers, rien n'avait été plus facile que d'y entrer. On remplaçait en effet de grandes baies vitrées dans la cuisine, et il lui avait suffi d'écarter une bâche en plastique opaque pour se couler à l'intérieur. Il s'était douché et rasé dans une salle de bains plongée dans l'obscurité, et avait emprunté une paire de pantalons kaki et une chemise de sport à la garde-robe de M. Kingman. Il avait eu un mouvement de surprise en apercevant sa silhouette amaigrie dans le miroir — et pourtant, seul le clair de lune l'éclairait —, mais il n'avait pas pris le temps de s'en inquiéter. Il avait déposé ses propres vêtements dans un panier de linge sale, considérant que c'était l'endroit le plus logique pour les cacher. Il allait se passer un bon moment avant que quelqu'un décide de laver du linge, dans cette maison, et les remarque. Puis, empruntant un tournevis dans une boîte à outils du chantier, il s'était glissé dehors et avait pris la direction de la gare.

Après avoir inspecté les véhicules qui s'offraient à lui, il se décida pour une Toyota grise, dans la deuxième rangée. Il connaissait un peu les voitures de cette marque, en ayant réparé quelques-unes dans le temps, et celle-ci, un break d'un modèle peu récent, passerait parfaitement inaperçue. Il fallait qu'elle fasse l'affaire. Il devait se diriger vers elle d'un pas décidé, sans hésiter, au cas où un policier viendrait patrouiller près de la gare. Il n'était pas question qu'on le voie aller de voiture en voiture, essayant les poignées les unes après les autres. Il lui fallait s'approcher d'un pas vif, faire sauter la serrure, monter et bricoler le démarreur avec le tournevis pour la faire partir.

Adolescent, il n'avait pas été tellement enchanté de travailler dans une station-service ; mais voici qu'il en touchait enfin les bénéfices.

Il regarda nerveusement par-dessus son épaule. Il s'était bien rendu compte qu'un nombre inhabituel de policiers patrouillaient dans la ville. Le couple, ce matin, avait dû le reconnaître. Pas de doute. Il n'avait pas assez d'énergie pour se faire des reproches. Il devait se concentrer avant tout sur sa mission. Il traversa le parking d'une allure aussi décontractée que possible tandis que le crachin embrumait ses cheveux et sa chemise. Il lui fallait se rendre au Harborview Bar et courir sa chance. Il savait qu'elle était mince, mais quelle importance ? C'était mieux que de n'en avoir aucune. Il se servirait de la voiture, reviendrait la garer ici et son propriétaire, en la récupérant demain matin à sa descente de train, ne s'apercevrait de rien.

Il s'avança donc jusqu'à la Toyota et posa la main sur la poignée. A cet instant précis, une voiture de patrouille de la police s'engagea sur le deuxième parking, juste de l'autre côté de la voie ferrée, et s'arrêta. Greg sentit son estomac lui remonter dans la gorge. Terrifié, il vit le policier en uniforme ouvrir la portière, allumant le plafonnier, puis se pencher pour fouiller dans la boîte à gants avant de descendre du véhicule. L'homme s'étira et repéra alors Greg, debout dans l'obscurité à côté de la Toyota. Il se mit à regarder plus attentivement de l'autre côté des rails. Greg le salua de la main. Le policier hésita, lui rendit son salut, puis tira un paquet de cigarettes de sa poche. Il en prit une et, adossé à la voiture, l'alluma en mettant les mains en coupe pour la protéger du crachin.

Le flic n'allait pas tarder à s'étonner de voir Greg rester ainsi planté à côté de la Toyota, sans y entrer. Comme s'il avait eu le canon d'un pistolet à la tempe, il tenta d'ouvrir la portière. Il se sentit flageoler sur ses jambes lorsqu'il se rendit compte que la poignée cédait sous sa pression. Le véhicule n'avait pas été fermé à clef. Il n'arrivait pas à y croire. Il ferma les yeux et remercia le ciel. C'était un signe. Un présage favorable. Lui qui ne croyait pas trop à ce genre de choses se sentit convaincu. Il ouvrit la portière, se glissa derrière le volant et n'eut pas de mal, à l'aide du tournevis, à forcer le démarreur. Il était moite de la tête aux pieds, et son cœur cognait violemment dans sa poitrine. Il mit les lumières et le flic, de l'autre côté de la voie, s'abrita les yeux de la main quand le faisceau matérialisé par la brume le balaya. Greg fit une marche arrière rapide et, sans papiers, sans clef, sans même savoir à qui appartenait la voiture qu'il conduisait, s'enfonça dans la nuit.

Walter Ference mâchonnait son sandwich tout en contemplant, la mine lugubre, la gravure qui se trouvait coincée de guingois entre la table et le mur de la cuisine. Elle s'était décrochée le matin même, pendant qu'il prenait son café, lui fichant une frousse bleue. Il s'était aussitôt rappelé que Sylvia lui avait prédit l'imminence de cette chute, et il se sentait doublement irrité du fait qu'elle avait eu raison. Du coup, il avait fait l'effort d'aller chercher un marteau et des clous, mais les outils étaient restés à l'endroit où il les avait posés, sur le comptoir. Il savait qu'il aurait dû remettre la gravure en place avant le retour d'Emily, mais il avait l'art de repousser ce genre de projet pendant des semaines. Il n'y avait en fait rien qui pressait.

Avec Emily hospitalisée dans un centre de désintoxication, la maison était d'un silence absolu. Cela lui rappela son enfance, lorsqu'il revenait de l'école. Il rentrait avant Sylvia ; leur mère était cloîtrée dans sa chambre, porte fermée, rideaux tirés. Sylvia lui avait souvent raconté qu'avant la mort de leur père, il y avait eu des domestiques dans la maison, mais lui ne se rappelait pas cette époque. En fait, il n'avait aucun souvenir de Henry Ference ; seul le silence était vif dans sa mémoire. Il appelait sa mère, restant quelque temps à l'arrêt devant la porte close, mais elle ne répondait jamais. Elle était trop malade, disait-elle. Il lui arrivait souvent de ne pas sortir de sa chambre de toute la journée ou, en tout cas, lorsque les enfants se trouvaient dans la maison. Elle leur avait dit : *Sylvia s'occupera de tout*. Sylvia était donc devenue la patronne, et leur mère ne voulait entendre parler de rien. La porte restait close, en dépit de ses supplications.

Walter se leva brusquement et alla mettre son assiette dans l'évier. Il regarda la pluie, par la fenêtre, et passa un doigt sur la cicatrice en forme de coin qui lui trouait le front. C'était une erreur que de confier des pouvoirs aussi illimités à une jeune adolescente. Il regarda le marteau, sur le comptoir, se demandant (sans vraiment s'intéresser à la réponse) si c'était avec celui-ci qu'elle l'avait frappé. Il n'arrivait pas à se souvenir des raisons qui avaient provoqué cette agression. Elle avait six ans de plus que lui, était plus grande et plus forte, et beaucoup de choses la mettaient en colère.

Emily n'avait jamais ignoré qu'il n'aimait pas sa sœur. Il ne s'était pourtant guère exprimé là-dessus, disant simplement que Sylvia se fâchait quand il ne faisait pas ce qu'elle voulait. Emily faisait remarquer que Jane Ference avait confié un fardeau écrasant à Sylvia, et que c'était la manière dont sa sœur s'en déchargeait sur lui. Walter s'était contenté d'acquiescer. Il était inutile d'en discuter. Emily trouvait toujours des excuses aux gens. Il ne lui avait jamais confié qu'il avait rêvé pendant des journées entières, au cours de son enfance, de... mais il n'avait pas réalisé ses projets concernant Sylvia, et avait presque oublié les avoir jamais formulés. Tout cela datait de longtemps. Il ne les mettrait jamais à exécution.

Un coup frappé à la porte le fit sursauter et il se tourna vivement. A travers les plis du rideau de la fenêtre, il vit le visage carré aux traits ordinaires de Phyllis Hodges, déformés par les traînées de pluie, sur la vitre. Elle faisait de grands gestes pour lui demander d'ouvrir la porte avec une expression d'impatience, dans le regard, qui confinait à la frénésie.

Walter alla ouvrir. « Salut, Phyllis. »

La journaliste passa devant lui comme un tourbillon. « Je suis contente de vous trouver, Walter. Mme Ference n'est pas là ? »

Le policier fronça les sourcils. « Elle ne se sent pas très bien.

— Oh ! désolée, répondit-elle un ton plus bas.

— Elle n'est pas ici, mais à l'hôpital.

— A l'hôpital ? Mais c'est sérieux, alors ?

— Non, fit sèchement Walter. Que puis-je faire pour toi ?

— Je suis passée au poste de police, mais on m'a dit que vous étiez parti manger. Le chef n'a évidemment pas voulu me recevoir. Vous savez l'amour qu'il me porte. »

Il y avait quelque chose, dans la voix de la journaliste, qui lui portait sur les nerfs. Un ton strident et autoritaire avec en même temps une note d'apitoiement sur soi-même. Il la détestait, cette voix. Phyllis n'avait jamais été bien séduisante, même adolescente. Elle ne l'avait jamais attiré.

« J'étais trop impatiente pour attendre. Je me suis dit, je vais le coincer chez lui.

— Et qu'est-ce qui ne pouvait pas attendre ?

— Je sais comment vous trouver un témoin, pour le meurtre d'Eddie McHugh. »

Le policier la regarda fixement. Elle avait le visage tout rose d'excitation. Son cœur eut une bizarre petite accélération, mais son ton de voix demeura impassible. « On n'est pas sûr qu'il s'agisse d'un meurtre, remarqua-t-il.

— Mais si, répondit Phyllis avec impatience, nous le savons tous parfaitement.

— Ma petite, tu chasses un peu trop sur un territoire qui n'est pas le tien. » Il croisa les bras et s'adossa contre le bahut d'angle.

La journaliste se rapprocha encore de lui. « J'ai pensé à tout. Vous ne voulez pas savoir ?

— Bien sûr », répondit lentement Walter. Il s'imaginait sentir son haleine chargée, mais ce n'était guère vraisemblable ; à peine si le haut du crâne de la journaliste arrivait à la hauteur de son épaule.

« D'après vous, qui a tué Eddie McHugh ?» demanda Phyllis, qui enchaîna avant que le policier ait pu répondre : « A mon avis, il y a deux possibilités. Newhall revient et le tue ; c'est la première. Après tout, Eddie a déclaré qu'il l'avait vu battre Linda Emery. Mais il a pu inventer cette histoire en pensant que c'était ce que la police voulait entendre. Il y a cependant une autre possibilité. Il a peut-être vu quelqu'un d'autre, dans la chambre. Et cette personne est devenue nerveuse en lisant mon article. »

Evidemment, pensa Walter avec dégoût, il faut que tes articles jouent un rôle crucial. Quelle petite écervelée prétentieuse ! « Tu peux bien spéculer là-dessus jusqu'à la fin du monde, répondit Walter avec une pointe d'énervement dans la voix, tu n'aboutiras à rien.

— Justement pas ! s'écria Phyllis. J'ai un plan. »

Elle le serrait de trop près, jappant comme l'un des petits fox-terriers de Sylvia. Il ne supportait pas d'être acculé de cette façon. « Excuse-moi », dit-il froidement.

Elle s'écarta juste assez pour qu'il l'effleure en passant. Mais elle insista, nullement embarrassée. « Je me suis souvenue avoir lu quelque chose. Ça m'a pris un moment pour me rappeler où et pour le retrouver. » Elle lui tendit un morceau de papier, sur lequel figuraient le nom et l'adresse d'un médecin de Philadelphie.

« Qu'est-ce que c'est ?

— Le mécanicien », exulta Phyllis.

Walter fronça les sourcils. « Mais qu'est-ce que tu racontes ?

— Il prétend ne pas se souvenir de ce qui s'est passé, n'est-ce pas ? Il aurait juste vu Eddie se précipiter devant sa locomotive.

— Oui, c'est ce qu'il a dit.

— Mais il était probablement en état de choc lorsque vous l'avez interrogé.

— On en a tenu compte, Phyllis. Il a été interrogé

253

une deuxième fois, aujourd'hui. Et il n'était plus en état de choc.

— Oui, mais il est toujours traumatisé (la journaliste avait peine à dissimuler sa jubilation). Il n'arrive pas à se souvenir de ce qu'il a vu, parce que ce qu'il a vu l'a traumatisé. Il a tué un homme — accidentellement, d'accord, mais c'est pareil.

— Oui, en effet, malheureusement.

— Bon, reprit Phyllis, dont la voix s'éleva, le toubib de Philadelphie, là, est un spécialiste de ce genre de cas. Il hypnotise les gens. Sous hypnose, ils se rappellent ce qu'ils ont réellement vu. J'ai lu l'histoire d'un cas exactement semblable. Un conducteur de métro. Et j'ai finalement retrouvé l'article, à la bibliothèque. Bref, on amène notre mécanicien à ce type, il l'hypnotise et il sera capable de se souvenir que quelqu'un a poussé Eddie sur la voie. Il pourrait même peut-être nous décrire le présumé. »

Il y avait quelque chose d'infiniment désagréable dans cette manie qu'avait Phyllis d'employer le jargon de la police. Il savait bien qu'elle s'en sentait le droit, à cause de son père policier. Quant à cette expression triomphale sur son visage cramoisi, elle le mettait en rage. Il se força à réfléchir à ce qu'elle venait de lui dire. Il se représentait tout le tableau. Le mécanicien, plongé dans un état de transe profonde, se revoyant aux commandes de la locomotive, revoyant le crépuscule, les rails, l'homme sur la voie, la personne qui avait poussé ce dernier. Ouvrant les yeux et regardant droit dans ceux de Walter, la réponse se formulant peu à peu dans son esprit. Elle avait raison. C'était une bonne idée.

« Qu'est-ce que vous en pensez ? demanda-t-elle fièrement.

— J'en pense que ça pourrait marcher.

— C'est bien mon avis, exulta-t-elle. Vous savez, j'ai bien l'impression que je vais écrire un livre sur cette affaire. Je mentionnerai votre nom dans les remerciements, oncle Walter, ajouta-t-elle pour le taquiner en lui donnant le sobriquet qu'elle employait dans son enfance.

— Merci », répondit Walter d'un ton sérieux. Sur quoi, il glissa le papier avec l'adresse du médecin dans la poche de sa veste.

« Hé ! un instant, dit-elle en essayant de reprendre le papier, comme un enfant tente, en badinant, de prendre un bonbon dans la poche de son père. C'est ma piste. Je tiens à être sur ce coup-là. A ce qu'on sache que c'est moi qui... »

Walter repoussa sa main comme une mouche importune et se dirigea vers le comptoir, sur lequel était toujours posé le marteau.

« Une minute, Walter, dit Phyllis, vexée. Je me suis adressée à vous parce que j'avais besoin de votre aide. Mais ça ne vous donne pas le droit de me court-circuiter. »

C'est vraiment trop bête, pensa le policier. Stan Hodges n'avait pas été un mauvais type. Ils avaient joué au poker et organisé des pique-niques ensemble, ils avaient fait ce que font tous les flics. Une sorte de fraternité. Tous pour un, et ainsi de suite. Mais Phyllis l'avait bien cherché. Même Stan aurait dû le reconnaître, s'il avait encore été en vie. En outre, il fallait la museler, celle-là. Ce truc prenait des proportions inquiétantes, et si elle jappait pendant assez longtemps et assez fort, les gens finiraient par l'écouter, peut-être. Il prit le marteau et lui fit face.

Phyllis, lancée dans ses reproches, se tut brusquement. Il la regardait avec une expression à la fois intense et lointaine. C'était étrange. Effrayant. Jamais elle n'avait vu un tel regard. Elle se sentait toute petite, une simple particule de poussière. Les mains du policier se serraient spasmodiquement sur le manche du marteau.

« Bon, très bien, je vous laisse cette adresse », dit-elle, non sans savoir, en même temps, qu'il ne dépendait plus d'elle de la lui donner ou non. Elle prit brusquement conscience qu'elle n'aurait jamais dû venir ici. Elle était en danger. Elle ne comprenait pas pourquoi, mais elle n'était pas sotte. Elle se rendait compte que l'heure n'était plus à discuter, ou à tenter de comprendre. *Fiche le camp, c'est tout,* se dit-elle. *N'ajoute pas un mot. Fiche le camp.* Elle fit demi-tour et fonça vers la porte mais, d'un mouvement vif, Walter s'interposa.

« Hé ! » protesta-t-elle. Ce n'était qu'un baroud d'honneur. La peur lui étranglait la voix. Bouge, s'ordonna-t-elle. Mais elle avait les pieds vissés au sol. Saisie d'un éclair de compréhension, elle leva les mains tandis que Walter brandissait le marteau avant de l'abattre en visant la tête.

32

« Maman ! »

Le hurlement, en provenance du premier, fit sursauter Karen. Elle poussa un cri et se coupa le doigt avec le couteau qu'elle tenait. Elle attrapa le rouleau de papier de ménage qu'elle tacha de sang en cherchant à en détacher une feuille.

« Qu'est-ce qu'il y a ? » lança-t-elle en courant jusque dans le vestibule, le doigt levé, ce qui n'empêchait pas le sang de traverser le papier.

Jenny dévala l'escalier, le visage blême, serrant dans sa main une feuille de papier à lettres et une coupure de journal. Elle s'immobilisa brusquement à la vue de la main de sa mère, l'œil attiré par la tache écarlate. « Tu t'es coupée ?

— Oui, c'est rien, répondit impatiemment Karen. Qu'est-ce qui se passe ? Qu'est-ce qui t'a pris de crier comme ça ? »

Jenny, les yeux écarquillés, tendit la coupure de journal à sa mère. « Regarde ce que j'ai trouvé... dans la tirelire de Linda. »

Karen fronça les sourcils et voulut prendre les deux papiers.

« Non, tu vas mettre du sang dessus. Laisse-moi te faire un pansement.

— Merci. » Elle alla s'asseoir sur le canapé du séjour. Jenny réapparut avec une boîte prise dans l'armoire à pharmacie ; après avoir posé sur la table basse les documents qu'elle tenait toujours, elle retira le morceau de papier de ménage d'une main tremblante et recouvrit la plaie qui saignait encore d'un pansement adhésif tout prêt. Karen se laissait faire, intimidée, avec l'impression d'être redevenue enfant, tandis que sa fille la soignait.

« Voilà, dit Jenny en s'accroupissant à côté d'elle.

— Merci, ma chérie. »

L'adolescente leva les yeux vers sa mère, posant une main sur ses genoux. « Maman ? Je crois que ce que j'ai trouvé est très important. »

Karen lissa machinalement le bandage et jeta un coup d'œil curieux aux papiers. « De quoi s'agit-il ?

— Lis-les. Je les ai trouvés dans la tirelire de Linda. Commence par l'article de journal. Mais fais-y attention, il est ancien (elle roula en boule le papier de ménage taché de sang). Je vais jeter ça. Lis pendant ce temps.

— D'accord », répondit Karen qui prit délicatement la coupure de presse et commença à la parcourir pendant que Jenny quittait la pièce.

Elle la relut à plusieurs reprises. Un condamné qui s'évade. Randolph Summers. Une information vieille de près de cinquante ans, en provenance d'un trou du Middlewest. Voilà qui ne lui disait absolument rien — sinon que c'était curieux, de la part d'une adolescente, de mettre un tel document de côté.

Puis Karen posa l'article et prit la feuille de papier à lettres décolorée et marquée de plis. L'écriture en était incontestablement enfantine, encore peu formée. La lettre ne s'adressait à personne et remplissait toute la page, sans marge, sans paragraphes. *Je ne sais pas ce que je dois faire. Je n'ai personne au monde à qui le dire. J'y ai beaucoup, beaucoup réfléchi, mais il n'y a pas de réponse. Si je raconte ce qu'il me fait, alors il dira tout sur*

Papa et Papa devra retourner en prison pour le reste de ses jours. Tout d'abord je ne l'ai pas cru, et puis il m'a amené cet article, pour prouver que c'était vrai. L'homme sur la photo, c'est mon père. Il n'a pas menti, là-dessus. Il faut donc que je me taise et que je le laisse faire ce qu'il veut. Mais je ne vais pas pouvoir le supporter plus longtemps. Les choses qu'il me fait sont terribles. Et aussi, elles me font mal. Chaque jour, quand je me réveille, je regrette de ne pas être morte. Je demande à Dieu de m'aider, mais Dieu n'écoute pas. Je ne pourrai jamais me marier et avoir une vie normale, car il m'a détruite et les hommes vont penser que je suis un déchet. Je sais que ce serait un péché mortel que de me suicider, mais il y a des moments où il me semble que c'est la seule chose à faire.

Karen lut également ce texte à plusieurs reprises. Jenny revint sans faire de bruit dans la pièce et s'assit par terre, le visage tourné vers sa mère. Celle-ci secouait la tête, comme si elle refusait ce qu'elle venait de découvrir. « Mon Dieu, murmura-t-elle. Pauvre enfant... pauvre Linda. »

Jenny se mit soudain à pleurer, regardant sa mère, qui continuait à secouer la tête, avec une expression impuissante. C'était horrible à imaginer. Karen prit la main de sa fille et la serra très fort dans la sienne. « La pauvre petite, répéta-t-elle, les yeux emplis de larmes.

— Qu'est-ce que ça veut dire, Maman ? Evidemment, je comprends bien, dans une certaine mesure... »

Karen jeta un coup d'œil à l'adolescente, presque une enfant, encore, mais qui, grâce aux films et à la télévision, était largement au fait des aspects sordides de la vie — au moins en termes d'information. Elle lui serra un peu plus la main. « Ta mère a été la victime d'un crime odieux. Quelqu'un a exercé un chantage sur elle, à cause de cette information sur son père.

— Son père était un prisonnier échappé ? Est-ce que tu crois que ma gr... que sa mère le savait ? »

Karen secoua lentement la tête. « Non, je ne crois pas. Son père avait sans doute gardé le secret. Et Linda l'a aussi gardé. Comme le voulait son bourreau.

— Et il la faisait chanter, mais pas pour de l'argent », observa Jenny. Ce n'était pas une question.

« En effet, pas pour de l'argent. La pauvre petite...

— Attends une minute ! s'écria Jenny. Tu ne crois tout de même pas que c'est Papa ? »

Karen parut décontenancée. « Papa ! Non, bien sûr que non ! » Elle relut la lettre, regrettant que, dans sa frayeur, Linda n'ait pas nommé son tourmenteur. « Non, bien sûr que non », répéta-t-elle.

Comme quelqu'un qui explore une carie douloureuse, Jenny reprit : « Et s'il l'avait forcée par chantage à me donner ? »

Elle comprit que sa fille, pas un instant, n'y avait cru. Jenny imaginait simplement les questions de la police. Karen se sentit prise de pitié à l'idée qu'une gamine pût être aussi familière avec de telles questions. Elle la regarda et, pendant un bref instant un peu surréaliste, éprouva une profonde fraternité avec la jeune femme assassinée, une compréhension aussi lucide que si elles avaient partagé leurs pensées les plus secrètes. « C'est impensable. Jamais elle n'aurait accepté le principe d'une telle adoption. »

Elle examina de nouveau la lettre, évoquant l'image de cette toute jeune fille qui avait essayé de protéger son père, qu'elle aimait, et sa famille. Payant le prix fort avec le peu qu'elle avait, à savoir sa dignité et son innocence. « Non, répéta Karen. Jamais ta mère n'aurait abandonné son enfant en connaissance de cause à un monstre. D'ailleurs, si elle a pu revenir ici voir ton père... Tu as raison, pour ces papiers. Ils sont extrêmement importants. Son assassin, c'est lui. J'en suis sûre. Ton père a raison. C'est pour le confondre qu'elle était revenue.

— Qu'est-ce que tu veux dire, Papa a raison ? »

Karen détourna les yeux, prise par surprise. Jenny ignorait leur rencontre, le soir de la répétition. « Je voulais juste dire... d'après lui, il y avait une autre explication. La voilà. »

Jenny partit d'un petit rire sec. « Et moi qui croyais qu'elle était revenue pour moi.

— Pour toi aussi, la rassura machinalement Karen, qui réfléchissait à tout ce que ces deux documents impliquaient. Mais ce n'était pas la seule raison....

— Mais pourquoi ? protesta Jenny. Pourquoi après tout ce temps ? Quatorze ans ! C'est absurde...

— Hmmmm... » Karen fronça les sourcils, repensant à ce que leur avait déclaré Linda. Elle était venue pour faire la connaissance de Jenny. Elle était venue pour la Fête des Mères. Elle était venue parce qu'elle avait appris... et soudain Karen comprit pourquoi. Tout se tenait, maintenant. « Parce qu'il était mort.

— Qui ça ?

— Son père. Elle nous a dit que son père était décédé quelques mois auparavant. Ce qui signifiait que son maître-chanteur n'avait plus prise sur elle. Avec la disparition de son père, elle était libre de revenir, libre de dénoncer cet homme — on ne renvoie pas un mort en prison. »

Jenny poussa un cri et bondit sur ses pieds. « Tu as raison ! Tu as raison ! Maman, tu es un génie ! »

Karen lui fit signe de se rasseoir. « Ne t'excite pas trop. Nous ne savons toujours pas de qui il s'agit. » Elle se tourna vers la fenêtre ; dehors, il faisait nuit et la pluie tombait. Soudain, elle se sentit très vulnérable. Quelqu'un de diabolique avait choisi de les mêler à cette affaire, avait monté une machination pour piéger Greg. Quelqu'un de dépravé, qui en connaissait trop sur eux. L'idée d'être seule avec sa fille dans cette grande maison la terrifia. Personne n'est au courant de l'existence de ces documents, se rappela-t-elle. Personne ne sait que nous les détenons. Le tueur pense être à l'abri.

« Oui, mais la police peut découvrir de qui il s'agit, maintenant que nous avons ces papiers. Et Papa peut revenir à la maison. »

Karen secoua la tête. « Ce n'est pas aussi simple.

— Mais pourquoi ? Il suffit de les appeler et de leur expliquer...

— Laisse-moi réfléchir. Il faut agir à bon escient.

— Vas-y, M'man ! Plus vite on leur dira, plus vite Papa pourra revenir. »

Karen se leva et, suivie de Jenny qui dansait d'un pied sur l'autre d'impatience, alla décrocher le téléphone du vestibule.

« Qui appelles-tu ? demanda-t-elle pendant que sa mère composait le numéro.

— Notre avocat. M. Richardson.

— Pas lui ! Il ne pourra rien faire ! »

Pendant que sa fille continuait à la harceler, elle entendit, le cœur serré, la voix enregistrée d'Arnold Richardson, expliquant qu'il était absent pour raison d'affaires et qu'il fallait rappeler le mardi suivant ou laisser un message sur le répondeur.

Déprimée, Karen raccrocha. « Il est parti pour le week-end, dit-elle.

— Allons à la police ! s'écria Jenny, se mettant à tourbillonner sur elle-même, bras serrés. Je l'ai sauvé ! J'ai sauvé mon Papa !

— Tais-toi, dit Karen d'un ton sec, contemplant les documents qu'elle tenait à la main. Tais-toi, je réfléchis. »

33

Le Harborview bar était un établissement de Dartswich, port de pêche situé à environ trente kilomètres de Wayland. La ville était moins bien fréquentée et prospère que Wayland, et souffrait beaucoup de la fermeture d'une conserverie et de problèmes de déchets toxiques qui avaient fait grand bruit. Comme le port, le bar présentait un aspect lugubre déprimant ; il avait un décor inspiré de thèmes maritimes rebattus, avec un filet à poisson accroché au plafond, et des tables entourées de chaises dites « de capitaine » couturées de cicatrices. Un juke-box assurait le fond musical et les grands succès des années cinquante emplissaient la longue salle enfumée de la taverne mal éclairée. Greg trouva presque comique d'avoir l'air trop bien habillé, avec sa chemise sport et son pantalon kaki. La plupart des clients portaient des T-shirts ou des chemises de travail toutes froissées. Quelques-uns lui jetèrent un coup d'œil dénué de tout intérêt quand il entra, avant de retourner à leur bière. Il se glissa sur un tabouret de bar, adressa un sourire forcé au type assis à deux places de lui, puis tourna son attention vers la barmaid, attendant l'instant de saisir son regard.

Elle vint finalement dans son coin. Elle avait une queue de cheval, et son buste avachi se dissimulait dans un T-shirt trop grand sur lequel on lisait « Surf's Up ».

« Ça sera quoi ? » demanda-t-elle.

Greg savait parfaitement qu'il devait commencer par commander une boisson avant de demander le moindre renseignement ; mais il était tellement affamé qu'il redoutait l'effet qu'aurait l'alcool sur lui. La fille, qui avait dû manifestement le cataloguer comme un amateur de bière en bouteille, hocha la tête d'une manière approbatrice quand il commanda un demi-pression. Elle le tira et posa le verre devant lui. Greg lui tendit un billet de cinq dollars et lui fit signe de garder la monnaie quand elle voulut la lui rendre. C'était pratiquement tout ce qui lui restait, songea-t-il avec une grimace, mais il n'avait de toute façon nulle part où aller pour le dépenser. Il fit semblant de siroter sa bière et attendit. Comme il l'avait prévu, la fille revint à sa hauteur lorsqu'elle se fut occupée de ses quelques autres clients.

Il entama avec elle une conversation à bâtons rompus, attaquant par la pluie et le beau temps pour continuer par le base-ball. La femme qui, à en croire les autres consommateurs, répondait au prénom d'Yvonne, secouait la tête comme pour chasser les mèches graisseuses qui lui retombaient sur le front. Elle alluma une cigarette et s'adossa à l'étagère des bouteilles. En bonne barmaid, elle le laissa diriger la conversation à son gré. Il avait le cœur qui cognait et les lèvres de plus en plus sèches au fur et à mesure qu'il se rapprochait du sujet qu'il voulait aborder.

« Ecoutez, dit-il en baissant la voix. Je ne suis pas venu ici uniquement pour prendre une bière. »

Yvonne tira sur sa Marlboro, pinça les lèvres et acquiesça sans mot dire, le regard froid.

Greg tira la photo de sa poche. « En réalité, je suis à la recherche d'une information. »

Yvonne secoua la tête, dégoûtée. « Un flic !

— Non, je ne suis pas flic, protesta Greg en plaçant la photo sur le bar. Il s'agit de ma femme.

— Ah bon ? fit la barmaid, ignorant le cliché.

— Je sais qu'elle me fait des coups en douce. J'ai trouvé le nom de ce bar dans son agenda avec une mention lundi dernier. Sans vouloir vous offenser, ce n'est pas le genre d'endroit où elle a l'habitude d'aller. »

Yvonne eut un sourire triste qui semblait dire qu'elle était bien d'accord.

« J'ai mon idée sur l'identité du type, reprit-il, mais j'ai besoin de savoir.

— Vous n'avez qu'à lui demander », lui suggéra Yvonne en écrasant son mégot.

Greg secoua la tête, puis il reprit la photo et la lui tendit. « Vous étiez de service, ce soir-là ? »

Yvonne réfléchit. « Lundi dernier ? Oui.

— Pouvez-vous simplement jeter un coup d'œil ? »

La barmaid essaya de jouer les blasées, mais la curiosité l'emporta. Elle prit la photo, l'examina rapidement et la rendit à Greg. « Ouais, dit-elle.

— Oui quoi ? demanda Greg, dont le cœur faisait des bonds.

— Elle était là.

— Toute seule ? » Le coup de la portière miraculeusement ouverte, une fois de plus. La chance tournait en sa faveur, décidément.

« Vous voulez le savoir, ou non ?

— Avec...

— Un homme. » Elle haussa les épaules.

Jouant son rôle, il abattit le poing sur le bar. « La

salope ! Est-ce que vous vous souvenez de la tête qu'il avait ? »

Yvonne eut un petit gloussement. « Ces deux-là, je ne risque pas de les oublier », répliqua-t-elle, ravie de lire de la curiosité et de la surprise sur le visage de son interlocuteur.

« Hé, Yvonne, tu nous remets ça ! » lança quelqu'un.

La barmaid adressa un sourire de sphinx à Greg. « Un client. »

Il se redressa, abasourdi. Un témoin. Si facile à trouver — quand on savait où chercher. L'étincelle d'espoir qui l'avait conduit ici se mit à flamboyer. Cette femme pouvait le sauver. Son témoignage pouvait à coup sûr le tirer de là. Il prouvait que Linda s'était trouvée avec quelqu'un d'autre, ce soir-là, alors qu'il était depuis longtemps rentré chez lui. Il allait retrouver la liberté. Il essaya de ne pas penser aux difficultés et aux possibilités qui, dorénavant, l'attendaient. Pour l'instant, l'essentiel était de se débarrasser de l'inculpation de meurtre. Il regarda la peu séduisante Yvonne, à l'autre bout du bar, et elle lui fit l'effet d'être son ange gardien.

Greg, quand il la vit venir à petits pas nonchalants vers lui, eut envie de la prendre dans ses bras et de l'étreindre. Merci encore, Seigneur. Je ne le méritais pas, mais merci tout de même. Yvonne venait d'allumer une nouvelle cigarette, qu'elle pointa vers la bière de Greg. « Elle n'est pas bonne ? »

Greg secoua la tête. « J'ai l'estomac à l'envers, avoua-t-il.

— Justement, la bière vous fera du bien. »

Mais il n'avait pas envie de perdre de temps. « Je suis surpris que vous vous en souveniez aussi bien, dit-il.

— Oh, ce n'était pas bien difficile. Lui, c'est un flic. »

Greg la regarda comme si elle venait de parler en hébreu.

« Le petit ami de votre femme est un flic. »

Subitement, il se sentit tout faible et pris de tournis. « Et... comment le savez-vous ?

— Comment croyez-vous que je me le rappelle aussi bien ? répliqua-t-elle, ravie de l'effet que faisait sa révélation. Quand il est arrivé au bar, j'ai remarqué qu'il avait un pétard sous sa veste. J'ai tout d'abord bien cru qu'il allait nous dévaliser, ou pire. Mais au moment de payer, j'ai vu l'écusson, dans son porte-feuille. Il m'a quand même donné des vapeurs, vous savez.

— Un flic... » Greg se tassa sur lui-même, l'espoir le quittant comme l'air d'un pneu crevé.

« Ce n'était pas le type auquel vous pensiez ? »

Il secoua négativement la tête.

« Dites, peut-être qu'elle ne couche pas avec lui. Peut-être s'agit-il d'autre chose. D'ailleurs, ils n'avaient pas l'air d'avoir beaucoup de sympathie l'un pour l'autre, et encore moins d'être amoureux. Sans compter que le type était assez vieux pour être son père. »

Greg essaya de se ressaisir. « De quoi avait-il l'air ? »

Yvonne réfléchit pendant quelques instants. « Des cheveux gris, des lunettes — celles qui ont une forme bizarre. Oh, et une cicatrice curieuse au front. Un véritable trou. »

Greg sut immédiatement de qui il s'agissait. Le lieutenant-détective responsable de l'affaire de Linda. Walter Ference. Impossible ! Il n'avait pas le moindre souvenir de Linda faisant allusion à un membre de la force de police. Même si, dut-il reconnaître avec tristesse, il n'avait su que bien peu de chose sur la jeune fille, au moment de leur liaison. Mais pourquoi Walter Ference... ? Quelle que soit la raison, cela expliquait beaucoup de choses. Depuis le début, il était convaincu que celui qui l'avait piégé était au courant depuis des années de sa liaison avec Linda. Walter Ference, lui, pouvait ne l'avoir sue que depuis quelques heures. Après la déposition du témoin dont il avait parlé, le flic avait vu en lui le suspect idéal et il l'avait coincé avec la clef de la chambre. Ference avait disposé d'une situation parfaite pour tendre son piège. Oui, pensa Greg, ça se tenait. Mais cela réduisait à néant tout espoir de se dédouaner. Il essaya de s'imaginer débarquant parmi les policiers et accusant Walter Ference. Hé ! les mecs, j'ai un suspect à balancer. L'adjoint de votre patron. Il leva de nouveau les yeux vers Yvonne. Il ne lui restait plus qu'un seul espoir, mais avant même de poser sa question, il se doutait de ce que serait la réponse. La plupart des gens répugnaient fortement à accuser la police. Il devait toutefois essayer de convaincre la barmaid.

Il se pencha sur le bar. « J'ai besoin de votre aide », dit-il d'un ton pressant.

Yvonne éclata d'un petit rire dur. « Balancer un flic ? Et comment, mon pote ! J'ai envie de me suicider !

— Vous êtes la seule qui puisse m'aider, la supplia Greg.

— Ecoutez. Je suis désolée pour vous, mais je fais pas la conne avec les flics. Engagez un détective privé pour les filer et prendre des photos. Pas question de m'embringuer dans vos histoires. »

La sensation de tournis le reprit, accompagnée de nausées. Il n'avait bu que quelques gorgées de bière, pour amadouer Yvonne, mais, combinées avec la tension, elles le rendaient malade. « Vous ne comprenez pas », reprit-il au désespoir. Il se rendit compte qu'il ne pouvait pas s'expliquer : il était recherché par la police, accusé de meurtre. « Je vous en prie... » Il se sentait embrouillé et aurait voulu ne pas avoir ce ton désespéré. « Je pourrais vous faire citer à comparaître par la justice. »

Les yeux de la femme se rétrécirent devant tant d'insistance et d'ingratitude. Plus que tout, l'allusion à la justice la mettait en colère. Puisqu'il ne comprenait pas, elle allait lui expliquer qu'elle n'avait aucune intention de coopérer. Aucune. « Ecoutez bien ce que je vais vous dire ! lança-t-elle d'une voix stridente. Je ne vous ai jamais vu. Je ne les ai jamais vus. Je ne sais rien. Voilà ce que je dirai si on me le demande. Vu ? Pigé ?

— Mais..., protesta-t-il avec un geste vers le bras d'Yvonne, comme si c'était une bouée de sauvetage.

— Hé ! mon chou, t'as des problèmes avec ce type ? »

Un client, un gaillard corpulent au visage rougeaud et au regard batailleur, s'approcha du tabouret sur lequel Greg se recroquevilla, détournant le visage de peur d'être reconnu.

« Tirez-vous d'ici, dit Yvonne. Allez, du balai. »

Greg se laissa glisser de son tabouret. Inutile d'insister davantage. Elle ne lui devait rien. Elle ne changerait certainement pas d'avis. Et c'était une très mauvaise idée d'attirer ainsi l'attention sur lui. Il lui fallait réfléchir, et il ne pouvait le faire ici.

« D'accord, marmonna-t-il. Merci de m'avoir parlé. Désolé. » Il garda la tête baissée tout en se dépêchant de gagner la sortie, soucieux de se mettre le plus rapidement possible hors de portée des regards soupçonneux d'Yvonne et de son preux chevalier.

34

Avec circonspection, Walter, au volant de la Volvo grise de Phyllis, fit le tour du parking du grand centre d'achat de Cape Shore et finit par choisir un emplacement au beau milieu, non loin d'une entrée. Il ne voulait surtout pas laisser la voiture dans un angle isolé. Un gardien mort d'ennui aurait peut-être fini par se rendre compte qu'elle n'avait pas bougé depuis des jours. Tandis qu'ici, où les places restaient rarement vides longtemps, personne ne faisait attention au va-et-vient des véhicules. Il faudrait plusieurs semaines avant que l'on finisse par remarquer la Volvo. Et le temps était important. C'était de ça qu'il avait le plus besoin.

La pluie lui rendait service. Avec un temps pareil, même les adolescents ne traînaient pas dans le parking. Il descendit de voiture, le chapeau tiré sur les yeux, le col relevé, et se dirigea d'un pas rapide jusqu'à l'entrée du centre commercial, simplement au cas où quelqu'un l'aurait vu quitter le véhicule. Il parcourut deux des allées du dédale de commerces, à l'intérieur, puis ressortit dans la nuit. La tête toujours baissée et du même pas vif, il se dirigea vers l'arrêt de bus. Il y avait bien un centre d'achat plus petit à quelques kilomètres seulement de son domicile, et d'où il aurait pu revenir à pied ; mais il savait qu'il aurait attiré l'attention, marchant ainsi sous la pluie. Il ne pouvait courir le risque d'être reconnu par quelqu'un et de se voir offrir d'être reconduit. Il avait donc choisi Cape Shore parce que ce centre d'achat était récent, énorme et loin de chez lui. Afin de faire tourner les affaires, les commerçants finançaient un service d'autocars en direction de toutes les villes environnantes. Walter était loin d'être seul dans le véhicule, ce soir-là. Il alla s'asseoir près du fond. Les gens s'efforçaient de garder leurs distances, afin d'éviter les imperméables mouillés et les parapluies dégoulinants. Le policier regarda vers l'extérieur et vit le reflet de son visage dans la vitre, sur laquelle s'écoulaient des gouttes de pluie, comme des larmes.

C'était un visage simple, normal, mis à part la cicatrice laissée par le coup de marteau, sur le front. Rien, dans ce visage, n'aurait pu laisser supposer que, une heure auparavant, il avait battu une femme à mort. Walter croisa ses mains gantées devant lui et, tandis que le bus s'éloignait en cahotant, révisa l'ensemble de ses plans dans sa tête.

Avant de quitter la maison, il avait transporté le corps de Phyllis Hodges dans le sous-sol, dont la porte donnait sur l'allée où était garée sa voiture. Plus tard, dans la nuit, il chargerait rapidement le cadavre dans le coffre pour l'emporter. Personne, dans le voisinage, ne prêtait attention au fait qu'il allait et venait aux heures les plus indues : cela faisait partie de son travail. Quant à l'endroit où il se débarrasserait de l'encombrant colis, il y avait beaucoup pensé.

Il avait tout d'abord envisagé de le fourrer dans le

coffre de la Volvo, avant d'abandonner la voiture sur le parking du centre commercial. Mais, après mûre réflexion, il avait conclu qu'il valait mieux qu'elle ait l'air d'avoir été enlevée sur ce parking. Comme si le crime avait été commis par hasard. Son idée était de jeter le corps dans un endroit où il ne serait pas trouvé avant des mois, de façon qu'il ait le temps de se décomposer. Moins il en resterait, moins il y aurait d'indices. Tout bon flic sait cela. Il avait eu de la chance avec Rachel Dobbs, la fille que tout le monde appelait Ambre. Même lui, maintenant, l'évoquait sous ce nom. Il n'en avait pas eu autant avec Linda.

La benne à ordures lui avait pourtant paru une bonne idée. Si seulement ces deux imbéciles ne s'étaient pas débarrassés en douce de leurs détritus, le corps de Linda aurait été transporté vers la plus proche décharge sans incident. Il ne pouvait s'empêcher de penser que les choses commençaient à tourner à son désavantage. Il eut un froncement de sourcils qui plissa la cicatrice de son front en cul de poule. Jamais il n'avait voulu tuer quiconque. Ce n'était pas son genre. Avec Ambre, il s'était agi d'un accident, en vérité. Il aurait été injuste, vraiment, de lui en attribuer la faute.

Une femme corpulente s'éclaircit ostensiblement la gorge, le foudroyant du regard. Levant les yeux, il se rendit compte que l'objet de cette mauvaise humeur était son parapluie. Il l'enleva du siège voisin. La femme fit tout un numéro, essuyant le siège avec un Kleenex qui partait en charpie, avant de s'y installer en se tortillant. Walter se tassa contre le flanc du bus. Il trouvait la plupart des femmes adultes répugnantes. Depuis toujours, il préférait les adolescentes et, parmi elles, les plus jeunes. Tous ses fantasmes sexuels étaient placés sous le sigle SM, pour employer le jargon de la police des mœurs — sado-maso, autrement dit. Mais, pendant des années, ces fantasmes étaient restés tels. Il n'avait eu un avant-goût de la chose qu'une fois au Viêt-nam, où les prostituées adolescentes abondaient. Il avait même cassé le nez de l'une d'elles, mais une poignée de billets verts glissés dans la main de la sous-maîtresse du bordel avait tout arrangé. Lorsqu'il était revenu aux Etats-Unis, il s'était dit qu'il devrait dorénavant se contenter de ses fantasmes. C'est sans doute ce qui se serait passé, si le sort ne s'en était pas mêlé. Tout avait commencé lors d'une enquête à la suite d'un vol à main armée ; minutieux, comme à l'habitude, il était tombé par hasard sur l'information concernant Randolph Summers. Ce visage lui disait quelque chose. Il lui avait fallu un certain temps pour l'identifier. Ironie du sort, la réponse lui avait été donnée à l'église, un dimanche où il s'était retrouvé derrière la famille Emery. Sans prêter aucune attention au sermon, oubliant Emily à ses côtés, il dévorait des yeux la ravissante jeune fille assise devant lui, imaginant ce que devait être son corps en bouton, sous sa robe à ramages. Une mantille en dentelle blanche recouvrait ses cheveux sombres et brillants, et son père, de temps en temps, lui prenait la main avec un sourire. C'est à l'une de ces occasions qu'il avait eu brusquement sa révélation : il avait effectivement déjà vu le visage de Randolph Summers. C'était celui de Jack Emery. Si la chose s'était produite dans la rue, il l'aurait probablement arrêté sur-le-champ. Mais ils se trouvaient dans une église. Il ne se voyait pas très bien bondissant sur le type et lui arrachant son rosaire pour lui passer les menottes. Il était donc resté tranquillement assis, attendant la fin de la messe. Et c'est pendant ce temps-là, alors qu'il se préparait à arrêter le fuyard, que lui était venue son idée, à propos de la fille de Jack Emery.

« A quelle rue sommes-nous ? » demanda la femme assise à côté de lui.

Walter sursauta et scruta la nuit par la fenêtre. Il avait perdu toute notion du temps, emporté par ses souvenirs. « Congress Street », marmonna-t-il.

La grosse femme se hissa hors du siège et s'éloigna vers les portes. Le policier laissa échapper un long soupir, soulagé d'en être débarrassé.

Son esprit revint à Linda. Elle avait été à ses ordres

pendant plusieurs années. Il avait réalisé tous ses fantasmes, donné libre cours à toutes ses pulsions. Tout avait marché encore mieux qu'il ne l'avait espéré. Puis elle s'était enfuie. Longtemps, il avait refréné ses désirs, se rabattant sur la pornographie et rêvant du jour où il prendrait sa retraite et pourrait retourner en Extrême-Orient. Il lui avait fallu toute sa volonté, car il savait qu'il ne retrouverait jamais une situation aussi parfaite que celle qu'il avait connue avec Linda Emery. Puis, un jour qu'il n'était pas en service, il avait surpris une fille qui volait un baladeur dans un magasin de disques. Il l'avait suivie et accostée à l'extérieur. Il s'agissait, avait-il découvert, d'une adolescente en fuite, Rachel Dobbs, originaire de Seattle, n'ayant personne pour la cautionner. Elle était terrorisée et prête à faire n'importe quoi. Lui n'avait pu y résister.

Mais voilà, c'était une erreur. Il ne détenait pas sur elle le même pouvoir que sur Linda. Elle s'était mise bientôt à se rebiffer et à le menacer. La colère, chez le policier, l'avait emporté. Elle avait une manière de le défier qui le mettait hors de lui et le marteau, dans la boîte à outils, s'était trouvé à portée de main. Mal à l'aise à ce souvenir, Walter changea de position. Soudain, il eut l'impression que les lumières du bus étaient trop vives.

« Wayland ! » annonça le chauffeur. Walter plissa les yeux pour déchiffrer le nom de la rue. Il allait descendre un peu plus loin, vers le centre. De là, il n'aurait qu'une courte marche à faire. Il tira le cordon et attendit le dernier moment pour se lever et gagner les portes arrière. Il se sentit mieux une fois sur le trottoir, dans la pénombre de la rue.

Il ouvrit son parapluie, rentra la tête dans les épaules et entreprit de regagner son domicile. Il s'était débarrassé de la Volvo. C'était déjà une bonne chose de faite. Il lui fallait maintenant disposer du cadavre. Grâce à sa formation de policier, il savait comment ne pas commettre les fautes les plus coûteuses, comment éviter de laisser des indices derrière lui. Il avait longuement réfléchi à la question et décidé que la meilleure solution consistait à déposer le corps dans la villa de personnes qui, cette année, se rendaient en Europe et avaient préféré ne pas louer leur maison d'été. Il en était sûr, puisqu'il avait été demandé à la police de passer régulièrement jeter un coup d'œil sur place. Il n'était cependant pas prévu que la patrouille vérifie le garage. Il n'y avait aucune raison de le faire. Si bien que la porte allait rester fermée au bas mot six mois, sinon un an.

Walter leva les yeux et aperçut sa maison, au loin. De jour, on remarquait la peinture qui s'écaillait, les bardeaux cassés ; mais, dans l'obscurité, elle paraissait toujours imposante. Henry Ference, son père, avait été un avocat célèbre dans la région, et Walter se demandait parfois s'il n'avait pas hérité de son habileté ; il se disait souvent qu'il aurait pu faire aussi bien que lui ; que les circonstances avaient simplement joué en sa défaveur. Il n'y avait pas eu assez d'argent à la maison, à l'époque, pour l'envoyer fréquenter les prestigieuses universités de la région, si bien que Walter s'était résigné à entrer dans la police. Mais les choses tournaient toujours mal pour lui.

Cette histoire avec Phyllis, par exemple. Voilà qu'elle débarque avec cette idée d'hypnose et qu'elle n'en démord pas. Comme un chien qui ne veut pas lâcher son os. Et Walter savait que si jamais le mécanicien revoyait le visage de celui qui avait poussé Eddie McHugh sous les roues de la locomotive, ce visage serait le sien.

Toute l'affaire était construite en cascade : il n'avait jamais eu l'intention de tuer à nouveau après le meurtre d'Ambre. Il avait été terrifié, lorsque cela s'était produit. Et voilà que Linda réapparaît et le menace. Qu'elle déclare vouloir le dénoncer. Raconte des absurdités à propos d'un test de l'ADN, qui prouverait que la petite Jenny Newhall est sa fille. Sauf que c'était pas tellement des absurdités. Elle pouvait le perdre. Il ne savait pas, à ce moment-là, qu'elle avait aussi dit à Greg Newhall que c'était lui le père. Tout ce qu'il savait, c'est qu'il était devenu nécessaire de la tuer, qu'il n'avait pas le choix. Mais une fois le cadavre jeté dans la benne, il avait dû revenir dans la chambre pour s'assurer qu'il n'y restait rien pouvant l'impliquer. Ce qui lui avait échappé, c'est que le veilleur de nuit n'attendait qu'une chose : voir la lumière se rallumer dans la 173 pour sauter sur l'occasion de mater Linda. Au lieu de cela, il avait vu Walter fouillant dans ses affaires. Eddie avait laissé échapper cette information lorsque Walter l'avait interrogé, au poste de police, avec l'espoir qu'on laisserait tomber l'accusation de voyeurisme concernant Phyllis Hodges. Il s'était rendu compte de son erreur dès que les mots étaient sortis de sa bouche. Eddie avait payé fort cher pour ses petites faiblesses. Walter rechignait à l'admettre, même au fond de lui-même, mais il n'avait pas été tellement difficile de pousser Eddie sur la voie. Il avait toujours entendu dire, en particulier par les types qui travaillent dans le système carcéral, que lorsqu'un homme a tué une première fois, il recommence plus facilement. Il avait toujours pensé que des gens comme ça étaient comme des animaux. Que lui n'était pas ainsi. Qu'il était civilisé. S'il avait tué ces personnes, c'était pour une seule et unique raison : il n'avait pas eu le choix, c'était absolument nécessaire. Il n'aimait pas le faire. Il devait reconnaître, cependant, que ça lui était de plus en plus facile.

Walter atteignit les marches du perron et les escalada vivement, comme d'habitude. Inutile de s'inquiéter davantage. Il était presque tiré d'affaire. Il n'avait qu'à se concentrer sur ce qui restait à régler. Il allait se préparer un thé bien chaud pour chasser l'impression de froid, puis il s'occuperait du corps. Il claqua la porte, derrière lui, la verrouilla et s'avança dans le vestibule sombre. Soudain, une silhouette se dessina dans l'obscurité, devant lui. « Bordel de Dieu ! s'écria-t-il.

— C'est moi, Walter, dit Emily.

— Mais qu'est-ce que tu fous ici ? » demanda-t-il, furieux.

Emily prit un air coupable. « Je n'arrivais pas à le

supporter. J'ai demandé à partir. Je suis rentrée en taxi. Je t'en prie, ne te fâche pas. »

Walter la regarda sans rien dire.

35

« Qu'est-ce qui est arrivé à la gravure ? » demanda Emily d'un ton timide, tout en lui versant du thé.

Walter jeta un coup d'œil au trou dans le mur, et à la tache plus claire du papier peint qui trahissait la présence d'un cadre. Il avait jeté la gravure dans un sac-poubelle, dans sa hâte à tout nettoyer avant de quitter la maison au volant de la Volvo de Phyllis. Un geste automatique ; il fallait débarrasser la pièce de tout ce qui aurait pu suggérer une bagarre, même si la gravure s'était détachée seule, avant l'arrivée de la journaliste. « Elle est tombée, répondit-il sèchement.

— Le verre s'est cassé ?

— Oui. »

Emily acquiesça et serra les lèvres. « Il faudra que je mette quelque chose à la place.

— Ouais. » Tous les deux savaient qu'elle n'en ferait jamais rien.

Le silence, dans la cuisine, ne fut rompu, pendant un certain temps, que par le bruit d'Emily lampant son soda. Elle le reposa sur la table, puis le reprit pour essuyer avec soin le rond qu'il avait laissé. « Je sais que tu es furieux que je sois revenue à la maison, dit-elle avec une certaine hésitation.

— Mais non, je ne suis pas furieux.

— Tu comprends, je me sentais tellement mal, là-bas. Toutes ces questions personnelles... Ce n'était pas tellement le sevrage qui m'embêtait. Honnêtement. Oh ! ça n'était pas drôle, évidemment, mais je crois que je n'avais que ce que je méritais. C'est plutôt cette manie de faire des groupes et de l'action psychologique. J'avais horreur de ça. On n'arrêtait pas de me demander de parler de... tu sais... du passé. Ils ne sont contents que quand on leur a donné tous les détails. Et il y a... Je... je crois que certaines choses ne regardent personne d'autre que soi-même et Dieu. »

Walter acquiesça.

« Mais j'ai vraiment l'impression que ça va aller, maintenant. Vraiment.

— Tant mieux », dit Walter, prenant une autre gorgée de thé.

Emily se rassit et sentit son cœur écrasé par un vieux poids familier : il n'allait pas la critiquer. Il ne le faisait jamais. Il ne se fâchait jamais contre elle, ni ne s'opposait à ce qu'elle faisait. Elle n'avait aucune raison de s'expliquer devant lui. Il était l'époux parfait, pensa-t-elle, et elle éprouva, au fond d'elle-même, ce vide qu'elle avait temporairement oublié à l'hôpital. Elle n'ignorait pas ce que pensaient les autres : qu'elle aurait dû se sentir pleine de gratitude. La plupart des hommes se seraient débarrassés d'une femme comme elle depuis longtemps, ou bien l'auraient battue, n'importe quoi. Mais jamais Walter ne perdait patience avec elle. Les larmes lui montèrent aux yeux. Elle les chassa d'un revers de main. Il n'eut pas l'air d'y faire attention.

La sonnerie du téléphone les fit sursauter l'un et l'autre. Emily regarda craintivement son mari. « C'est peut-être Sylvia, dit-elle.

— Je n'ai pas envie de lui parler.

— Elle va se demander pourquoi je suis à la maison, observa-t-elle, inquiète.

— Ça ne la regarde pas. »

Emily vit bien qu'il n'allait pas répondre. Comme elle regrettait de ne pas être de ces personnes capables de laisser se prolonger une sonnerie sans décrocher ! Mais elle se sentait trop coupable. Si on l'appelait, il était de son devoir de répondre. Elle alla lentement jusqu'à l'appareil et souleva le combiné comme si elle tenait une bombe à retardement. Elle sentit sa gorge se serrer à l'idée d'entendre la voix de Sylvia, à l'autre bout, pleine de réprobation et stridente. Elle se passa la langue sur les lèvres et murmura : « Allô ?

— Madame Ference ? fit une voix qu'elle ne connaissait pas.

— Oui, admit Emily, mal à l'aise.

— Je m'appelle Karen Newhall. Je sais bien qu'il est tard et je suis désolée de vous ennuyer vous et votre mari, mais il faut que je parle avec le lieutenant Ference. »

Emily se sentit soulagée, pourtant elle n'ignorait pas que ce n'était qu'un sursis. Sylvia n'allait pas tarder à savoir, mais au moins, pour le moment, elle ne risquait rien. Elle tendit le téléphone à Walter. « C'est pour toi. »

Le policier repoussa sa chaise et prit le combiné. « Oui ? »

Emily alla laver verre et tasse à thé, puis les essuya.

« Quel genre d'information ? » demanda Walter à voix basse, d'un ton soupçonneux. Il tourna le dos à sa femme.

« Vous avez bien fait de m'appeler, reprit-il au bout d'un moment. Mais il est inutile de passer au poste. C'est moi qui vais venir chez vous. Je crois que, pour le moment, vous les avez assez vus, nos bureaux... D'accord, d'accord. A tout de suite. » Il raccrocha. « Il va falloir que je sorte », reprit-il à l'intention de sa femme.

Emily acquiesça. « Très bien. Ça ira, répondit-elle, bien qu'il ne lui eût rien demandé. Je vais me coucher tôt. » Elle ne se risquerait pas à s'enquérir des raisons qui l'obligeaient à ressortir. Walter n'aimait pas parler service à la maison.

« Tu vas peut-être avoir du mal à trouver le sommeil. Tu devrais prendre quelque chose. J'ai des somnifères...

— Non. Pas de petites pilules. C'est aussi mauvais que l'alcool. J'ai au moins appris cela, dans les entretiens. Ça revient à substituer une dépendance à une autre. Non, si je ne peux pas dormir, je regarderai la télé, ou bien je commencerai à nettoyer le placard, par exemple. » Elle se força à sourire.

Walter poussa un soupir et se mit à contempler la

porte du sous-sol, à l'autre bout de la cuisine. Il n'y avait guère de risque qu'elle se rende à la cave. Elle avait peur du noir et des toiles d'araignée. Ou alors, un risque sur un million — mais il ne voulait pas le courir. Et il était inutile de fermer la porte à clef, ce qui ne ferait que provoquer sa curiosité, si jamais elle essayait d'ouvrir la porte. De toute façon, il n'y avait de clef que sur la porte en haut des marches donnant à l'extérieur. Il regarda sa femme qui allait et venait dans la cuisine, mettant de l'ordre, les mains agitées de tremblements à cause du sevrage alcoolique.

Non, pensa-t-il, il n'y a qu'un seul moyen de s'assurer qu'elle ne soit pas en état de descendre au sous-sol — ou n'aille ailleurs — pendant quelques heures. Il passa dans le vestibule et ouvrit la porte d'un bahut bas ancien. Il retira la bouteille de vodka de sa planque, derrière le service en porcelaine, et la posa sur le meuble, avec soin, entre un vase de fleurs séchées et une photo encadrée de sa mère. Puis il ouvrit la porte du placard de l'entrée et appela Emily.

« Tu n'as pas vu mon autre imper ? Il pleut toujours et celui-ci est encore mouillé. »

Sans se douter de rien, Emily arriva de la cuisine d'un pas traînant. Elle avait enfilé ses pantoufles dès son retour. « Je suis sûre qu'il est là, répondit-elle. Il doit être coincé entre deux manteaux. »

De la tête, Walter lui indiqua la bouteille de vodka posée sur le bahut. « Au fait, j'ai trouvé ça. Je suppose que tu préfères la vider dans l'évier ou la jeter. »

Le regard d'Emily, dans lequel on lisait un mélange de peur et de désir, s'arrêta sur la bouteille. « Oui, je le ferai. »

Le policier continua à fouiller dans le placard et fit tout un numéro avant de retrouver l'imper manquant. « Ah, tu avais raison, le voilà. » Puis il remarqua quelque chose, sur le plancher du placard, et parut surpris. « Regarde-moi ça ! dit-il en soulevant une paire de bottes de cow-boy en cuir repoussé, noires et poussié-reuses. « Je devais avoir seize ans quand je les portais.

— Il reste beaucoup de choses à jeter », admit Emily d'un ton d'excuse.

Walter examina les bottes et soupira bruyamment. « Je les avais mises de côté en pensant aux garçons. Pour Joe et notre petit Ted. Je me disais qu'un jour ou l'autre, ils auraient envie de les porter. »

Le visage d'Emily devint d'un blanc de craie ; elle était incapable de détacher les yeux des bottes que Walter tenait toujours à la main.

Le policier secoua la tête et les lui tendit. « Elles ne servent plus à rien. Si tu as envie de faire le ménage, tu peux déjà commencer par ça.

— Non, balbutia-t-elle. Non, pas les bottes... »

Walter fronça les sourcils, comme si sa réaction le laissait perplexe. « Je ne vois pas pourquoi on devrait les garder. Ce n'est pas comme si les enfants allaient revenir un jour ou l'autre. »

Elle porta la main à sa bouche et lui tourna le dos.

Il déposa les bottes sur le bahut, à côté de la bouteille de vodka. « Bon, fais-en ce que tu voudras. Il faut que j'y aille. »

Elle acquiesça, mais ne le regarda pas quand il quitta la maison. Après son départ, elle alla prendre les bottes et se mit à les examiner, les tournant et les retournant entre ses mains tremblantes. Elle alla finalement les remettre à leur place, dans le placard. Puis elle se redressa, restant figée comme si elle ne voulait pas se retourner. Comme si la bouteille, sur la commode, l'appelait d'une voix qu'elle seule pouvait entendre.

36

« Je suis bien contente qu'on n'aille pas au poste de police, dit Jenny, soulevant le rideau pour voir si le lieutenant Ference n'était pas arrivé.

— Tu vas finir par user ce rideau, observa Karen. On entendra le bruit de la voiture. »

L'adolescente haussa les épaules et se laissa tomber sur le canapé. « Il me tarde vraiment que toute cette affaire soit terminée.

— Moi aussi », répondit Karen. La pluie avait joué un rôle déterminant, en réalité. Elle s'était interrogée sur ce qu'il fallait faire — attendre le retour d'Arnold Richardson, ou bien appeler la police, comme Jenny la poussait à le faire. Mais c'était finalement la pluie persistante qui l'avait aidé à prendre sa décision. Elle avait imaginé Greg, dehors, essayant de s'abriter du crachin. C'était une vieille habitude, de sa part, que de se préoccuper de sa santé et de son bien-être. Pendant des années, à chaque fois qu'il se trouvait sur un chantier et qu'il se mettait à pleuvoir, l'idée qu'il allait se mouiller et peut-être prendre froid lui venait automatiquement à l'esprit. Greg en avait fait un sujet de taquinerie sans fin ; il lui disait qu'au fond elle aimait bien s'inquiéter. Elle se rendait compte, maintenant, qu'elle n'arrivait plus à fonctionner autrement. Peu importait ce qu'il lui avait fait, les torts qu'il avait envers leur couple, il n'était pas coupable et il se cachait, Dieu seul savait où, pourchassé comme un dangereux criminel, alors qu'il aurait pu être de retour, sain et sauf... peut-être pas à la maison, mais au moins dans un endroit un peu civilisé. Il aurait été injuste de le priver de cette sécurité, ou de retarder le moment où il pourrait la retrouver — même d'un jour ou deux. Jenny avait raison. Elle devait agir, et tout de suite.

L'adolescente brancha la télé. Le bruit de rires enregistrés de la bande-son tapa sur les nerfs de Karen. « Ça ne t'ennuierait pas, ma chérie, d'arrêter ce truc ?

— J'essaie juste de passer le temps, se hérissa Jenny.

— Je sais bien, mais ces rires...

— Très bien, très bien ! »

Karen regarda l'enveloppe, sur la table basse, et se demanda, pour la énième fois, si elle avait fait ce qu'il fallait. Elle s'était efforcée d'être prudente. Greg avait installé un bureau dans la partie aménagée du sous-sol ; c'était là qu'il tenait les dossiers relatifs à son entreprise. Karen s'était servie de la photocopieuse pour tirer des doubles de la coupure de presse et de la lettre de Linda, après quoi elle avait enfermé les originaux dans le coffre. Si la police ne se satisfaisait pas des copies, elle n'aurait qu'à attendre le retour d'Arnold Richardson. Au moins aurait-elle essayé.

« Je trouve que c'était gentil, de la part du lieutenant Ference, de dire qu'il viendrait ici », remarqua Jenny.

Karen eut un sourire forcé. « Parfois, c'est fou ce que tu me rappelles ton père.

— Pourquoi ?

— Oh, tu sais bien comment il est, quand les choses se passent comme il l'a voulu. Il adore tout le monde.

— Y a pas de mal à ça, protesta l'adolescente.

— Non. Je me faisais juste la remarque.

— En plus, tu dois bien aimer le lieutenant Ference, toi aussi. C'est pour ça que tu l'as appelé, non ?

— Non. Je l'ai appelé parce qu'il est le responsable de l'enquête. Il n'était pas question de montrer ces papiers au premier flic de service venu.

— Mais *lui*, au moins, a été correct avec nous, comparé à d'autres. »

Karen soupira. « Oui, sans doute. N'empêche, je serai fichtrement soulagée le jour où je ne le verrai plus dans la maison, ni lui ni d'autres flics.

— Moi aussi. (Elle hésita.) Evidemment, lorsque Papa sera revenu à la maison, la police va vouloir certainement revenir et parler avec lui. »

Il était difficile de ne pas relever la question implicite, dans cette remarque maladroite. « Peut-être, mais on verra ça plus tard, hein ? »

Jenny, cependant, ne fut pas arrêtée par cette rebuffade. « Tu vas le laisser revenir à la maison, n'est-ce pas ? »

Karen détourna les yeux et ne répondit pas.

« Il le faut, Maman !

— J'entends une voiture qui arrive », murmura Karen.

280

Jenny resta quelques instants sans réagir, déchirée, puis bondit à la fenêtre, cherchant à distinguer quelque chose à travers la pluie. « Notre chien de garde s'en va. Une autre voiture prend sa place dans l'allée. »

Ça y est, se dit Karen. Elle se leva, poussa un petit soupir nerveux et se rendit jusqu'à la porte d'entrée. Au moment où elle l'ouvrait, Walter Ference descendait de voiture.

« Il est là », dit-elle.

Greg s'accroupit, grelottant, dans un trou de la haie et étudia la maison de Walter Ference. Les frissons l'avaient pris pendant qu'il revenait de Dartswich et n'avaient fait qu'empirer depuis qu'il avait ramené la voiture là où il l'avait prise. Il avait trouvé l'adresse du lieutenant dans l'annuaire d'une cabine téléphonique, à la sortie de la gare. Tout le long du chemin, il s'était senti de plus en plus malade. Il avait tout d'abord pensé que c'était l'effet du peu de bière qu'il avait bu, alors qu'il avait l'estomac vide. Ce n'était cependant pas l'alcool qui lui faisait mal jusque dans les os. Il n'en doutait plus : il avait la fièvre.

Il reconnut la grande maison ; il était souvent passé devant en voiture et avait remarqué, sans beaucoup y prêter attention, les mille petits signes de dégradation de ce qui restait une imposante demeure. Il se souvint avoir souhaité s'en occuper, faire un essai de rénovation ; elle ne devait pas manquer d'allure, dans le temps.

S'infiltrant dans son col, la pluie imbibait sa chemise déjà humide. Sa gorge le démangeait, ses articulations étaient douloureuses. Même ses paupières lui faisaient mal quand il cillait. Il pensa à Karen, qui ne manquait jamais de lui rappeler de porter son ciré, qui s'inquiétait lorsqu'il était surpris par la pluie. *Tu t'imaginais toujours que j'allais tomber malade*, pensa-t-il. C'était sans importance, maintenant.

Il ne se rappelait à peu près rien du voyage de retour, depuis Dartswich. C'était en partie dû à la fièvre, en partie à ce qu'il venait d'apprendre, et qui l'absorbait complètement. Il avait découvert qui était son ennemi. Simplement, il ne savait quelle conduite adopter. Une fois de retour à la gare, il s'était demandé où il allait se terrer pour la nuit — dans quelle maison en chantier, dans quel hangar mal fermé — lorsque, brusquement, la révélation l'avait frappé, dans un moment de délire. Il fuyait un homme qui l'avait piégé en lui collant un meurtre sur le dos. Il se cachait, comme un rat dans un égout. Il pouvait mourir, là, dehors. Alors qu'il était innocent. Avec une clarté d'esprit qui jusqu'ici lui avait fait défaut, il avait soudain décidé d'arrêter de fuir, quels que fussent les risques. Autant faire face à sa Némésis, d'homme à homme, que crever comme ça.

Poussé par une logique fiévreuse, il avait, dès cette révélation, gagné rapidement ce trou dans la haie d'où il observait maintenant la maison de son ennemi. Aucune voiture n'était garée dans l'allée, aucune lumière ne filtrait des fenêtres. Jamais maison n'avait paru aussi déserte.

Ses intentions étaient claires. Pénétrer dans la maison. Prendre Walter Ference par surprise. Le voir sursauter lorsqu'il se rendrait compte de qui venait de s'introduire chez lui. Lui jeter ses crimes à la figure, lui montrer qu'il n'était plus question de se cacher. Il s'agissait de le menacer. Et si Ference n'était pas chez lui, il l'attendrait. Peu importe l'heure à laquelle il rentrerait, Greg serait prêt.

Il étudia les entrées depuis sa cachette, dans les buissons. Même de nuit, on distinguait trop bien les portes, sur le devant comme sur l'arrière de la maison. Celle du sous-sol, qui donnait sur l'allée, devait probablement être fermée à clef. La meilleure solution consistait à utiliser l'une des vitres, cassée, du vasistas. L'un des panneaux de la fenêtre pouvait se soulever ; il se doutait bien que ce ne serait pas facile. Les vitres étaient rendues pratiquement opaques par la crasse. Il fallait tout de même essayer.

Il était sur le point de s'élancer depuis la haie, lorsqu'il entendit une porte s'ouvrir, dans la maison voisine ; un homme s'avança dans le cercle de lumière du porche. Greg battit en retraite dans les buissons, retenant sa respiration. « Rusty ! » lança l'homme, tendant l'oreille vers un éventuel aboiement, qui ne vint pas. « Lilian, dit-il en se retournant vers la maison, tu as bien laissé sortir le chien, non ? (Greg ne distingua pas la réponse.) Où est ce foutu chien ? » grommela l'homme avant de rentrer en claquant la porte.

La nuit retrouva son calme et Greg examina attentivement les alentours avant de cavaler, en se faisant tout petit, le long de la bande de terrain étroite qui bordait le côté de la maison. Il essaya d'ouvrir la porte du sous-sol. Elle était bien fermée, comme il l'avait craint. Il se coucha à hauteur de la fenêtre et retira les chiffons qui remplaçaient le carreau cassé ; puis, à l'aide d'une lampe-crayon qu'il avait trouvée dans la boîte à gants de la Toyota, il étudia le système de fermeture. Il paraissait grippé, sous son accumulation de toiles d'araignées. *Ça ne va pas être facile*, se dit-il. Il passa une main prudente par le carreau cassé, obligé de s'appuyer contre le mur de fondation. L'angle n'était pas bon et il avait du mal à empoigner convenablement la poignée et à la tourner. L'effort pour l'obliger à aller et venir le faisait grimacer ; des grincements hargneux mais peu bruyants signalaient chaque millimètre gagné.

Il se sentait faible, la tête lui tournait, mais il persévéra, jetant ses dernières forces dans la bataille ; finalement la charnière céda et le système de fermeture fut débloqué. Il retira son bras, souffla quelques instants, et commença à faire remonter le battant mobile du vasistas, sans penser encore à ce qu'il ferait, une fois à l'intérieur. Il s'acharnait sur le panneau, le secouait, essayait de le décoincer. Avec un grognement, il donna une violente poussée, de toutes ses forces, et le battant remonta. Il laissa échapper un bref soupir de triomphe — et, soudain, se pétrifia. On haletait derrière lui et il sentait une haleine chaude sur son cou.

Il tourna vivement la tête et se trouva nez à truffe avec un gros chien rouquin et hirsute, à l'œil inquisiteur. Tout d'abord inquiet, Greg se rendit rapidement compte que l'animal était curieux et non pas hostile. Si jamais le chien appartenait à Ference, il allait devoir se saborder. Jamais il ne pourrait pénétrer dans la maison. D'un geste prudent, il souleva la médaille accrochée au collier, qu'il éclaira de sa petite lampe. « Rusty, Lund, 27 Hickory Drive, Wayland », lisait-on. Il donna une caresse à l'animal hirsute. « Gentil chien-chien, Rusty », murmura-t-il. Le fait de toucher cette fourrure chaude et douce lui fit tellement de bien qu'un instant, il appuya sa tête contre le flanc du chien. Celui-ci se tordit le cou pour donner à Greg un coup de langue sur le nez. « Merci, Rusty, allez, va retrouver ton maître. »

Le chien ne bougea pas néanmoins, et, toujours aussi curieux, continua d'observer Greg pendant que ce dernier finissait de soulever la fenêtre, puis s'engageait dans l'encadrement ainsi dégagé, les pieds les premiers, comme un danseur de limbo qui passe sous sa barre. Il se laissa tomber sur le sol de la cave, presque sans faire de bruit. Il était dans la place. Quand il s'était laissé glisser le long du mur intérieur, des fragments de maçonneries et du gravier s'étaient coulés dans sa chemise. Pendant qu'il les chassait, savourant cette première victoire, il entendit le chien se lever, s'éloigner d'un pas tranquille et s'enfoncer avec bruit dans la haie. Il se sentit trop fatigué pour bouger, trop épuisé pour accomplir ce qu'il avait décidé. Des images absurdes défilaient dans son esprit. Il se rendit compte, avec un mélange d'inquiétude et de détachement, qu'il était sur le point de s'évanouir.

Greg passa le dos de la main sur ses lèvres craquelées et secoua la tête, comme pour chasser le délire qui le gagnait. *Tu dois garder toute ta tête*, tâcha-t-il de se convaincre. Sa détermination parut l'aider. Il fit courir le faisceau de sa lampe-stylo tout autour de lui, soucieux de se repérer, maintenant qu'il se trouvait dans la tanière de l'homme qui l'avait presque détruit. Il y avait des flaques d'eau sur le sol et il n'eut pas besoin de se redresser pour se rendre compte que le plafond était bas. Des appareils ménagers rouillés, couchés sur le flanc comme des ours polaires endormis, et des meubles divers s'empilaient un peu partout. Le long des murs, couraient des étagères chargées de pots de peinture, de produits de quincaillerie et de cartons. Il régnait une odeur nauséabonde de moisi. Greg fit l'effort de se mettre debout. Le haut de son crâne effleurait les poutres. Sur le mur faisant face à celui du vasistas, se trouvait un canapé-lit ouvert, sur lequel s'empilaient, en désordre, des draps maculés de taches sombres. Précédé du faisceau de sa lampe, il trouva un chemin au milieu de ce capharnaüm, passant à côté d'une chaise haute ancienne, d'un berceau renversé et d'un carton plein de vieilles déclarations fiscales. Son but était d'atteindre l'escalier pour gagner le rez-de-chaussée. Ses yeux s'ajustaient à l'obscurité. Il commençait à s'habituer à vivre sans lumière. Il avait l'impression de devenir chauve-souris.

Il frissonna, de nouveau submergé par un accès de fièvre. Pour un mois de mai, la température était clémente, à l'extérieur, en dépit du crachin ; mais pour lui elle était polaire. Sur le mur de la porte donnant sur l'allée, il aperçut des vêtements empilés sur un tuyau qui sortait du plafond. Il y avait des robes, mais il croyait deviner la présence d'effets masculins, aussi. Si seulement il pouvait y trouver un veston... En réalité, il y en avait plusieurs, ainsi que quelques chemises en flanelle épaisse. Il prit l'une de celles-ci, à carreaux, et l'enfila. Elle dégageait une odeur rance et lui grattait la peau, mais l'enveloppait aussi d'une chaleur bienfaisante.

Il repartit en direction de l'escalier ; il ne vit pas une suspension électrique qu'il heurta de plein fouet avec le crâne. Il réussit à retenir un cri, mais lâcha la lampe-stylo. Le modeste rayon lumineux s'éteignit lorsque l'objet toucha le sol. Au-dessus de lui, la maison était aussi silencieuse qu'une tombe. Jurant à part lui, il se pencha et entreprit de rechercher la petite lampe à tâtons. C'est alors qu'elle explorait le sol que sa main toucha quelque chose qui ne pouvait être que de la chair humaine. Une chair humaine froide. Cinq doigts. Une main humaine. Il hoqueta et eut un mouvement de recul, s'agrippant la poitrine. Il distingua alors la silhouette sombre d'une personne assise, jambes droites comme une poupée de son, sur le sol de la cave.

37

Walter prit la photocopie de la coupure de presse et la parcourut.

« L'article était vraiment très vieux, commenta Jenny, assise à côté de sa mère sur le canapé. Le papier est tout jaune et il s'émiette. »

Sans un mot, le policier prit l'autre page et la lut. Il l'étudia longtemps, comme s'il cherchait à la retenir par cœur. Il gardait une expression impassible.

Karen l'observait attentivement, retenant sa respiration, suspendue à ses lèvres.

Sans quitter la photocopie des yeux, il demanda : « Où les avez-vous trouvés ?

— Dans la tirelire de Linda », répondit Jenny. Puis elle se tourna vers sa mère. « On doit lui dire, M'man ?

— Bien entendu. »

Le regard du lieutenant resta indéchiffrable, derrière ses lunettes, pendant qu'il écoutait l'adolescente. Celle-ci lui raconta, tout excitée, comment elle était entrée en possession de la tirelire et comment elle en avait découvert le contenu.

« Je vois », dit Walter quand elle eut terminé.

Karen trouva cette réaction décevante. Jenny regarda sa mère, se demandant si elle avait oublié quelque chose dans son récit. Finalement, Karen se pencha et montra les documents du doigt.

« Qu'en pensez-vous ? Il me semble que cela jette un doute sur la culpabilité de mon mari, non ?

— Qu'est-ce qui vous fait penser cela ?

— Mais enfin, c'est évident ! Linda Emery a été la victime d'un chantage — extorsion de sexe, pourrait-on dire — lorsqu'elle était adolescente. Elle est revenue dénoncer son maître-chanteur. Vous avez là un mobile sérieux d'assassinat, il me semble.

— Sauf si le maître-chanteur était votre mari, répondit calmement Walter.

— Oh, voyons, lieutenant ! s'exclama Karen, elle nous a donné le bébé !

— Maman a pensé à tout, renchérit Jenny de sa voix flûtée. Elle ne pouvait pas revenir avant la mort de son père. Après, il ne risquait plus d'être mis en prison. »

Walter secoua la tête. « C'est un peu tiré par les cheveux.

— Mais c'est vrai ! protesta Jenny.

— Ça pourrait l'être. Si ces documents viennent bien d'elle.

— Mais ils en viennent ! insista l'adolescente.

— Tais-toi, Jenny, fit sèchement Karen, avant de se tourner vers le policier. Je vous l'ai dit, je suis prête à témoigner sous serment. Nous avons trouvé ces deux documents dans la tirelire de Linda. Là où elle-même les avait cachés.

— Simplement, je me demandais...

— Vous vous demandiez quoi ?

— S'il ne s'agit pas d'une tentative désespérée, de votre part, de fabriquer quelque chose qui puisse innocenter votre mari.

— C'est ridicule ! » répliqua Karen, dont le visage s'empourpra. Elle était furieuse à l'idée que la suggestion du policier arrivait à la faire se sentir coupable.

Walter haussa les épaules. « Je ne serai pas le seul à y penser, croyez-moi.

— Non ! protesta Jenny, les larmes aux yeux. Ça n'est pas juste. Je les ai trouvés dans la tirelire de Linda. Comme je l'ai dit. »

Le sentiment de ce que cet entretien avait de futile

submergea brusquement Karen. Elle prit une profonde inspiration et se leva. « Très bien, ça suffit comme ça. Nous n'arrivons qu'à mettre ma fille dans tous ses états. J'avais espéré qu'en vous les montrant, vous vous rendriez compte que vous étiez aux trousses d'un innocent, mais je vois que je m'étais trompée. Nous attendrons donc le retour de notre avocat. »

Karen tendit la main vers les documents, mais Walter posa fermement la main dessus. « Je n'ai pas dit qu'ils ne nous intéressaient pas, madame Newhall. Si ce que vous venez de déclarer est vrai, eh bien... une autre personne pourrait en effet être impliquée. Même si Linda n'a pas mentionné son nom...

— C'est clair, répondit Karen, sèchement.

— Mais ce ne sont même pas les documents originaux, reprit Walter. Simplement des photocopies.

— Je détiens les originaux.

— Puis-je les voir ? »

Karen hésita. « J'ai décidé de ne les montrer à personne, dit-elle enfin, tant que mon avocat ne les aura pas vus.

— Tant qu'ils n'auront pas été authentifiés, ils sont sans valeur, en réalité. Il faut tout d'abord que les originaux soient soumis à un expert, qui déterminera l'âge du papier, de l'écriture et ainsi de suite. Nous devons tout d'abord prouver qu'il ne s'agit pas de faux.

— Je ne vois pas comment nous aurions eu matériellement le temps de faire des faux pareils, entre le moment où Mme Emery a remis la tirelire à Jenny et maintenant, rétorqua Karen.

— Montre-lui les vrais, Maman, intervint l'adolescente. Il faut qu'il les voie ! »

Karen lut de la panique dans le regard de sa fille ; elle eut le sentiment de s'être comportée avec la plus grande naïveté. La police allait vouloir voir les originaux — évidemment ! C'était la seule réaction logique à attendre d'elle.

« Je t'en prie, M'man. Pour moi, je t'en prie ! »

Walter Ference la regarda, dans l'expectative.

38

La silhouette ne broncha pas. Greg regarda mieux. Sans doute un mannequin, se dit-il. Il ne pouvait s'agir que de ça. La tête, observa-t-il, retombait sur un côté. Une sorte de poupée grandeur nature, voilà. On n'imagine pas ce que l'on peut trouver dans une cave. Il avait l'impression d'avoir les mains collées à la laine de la chemise empruntée, tellement il la serrait. Il restait accroupi, face à la poupée, incapable de bouger. Il se mit à claquer des dents.

Finalement, il se força à respirer plus profondément. Laisse tomber, se dit-il. Fais demi-tour et monte l'escalier. Mais au lieu de cela, il continua de chercher la lampe-stylo et, quand il l'eut retrouvée, la braqua sur la silhouette effondrée contre le mur.

Les yeux, grands ouverts, étaient vitreux. Entre les mèches blondes qui retombaient sur le front, des traînées sombres serpentaient jusque sur les joues. Greg sentit son cœur battre à coups redoublés dans sa poitrine. Il déplaça, d'une main tremblante, le faible rayon jusqu'à la source de ces traînées. Le haut de la tête blonde se réduisait à un magma sombre. Il réussit à se lever et à s'approcher, les jambes en plomb. Il se pencha, effleura le visage du bout des doigts. La sensation de la peau glacée le fit sursauter comme s'il venait de se brûler.

« Nom de Dieu ! s'écria-t-il. Nom de Dieu de nom de Dieu ! »

Il eut un brusque mouvement de recul. C'était une femme. Morte. Son cœur cogna encore plus violemment contre sa cage thoracique. Il se mit à regarder partout, frénétique, s'attendant presque à voir l'assassin lui sauter dessus. Il fit un premier pas chancelant pour s'éloigner du cadavre, puis se retourna pour le regarder de nouveau. Qui était-elle ? *Mon Dieu, mais cet homme est un monstre !* pensa-t-il. Il se força à examiner de nouveau la malheureuse. Il ne la connaissait pas. Une femme jeune, au visage carré, au corps trapu. Le crâne éclaté.

Fiche le camp, tire-toi ! Mais ses jambes refusaient de le porter. Une autre voix, par ailleurs, une voix plus rationnelle, essayait de se faire entendre. Tu la tiens, lui disait-elle. Tu tiens la preuve que Ference est un tueur. Garde la tête froide. Mais la panique, pour le moment, était encore la plus forte. Que faire ? Raconter à la police ce qu'il avait trouvé dans le sous-sol de l'adjoint du chef Matthews ? Tiens, pardi ! Toujours le même problème. *C'est toi qu'on recherche, mon vieux. C'est toi qui vas porter le chapeau. Comment vas-tu leur expliquer ta présence ici ?*

Il restait planté là, dans la vieille chemise de son ennemi, incapable de détacher les yeux du visage ensanglanté du cadavre. Au bout d'une minute, il s'arracha à sa contemplation. Il avait une idée.

Il retraversa la cave à pas prudents et atteignit enfin l'escalier conduisant au rez-de-chaussée. Agrippant la rampe d'une main affaiblie, il commença à le gravir. C'est la solution, se dit-il. Fais bien attention. C'est la solution. Un silence total régnait dans la maison. Si quelqu'un s'y trouvait, la personne dormait profondément. Il fallait courir le risque. Avant, il s'en fichait presque. Il n'avait qu'une envie, affronter ce démon sur son terrain. Mais soudain, il espérait. Cette pauvre malheureuse, dans la cave, était sa bouée de sauvetage. Il disposait de l'ombre d'une chance, à condition d'agir vite. Il tourna la poignée de la porte, en haut de l'escalier. Elle céda. Il poussa lentement le battant et pénétra dans la pénombre de la pièce, pénombre tempérée par le clair de lune embrumé et la lueur affaiblie d'un lampadaire, dans la rue.

Il se trouvait dans une cuisine, propre, vide, ancienne. Personne. Pas un bruit. Il alla fermer la porte donnant dans les autres pièces et revint décrocher le téléphone mural qu'il avait repéré auparavant. Il prit une profonde inspiration, souleva le combiné et composa un numéro. Il s'appuya contre le comptoir pour reprendre des forces. Une opératrice répondit. « Donnez-moi la police », demanda-t-il d'une voix tellement rauque qu'il avait du mal à la reconnaître. Ces quelques mots lui donnèrent l'impression de faire un boucan infernal dans la cuisine silencieuse. Tandis qu'il attendait, il se dit qu'il aurait mieux fait de déguerpir d'ici et de trouver une cabine téléphonique. Mais si jamais Ference revenait entre-temps, et se débarrassait du cadavre ? Il n'avait sûrement pas l'intention de le laisser dans la cave. De plus, Greg n'ignorait pas le risque que lui faisait courir chaque seconde passée dans la rue. On pourrait le repérer avant qu'il atteigne une cabine, ou pendant qu'il téléphonerait. Non, il avait bien fait d'agir immédiatement.

« Département de police de Wayland », fit une voix dans son oreille.

C'est parti, se dit-il. Il agrippa le combiné à deux mains. Je m'appelle (il toussa, hésitant sur le nom)... Lund. J'habite au 27 Hickory Drive. J'étais sorti pour rappeler mon chien lorsque j'ai aperçu un rôdeur près de la maison de mon voisin. Pouvez-vous envoyer quelqu'un voir ça ? J'ai eu l'impression qu'il s'introduisait dans le sous-sol, et on dirait que la maison est vide.

— Quelle adresse ?

— Je ne sais pas exactement, mais le 25, sans doute. Moi, je suis au 27. C'est la maison de l'un de vos officiers. Le détective Ference.

— La maison du lieutenant Ference ?

— Ouais. Il vaudrait mieux envoyer une patrouille. C'est peut-être rien, mais...

— J'ai un homme dans le secteur. Je l'envoie tout de suite.

— Merci », répondit Greg, qui raccrocha rapidement pour ne pas laisser le temps au policier de lui poser d'autres questions. « Ne me croyez pas sur parole, murmura-t-il. Venez et voyez par vous-même. » Il reposa le combiné et se retourna.

Emily Ference se tenait dans l'encadrement de la porte, un pistolet à la main.

39

Karen secoua négativement la tête. « Je suis désolée. Mais je tiendrai bon là-dessus. »

Walter posa ses mains sur ses genoux et se leva. « Bien. Dans ce cas, il n'y a plus rien à dire.

— Non ! s'écria Jenny, qui bondit sur ses pieds. Attendez une minute ! Et mon papa ? »

Karen hésita un instant. « Je ne changerai pas d'avis, dit-elle, se levant à son tour. Vous pouvez partir.

— Tu gâches tout, maman !

— Un jour ou deux de plus, ça n'a pas d'importance. J'aimerais que vous nous laissiez, maintenant. » Elle s'était exprimée avec une fermeté qu'elle ne ressentait pas.

Walter poussa un soupir. « J'ai bien peur, madame Newhall, de ne pouvoir repartir sans ces papiers », dit-il d'un ton calme.

L'indignation la fit se hérisser. « Je suis dans ma maison, et je vous demande de la quitter !

— Ne le mets pas en colère, Maman !

— Je suis chargé officiellement de l'enquête. Ces papiers sont des pièces à conviction. En tant que tels, ils ne vous appartiennent pas. Vous devez les restituer. »

Karen se sentit ébranlée. Elle avait foncé tête baissée, en dépit de l'instinct qui lui disait d'attendre. Jamais elle n'aurait dû appeler la police. Elle s'était bercée de l'illusion qu'ils les voyaient, elle et Jenny, comme les innocentes victimes de tout ce gâchis. Mais elle se rendait compte, tout d'un coup, qu'à leurs yeux toute la famille était plus ou moins suspecte. « Dites-moi, ne devriez-vous pas avoir un mandat du juge, ou quelque chose comme ça ? »

Walter eut un petit rire comme s'il se moquait de son ignorance du jargon judiciaire. « Je n'ai nul besoin d'un mandat, comme vous dites, pour exiger la remise d'une pièce à conviction. J'ai l'impression que vous ne comprenez pas les implications légales de la situation. »

Karen se mordit la lèvre. Il avait raison ; c'était un domaine dans lequel elle ne connaissait pas grand-chose. Elle n'avait jamais eu besoin, grâce au ciel, de s'y intéresser car jamais, avant ce jour — et mis à part les formalités pour l'adoption de Jenny, qui n'avaient rien à voir —, elle n'avait eu à connaître les arcanes de la justice. Toutefois, elle trouvait que quelque chose clochait. « Je dois admettre que le langage du droit m'est étranger, dit-elle avec entêtement. Mais imaginez que je vous remette les papiers et que ceux-ci disparaissent ?

— Ne seriez-vous pas un peu parano, madame Newhall ?

— Vous ne vous poseriez pas la question si vous étiez à ma place, répondit-elle avec tristesse.

— Je vous donnerai un reçu », expliqua-t-il, toujours calme.

Elle réfléchit, puis secoua de nouveau la tête. « Non.

— Tenez-vous à terminer en prison, pour avoir dissimulé des pièces à conviction ?

— Vous n'en auriez jamais entendu parler, si je ne vous avais pas appelé ! protesta-t-elle.

— Peut-être ; mais je suis au courant, à l'heure actuelle. Et vous êtes dans l'obligation de me les remettre. »

Elle se sentait comme un papillon, prisonnière d'un grand filet. Elle avait entendu parler de cette histoire de dissimulation de pièces à conviction. S'agissait-il d'outrage à magistrat ? Pouvait-on l'arrêter ? Jenny allait se retrouver toute seule. La situation était impossible. Elle se sentit soudain fatiguée d'être ainsi bousculée. Fatiguée d'être traitée comme une criminelle, alors même que son seul but était de faire éclater la vérité, que la police le veuille ou non.

Et ce même instinct qui lui avait soufflé d'attendre d'avoir parlé à leur avocat lui disait maintenant de ne pas renoncer. Elle décida, cette fois, de lui faire confiance. Elle évita le regard inquisiteur de Jenny. C'était déjà assez dur comme ça. Elle mobilisa toute son énergie et prit une profonde inspiration. « Vous

293

pouvez conserver les photocopies. Mais je ne vous donnerai pas les originaux tant que je n'aurai pas consulté mon avocat. A ma connaissance, nous ne sommes pas dans un Etat policier, où l'on peut s'emparer du bien des personnes sans autre forme de procès. Et maintenant, quittez ma maison. »

Le lieutenant Ference s'avança vers elle, leva la main et, d'un mouvement vif, la frappa de toutes ses forces au visage.

40

« Pourquoi diable avoir fait ça ? » demanda Emily.

Greg la regardait, l'œil rond. Elle venait d'allumer la lumière de sa main libre et, debout dans l'encadrement de la porte, avait l'air d'un enfant tenant un revolver en plastique. Elle était petite, fragile, avec de grands yeux bleus un peu voilés sous une tignasse ébouriffée et frisée de cheveux blonds tirant sur le gris.

Il fut tellement interloqué, sur le coup, qu'il ne comprit pas ce qu'elle voulait dire. Puis il se rendit compte qu'elle avait suivi sa conversation téléphonique avec la police. « J'ai trouvé quelque chose d'épouvantable dans votre sous-sol.

— En plus de cette chemise ? » demanda-t-elle avec une ébauche de sourire à sa propre plaisanterie.

Il y avait quelque chose de très surprenant dans le calme dont elle faisait preuve en le regardant. Elle était habillée d'une robe de chambre et de pantoufles. Le pistolet avait l'air trop pesant pour sa main. Elle ne paraissait pas particulièrement étonnée de tomber nez à nez avec un inconnu dans sa cuisine. Elle n'avait pas peur. « Etes-vous souffrant ? » demanda-t-elle.

Greg eut un instant d'hésitation avant d'acquiescer. « Oui.

Asseyez-vous. »

Il n'arrivait pas à déterminer si c'était elle qui était folle, ou si c'était son propre délire qui faisait des siennes. Il jeta un coup d'œil vers la porte du fond. La voiture de patrouille allait arriver. Il ne fallait surtout pas qu'on le trouve ici. Il resta debout, le corps rigide.

« Je vous ai entendu, là en bas », expliqua-t-elle le plus naturellement du monde.

Greg se sentit gagné par une certaine confusion. « Je croyais la maison vide. »

Emily eut un sourire qui faisait mal à regarder. « Elle l'est. » Elle abaissa son arme.

Mais qu'est-ce qu'elle fabrique ? se demanda Greg. Pourquoi n'a-t-elle pas peur ?

« Qu'est-ce que vous faites ici ? demanda-t-elle.

— Votre mari... j'ai des griefs contre votre mari. »

Emily eut un sourire triste. « Il est sorti pour un moment. Vous pouvez l'attendre, si vous voulez. »

Il éprouva soudain le besoin de la secouer. « A quoi jouez-vous, à la fin ? »

Emily parut surprise. Le pistolet pendait au bout de sa main comme si elle avait oublié qu'elle le tenait. « Que voulez-vous dire ?

— Vous ne savez pas qui je suis. Je rentre par effraction dans votre maison. Prenez-vous des tranquillisants ? Je pourrais être dangereux ! »

Emily secoua la tête d'un geste lent et ample. « Non, aucune drogue... pas d'alcool non plus. Je reviens tout juste d'unc... (Elle serra les lèvres.) J'ai un problème avec l'alcool. Mais en ce moment même, je suis à jeun. Et pour ce qui est du danger, vous me paraissez quelqu'un de correct. De toute façon, la mort ne me fait pas peur. Ce sera même un soulagement. C'est vivre, qui est tellement difficile. »

Greg se sentit soudain pris de colère. Furieux, même. « Vous savez ce qu'il y a dans votre sous-sol ? demanda-t-il sans ménagements. Le cadavre d'une femme ! Une femme qu'on a assassinée. Et je doute fort qu'elle ait considéré ça comme un soulagement ! »

Le visage d'Emily devint d'une pâleur mortelle et elle oscilla légèrement sur elle-même. Des larmes lui montèrent aux yeux mais elle ne protesta ni ne cria.

Greg la regardait, fasciné. Elle tira une chaise à elle et s'assit.

« Savez-vous de qui il s'agit ? » demanda-t-il.

Elle secoua la tête. Puis elle tourna les yeux vers lui, inquiète. « Et vous ? »

Greg passa une main dans ses cheveux. Il avait du mal à accommoder son regard. « Comprenez-vous ce que je vous dis ? Quelqu'un a tué cette femme. Et je pense que ce quelqu'un est votre mari. »

Il s'attendait à des protestations, à des accusations, voire à un éclat de rire moqueur ; mais la femme se contenta de secouer de nouveau la tête. « Mon mari est policier, voyez-vous.

— Je le sais. Toujours est-il que...

— Les policiers sont très forts pour ce qui est de cacher leurs sentiments. Ils apprennent ça dans leur travail, vous comprenez. Ils sont les témoins de tas de choses affreuses. Et ils apprennent à ne rien montrer. C'est ce que j'ai toujours pensé, pour Walter. Même à l'époque où je l'ai rencontré, il était déjà comme ça. Mais je me disais que sous les eaux dormantes... »

Quelque chose cloche chez cette bonne femme, se dit Greg. Il doit lui manquer une case. En dépit de l'état de fébrilité dans lequel il se trouvait, il en était de plus en plus convaincu. « Il faut que je m'en aille d'ici », dit-il en se tournant vers la porte. Il s'attendait presque à entendre une détonation, à sentir la brûlure, entre ses épaules. Au lieu de cela, lui parvint une voix douce et mélancolique. « Ce sont mes fils. »

Sans trop savoir pourquoi, il sentit ses cheveux se hérisser sur sa nuque. Il se tourna. Elle venait de retirer une photo toute chiffonnée de sa poche et la posait sur le dessus mat et abîmé de la table, à côté du pistolet. Le cliché représentait deux jeunes bambins tout blonds, à la mine réjouie, dont les corps potelés respiraient la santé — comme s'ils avaient pu jaillir de la photo et s'accrocher à ce fragile fantôme de femme.

« Je vois », dit Greg. Une photo de famille. Une femme assassinée dans la cave. Il se demandait s'il devait rire ou pleurer.

« Je les ai tués », dit-elle.

41

Le nez en sang, Karen trébucha et tomba à genoux à côté du canapé. Jenny hurla.

Walter agita un doigt en direction de celle qu'il venait de frapper et qui poussait des grognements inarticulés, la main sur le nez et la bouche. « Ne me parlez pas sur ce ton. Ce n'est pas à vous de me dire ce qu'il faut faire, mais le contraire... »

Karen le regarda, stupéfaite, horrifiée. Elle avait bien entendu parler des brutalités policières. Mais elle avait toujours pensé que c'était quelque chose qui ne concernait que des criminels aux abois, brandissant une arme, ou résistant à leur arrestation. Pas une femme, seule dans sa maison avec son enfant, dans une petite ville aussi tranquille que Wayland. Elle se remit tant bien que mal sur ses pieds, essuyant sa main ensanglantée à sa blouse. Elle se sentit soulevée par une vague de colère et d'indignation. Une vie passée à respecter scrupuleusement la loi, et voilà le traitement qu'on lui réservait ! « Comment osez-vous ! Comment osez-vous lever la main sur moi ? Je ne faisais qu'essayer de coopérer avec la police !(Elle regarda le sang qui engluait sa main.) Je vous ferai virer de l'administration pour ça ! Je ferai un tel remue-ménage que vous n'aurez pas le temps de voir arriver le coup ! Il y a un flic, là dehors !... cria-t-elle avec un geste vers le devant de la maison.

— Non, il n'y en a pas. Je l'ai envoyé ailleurs. »

Quelque chose, dans le ton de sa voix, fit courir un frisson dans tout son corps et elle interrompit net sa tirade.

« J'ai commencé par vous le demander gentiment. Et je vous le redemande gentiment. Où sont ces papiers ? »

Elle tremblait de la tête aux pieds. Ses mains étaient

glacées. Il lui fallut une bonne minute pour trouver une réponse. « Ils ne sont pas dans la maison. »

Walter fonça sur elle et la cueillit sur le côté de la figure avec son poing. Elle vit des étoiles au moment de l'impact et entendit le gémissement que poussa sa fille. Les ténèbres commencèrent à l'envahir tandis qu'elle tombait à quatre pattes, mais elle lutta et s'obligea à garder les yeux ouverts.

« Vous n'apprenez pas vite, dit Walter. Où sont ces papiers ?

— Dans le coffre, en bas, sanglota Jenny. Laissez ma maman et prenez-les !

— Très bien. Voilà qui est mieux. Bon, allons les chercher. »

Karen se sentit prise d'une haine incoercible tandis qu'elle se retenait de s'effondrer complètement, les bras tremblants sous l'effort. « Non. »

Du coin de l'œil, elle aperçut un faible reflet métallique lorsque le policier tira un pistolet de sa veste. Il saisit Jenny à la nuque et la souleva comme un chaton. « Vous en êtes sûre ?

— Très bien, dit Karen. D'accord. Lâchez-la. »

Appuyant le canon de son arme sur le front de l'adolescente, Walter l'entraîna jusqu'au placard du vestibule sans qu'elle offre de résistance. Le regard de ses yeux terrifiés croisa celui de sa mère. Celle-ci les suivit, d'un pas incertain, le goût du sang dans la bouche et vit, impuissante, le policier forcer brutalement l'enfant à entrer dans le placard dont il referma la porte à clef. Des coups sourds leur parvinrent de l'intérieur.

« Mais elle va étouffer là-dedans ! protesta Karen.

— Pas si vous faites assez vite.

— Vous êtes une ordure de la pire espèce, cracha-t-elle.

— Magnez-vous !

— Très bien, très bien... » Elle avait le plus grand mal à déglutir et à bouger le moindre muscle de son visage. Elle se contraignit à avancer, les jambes raides, vers la porte conduisant au sous-sol. Elle empoigna le loquet et y resta accrochée. Elle ne se tourna pas pour regarder le lieutenant, mais c'est d'une voix pleine d'amertume qu'elle lui adressa la parole. « Croyez-vous sincèrement que vous allez vous en tirer comme ça ? J'ai vécu ici toute ma vie. Les gens me connaissent. Vous pouvez bien mettre tout ce que vous voulez sur le dos de mon mari, vous ne me réduirez jamais au silence. Je vous ferai payer pour tout ça, grommela-t-elle, tandis qu'il la poussait en avant, vers les marches. Je trouverai un moyen.

— Non, vous n'en trouverez pas. »

42

Greg sentit que la tête lui tournait et il écarquilla les yeux. Aurait-il tout compris de travers ? Cette femme était-elle la meurtrière ? Ference essayait-il de protéger son épouse ?

« Oh non ! ce n'est pas ça, dit Emily d'un ton doucement moqueur, en voyant son expression. C'était dans un accident de voiture. Epouvantable. Je conduisais. »

Désarçonné, Greg vit cette femme, fragile et bouleversée, sous un éclairage nouveau ; une bouffée de pitié l'envahit. « Je suis désolé », dit-il, sincère. La photo était manifestement ancienne. L'accident devait dater de longtemps. Néanmoins, il n'existait pas de mots adéquats pour rendre compte d'un tel chagrin. Pas de délai au-delà duquel il s'atténuerait. « Ça a dû être affreux. »

Elle le regarda, de la gratitude dans les yeux. Presque de l'espoir. Puis la faible lueur s'éteignit et elle se remit à contempler la photo. « Vous ne pouvez imaginer ce que j'ai souffert, pendant toutes ces années. Est-ce que je peux vous dire quelque chose ? ajouta-t-elle en le regardant à nouveau. Vous m'êtes étranger, mais vous me comprenez, n'est-ce pas ? Pour les enfants... alors vous comprendrez cela. »

Greg ne cessait de se dire qu'il aurait dû bondir vers la porte ; mais il se sentait incapable de bouger. Elle le retenait avec sa voix, son regard lointain et chargé de souffrance. « La première fois où j'ai compris, voyez-vous... Je suis restée longtemps à l'hôpital, après l'accident. J'étais encore faible quand je suis revenue à la maison. Walter s'est occupé de moi. »

Elle se déplaça sur sa chaise, et son regard se tourna vers le passé. « Personne ne peut s'imaginer cette culpabilité. Toute cette angoisse. » Ses paroles étaient entrecoupées de silences, comme si elle s'exprimait dans une langue étrangère.

« Non, murmura-t-il, sans doute pas. » Il était incapable de la quitter des yeux. Il venait juste de lui apprendre que son mari était un meurtrier, que sa dernière victime se trouvait ici, dans sa maison, et elle radotait sur le passé. *Elle doit être cinglée.* En dépit de ce que son comportement avait d'étrange, de vague et de confus, elle ne lui faisait cependant pas l'effet d'une folle.

Elle leva les yeux sur lui et s'exprima comme si elle venait de lire dans l'esprit de son interlocuteur. « Je sais que vous devez trouver ça bizarre... vous venez de me dire cette chose affreuse sur mon mari, et je n'ai pas l'air surpris. Je vais vous expliquer.... Voyez-vous, je le sais depuis longtemps.

— Que votre époux est un assassin ? s'exclama Greg.

— Oh non, pas ça ! Non, bien sûr que non. Mais qu'il n'est pas normal. Depuis l'accident. Il n'en parle jamais. Il s'est occupé de moi, et il m'a ramenée à la maison, mais il n'en parle jamais. Pas un mot. » Elle fronça les sourcils, comme si elle s'efforçait de peser à nouveau ses propos, de manière à les faire coïncider avec ce qu'elle venait d'apprendre à l'instant sur son mari. « Je vous l'ai dit, j'étais habituée à son comportement... disons, réservé. Un comportement un peu... décevant pour une fiancée, mais les enfants étaient tellement pleins de... » Son visage s'éclaira, pour s'assombrir de nouveau. « Bref, c'étaient des enfants.

Mais, comme je l'ai dit, après l'accident, il a été gentil, et ne m'a jamais adressé un seul mot de reproche. Jamais. Tout le monde reconnaissait que ce n'était pas ma faute, et lui ne disait jamais le contraire. Je m'imaginais cependant qu'en dessous il devait être tellement furieux contre moi qu'il était prêt à exploser. Si bien qu'un jour, finalement, je me suis dit qu'il fallait que je le lui demande en face. Que je devais absolument régler cette question. Peu importaient les conséquences. » Soudain, elle eut une expression de gêne en voyant Greg qui l'écoutait. « Vous n'avez peut-être pas envie d'entendre raconter toute cette histoire, s'excusa-t-elle. Je la garde en général pour moi. Mais vous avez l'air de quelqu'un capable de comprendre.

— Non, non, allez-y », dit Greg, de plus en plus persuadé qu'il aurait dû foncer hors de cette maison, et sachant qu'il ne le pouvait pas. Il devait la laisser parler.

« Je suis allée le trouver dans le salon, où il lisait, reprit-elle avec un geste vers l'autre pièce, comme si elle revoyait la scène. Et je lui ai dit : *Walter, il faut que je te parle. Je sais que tu dois me haïr...*

« Et savez-vous ce qu'il a fait ? Il a levé les yeux de son journal et m'a répondu que non, qu'il ne me haïssait pas. Vous n'imaginez pas le soulagement que j'ai ressenti, sur le coup. Je voyais qu'il m'avait répondu sérieusement. Il n'y avait aucune colère dans ses yeux ou dans son attitude. C'était comme si quelque chose venait d'être libéré en moi. Je me suis mise à bredouiller et à pleurer. Je n'arrêtais pas de dire : *Pourquoi ne suis-je pas morte à la place des enfants ?*, de répéter que rien ne pourrait nous les rendre... À un moment donné il m'a regardée, et savez-vous ce qu'il m'a répondu ? »

Il y avait sur le visage de la femme une expression d'incrédulité, presque d'émerveillement, mais aussi d'horreur. Greg secoua la tête, hypnotisé par elle. « Quoi donc ? murmura-t-il.

— Il a répondu : *C'est trop bête, hein ?* » Elle le fixa du regard, le laissant s'imprégner de toute la banalité et l'indifférence du propos. « Juste ça, comme s'il avait parlé d'enfants dont il aurait lu l'histoire dans le journal. *C'est trop bête, hein...*

Greg eut un frisson. Automatiquement, sans y réfléchir, il tenta une explication, quelque chose pour la réconforter. « Certains hommes éprouvent de la difficulté à dire... » Puis il s'arrêta. Elle avait raison. Walter Ference était un tueur, un être inhumain.

« Non, pas du tout. Jusque-là, je m'étais toujours dit que c'était le genre d'homme qui gardait ses sentiments enfouis au fond de lui-même. Mais ce jour-là, j'ai compris. Il n'y avait rien de caché. Je savais que j'étais seule. Complètement seule. Et je l'ai toujours été depuis.

— Oui, dit Greg. Il faut vous éloigner de lui. »

La femme secoua la tête. « Vous ne comprenez pas... ça fait partie de ma punition, dit-elle doucement. A cause de mes fils.

— Mais ce n'était pas votre faute, puisque c'était un accident ! »

Emily lui sourit. « Vous êtes bon. Vous êtes bien M. Newhall, n'est-ce pas ? »

Greg la regarda, étonné. Elle devait s'en douter depuis le début. « Oui.

— C'est bizarre. Walter est parti pour votre maison, il y a peu de temps. »

Il se sentit étreint par une onde de peur et envahi par une bouffée de transpiration, sur tout le corps. « Pourquoi ?

— Je ne sais pas. Votre femme l'a appelé. Et voici que vous débarquez. Voulez-vous vous rendre ? demanda-t-elle d'une petite voix.

— Non. »

On frappa à la porte d'entrée et ils sursautèrent tous les deux, comme s'ils s'éveillaient d'un rêve identique. Emily se leva. Greg la regarda, désespéré. Sans un mot, elle fit demi-tour et quitta la cuisine ; Greg l'entendit qui se dirigeait vers la porte d'entrée et l'ouvrait.

Larry Tillman, avec un autre flic attendant en

retrait, se tenait sur le seuil. « Emily ? Pas de problème ?

— Non, tout va bien, Larry, répondit-elle doucement.

— On vient juste d'avoir un appel d'un de vos voisins, qui dit qu'il a remarqué un rôdeur près de votre
maison.

— Je n'ai rien entendu.

— Bon. Walter n'était pas là, alors on a décidé de
venir vérifier à sa place. Votre voisin... Lund, ajouta
Tillman en consultant ses notes, croit avoir vu le type
entrer dans votre sous-sol..

Emily acquiesça, l'air compréhensif. Elle fronça les
sourcils, regardant à ses pieds, puis releva la tête. « Je
pense qu'il vaudrait mieux aller y jeter un coup d'œil »,
dit-elle.

Elle s'effaça pour laisser entrer le jeune flic et son
collègue. « La porte de la cave est par là.

— Merci. »

Les deux policiers lui emboîtèrent le pas jusque
dans la cuisine. Le pistolet n'était plus sur la table et la
pièce était vide. Emily les conduisit jusqu'à la porte de
la cave, l'ouvrit, et appuya sur un interrupteur.
« Tenez, dit-elle, vous allez avoir besoin d'un peu de
lumière. »

43

Karen s'agrippa des deux mains à la rampe et, les
jambes en coton, entreprit de descendre l'escalier qui
conduisait au bureau de Greg. Walter, derrière elle,
l'aiguillonnait du canon de son arme et ne cessait de la
faire trébucher.

« Qu'est-ce que vous espérez ? marmonna-t-elle.
Vous ne pourrez jamais vous en tirer, après ça. Tôt ou
tard, mon mari sera disculpé. Si ce n'est pas avec ces
preuves-ci, ce sera avec d'autres...

— La ferme ! Ouvrez le coffre. »

Impuissante, elle regardait tour à tour le policier et le coffre-fort. Une fois qu'elle lui aurait remis les documents, il n'y aurait plus de preuve. Personne ne la croirait. On considérerait qu'elle et sa fille, en désespoir de cause, avaient inventé ce mensonge. Si seulement elle n'avait pas appelé la police ! Ou si elle avait contacté directement le chef ! Elle n'en serait peut-être pas là. Mieux encore, si elle avait attendu le retour d'Arnold... Cet homme semblait avoir une vengeance personnelle à exercer contre Greg, et être capable de tout pour parvenir à ses fins.

« Pourquoi agissez-vous ainsi ? demanda-t-elle. Entendez-vous faire condamner mon mari, coûte que coûte ? Parce qu'il s'est échappé ? Parce qu'il a ridiculisé la... (Elle trouva plus prudent de ne pas aller jusqu'au bout de sa phrase.) Ne comprenez-vous pas que c'est précisément parce qu'il était innocent et qu'il savait que personne ne le croirait qu'il a préféré fuir ?

— Mes raisons d'agir ne vous regardent pas. Et maintenant, ouvrez-moi ce coffre. »

Karen sentit les larmes lui venir aux yeux. Dans son cœur, elle disait à Greg : *Je suis désolée, je suis désolée. Jamais je ne me serais doutée de ça de la part de la police.* Elle fit une ultime tentative. « Ecoutez... vous avez vu les photocopies. Les documents ne donnent même pas le nom de la personne qui violait Linda... »

Les coups sourds reprirent, en provenance du placard de l'entrée, au rez-de-chaussée. « Vous tenez à ce qu'elle reste longtemps là-dedans ? » demanda Walter.

Elle eut un regard affolé en direction du plafond.

« Les papiers, vite. »

Elle n'avait qu'une envie, le bombarder de menaces, le maudire pour sa cruauté, mais c'était trop dangereux. Il serait capable, si elle le mettait davantage en colère, de s'en prendre à Jenny, ça n'avait plus rien d'inconcevable. Elle n'avait pas d'autre solution que de chercher à l'apaiser. Il fallait, avant toute chose, penser à Jenny. Elle savait que c'était ce qu'aurait voulu Greg. « D'accord, dit-elle, d'accord. »

Elle se pencha sur le coffre et commença à tripoter le cadran d'une main tremblante. Un instant, elle ne se souvint plus du numéro de code. Elle n'arrivait pas à penser à autre chose qu'à cet homme, debout derrière elle, prêt à brutaliser une fillette pour obtenir ce qu'il voulait. Maltraiter un adulte était une chose, mais comment pouvait-on être aussi cruel vis-à-vis d'un enfant ? Jamais Jenny ne pourrait l'oublier. Elle en serait marquée pour la vie. Karen voulut expliquer tout cela, voulut dire que seule la plus monstrueuse des créatures pouvait s'en prendre à une toute jeune fille — lorsque, soudain, un éclair de compréhension la submergea. Elle refoula les paroles qui montaient à ses lèvres, rendant grâces au ciel d'avoir eu le visage détourné de lui.

« Qu'est-ce que vous attendez ? » gronda-t-il, appuyant sa demande d'un coup de pied dans le bas du dos de Karen. La douleur lui coupa un instant le souffle. Elle continuait de tripoter maladroitement le cadran tandis que son esprit battait la campagne. Elle essaya de se livrer à un calcul mental. Il était suffisamment âgé. Il avait pu entendre parler de Randolph Summers par les avis de recherche de la police, ou quelque chose comme ça. Un dossier qui serait passé par hasard par son bureau, une affiche « recherché ». Il disposait d'une situation idéale pour piéger Greg. C'était impossible ! Et pourtant, si. Elle voyait bien que c'était l'explication. Une explication qui prenait un sens effrayant.

Elle entendit le cliquetis de la bonne combinaison, et lui aussi. « Ouvrez ! »

Les doigts gourds, elle abaissa la poignée et la porte du coffre s'entrebâilla. Prenant une profonde inspiration pour calmer ses tremblements, elle tendit la main, trouva les documents et les retira. Voilà qui changeait tout. Soudain, il n'y eut rien de plus important que de satisfaire ses exigences et de le voir quitter la maison. De refermer la porte à clef derrière lui. Elle avait affaire à un monstre dont les proies préférées étaient les toutes jeunes filles. Et sa Jenny qui se trouvait enfermée au-dessus, dans le placard ! Il lui fallait faire semblant de continuer à le défier, alors qu'elle se mourait de peur. Elle sentait son estomac se révulser et une sueur froide se mit à recouvrir tout son corps. *Tiens le coup !* se morigéna-t-elle.

« Vous êtes la honte des services de police, dit-elle. Faire condamner un innocent... »

Il lui donna un nouveau coup de pied, dans les côtes cette fois, et elle se plia en deux, agrippée à la porte du coffre. Le seul fait de respirer lui donnait de violents élancements. Walter lui arracha les papiers des mains.

« Debout », ordonna-t-il.

Elle se redressa, prise de tournis, et le vit qui roulait en boule les papiers qui constituaient la dernière chance d'innocenter Greg, avant de les fourrer dans sa poche. La coupure de presse crépita comme si on venait d'y mettre le feu. Elle éprouva une pointe de désespoir, mais comprit que ce n'était pas le moment de se laisser aller. Elle devait conserver une attitude indignée. Il ne devait pas soupçonner qu'elle avait deviné son secret.

« Allez, on remonte », dit-il.

Boitillant à cause de ses côtes douloureuses, Karen se traîna jusqu'à l'escalier et entreprit de le gravir. « Bon, dit-elle une fois en haut, vous avez ce que vous voulez. Vous pouvez ficher le camp, maintenant, et nous laisser enfin tranquilles.

— Ouvrez la porte du placard. »

Elle eut l'impression de sentir son cœur se recroqueviller sur lui-même. Sa peur, comprit-elle, était visible : le regard du policier changea. Il la prit par le bras et, d'une bourrade, l'éloigna du placard.

« Non ! » s'écria-t-elle.

Il déverrouilla lui-même la porte et fit sortir Jenny, qui essaya de le mordre à la main.

Karen se remit précipitamment sur ses pieds et vint s'emparer de sa fille. Walter la laissa faire. Il n'est peut-être pas trop tard, pensa-t-elle, au désespoir. Elle s'efforça de reprendre son attitude indignée. « Sortez de chez moi. Prenez vos sales papiers et fichez le camp !

— Ça ne me paraît pas possible, remarqua-t-il. Je ne peux pas vous laisser ainsi, alors que vous êtes au courant de cette histoire. Quelqu'un pourrait la prendre au sérieux. »

Le regard du policier était d'une froideur terrifiante. Karen chercha ce qu'elle devait répondre. « Pensez donc ! Personne, parmi tous ces vendus de votre département de police, n'écoutera un mot de ce que je pourrais dire. Même moi, je le sais. »

Walter esquissa un sourire amusé. « Vous n'aurez pas la moindre chance d'en dire un seul. Pas après votre suicide. Un suicide parfaitement compréhensible. Une femme poussée à bout, qui apprend que son mari est adultère et criminel... Le suicide est la chose la plus naturelle du monde. Et, bien entendu, vous emmenez votre enfant avec vous. Vous ne souhaitez pas la laisser seule, face à un monde aussi hostile. Ils trouveront le revolver dans votre main. »

Jenny se mit à sangloter.

Karen se rendit compte, avec une terrifiante certitude, qu'il ne faisait pas que jouer avec ses nerfs. Qu'il n'essayait nullement de l'effrayer. Il ne faisait que l'informer de ses plans. « Le flic qui était là dehors sait que vous êtes venu. Il saura que c'était vous ! s'écria-t-elle.

— J'y ai déjà pensé, répondit Walter calmement. Je lui ai dit que vous m'aviez appelé, que vous aviez l'air affolé, hystérique, et que vous aviez exigé de me voir. Que la présence de la police vous portait sur les nerfs. Je lui ai dit que j'allais régler ça. Il a compris.

— Mais vous n'êtes pas obligé de faire ça, le supplia-t-elle. Je ne dirai rien. Je vous le promets. Vous avez raison. De toute façon, personne ne me croirait. Tout le monde pense que je suis hystérique.

— Je risque trop d'ennuis, avec vous. En outre, vous savez très bien que vous serez incapable de vous taire, ajouta-t-il, l'air dégoûté. Les femmes ne peuvent s'empêcher de parler.

— Très bien. Laissez Jenny partir. Elle n'est qu'une enfant. Elle a toute la vie devant elle. Peu m'importe mon sort, mais épargnez au moins ma fille.

— Ah ! je comprends. Après tout, qui sait si elle n'est pas ma fille ? Mais son jeune âge n'est pas un avantage. Des tas de gamines comme elle sont tout aussi hypocrites que leurs mères. Pire, même. »

Tout en parlant, il les repoussait vers la salle de séjour. « Bon. Maintenant, essayons de faire ça à la manière dont vous vous y seriez vraiment prise, reprit-il, parlant presque pour lui-même. Naturellement, vous commenceriez par abattre la petite.

— Maman ! sanglota Jenny en s'accrochant à sa mère. Pourquoi il veut faire ça ? »

Il tendit une main vers le bras de Jenny, appuyant de l'autre le canon de son arme contre la tête de l'adolescente.

« Toi, viens par ici. »

Karen restait paralysée de terreur. S'il l'avait enchaînée sur place, elle n'aurait pas été plus efficacement soumise. La vue de l'arme contre la tempe de sa fille était le moyen le plus sûr de la contrôler. Elle se rendit alors compte que s'il tuait Jenny, rien, absolument plus rien n'aurait d'importance à ses yeux. Elle n'aurait plus envie de vivre. Soudain, tout lui parut très clair. Il était ridicule de se raconter qu'il ne cherchait qu'à les terroriser, ou qu'il allait hésiter à mettre ses menaces à exécution. Elle avait affaire à l'homme qui avait tué Linda. Sans parler des autres — il devait y en avoir. Il allait tirer une balle dans la tête de sa fille, sous ses yeux. Si elle n'agissait pas, une autre occasion ne se présenterait jamais.

Comme une lionne, elle banda ses muscles, bondit, le prit par surprise et réussit à lui arracher Jenny des mains. « Cours ! cria-t-elle, cours vite ! »

L'adolescente resta figée sur place, là où la bourrade de sa mère l'avait expédiée, comme hypnotisée par l'arme, dans la main du policier.

« Espèce de cinglée ! rugit Walter. Sors-toi du chemin ! » Il essaya de pousser Karen et celle-ci, instinctivement, tenta de lui barrer la route. Le pistolet se rapprocha de ses yeux comme un serpent en colère. Soudain, au lieu de résister, Karen se tourna vers sa fille, la renversa au sol et la couvrit de son corps. Jenny poussa un hurlement de douleur en heurtant le sol ; sa mère la saisit par les poignets, sous elle, et la tint bien serrée. « Il faudra que vous expliquiez comment je me suis suicidée en me tirant dans le dos ! s'écria-t-elle.

— Lâchez-la ! gronda Walter.

— Allez au diable ! » Karen sentait le corps menu de sa fille qui tremblait sous elle, agité de sanglots. « Je suis désolée, ma chérie. Tu peux respirer ?

Il ne lui parvint qu'une réponse étouffée.

« Je vous ai dit de la lâcher !

— Vous pouvez toujours courir, répliqua Karen.

— Très bien, espèce de salope. Très bien, on fera comme tu voudras. »

Elle ne redressa pas la tête mais elle ne le sentit pas moins s'approcher et s'accroupir tout près. Elle lâcha les poignets de Jenny et posa doucement les mains sur les oreilles de sa fille, comme si elle cherchait à lui épargner le bruit d'un train qui passerait.

Walter vint appuyer le canon de son pistolet contre sa tempe. « Très bien, reprit-il, en équilibre instable sur la pointe des pieds. On fera donc comme ça. Toi la première. Elle ensuite. Tu ne la sauveras pas en la couvrant de cette façon. »

Les larmes vinrent aux yeux de Karen, lorsqu'elle dut reconnaître la vérité de cette affirmation. « Je le sais... je fais simplement ce que je peux.

— C'est trop bête », commenta Walter. Il appuya plus fort le canon contre la tête de Karen, qui frissonna. Jenny pleurait à chaudes larmes. « Je suis désolée, ma chérie, dit-elle de la voix la plus douce possible. Je suis désolée... »

Elle ferma les yeux, dit une prière et entendit le tonnerre d'une détonation.

Walter poussa un cri et retomba sur les fesses. Karen leva les yeux et vit Greg dans l'encadrement de la porte, son visage blême couvert de sueur, les yeux brillants, un revolver encore fumant à la main.

Walter reprit l'équilibre, rajusta ses lunettes et vit à ce moment-là son assaillant. « Vous n'êtes pas un très bon tireur, eut-il le sang-froid de dire.

— Eloignez-vous de ma femme et de ma fille, et je ferai beaucoup mieux », répliqua Greg.

Karen bondit sur ses pieds et Jenny releva la tête. « Papa ! cria-t-elle.

— Vous avez entendu ? reprit Greg. Jetez votre arme et éloignez-vous d'elles. »

La mère et la fille s'agrippèrent l'une à l'autre et retinrent leur souffle, tandis que Walter posait son arme sur le sol et reculait d'un pas. Puis soudain, avant que Karen ait eu le temps de la retenir, Jenny se précipita vers son père, l'étreignant de ses bras minces. « Papa, Papa ! tu es de retour ! »

Surpris par la brusquerie du geste de sa fille, Greg, déjà affaibli par la fièvre, recula d'un pas ou deux, manquant de peu de perdre l'équilibre. Walter saisit cette occasion et se jeta sur lui. Greg poussa brutalement Jenny sur le côté et les deux hommes s'empoignèrent dans une étreinte mortelle. Karen se précipita pour s'emparer du revolver du policier, mais, une fois qu'elle l'eut en main, elle fut incapable d'en faire usage. Elle n'y connaissait rien en armes et n'osait pas tirer, de peur de toucher son mari au lieu de son adversaire. « Appelle la police ! » cria-t-elle à sa fille, brandissant l'arme d'un geste impuissant. Jenny courut au téléphone, mais une détonation retentit avant qu'elle ait eu le temps de l'atteindre. Les deux hommes se regardèrent, puis les mains de Greg se détendirent, tandis que du sang venait rougir sa chemise et que ses yeux se révulsaient.

« Oh, mon Dieu ! » s'écria Karen.

Pendant quelques instants, elle n'arriva pas à y croire. Tout semblait se passer au ralenti ; les jambes de Greg le trahirent et il s'effondra sur le sol, entraînant Walter dans sa chute.

« Greg ! » hurla-t-elle. Avant qu'elle ait pu penser à

autre chose qu'à son époux, Walter se releva, se jeta sur elle et la saisit au poignet, lui arrachant le pistolet. Elle essaya de lui résister, mais elle n'était pas de taille. Il était plus fort qu'elle et il ne lui fallut que quelques secondes pour la maîtriser et la jeter à terre. Elle entendait Jenny pousser des gémissements terrorisés.

Walter eut un ricanement. « Mais c'est parfait ! Je vais pouvoir éliminer toute la bande d'un seul coup. Je n'aurai qu'à dire que vous m'aviez tendu un guet-apens. »

Karen le regarda droit dans les yeux. Une idée délirante la traversa. Tel était donc le regard d'un tueur. Tel était donc l'aspect d'un assassin. Il avait tué Linda. Il venait d'abattre son mari. Il était sur le point de la descendre ainsi que sa fille. Elle fut envahie d'un sentiment de calme surnaturel. C'est la fin, se dit-elle. Les paroles du vingt-troisième Psaume lui vinrent à l'esprit. *Le Seigneur est mon berger...*

« Laissez tomber votre arme, lieutenant », tonna une voix.

Walter tourna brusquement la tête. Larry Tillman se tenait dans l'embrasure, bras tendu, l'automatique au poing. Trois autres policiers l'escortaient.

Walter secoua la tête. « Ah ! Larry, je suis content de vous voir. Regardez qui est là, ajouta-t-il avec un geste vers le corps prostré et ensanglanté de Greg. Je suis tombé dans une véritable embuscade, ici. J'ai de la chance d'être encore en vie. »

Le jeune flic rouquin garda l'arme pointée sur son mentor ; ses collègues se déployèrent de part et d'autre, visant aussi le lieutenant. Le hululement des sirènes commença à remplir la pièce. Des voitures arrivaient dans des crissements de pneus, des portières claquaient. « Nous avons trouvé Phyllis Hodges », dit Larry.

Karen, à la force des bras, se redressa ; elle ne comprenait rien à cette histoire ; que venait faire la journaliste là-dedans ? Tout ce qu'elle savait, c'est que Walter venait de la lâcher. Elle rampa jusqu'à l'endroit où Greg gisait toujours, dans une mare de sang qui ne

cessait de s'agrandir. « Je vous en prie, dit-elle, appe-
lez une ambulance. »

44

Les portes de l'ascenseur s'ouvrirent et Alice Emery,
escortée de son fils, s'avança dans le hall du troisième
étage du North Cape Medical Center. En dépit de
l'heure tardive, les policiers grouillaient encore dans
l'hôpital, comme des sauveteurs après une catastrophe. Alice connaissait maintenant toute l'histoire.
Elle était occupée à des travaux de couture, la télé
branchée sur les informations, lorsqu'elle avait
entendu le communiqué parlant de Greg et du lieutenant Ference. Elle avait aussitôt appelé le poste de
police de Wayland. Elle y connaissait, depuis qu'il
était tout gosse, l'un des sergents qui y travaillaient. Il
lui avait pratiquement tout dit. Alice parcourut des
yeux l'ensemble du hall, puis se dirigea vers le bureau
des infirmières.

Celle qui était de service, une femme à la peau sombre portant un macaron à son nom — Violet Fisher —,
leva les yeux vers elle. « Puis-je vous aider ?

— Je suis venue prendre des nouvelles de
M. Newhall. Comment va-t-il ?

— Il se trouve toujours au bloc opératoire. »

Alice jeta un coup d'œil à l'horloge, sur le mur. « Il y
est encore ? s'exclama-t-elle.

— Vous êtes de la famille ? »

Alice hésita sur la réponse à donner. « Non, pas vraiment... enfin, plus ou moins, si l'on veut. » Elle hésita,
puis renonça à s'expliquer. « J'aimerais voir sa famille.

— Ils ne peuvent voir personne pour le moment,
expliqua l'infirmière. Sans exception. Mais si vous
voulez leur faire parvenir un message, je ne manque-
rai pas de le leur transmettre, ajouta-t-elle en tendant
un bloc de papier et un crayon à la vieille dame.

— D'accord, répondit Alice évasivement. Je souhaite simplement qu'ils sachent que je suis passée. (Elle écrivit son nom sur le bloc et le rendit à l'infirmière.) Merci. »

Elle alla retrouver Bill, qui se tenait adossé à un mur. Il avait les cheveux ébouriffés et les yeux encore bouffis. Il dormait d'un profond sommeil lorsque sa mère l'avait appelé pour lui demander de l'emmener à l'hôpital. Elle préférait se faire conduire par Bill, car elle redoutait de prendre le volant de nuit. Glenda avait roulé sur elle-même dans le lit, en grommelant que c'était ridicule, mais Bill n'avait pas discuté. Il avait enfilé les premiers vêtements qui lui étaient tombés sous la main et était passé la chercher chez elle. Elle l'avait mis au courant en chemin ; encore somnolent, il avait eu un certain mal à suivre.

« Où en est-on ? demanda-t-il à sa mère quand elle l'eut rejoint.

— Il est toujours en salle d'opération. La famille ne veut voir personne. Mais je crois plutôt qu'on les maintient dans l'isolement. »

Bill consulta sa montre. « Bon Dieu... ça fait un moment qu'il est là-dedans. »

Alice acquiesça, pendant qu'il posait un doigt sur le bouton d'appel de l'ascenseur. « Je crois qu'il ne nous reste plus qu'à repartir, n'est-ce pas ?

— Oui, je le crois aussi. »

Bill appuya sur le bouton et ils attendirent en silence. Au bout de quelques instants, il y eut un tintement et les portes s'écartèrent. Ils descendirent seuls et, une fois dehors, Bill ouvrit son parapluie, car la petite pluie n'avait pas cessé. « J'espère qu'il s'en sortira, dit-il en ouvrant la portière pour Alice.

— Moi aussi », répondit-elle en s'installant.

Bill fit le tour de la voiture et s'assit derrière le volant. Il secoua la tête. « Je n'arrive pas à y croire. Quand je pense à ce qu'a dû endurer Linda... » Soudain ses yeux se remplirent de larmes.

Sa mère lui jeta un regard de côté. « Quel dommage que tu n'aies pas eu davantage pitié d'elle quand elle était encore en vie ! »

Le regard perdu au-delà du pare-brise dégoulinant de pluie, il mit la clef de contact. « J'étais tellement en colère contre elle... J'ignorais tout de cette histoire, à propos de Papa, et de ce que lui faisait ce salopard de Ference. Tout ce que je savais, c'est que je lui en voulais d'avoir gâché ma vie. Et lorsqu'elle est revenue, je n'arrivais pas à penser à autre chose. »

Alice se sentit perdre patience devant l'obstination de son fils. « Gâchée, ta vie ? Certainement pas. Tu t'en es bien sorti. Si elle n'est pas ce que tu aurais souhaité, c'est à toi que tu dois t'en prendre. Au lieu de rejeter la faute sur les autres. Vraiment, Bill, tu me fais honte quand je t'entends parler comme ça. »

Le frère de Linda n'essaya pas de se défendre ; on aurait dit qu'il n'entendait pas les reproches de sa mère.

« Qu'est-ce que tu reproches à ta vie, d'ailleurs ? Tu as un bon travail, une famille aimante... », poursuivit Alice.

Bill secoua la tête, paraissant avoir oublié les larmes qui lui coulaient sur les joues. « Je crois que tout au fond de moi, je me disais qu'on avait le temps de se raccommoder. Qu'un jour, on s'assiérait autour d'une table et qu'on parlerait. Et que tout serait réglé. Je voulais simplement la punir pendant un certain temps. Mais du temps, nous n'en avons pas eu. Je n'ai pas eu l'occasion de lui dire... »

Alice serra les lèvres, en colère, tandis que son fils appuyait la tête contre ses bras posés sur le volant. Elle resta à contempler les gouttes de pluie qui tombaient régulièrement sur le pare-brise en pensant à son mari. Toutes ces années, il lui avait menti sur son passé. Et c'était sa fille qui avait payé le prix de ses mensonges. Le prix fort. Elle-même n'avait jamais rien soupçonné. Comment avait-elle pu faire preuve de tant d'aveuglement, de tant de crédulité ? Elle avait accepté, sans poser de questions, la version que Jack lui avait donnée de son passé. Il s'était montré bon époux. Ça m'arrangeait de le croire, pensa-t-elle. Chaque fois que quelque chose me troublait, j'inventais une excuse, et la vie continuait. Les plis amers qui encadraient sa bouche tremblèrent et elle poussa un soupir. « Tout le monde commet des erreurs, finit-elle par dire. Ah ! si c'était à refaire... c'est quelque chose que tout le monde s'est dit, un jour ou l'autre. »

L'hôpital avait mis une petite pièce à leur disposition pour qu'elles puissent attendre à l'abri des regards curieux. Même à cette heure tardive, il y avait des reporters qui auraient bien aimé les approcher. Des malades insomniaques avaient même poussé jusqu'au troisième étage avec l'espoir de les apercevoir. Karen avait les yeux fermés, mais elle ne dormait pas. Elle s'agrippait à sa tasse à thé vide. Jenny changeait constamment de siège, impatiente, et feuilletait de vieilles revues sans y prêter réellement attention.

On ne leur avait pas permis d'accompagner Greg dans l'ambulance. Techniquement, il était encore sous le coup d'un mandat d'arrestation, même si le chef Matthews avait pris la peine de venir leur dire, dans le service des urgences, que le lieutenant Ference venait d'être inculpé, allégeant ainsi une partie de leur angoisse. Pour le moment elles n'avaient qu'une seule chose à faire, attendre.

« Maman, s'écria Jenny, un docteur ! »

Karen eut aussitôt les yeux grands ouverts et elle se leva en même temps que sa fille tandis que l'homme, en blouse blanche tachée de sang, s'approchait d'elles.

« C'est terminé ? » demanda Karen.

Le médecin secoua la tête. « Nous avons eu pas mal de problèmes », dit-il.

Jenny s'accrocha à l'avant-bras de sa mère, qui demandait : « Des problèmes de quel genre ?

— La balle a fait pas mal de dégâts et nous avons dû faire face à une hémorragie interne importante. Mais tout cela se complique, en plus, du fait qu'il souffrait d'une forte fièvre quand il a été blessé. Il avait sans doute une pneumonie. Il a perdu beaucoup de sang et, malheureusement, il est de type AB négatif.

— Et en quoi est-ce malheureux ? voulut savoir

Karen, qui s'efforça, à cause de Jenny, de garder un ton de voix calme et raisonnable.

— C'est un groupe rare, et nous avons pratiquement épuisé nos réserves. »

Karen acquiesça, faisant semblant de ne pas être terrifiée par ce que cela impliquait. « On en attend en provenance d'une banque du sang de Boston, enchaîna le médecin, regardant Jenny, l'air grave. Si je vous en parle, c'est parce que cela nous aiderait infiniment si vous pouviez nous en donner un peu. Etant donné que vous êtes sa fille...

— Je suis peut-être du même groupe ! s'écria Jenny.

— Nous voudrions le déterminer...

— Elle a été adoptée », objecta Karen.

Le médecin fronça les sourcils. « Ah, je vois.

— Maman ! protesta Jenny, c'est mon vrai père ! (Elle se tourna vers le médecin.) Il faut faire le test !

— Non, dit vivement Karen. Elle est très affaiblie. Elle vient de passer par des épreuves... »

Les sourcils toujours froncés, le médecin se passa l'avant-bras sur le front. « Est-elle sa fille biologique ou non ? »

Karen hésita. « Euh... oui.

— Je ne voudrais pas insister, mais c'est une situation critique. Connaissez-vous son groupe sanguin ? »

Karen eut un geste d'impuissance, écartant les mains. « Je n'ai jamais... nous n'avons jamais eu besoin...

— Ça n'a rien d'inhabituel, quand on a un enfant en bonne santé. Ecoutez, chaque minute compte. »

Jenny rejeta le chandail qu'elle avait mis sur ses épaules. « Allons-y. Faites-moi passer le test.

— Ma chérie... ne t'en veux pas trop si jamais... tu sais... si tu n'es pas du même groupe. Tu as peut-être hérité celui de Linda, tu comprends ? C'est tout à fait possible.

— Je sais, M'man. J'ai pris biologie, en classe.

— Vous nous donnez l'autorisation ? » demanda le médecin.

Karen acquiesça, hébétée.

« L'infirmière vous fera remplir le formulaire. Suivez-moi, mademoiselle. »

Jenny salua sa mère de la main et raidit les épaules. Karen ressentit quelque chose de douloureux dans sa poitrine en la voyant s'éloigner. Elle n'avait pas voulu le dire, mais une possibilité répugnante ne cessait de se présenter à son esprit. Elle avait dû faire sa première apparition au moment où elle avait lu la lettre de Linda ; restée dormante, elle n'en avait pas moins peu à peu imprégné ses pensées, comme un nuage empoisonné. Après tout, Jenny n'était peut-être pas la fille de Greg ; si elle était le portrait craché de sa mère, elle n'avait qu'une ressemblance lointaine et vague avec son père. Elle était peut-être l'enfant de l'homme qui avait agressé Linda ; Ference l'avait tenue sous sa dépendance jusqu'au moment où la jeune femme s'était enfuie. Il n'était pas exclu qu'alors même qu'elle avait cette liaison avec Greg, elle ait continué de subir les caprices du policier. Et qui sait ? Toute cette affaire avec Greg n'avait peut-être été qu'un plan, un moyen pour elle de se défaire de Walter. Peut-être même était-elle déjà enceinte et le savait-elle, lorsqu'elle avait couché pour la première fois avec Greg. Elle avait pu faire jouer son désir désespéré d'avoir un enfant. Toutes ces effrayantes possibilités se bousculaient dans la tête de Karen, tandis qu'elle restait assise dans la petite salle d'attente. Quoi qu'il arrive, se promit-elle, jamais elle ne ferait part de ses réflexions à sa fille. Elle ne voulait pas semer une telle idée dans son esprit — l'idée qu'elle était peut-être la fille d'un monstre. Mais il n'y avait pas moyen d'exclure totalement cette hypothèse.

L'infirmière du bureau passa la tête par la porte et regarda Karen avec amabilité. « Vous tenez le coup ?

— Ça ira », répondit Karen avec une esquisse de sourire. Elle consulta sa montre. Cela faisait un bon moment que Jenny était partie, maintenant.

« Voulez-vous une autre tasse de thé ?

— Vous devez être occupée. Je vais aller la chercher moi-même. »

Violet Fisher eut un petit rire. « Vous plaisantez ! C'est le quart de nuit. On l'appelle le quart du cimetière... »

Avec gratitude, Karen lui tendit sa tasse vide. « J'en serais ravie, merci.

— Essayez de ne pas trop vous en faire. »

Karen la remercia encore d'un signe de tête et reprit sa place. Soudain, Jenny fit irruption dans la pièce, indiquant fièrement le pansement qu'elle avait au bras. « Regarde, Maman ! s'écria-t-elle.

— Asseyez-vous, asseyez-vous, mademoiselle, dit l'infirmier qui l'accompagnait. Il faut vous reposer, maintenant. »

L'adolescente adressa un sourire rayonnant à sa mère. « On est du même groupe, et je lui ai donné mon sang. »

Les yeux de Karen se remplirent de larmes et elle attira sa fille à elle. Jenny l'embrassa affectueusement. « Je crois qu'il va s'en sortir, Maman. »

La joue posée contre le sommet du crâne de Jenny, Karen caressa d'une main sa chevelure soyeuse. « Tu as certainement raison », répondit-elle, se sentant brusquement vide de tout, dépourvue de toute notion des choses. Elle ferma les yeux et remercia Dieu. Pour la première fois, depuis qu'avait commencé ce cauchemar, elle rendit grâces au ciel que sa fille soit de la chair et du sang de Greg. « Il faut te reposer, maintenant », murmura-t-elle, reprenant les paroles de l'infirmier. Peu à peu, la mère et la fille sombrèrent dans un sommeil agité.

Quelque temps plus tard, Karen sentit qu'on la secouait doucement par l'épaule. Elle se réveilla en sursaut et reconnut Violet Fisher. « Comment va-t-il ? demanda-t-elle aussitôt.

— Le médecin dit que vous pouvez aller le voir une minute en salle de réveil, mais pas davantage. Il est très faible », répondit l'infirmière à voix basse.

Jenny, aussi réveillée, bondissait déjà à la porte. « Viens vite, Maman ! »

Karen se leva péniblement, remettant les pans de son chemisier dans son pantalon.

« Dépêche-toi ! »

Elles suivirent jusqu'à la salle de réveil l'infirmière qui leur ouvrit la porte.

Sur le coup, Karen ne le reconnut pas. Il était aussi pâle que les draps sur lesquels il gisait, et était relié à tout un tas de tubes. Ses cheveux blonds donnaient l'impression de tirer sur le gris ; quant à sa barbe naissante, elle était incontestablement grise. Ses bras musclés, dépassant de son sarrau léger de malade, paraissaient flasques, privés de toute force, ainsi posés sur les draps. Sa respiration produisait un gargouillis régulier et il avait les yeux fermés.

« Oh ! Papa ! » s'écria Jenny, contemplant, effrayée, ce corps inerte dans le lit.

Il ouvrit les yeux et son regard mit un certain temps avant de venir se fixer sur sa fille. Puis ses lèvres fendillées s'incurvèrent en une ébauche de sourire. « Salut, ma puce », murmura-t-il.

Jenny se précipita à son côté et lui prit doucement la main, en faisant attention de ne pas déplacer le tube de goutte-à-goutte qui venait s'y enfoncer, formant une tache sanglante sous l'adhésif jaune. « Tu vas voir, dit-elle bravement, ça va aller très bien. Il faut simplement que tu te reposes. Tout va aller très bien, maintenant. »

Les yeux de Greg semblaient ne pouvoir se détacher du visage de sa fille, comme s'il la regardait de très loin.

« C'est terminé, maintenant, reprit-elle, les larmes lui montant aux yeux. Ils savent que ce n'est pas toi. Tu n'as plus rien à faire que de te reposer.

— D'accord », dit-il dans un souffle. Il déplaça la tête avec une insupportable lenteur, cherchant sa femme, qu'il finit par voir, près de la porte.

Karen sentit son cœur bondir dans sa poitrine. Elle avait conscience que son amertume n'avait pas complètement disparu, mais elle était submergée d'un sentiment de pitié à la vue de ce visage familier et aimé depuis si longtemps, tellement pâle et immobile sur son oreiller. Elle se revit, recroquevillée aux pieds de Walter Ference, essayant de protéger Jenny — et puis, soudain, la détonation, et il était de nouveau là. Au pire moment, lorsqu'elle avait ouvert les yeux, elle l'avait vu. Malade, affaibli, et qui essayait néanmoins de sauver les siens. Le Greg qu'elle avait toujours connu.

Jenny, d'une main délicate, caressa les cheveux de son père. « Tu reprends des forces et tu rentres à la maison, d'accord ? » supplia-t-elle, de gros sanglots lui brisant la voix.

Un nuage passa dans les yeux de son père et ses paupières s'abaissèrent.

Jenny se tourna vers sa mère. « D'accord, Maman ? C'est bien ce qui est décidé, n'est-ce pas ? »

Karen hésita un instant. Le besoin de vengeance n'était pas tout à fait mort en elle, elle devait le reconnaître. Elle pouvait encore faire demi-tour, tout de suite, ici, et cela le ferait souffrir autant qu'il l'avait fait souffrir. Davantage, même. Dans un tel état de faiblesse, cela pouvait peut-être même le tuer. La vengeance totale.

Et dans ce cas, qui allait en pâtir le plus ? pensa-t-elle. Elle n'ignorait pas la réponse. Elle se connaissait assez bien pour ne pas avoir de doutes. L'heure de vérité, se dit-elle. Elle s'avança jusqu'au bord du lit et il tourna son regard vers elle. Il essaya bien de ne pas ciller, mais il fut trahi par son état. Elle le vit grimacer, et elle se sentit remplie de honte.

« Oui, c'est décidé, murmura-t-elle, mais avec une certaine véhémence dans le ton. J'ai besoin de toi. » Puis elle fit le geste qu'elle mourait d'envie de faire. Elle se pencha sur lui, lui prit délicatement le visage entre ses mains et l'embrassa.

IMPRIMÉ EN FRANCE PAR BRODARD ET TAUPIN
La Flèche (Sarthe).
N° d'imprimeur : 4415 – Dépôt légal Édit. 6993-11/2000
LIBRAIRIE GÉNÉRALE FRANÇAISE – 43, quai de Grenelle - 75015 Paris.

ISBN : 2 - 253 - 07662 - 7   ✦ 30/7662/7